KB070334

무엇을 어떻게 쓸 것인가

무엇을 {···} 어떻게 (?) [쓸] 것인가

기자·PD·아나운서가 되기 위한 글쓰기의 모든 것

김창석 지음

ㅎ

머리말

글쓰기의 고통과 환희를 함께할 동지들에게

기자님이라는 말보다 선생님이라는 말이 좋았던 것 같다. "기자님" 소리에는 오그라들었지만, "선생님" 소리에는 입꼬리가 올라갔다.

1994년 한겨레신문사에 취재기자로 입사해 10년이 흐른 2004년 봄이었다. 입사 동기 중 한 명이 한겨레교육문화센터에서 언론사 입사 준비생 대상 글쓰기 강의를 했는데 나보고 잠깐 맡아서 해보라고 권유했다. 그렇게 시작한 글쓰기 강의가 20년을 맞았다.

기자 생활 10년 차부터 시작한 강의 때문에 현장 기사 쓰는 일을 동기들보다 일찍 접었다. 그래도 후회는 없다. 보상과 즐거움을 주는 호칭을 찾았으니 인생에서 그만한 보람이 또 있을까 싶기 때문이다.

강의가 좋은 건 강사도 공부해야 한다는 데 있다. 글쓰기를 가르치느라 글쓰기를 공부했다. 기사만 썼으면 못 했을 일이다. 수많은 제자를 만난 것도 행운이었다. 1000명이 넘는 제자들이 기자·피디·아나운서가 됐다. 다른 길을 간 수강생들은 그보다 몇 배는 될 테다. 입사 여부와 무관하게 우리의 글쓰기 수업은 꽤 진지했다. 펜과 종이의 마찰음, 사각사각 소리를 잊을 수 없다. 진지함의 응축물인 A3 시험지 수만 장을 차마 버릴 수 없어 보관하고 있다.

이 책은 20년 강의 경험의 요체를 정리한 것이다.

1장은 언론인이 되려면 왜 글을 써야 하는지를 논하는 내용이다. 글쓰기를 가르치면서 인간과 인간 이외의 것들을 가장 명징하게 구분해주는 게 글쓰기일 수 있겠다는 생각을 했다. 글쓰기만큼 지적인 작업은 없기 때문이다. 글을 쓰는 순간, 인간은 여타 동물들과는 확연히 다른 존재가 된다.

지식 노동자인 언론인은 글을 잘 써야 한다. 노동의 핵심 요소이기 때문이다. 전업 작가 수준까지는 아니더라도 모국어를 장악하겠다는, 담대한 꿈을 꿔야 한다. 언론인이 쓰는 글은 영감과 감수성에 기대지 않아도 된다. 저널리즘 글쓰기 영역과 문학적 글쓰기 또는 학문적 글쓰기 영역은 명확히 구분된다. 저널리즘이 요구하는 글을 쓰면 된다. 여기에 필요한 능력은 다분히 후천적으로 기를 수 있다. 타고나는 게 아니다.

다독(多讀)·다작(多作)·다상량(多商量)을 나열적 관계로 이해하면 곤란하다. 읽기와 생각하기는 쓰기의 전제다. 읽기와 생각하기는 따로 떨어져 존재하는 게 아니라 한 몸이라는 점을 기억해야 한다. 읽기-쓰기-생각하기의 관계를 입체적으로 재구성해야 지속 가능한 글쓰기를 할 수 있다. 글을 쓰기 위해 갖춰야 할 세 요소인 표현력, 구성력, 내용(콘텐츠)을 어떻게 확보할지도 1장에서 설명했다.

2장은 논술 쓰기 공부법에 관한 것이다. 언론사가 논술 전형을 치르는 이유는 논리력과 논리 구사력을 보기 위해서다. 세상을 논리라는 도구로 설명할 수 있어야 저널리스트라 할 수 있다. 논리적인 글을 쓰려면 논증 구조를 이해해야 한다. 논증은 타당성 있는 이유와 정확하고 구체적인 근거, 폭넓은 동의를 받을 수 있는 전제를 통해 주장하는 것이다. 논증 구조를 이해한 다음 자기 글에 반영하는 연습을 해야 한다.

논술을 잘 쓰려면 '귀차니즘'의 강을 뚜벅뚜벅 건너야 한다. 정리할 주제가 너무 많고, 봐야 할 자료가 방대하기 때문이다. 알고 싶지 않은 주제까지 정리해야 하는 수고로움을 요구한다. 언론인은 때로는 본인이 원치 않은 주제라도 기꺼이 다뤄야 한다. 다양한 분야를 넘나들어야 하는 제너럴리스트generalist의 숙명이다.

3장은 작문 쓰기 공부법에 관한 것이다. 작문은 창의성의 영역이다. 지식으로 쓰는 글이라기보다는 아이디어로 쓰는 글이다. 생각의 근육을 길러야 좋은 작문을 쓸 수 있다. 깊이 있고, 다양하고, 뻗어나가는 사유를 할 줄 알아야 한다.

그러기 위해서 딱딱해진 대뇌를 풀어줘야 한다. 스테레오타입의 사고방식에서 벗어나야 한다. 생각의 경로 의존성에서 도망쳐야 한다. 통찰력, 감동력, 주목력이 높은 글을 쓰는 법을 익혀야 한다. 아이디어의 싹을 틔우고, 전개하고, 구성하는 연습을 해야 한다.

작문은 논술에 견줘 글쓰기의 재미를 느낄 수 있다. 여러 가지 실험을 해볼 수 있기 때문이다. 이 과정에서 자신이 좋아하는 콘텐츠를 활용할 여지도 크다. 같은 내용을 쓰더라도 더 인상적으로 읽히려면 문장력을 기르는 데도 신경 써야 한다. 현직 언론인이 되어 매력적인 글을 쓰고 싶다면 작문 능력을 길러야 한다.

나는 '언론 고시'라는 말을 좋아하지 않는다. '고시'는 권력자가 되고 싶은 욕망의 표현이기 때문이다. 언론사 입사 시험은 지식 노동에 적합한 이들을 뽑는 시험이다. 그냥 언론사 입사 시험, '언시'로 부르면 될 일이다.

지식 노동자는 매일매일 새롭게 쏟아지는 지식과 정보를 판단하고, 선별하고, 재가공해 최적화한 상태로 대중에게 제공해야 한다. 입사만을 위한 공부가 아니라 평생 써먹을 지적 능력을 기르는 공부여야 한다. 훌륭한 저널리스트는 지적으로 게을러선 안 된다. 언론인은 대중의 의사 결정에 막대한 영향을 끼치는 집단이다. 대의 민주주의가 제대로 굴러갈 수 있도록 작동시키는, 중대한 사회적 책무도 지녔다. 기사를 잘못 쓰면 기자 개인의 창피함이나 실수로 끝나지 않는다. 언론사의 브랜드에 영향을 주고, 신뢰라는 사회적 인프라를 갉아먹는다. 치르지 않아도 될, 막대한 사회적 비용을 치르게 한다.

기억에 남는 글을 쓰려면 신문 기사와 사설만 읽어서는 곤란하다. 기사와 사설은 그날의 쟁점만을 다루기 때문에 어떤 문제를 깊이 있고, 체계적이고, 종합적으로 파악하기 어렵다. 기사와 사설만 보고 쓰는 글들은 대동소이하다. 그런 수준에서 벗어나려면 광범위한 독서가 필요한데 결국 잘 정리된 책을 읽는 것이 유력한 대안이 된다.

꾸준한 독서는 '자기만의 지식 생태계'를 만들어준다. 한 권의 책을 읽으면 그 안에 '다음에 읽어야 할 여러 권의 책들'이 들어 있다. 보통 자신이 좋아하는 저자가 언급하는 책은 자신에게도 잘 맞을 가능성이 크다. 전방위적으로 뻗어나가는 독서를 통해 지식이 기하급수적으로 늘어나고, 사유의 수준은 높아지며, 언어는 풍부해진다. 글과 말의 광장(廣場)에 내동댕이쳐진 언론인은 자신의 최고 무기를 결국 독서에서 찾을 수밖에 없다. '자신만의 지식 생태계' 구축이 예비 언론인들의 궁극적인 공부 목적이 돼야 한다.

첫 책을 쓰면서 특별히 좋았던 점도 있다. 제한받지 않는 글쓰기의 기쁨이랄까, 기사를 쓸 때보다 자유로웠다. 기사 쓰기에는 제약이 많다. 특히 〈한겨레〉 기자로서 지켜야 할 원칙이 많았다. '~에 따르면(according to)'은 영어식 표현이라 피해야 한다. '역할'은 일본에서 만들어진 단어라 '구실'로 바꿔 써야 한다. 정치적 올바름도 고려 요소다. 그런 제약에 어깃장을 놓고 싶었나 보다. 책을 쓰면서는 그런 걸 염두에 두지 않았다. 그래서인지 쓰고 싶은 주제가 생기면 책을 또 써보고 싶다는 생각이 들었다.

누구를 돕는다는 건 기쁜 일이다. 입사했다는 제자의 전화를 받을 때 무척 기뻤다. 내가 이렇게 좋은데 너는 얼마나 좋겠니! 그럴 때마다 도파민이 솟구쳤던 게 틀림없다. 그렇지 않았다면 이렇게 오래 강의를 했을 리 없다.

요즘엔 제자가 자기가 쓴 책을 보내줄 때 행복감을 느낀다. 그런 제자가 점점 늘어나고 있다. 글쓰기의 고통과 환희를 느꼈을 나의 동지들이다. 그들의 지적 여정을 오랫동안 지켜보고 싶다.

이 책은 내가 썼지만, 내 소유는 아니다. 지난 20년 동안 서울 신촌 일대에서 밤늦게까지 심신 미약 또는 심신 상실 상태로 말동무, 춤동무를 해준 제자들 모두가 공저자다. 그들한테서 많이 배웠다. 고맙다고 말하고 싶다.

차례

3장 작문, 뇌를 깨우는 글쓰기

- 지식 노동자가 글을 잘 써야 하는 네 가지 이유
- 언론사는 타고난 글솜씨를 요구하지 않는다
- 다독, 다작, 다상량을 입체화하라
- 좋은 글을 쓰기 위한 기본기
- 글쓰기 신동은 없다, 모범 답안도 없다

저널리즘
글쓰기의 기초

1장

"들으면, 잊는다.
보면, 기억한다.
행동하면, 이해한다."

공자

1

지식 노동자가 글을 잘 써야 하는 네 가지 이유

기사만 안 쓴다면 기자는 꽤 할 만한 직업이다. 취재는 잘했는데 정작 기사가 안 써질 때 그런 생각이 많이 들었다. 원고지 수십 매의 긴 기사를 써야 하는 주간지의 경우는 마감 시간에 몰린 나머지 저녁에 술 한잔 걸치고 '알코올 기운 빌려서 글쓰기'를 시도한 적도 있다.

1994년 가을에 한겨레신문사에 입사했는데 6개월의 수습기자 생활을 마치고 그다음 해 봄 〈씨네21〉 창간 멤버가 됐다. 200자 원고지 3~4매도 채우지 못하던 내가 잡지 4페이지 분량의 '한국의 배우' 시리즈 연재물을 맡았다. 편당 원고지 30~40매를 써야 했다. 영화에 문외한이었던 데다 영화를 읽는 문법과 맥락, 배우에 대한 사전 정보에도 어두웠던 나는 무조건 자료를 수집했다. 어떤 때는 한 번의 인터뷰와 기사 쓰기를 위해 A4 용지 수백 장의 자료를 읽기도 했다. 해당 배우가 이미 했던 다른 매체의 인터뷰 기사를 모두 모아서 읽었고, 출연한 영화나 드라마 등 관련 비디오를 모조리 챙겨 봤다. 그래야 구체적인 질문을 할 수 있었다.

예를 들어 "이 영화를 봤는데 그 장면에서 어떻게 그런 연기를 할 수 있느냐. 평소 이미지랑 너무 달랐다"는 식으로 눙치면, 배우들도 홍이 나서 묻지도 않은 뒷얘기까지 하는 식이었다. '아, 이 기자가 나한테 이렇게까지 관심을 보이는구나' 하고 오해하는 것 같았다. 대충 생각해 간 질문들은 효과가 별로다. 예를 들어 "연기가 뭐라고 생각하세요?"라고 물으면 "정말 열심히 하는 배우가 되고 싶어요"와 같은 동문서답에 김빠진 대답만 돌아온다. 이런 식이면 원고지 한 장도 메울 수 없다. 그렇게 충분히 취재해도 기사를 쓸 때는 막막했다. 그럴 때는 외국의 영화 잡지를 보기도 했다. 외국 기자들은 기사 처음을 어떻게 시작할까? 기특하게도 써먹을 아이디어가 가끔 있었다. 배우 심은하에 대한 인터뷰 기사 도입부는 그렇게 억지스럽게 만들었다.

> 심은하(23)가 올해 가장 주목받는 젊은 스타 배우가 될 조짐을 다섯 가지만 들어보자. TV 드라마와 CF에서 그의 개런티는 지금 최고 수준이다. 그의 일거수일투족에 울고 웃는 10대 팬클럽 회원들이 기하급수적으로 늘고 있다(컴퓨터 통신에 방이 만들어져 있는 탤런트 서너 명 중 하나다). 연예 기자들에게 가장 만나기 힘든 배우로 낙인찍혔다. 억대의 개런티를 받고 영화에 출연하더니 할리우드로 진출할 최초의

국내 여배우로 물망에 올랐다. 함께 작업했던 감독과 방송 PD들이 자신의 새 작품에 출연해주기를 간절히 바라고 있다. 더 이상 계속할 필요가 있을까?

1993년 MBC 22기 탤런트로 배우 생활을 시작했으니 그의 연기 경력은 올해로 4년째다. 그 무슨 신용 카드 할부 기간처럼 '3개월짜리' 혹은 '6개월짜리' 스타들이 숱한 한국 연예계의 현실에서 그는 일단 시간의 테스트에서 살아남았고 반짝스타가 아님을 입증한 셈이다. 아니, 반짝스타가 될 가능성을 없애는 데 성공했을 뿐 아니라 연기에 대해서도 긍정적인 평가를 받기 시작했다고 하는 것이 정당할는지 모른다. TV에서 상승 곡선을 타는 배우들이 으레 그곳에 안주해버리기 십상인데, 지난해엔 〈아찌 아빠〉로 스크린 나들이를 시도했고 영화 출연이 꼬리를 물 것으로 보이기 때문이다. 그렇다면 무엇이 그를 스타성을 갖춘 배우로 만들고 있나.

그 질문에 대한 대답의 50% 정도는 그의 얼굴 안에 들어 있다. 그의 얼굴이 주는 아름다움은 기계적이고 교과서적인 '조형미'가 아니다.[1]

지금 읽어보면 20대 후반의 남자 기자가 20대 중반 여자 배우의 미모에 홀려서 쓴 글이다. 다시 읽어도 부끄럽다. 그런데 그 이전에는 훨씬 더 형편없는 기사를 썼던 때문인지 편집장은 도입부를 읽더니만, 억지로 흥분한 듯이 말하는 게 빤히 읽히는 목소리로 한마디 했다. "김창

1 김창석, '한국의 배우: 심은하 편', 〈씨네21〉 제41호, 1996.2.13

석! 기사 재밌는데.” 조금 더 열심히 하라는 뜻의 향신료가 흠씬 뿌려진 말이었지만, 말단 기자에게 편집장의 이런 말은 극찬에 해당한다. 구박만 듣던 나는 결국 ‘사실 첫 문단 아이디어는 베낀 겁니다’라고 고백하지 못했다.

20년 넘게 기사를 쓴 기자들에게도 글쓰기는 고역이다. 공적인 글쓰기는 참을 수 없는 본능인 자기표현의 욕구를 충족하는 동시에 자기 노출의 고통도 느껴야 하는 양면성을 지니고 있다. 언론인의 글쓰기가 쾌락과 고통을 동시에 주는 이유다. 그렇다면 지식 노동자로서 언론인에게 글쓰기란 무엇일까? 왜 글을 잘 써야 할까?

글쓰기는 핵심 직무 역량이다

직업을 구성하는 노동 요소 가운데 가장 하기 힘든 게 보통 그 직업의 핵심 역량이다. 기사 안 쓰고 기자를 하겠다는 건 재판 안 하는 판사, 환자 안 보는 의사, 강의 안 하는 교수, 예능 프로그램 출연 안 하는 아이돌 가수를 하겠다는 얘기나 마찬가지다. 불가능한 일이다.

언어라는 도구로 미디어와 대중을 연결하는 게 언론인이다. 소통과 커뮤니케이션을 위해 언어 능력이 중요하다. 언어는 소통의 알파이자 오메가다. 모국어를 전업 작가 수준으로 장악해야 한다. 기자에게 취재와 기사 쓰기는 2대 노동 요소다. 글쓰기를 제대로 못 하면 일 잘한다는 평가를 받기 어렵다. 방송 기자들은 예외일까? 방송에서도 보통 자기가 쓴 글을 읽으면서 보도하므로 글쓰기를 잘해야 한다. 언론 준비생들은 '언론사 입사의 방편으로 글쓰기를 배우겠다'고 생각해서는 안 된다. 언어 능력이 떨어지면 입사하더라도 두고두고 고생한다. 크리에이터가 되어야 하는 프로듀서에게도 기본적인 업무 능력 가운데 하나가 글쓰기다. 방송 기자나 아나운서는 여기에 더해 말하기의 유창성까지 갖춰야 한다.

자기 브랜드를 가지는 지름길이다

글쓰기는 평생을 지식 노동자로 살아가야 할 숙명을 지닌 언론인들에게 죽을 때까지 써먹을 지적 능력을 키우기 위한 공부다. 지식 노동자는 새롭게 쏟아지는 지식과 정보를 선별해서 대중에게 필요한 것을 대중이 가장 받아들이기 쉬운 콘텐츠로 재구성할 줄 알아야 한다. 이때 필요한 게 글쓰기 능력이다. 단순히 입사 시험 대비용 공부를 해서는 안 된다는 얘기다.

입사 후에도 글쓰기를 부단히 갈고닦아야 한다. 그렇게 갈고닦은 사람이 직업인을 넘어 장인(匠人)으로, 저널리스트로, 지성인으로 거듭날 수 있다. 후대에 자신의 흔적을 남기기 위해서는 자신의 성과를 모아서 책 몇 권은 쓰겠다는 포부를 처음부터 마음에 품고 있을 일이다. 책이야말로 자신의 브랜드를 만드는 가장 확실한 길이다. 그저 그런 또 한 명의 직업인이 아니라 저널리스트로 남기 바란다면 그런 꿈을 매일

꿔야 한다. 생물학적 생명이 끝나는 건 모든 사람에게 똑같지만, 한 사람의 사회적 생명은 그가 남긴 발자취에 따라 크게 달라진다. 공식화된 발자취 가운데 최고가 글이고, 책이다. 현대그룹 총수였던 정주영은 유산과 함께 돈이 만든 인생의 흔적이 후대에 남았다. 언론계의 대표적 지성이던 리영희는 자유와 지성을 추구했던 인생 좌표와 그의 책과 글들이 남았다. 그가 얼마의 재산을 남겼는지, 몇 평짜리 아파트에 살았는지는 관심의 대상이 아니다. 그의 부고를 전하는 2010년 12월 〈한겨레〉 기사의 일부다.

> 행동하는 지식인으로서 그의 무기는 '관념'이 아닌 '사실'이었고, '이론'이 아닌 '실천'이었다. 그는 글쓰기를 "우상에 도전하는 이성의 행위"라고 정의했다. '새가 좌우의 날개로 날듯', 그는 오직 진실과 균형의 날개로 이념적 도그마에 저항했다. 그의 책《전환 시대의 논리》(1974)와《우상과 이성》(1977)은 반공 이데올로기가 가린 베트남 전쟁의 실체와 중국의 현실을 정직하게 드러내며 당대의 대표적 금서로 탄압받았다.[2]

글쓰기는 언론 분야뿐만 아니라 다른 분야에서도 자신의 브랜드를 남기는 가장 강력한 무기다. 역사적으로 그래왔다. 'DNA 이중나선 이론'은 두 명의 합작품이었다. 제임스 왓슨과 프랜시스 크릭. 두 명 가운

2 이문영, '시대의 실천적 지식인 리영희 선생 별세', 〈한겨레〉, 2010.12.5.

데 실무적으로나 이론적으로 더 뛰어났던 사람은 크릭이었다고 한다. 그런데 지금 사람들은 왓슨을 더 많이 기억한다. 그가 《이중나선》을 썼기 때문이다. 대중적이고 솔직담백하고 멋지고 후련한 책이라는 게 전문가들의 평이었다. 글쓰기 능력 때문에 왓슨은 20세기 가장 위대한 과학자 가운데 한 명으로 기록됐다. "봄이 와도 새는 울지 않는다"는 시적 표현으로 살충제의 남용을 경고한 레이철 카슨이 인류 최고의 생태학자는 아니지만, 《침묵의 봄》이라는 저서를 통해 위대한 생태학자로 사람들의 기억에 남을 수 있었다.

글쓰기는 사회적 발언권을 얻는 지름길이다. 마키아벨리는 조그만 도시국가 피렌체의 평범한 관리였다. 직무 능력은 뛰어났지만, 귀족이 아니어서 고위직 진출이 어려웠을 그가 역사적 인물이 된 건 순전히 《정략론》과 《군주론》 덕분이다. 《나의 문화유산 답사기》가 없었더라면 유홍준이 문화재청장이 되지 못했을 수도 있다. 《정재승의 과학 콘서트》와 《물리학자는 영화에서 과학을 본다》가 각각 30만 부와 7만 부 팔리는 성공을 거두면서 저자 정재승은 '박사학위 논문을 준비하던 젊은 과학자'에서 '한국과학기술원 바이오시스템학과 교수'가 됐다. 글을 써서 성공했다는 건 글로 소통할 만큼의 콘텐츠가 있다는 뜻이고, 그 콘텐츠를 소통 가능한 언어로 표출할 줄 안다는 뜻이다. '자신의 활동 분야 내용을 글로 써 대중과 소통할 능력이 있느냐, 없느냐'가 전문가와 비전문가를 가름하는 하나의 기준이 된 시대에 우리는 살고 있다.

버락 오바마를 전국적 인물로 만들고 대통령 후보로 띄운 건 두 권의 책이었다. 그는 상원의원이 되기 전에 《내 아버지로부터의 꿈》을 펴냈다. 인생 전반기를 다룬 자서전이었다. 자신을 삶을 솔직한 어조로 털어놓은 책이지만, 사실 미국의 현실과 자신의 삶을 적절히 비교하려는 그만의 의도가 책에 숨어 있다. 다수의 정체성이라는 자기 삶의 DNA가 화학적 결합을 통해 시너지를 내고 있는데 이것이 미국이라는 나라와 닮았다는 점을 시사한다. 개별로서의 자기 인생에서 미국의 역사라는 보편을 찾는 영리함을 보인다. 그것은 나중에 그를 미국 전역에 알린 2004년 6월 미국 민주당 전당대회 연설문의 기초가 됐다. 대통령에 나서기 전에 쓴 《담대한 희망》에는 정치적 비전과 철학을 담았다. 책 도입부를 보면, 그가 이 책을 직접 썼을 것이라는 추론이 가능하다. 직접 쓰지 않고서는 나올 수 없는 내용들로 가득 차 있다.

한국의 정치인들이 선거를 앞두고 대필 작가를 통해 초고속으로 찍어내는 책들은 어떤가? 오바마의 글쓰기 사례를 김영삼과 김대중에게 대입해보면 글쓰기가 인물 평가에 어떻게 적용되는지 더욱 명징해진다. 민주화의 양대 산맥이지만, 산맥의 높이나 규모 면에서 김대중과 김영삼을 단순 비교하는 이는 별로 없다. 대중적인 자서전을 쓸 만큼 김대중은 지적으로 성숙한 인물이었다. 그는 감옥에서도 책을 놓지 않았다. 김영삼은 글쓰기가 아니라 조깅과 배드민턴, 문제의 소지가 다분한 즉흥적 발언, 동물적 감각의 결단력 같은 이미지로 남아 있다. 청와대 입성 일성으로 "머리는 빌릴 수 있지만, 몸은 빌릴 수 없다"던 그의 집권 말기 한국은 구제금융의 암흑기로 빠져들었다.

글이 이렇게 위력적인 이유는 기록성과 공식성 때문일 것이다. 말은 뱉는 순간 공중에 사라져버리지만, 글은 새로운 생명력을 가진 기록이 된다. 말은 시간이 지난 뒤에 슬그머니 바꿀 수도 있지만, 글은 발표되는 순간 자신의 의견과 견해가 되고 만다. 최종적인 의사 표현 수단인 셈이다. 부부 싸움의 끝판왕이 '각서 쓰기'인 것처럼 백 마디 말로 하는 다짐보다 한 문장으로 남기는 서약서를 더 믿어주는 게 인간의 보편적 심리다.

글을 쓰면 머리가 좋아진다

그런 의미에서 글쓰기는 인류가 지닌 최고의 문화 유전자다. 인류학자들은 문명사에서 가장 중요한 장소로 대형 도서관을 꼽는다. 문자를 통해 당대의 유산을 기록으로 남기는 글쓰기는 인간만이 할 수 있는 고도의 지적 행위다. 다른 동물들이 흉내 낼 수 없는 행동이다. 인간과 다른 포유류의 DNA 염기서열을 비교해보면 보통 97~99%가 똑같다는 결과가 발표된다. 글쓰기는 그 1~3%의 차이 안에 속해 있는 것이다. 과학적으로 엄밀한 얘기인지는 모르겠지만, 내 생각에 그 차이가 결국 호모사피엔스를 지구별의 주인으로 만들었던 것 아닐까 싶다. 글쓰기를 많이 할수록 그만큼 인간다워지는 셈이다. 글쓰기는 숭고한 인간적인 행위이자 인간 진화의 결정체다.

종(種)으로서 인류에게 지적 발전을 가져다준 글쓰기는 개별 인간 차원에서 뇌의 결정적 발달을 돕게 된다. 글쓰기는 단순히 원고지에 글자를 채우는 행위가 아니다. 손으로 쓴다고 하지만, 손은 지시만 따를 뿐 실제 글을 쓰는 건 두뇌다.

중고등학생 부모를 대상으로 하는 강연을 한 적이 몇 번 있는데, 그럴 때마다 청중에게 물어서 확인한 게 있다. 글을 잘 쓰는 학생들은 대부분 머리가 좋은데, 말을 잘하는 학생들은 반드시 머리가 좋은 건 아니라는 점이다. 학부모들도 대부분 웃으면서 격하게 공감을 표했다.

말하기를 즉석에서 잘하는 사람은 꽤 있다. 내용은 별로 없는데 부드럽게 이어지는 데다 윤기도 나게 말하는 것 말이다. 들을 때는 좋은데 남는 게 없다. 나중에 생각하면 속은 느낌이 들 때도 있다. 글쓰기는 그렇게 하기 힘들다. 윤기 나게 쓰려고 덧칠을 하는 게 오히려 글을 망친다. 말하기와 달리 글쓰기는 즉석에서 잘할 수 있는 사람이 드물다. 그래서 말은 정말 잘하는데 글쓰기는 엉망인 경우가 많다.

언론사에 글을 보내오는 외부 필자들 가운데 대학교수들이 많은데 기자들이 보기에 흡족한 글은 많지 않다. 주술 호응도 되지 않는가 하면, 군더더기도 엄청난 경우가 있다. 글을 쓸 때 대중과의 교감을 고려하지 않기 때문이다. 그러면서 기자들이 자기 글에 조금이라도 손을 대려 하면 알레르기 반응을 보인다. 그래서 언론사는 같은 대학교수라도 검증된 필자 위주로 원고 청탁을 한다.

정반대의 경우도 있다. 말은 정신없이 하는데 글은 무척 깔끔하다. 주제가 산으로 갔다가 바다로 갔다가 들쭉날쭉하게 말하는 데 비해 문장과 문장 사이의 전개나 글 전체의 구성이 꼼꼼하고 긴장감이 넘치는 글을 쓰는, 한 학자를 나는 알고 있다.

글쓰기는 고도의 지적 성취를 요구한다. 그것은 글쓰기가 지니는 종합적이면서도 총체적인 특성 때문이다. 글쓰기는 사고력과 읽기 능력을 전제로 한다. 생각하는 힘과 그 힘의 전제가 되는 독서가 밑바탕에 깔려 있어야 글쓰기를 잘할 수 있다. 이 때문에 지적 능력을 최종적으로, 종합적으로 평가하는 도구로 점점 더 많이 쓰이는 추세다.

"명확한 생각에서 명확한 글이 나온다"고 우리는 흔히 생각한다. 생각을 우선 완성한 뒤에야 비로소 글을 시작할 수 있다고 여긴다. 그러나 좀 더 적확하게 말하자면, "명확하게 글을 쓰는 과정에서 명확한 사고가 완성되는 것"이다. 글을 써본 사람들은 알 것이다. 처음에는 뚜렷하지 않았던 생각이 글을 쓰면서 분명해지거나, 처음 쓸 때 떠오르지 않았던 생각이 글을 쓰는 도중에 새록새록 생겨나는 순간을 말이다. 그것은 문자와 사고가 일으키는 변증법적 화학 작용이다. 비판적이고 창의적인 사고와 사려 깊은 글쓰기는 서로를 채찍질하면서 우리의 두뇌를 한 단계 업그레이드한다.

SNS와 유튜브의 강력한 영향력 때문에 글쓰기가 쇠퇴할 거라고 보는 시각도 있다. 그러나 영상과 문자의 매체적 간극은 본질적으로 메워지기 어렵다. TV가 생겼을 때 라디오가 사라진다고 한 예측은 틀렸고, 미디어의 역사에서 그런 경우는 흔히 목격됐다. 글쓰기의 수요는 디지털 시대에 폭발적으로 늘어나는 경향도 보인다. 글을 통해 의사소통할 기회가 더 늘었고, 더 다양해졌다. 우리는 매일매일 이메일을 쓰고, 개인 계정에 글을 남긴다. 인터넷 게시판이나 커뮤니티에 의견을 올리려 해도 짜임새 있는 글이 필요하다. 1인 미디어의 확산, 시민기자의 탄생

같은 경향도 같은 맥락이다. '유비쿼터스 글쓰기' 능력이 필요해진 셈이다. 요컨대 아날로그 글쓰기의 힘은 디지털 시대의 생존 전략이다.

글쓰기는 개인의 문화 자산이자, 개인의 브랜드 가치를 결정적으로 높이는 핵심 노동이라는 인식이 빠른 속도로 번지고 있다. 모든 이에게 '글쓰기 지수(WQ: Writing Quotient)'가 요구되는 시대다. 하물며 대중과 매일 접촉해야 할 언론인들이라면 말해 무엇하랴.

이성과 합리성이 지배하는 사회를 만든다

한국 사회는 글쓰기 문화가 더 융성해야 한다. 글쓰기로 사회 전체의 온도를 낮춰야 한 단계 진보할 수 있다. 대한민국 사회는 여전히 글보다는 말에 기댄다. 공적 담화의 힘보다 사적 담화의 힘이 세다. 여전히 '구어체 사회'다. SNS의 한두 줄짜리 코멘트는 형식 면에서 글이지만, 내용으로 보면 말에 가깝다. 국정원 같은 국가 기관부터 정치세력, 기업들이 선점하려고 갖은 애를 쓰는 '한 줄짜리 댓글'은 또 어떤가? 구어체에 기울어진 사회는 쉽게 흥분하고 쉽게 편 가르기를 한다. 극단적인 편 가르기는 남북 사이나 정치 분야에만 있는 게 아니다. 편 가르기 미디어의 첨단인 유튜브는 정치인들이 가장 선호하는 플랫폼이 됐다. 사회 전반이 그렇고 개인의 품성까지 그렇게 변하고 있다.

부박(浮薄)한 풍토를 바꿀 수 있는 건 글쓰기다. 조금 여유를 가진 상태에서 긴 글로 소통하는 문화가 생겨야 한다. 긴 글을 쓰려면 숙고

할 수밖에 없다. 어떤 내용과 표현으로 어떻게 구성해야 읽는 사람이 가장 효과적으로 내 목소리에 귀를 기울일까를 고민해야 하기 때문이다. 이렇게 쓴 글이 비이성적인 목소리를 내기는 쉽지 않다. 서로를 설득 가능한 상대로 전제하고 벌이는 합리적인 논쟁은 민주주의의 기본이기도 하다. 미국 시카고 대학의 글쓰기 프로그램 'The Little Red Schoolhouse'를 만든 조지프 윌리엄스는 《논증의 탄생》[3]에서 논리적인 글쓰기의 핵심 도구인 논증에 대해 말하면서 "논증이 없으면 민주주의도 없다"고 강조한다.

글쓰기가 융성하려면 우선 기록을 중요하게 생각해야 한다. 문자생활이 사회의 주류적인 의사소통 방식이어야 하고, 신뢰받는 표현 방식이어야 한다. 사회를 지배하는 힘이 책과 글이어야 한다. 미국은 오피니언 리더뿐만 아니라 평범한 보통 사람들이 쓰는 회고록도 무척 많다. 클린턴의 회고록 《나의 인생》(원제목은 'My Life')은 발행되기도 전에 책을 사겠다고 예약한 사람이 230만 명이었다. 사실 그 책은 별로 재미가 없다. 재임 기간 중에 있었던 일을 시간순으로 기록한 것이라 다큐멘터리를 책으로 읽는 느낌이 든다. 그런데도 공인이 공적 기록을 남기는 행위를 하나의 의무로 여기는 풍토가 살아 있고, 그것이 대중의 지대한 관심과 주목을 받고 있다. 미국은 소수 기득권의 군산금학(軍-産-金-學) 복합체가 지배하는 나라로 불린다. 오늘날 그들은 약자에 대한 배려가 부족한 복지 시스템 등으로 인한 내부적 위기와 자신들의 세계 지

3 조지프 윌리엄스·그레고리 콜럼, 윤영삼 옮김, 크레센도, 2021.

배 전략에 어긋나는 국가에 무자비하게 군사 대응하는 제국주의 패권 행태로 인한 외부적 위기를 겪는 중이다. '기울어가는 제국'으로 불리는 미국을 그나마 지탱하는 힘이 이런 데서 나오는 것은 아닐까?

조선 시대 이황과 기대승은 '조선 최대의 지적(知的) 사건'이라 불리는 사단칠정(四端七情) 논쟁을 벌인다. 논쟁의 주제는 인간 심성의 기원에 관한 것이었다. 이 논쟁이 놀라운 점은 그 형식 때문이다. 12년 동안 두 사람은 편지를 주고받으면서 논쟁을 이어갔다. 21세기에도 이런 논쟁이 벌어지는 상상을 가끔 해본다. 지식인들이 몇 년 동안 한 문제를 두고 글쓰기로 토론하고 대중이 이를 관심 있게 지켜보는 풍토를 마련하는 데 언론은 큰 역할을 할 수 있을 것이다. 대의 민주주의의 한 축을 담당할 예비 언론인들이 현직에서 일할 기회를 잡으면 언젠가는 이런 멋진 논쟁을 자신의 미디어에서 실현해줬으면 좋겠다.

2

언론사는 타고난 글솜씨를 요구하지 않는다

"나는 글솜씨가 없어서 글을 못 쓴다." 이런 말을 자주 들었다. 글쓰기에 자신이 없는 예비 언론인들이 자신을 방어하기 위해 하는 말이다. 그런 말을 입에 달고 다니던 준비생들도 언론사에 많이들 입사했다. 왜 그럴까?

답은 하나다. 언론사에서 요구하는 글이 솜씨를 바탕으로 쓰는 게 아니기 때문이다. 보통 글솜씨가 없다고 하면 '타고난 글쓰기 재주'가 없다는 뜻이다. 이 대목에서 우리가 오해해서는 안 되는 게 있다. 글쓰기 영역을 구분해야 한다는 점이다. 글쓰기는 보통 문학 영역의 픽션과 비문학 영역의 논픽션으로 나눌 수 있다.

보통 문학적 글쓰기에서는 솜씨가 필요한 경우가 있다. 예술적 감수성, 문학적 형상화 능력, 문장력, 수사법 등이 필요하다. 재능이 없으면 아무리 노력해도 일정 수준 이상의 성취를 하기 어려운 경우도 있다. 소설가 스승 밑에서 10년을 받아쓰기해도 스승의 소설을 쓸 수 없는 이치다. 결국 선천적인 능력은 부모한테서 물려받은 DNA의 문제다. 음악과 미술, 문학 영역에서는 이런 현상이 공통으로 나타난다. "화려한 도시를 그리며 찾아왔네~"라는 가사로 시작하는 대중가요 〈꿈〉을 작곡하는 데 채 1시간도 걸리지 않았다고, 조용필이 한 인터뷰에서 밝힌 적이 있다. 슈베르트는 밤에 밖에서 와인 한 병을 마시고 집에 들어와 밤새도록 작곡을 하면 아침에 명곡 하나가 탄생했다고 한다. 윤동주는 100년 가까운 시간이 흐른 뒤에도 읽히는 아름다운 시들을, 스물일곱 살로 세상을 뜨기 전에 모두 썼다. 문학은 예술의 영역이며 예술의 영역에서는 선천적 재능이 성공 여부를 좌우하는 경우가 많다.

예술로서의 글쓰기 vs 노동으로서의 글쓰기

이에 비해 비문학 영역에서는 솜씨보다는 노력과 연습이 중요하다. 자기만의 문학적 스타일을 찾아야 하는 문학적 글쓰기와는 달리 비문학 글쓰기에서는 매뉴얼에 따라 꾸준히 연습하면 일정 수준에 오른다. 시간문제란 얘기다. 보통 글쓰기를 위해 필요한 요소를 표현력, 구성력, 내용 등 세 가지로 보는데 비문학 영역에서는 문학에 견줘 내용이 상대적으로 중요한 비중을 차지한다. 비문학은 사실을 다루는 글이기 때문에 글쓴이가 수집한 사실들이 쓸 만하면 표현이나 구성이 조금 미숙해도 일단 글의 가치를 인정받는다. 문학의 경우에는 대체로 표현과 구성의 차별성이 예술적 형상화 능력의 핵심이 된다. 타고난 재능이 있어야 글쓰기를 잘할 수 있다거나, 탁월한 문장력을 글쓰기의 전제 조건으로 생각하는 시각은 글쓰기를 문학적 글쓰기로만 한정해 보는 데서 생긴다. 그러니 글쓰기 앞에서 괜히 주눅 들 필요 없다. 한국 문학사에 빛나는 작품을 쓰는 게 목적이 아니라면 글쓰기 DNA를 물려주지 않은 부모를 원망할 이유가 없다. 문재(文才)를 한탄할 일이 아니다.

예비 언론인들은 저널리즘 영역에서 쓰일 글을 준비해야 한다. 저널리즘 글쓰기는 아래에 정리해놓은 것처럼 문학과 학문의 중간 영역쯤에 있다.

| 문학적 글쓰기 / 저널리즘 글쓰기 / 학문적(학술적) 글쓰기

언론인들 대부분은 커리어가 끝날 때까지 저널리즘 영역 안에서만 글쓰기를 하는 편이다. 문학이나 학술 분야의 글도 쓸 수 있지만, 그렇게 하려면 평균보다 몇 배 빼어난 능력과 노력이 요구된다. 우선은 저널리즘 글쓰기에 치중하면 된다.

문학적 글쓰기에는 장르가 요구하는 규칙이 있다. 시나리오를 쓸 때는 대사와 자막이 있는 장면 설정과 전형성을 갖춘 등장인물(캐릭터)이 필요하다. 시(詩)에는 운율과 시적 언어가 있어야 한다. 소설에는 시공간적 배경, 스토리라인, 캐릭터, 복선·반전·클라이맥스와 같은 플롯 요소 등이 필요하다. 사실을 염두에 둘 수 있지만, 사실에 부합할 필요는 없다. 수사법을 중심으로 한 표현 기술에 기대는 비중이 크고 예술적 형상화 능력이 빼어나야 기억에 남는다. 유니크한 문장력이 스타일로 추앙받는 세계이기도 하다.

학술적 글쓰기는 사실을 근거로 하지만, 이론적 체계와 깊이가 필수다. 이론의 구성 요소인 개념에도 강해야 한다. 장점도 있지만, 단점도 뚜렷하다. 구성이 지나치게 단순하고 도식적이어서 새로움이 없다. 문장은 길고 군더더기가 많다. 여러 글을 두루 짜깁기하는 식이어서 고유한 스타일이라고 할 만한 게 거의 없다. 부담스럽고 지루하게 읽힌다. 인내심을 테스트하는 텍스트가 많다. 대중과의 소통보다는 '그들만의 리그' 안에서 인정받는 데 더 신경 쓰는 글쓰기인 점도 특징이다.

같은 소재나 주제로 쓴 다양한 장르의 글을 비교하는 건 흥미롭다. 편의점이라는 소재를 놓고 사회학자 전상인은 《편의점 사회학》을, 소설가 김애란은 《나는 편의점에 간다》를 썼다. 전상인은 그 책의 서문에서 김애란의 소설을 접한 경험을 전한다. 기자들은 전체 가구의 1/3을 넘어가고 있는 1인 가구의 라이프 스타일과 밀접하게 연결된 공간으로서 편의점을 끊임없이 기사의 소재로 다루고 있다.

문학과 학문의 경계에 위치한 저널리즘 글

저널리즘 글은 문학적 글과 학술적 글의 점이지대에 있다. 경계에 있다 보니 문학적 특징이나 학술적 속성이 아예 없지는 않다. 원래 문학적 감수성과 학술적 전문성을 함께 추구하는 것은 저널리즘의 또 다른 지향점이기도 하다. 실제로 두 영역을 아우르면서 새로운 장르를 개척한 사례도 있다. 미국에서 뉴저널리즘의 흐름을 선도했던 트루먼 커포티의 《인 콜드 블러드In Cold Blood》와 같은 소설은 '논픽션 노블nonfiction novel'이라는 장르로 불렸다. 일간지에 1단 기사로 실린 연쇄 살인 사건을 몇 년 동안 취재해서 장편 소설 분량의 글로 되살린 작품이다. 사건 탐사 저널리즘에 관심 있는 이들은 꼭 한 번 읽어볼 만한 책이다. 형용모순과도 같은 이런 장르의 등장과 성공은 저널리즘에 문학적 감수성이 녹아들면 시너지가 생각보다 크다는 점 때문일 것이다.

일본 강점기의 지식인들을 봐도 저널리스트와 작가의 구분이 모호했다. 기자를 하던 이가 소설을 쓰거나, 그 반대의 경우도 흔했다. 지식인층이 얇아서이기도 했겠지만, 각 영역의 전문성이나 깊이가 지금에 비해 덜 발달해서였을 것이다. 이제는 상황이 많이 달라졌다. 경계가 보다 뚜렷해졌다. 경계를 자유롭게 넘나들려면 훨씬 빼어난 실력을 갖춰야 한다. 그런 사람도 손에 꼽을 정도다.

문학과 저널리즘을 오간 사람으로 우선 기억나는 인물은 고종석과 김훈이다. 내가 고종석이 쓴 장편 소설 《기자들》을 읽은 건 대학을 졸업하고 기자 준비를 할 때였는데, 읽자마자 그의 문체에 끌렸다. 그는 2012년 인터뷰에서 그 책을 쓴 이유를 말하면서 "타자를 배워야 해서 일주일 동안 연습 삼아 썼다"고 털어놨다. 사실이라면, 따라갈 수 없는 경지다. 김훈의 글쓰기도 마찬가지다. 그의 문체는 카페인이다. 일단 한번 빠지면, '글쓰기에 스타일이란 게 있다면 이런 것이겠구나' 하고 생각하게 된다. 그의 스타일은 그가 40대 후반의 나이에 〈한겨레〉 사회부 경찰 출입(기동취재팀) 기자를 하겠다고 자원했을 때도 〈한겨레〉의 지면을 빛나게 했다.

저널리즘과 아카데미즘을 오간 인물로는 리영희와 강준만을 꼽을 수 있다. 리영희를 독재 정권과 싸운 지사(志士)로만 알고 있는 이들이 많을 텐데 그는 한양대 교수였다. 미국 UC버클리에서 전 세계에서 온 학생들을 대상으로 영어로 하는 한국 현대사 강의를 학기 내내 진행한 적도 있다. 구속돼 교도소에 있을 때는 프랑스어 감각을 잊지 않으려고 《레 미제라블》을 원서로 읽었다고, 《대화》에서 밝히고 있다. 말뜻 그대로 '지적(知的)'이다. 전북대 교수 강준만은 저널리즘을 경험한 인물이 아카데미즘 영역에서 저널리즘의 장점을 활용해 얼마나 많은 일을 할 수 있는지를 보여주는 대표 사례다.

예비 언론인들 대부분은 빼어난 실력을 갖추기 전까지는 위에 거론한 인물들처럼 되기는 어려울 것이다. 사실 기자들 중에는 소설을 쓰고 싶어 하는 이들이 더러 있다. 실제 경계를 넘어보려 시도하기도 한다.

최근에는 한국에서도 언론인들이 저널리즘 영역 안에서 논픽션 책을 내고 그 책이 대중적 인기를 끄는 현상이 늘어나고 있다. 고무적인 일이다. 예비 언론인들도 현직이 되면 경계 넘나들기를 시도할 만하다. 아니 굳이 경계를 넘나들지 않아도 자신의 글쓰기 재능을 뽐낼 기회는 많아지고 있다. 그러나 이것은 나중 일이고, 예비 언론인이라면 우선 저널리즘이 요구하는 글의 속성부터 파악해야 한다.

저널리즘이 요구하는 글쓰기의 요소들

먼저 저널리즘은 쉽게 쓰는 걸 요구한다. 신문, 잡지 등 정기 간행물에 공적으로 발표되는 저널리즘 글은 대중과 만난다. 이것이 저널리즘 글의 가장 중요한 특징이며 기본 조건이다. 이런 글은 잘 읽혀야 한다. 독자가 한 번 읽어서 이해하지 못하는 글은 쉬운 글이 아니다. 저명한 칼럼니스트들의 글을 읽다 보면 공통점이 있다. 어려운 내용인데도 무척 쉽게 쓴다. 몸에 밴 글쓰기 습관이다. 저널리즘에서는 어려운 내용을 쉽게 쓰면 좋은 평가를 받는다. 어려운 내용을 어렵게 쓰거나 쉬운 내용을 쉽게 쓰면 보통의 평가를 받는다. 쉬운 내용인데도 괜히 어렵게 쓰면 나쁜 평가를 받는다. 지식을 뽐내기 위해, 즉 현학적(衒學的)으로 쓰면 그렇게 된다. 쉽게 쓰라고 해서 초등학생 수준의 단어만을 구사해야 하는 건 아니다. 최대한 친절하고 이해하기 쉽게 쓰라는 거다. 생경한 전문 용어를 쓸 수밖에 없을 때는 쓰되, 전체 내용의 핵심을 파악할 수 있도록 간략히 설명할 줄 알아야 한다.

보통 언론인을 '제너럴리스트generalist'라고 한다. 어떤 분야든 두루 알아야 한다. 기자들은 어제 국방부 출입 기자를 하다가 오늘 영화 담당 기자가 될 수도 있다. 출입처를 옮기자마자 기사를 써야 하는 때도 있다. 기자들은 그래도 쓴다. 신기한 일이지만 또 당연한 일이기도 하다. 그들이 제너럴리스트이기 때문이다. 이를 '얇게 두루두루 알고 있는 사람'으로 해석해서는 안 된다. 사실 기자나 피디PD들이 특정 주제나 영역을 취재하다 보면 자기도 모르게 깊게 알게 된다. 전문적인 정보나 식견을 가졌더라도 전문가의 언어가 아닌 대중의 언어로 소통할 줄 아는 게 언론인의 강점이다. 어떤 분야나 주제를 접했을 때 그 핵심과 구조, 체계를 가장 빨리 알아차린다. 언론인들은 대체로 다른 분야에 가서도 타 직업군들에 견줘 빠르고 안정적으로 적응한다는 평을 듣는다. 눈치가 빨라서가 아니라 그렇게 노동해왔기 때문이다.

반면 스페셜리스트specialist들은 그 분야에서 인정받는 것이 우선이기 때문에 전문 용어를 구사하는 게 편하고 권위를 유지하기에 효과적이다. '너희들은 몰라도 돼! 알면 내가 곤란해져!'라고 외치는 식이다. 환자가 알아보게 처방전을 쓰는 의사가 없고, 피고인이 알아듣도록 판결문을 쓰는 판사가 없으며, 고객이 알아듣게 계약서를 쓰는 보험 설계사가 없는 이치다. 그래서 전문가들이 기자가 되려고 언론계에 진입할 때 실패하는 경우가 많다. 제너럴리스트가 스페셜리스트가 되기는 쉬워도 그 반대는 어려운 셈이다. 그런 점에서 언론인은 '스페셜 제널리스트'이자, '제너럴 스페셜리스트'로 부를 만하다.

예비 언론인들 중에서도 현학적인 글을 좋아하는 사람이 있다. 대학원에서 특정 분야를 전공하고 있어서 자기는 그렇게 써왔고, 그렇게 쓰는 게 어렵지 않다고도 말한다. 저널리즘의 속성을 잘 모르고 하는 말이다. 그건 자기만족적인 글쓰기다. 궁극에 가서는 글쓰기에서도 자기만족이 가장 중요하지만, 그에 앞서 대중이 읽어야 할 글이라는 점을 염두에 둬야 한다. 언론인은 글을 쓸 때 끊임없이 좋은 의미의 '자기 검열' 또는 '자기 통제'를 한다. "이 글을 독자들이 쉽게 이해할 수 있을까?" "이런 도입부에 끌릴까, 더 흡입력 있는 도입부는 없을까?" "이 사례가 내가 말하려는 바를 가장 잘 나타내줄까?" "마지막 문장을 이렇게 쓰면 여운이 남을까?" "이 단어보다 더 적확한 건 없을까?"

예비 언론인들의 글 중에는 자신이 제대로 소화하지 못한 내용을 거칠게 쏟아놓는 게 많다. 글 평가를 하기 위해 글쓴이에게 구체적으로 물어보면 자기의 언어로 설명할 줄 아는 사람이 많지 않다. 언론사 평가위원들이 그런 글을 읽으면 소화 불량 상태인지 아닌지를 금방 알 수 있다. 글을 다루는 사람들의 촉각과 판단력이란 그런 것이다. 따라서 어려운 내용을 쉽게 전달하도록 쓰는 훈련이 필수다.

뺄 것도 더할 것도 없어야 좋은 글이다

소화 불량 상태가 되는 대표적인 이유는 글을 쓰기 위해 봤던 자료를 그대로 인용하기 때문이다. 자신의 글에 녹아들 수 있도록 재구성하지 않고 자료를 그대로 인용하면 조잡하고 부자연스러운 글이 된다. 짜깁기하는 논문이 그렇다. 소화를 제대로 하려면 '자기 생각'이라는 깔때기를 통과해야 한다. 그래야 글 재료가 '자기 것'이 되고, 결과적으로 글이 쉽게 읽힌다.

저널리즘 글은 또 치밀해야 한다. 목적의식적이고 주도면밀한 글이 좋다. 하나하나의 문장이 모두 나름의 존재 이유가 있는, 그런 차진 글이 좋은 평가를 받는다. 밀도가 높아서 알뜰하고 빈틈이 없는, 찰떡 같은 글 말이다. 내용이 성겨서 군더더기가 많거나, 중언부언하는 글은 읽기도 어렵고, 이해하기도 힘들다. 차진 글은 어떻게 고쳐야 할지가 잘 떠오르지 않는다. 차지게 쓰려면 처음부터 계획을 잘 세워야 한다. 설계도를 제대로 그려야 건축이 잘되는 이치와 같다. 붓 가는 대로 쓰다 보면 길을 잃은 나머지 간 길을 또 가거나 길이 아닌 곳으로 가게 된다. 긴 글일수록 길을 잃을 가능성이 높다. 〈한겨레21〉 기자를 할 때 커버스토리 메인 기사를 책임지게 되면 200자 원고지 40~50매 정도를 써야 했다. 시작을 어떻게 할지, 사례를 어디에 넣을지, 주제를 어떻게 드러낼지 등에 대한 디테일을 미리 연습장에 그려놓지 않으면 완성하기 어려웠던 기억이 있다. 긴 글일수록 설계도를 미리 그려 계획을 세운 뒤 글을 쓰는 연습이 중요하다.

시사 감수성은 저널리즘 글의 기본 질료다. 건축을 하는 데 건축 자재가 필요하듯이 저널리즘 글쓰기를 위해서는 시사적 자재가 필요하다. 시대의 흐름과 트렌드, 주요 사건, 토론 중이거나 앞으로 토론 거리가 될 사회적 의제 등에 대해 항상 자신의 생각을 정리하고 있어야 한다. '시사'라는 말을 현재 진행되는 사건의 구체적인 양상이나 쟁점으로 좁혀서 생각할 필요는 없다. 자칫 글의 내용이 편협해질 수 있기 때문이다. 인간과 인간 사회에서 벌어지는 다양한 일들이 모두 시사의 대상이다.

저널리스트는 세상의 움직임을 포착할 수 있게 언제나 안테나를 곧추세우고 있어야 한다. "요즘 신드롬이라고 부를 만한 게 뭐가 있지?" "어떤 식당들이 많이 생기지?" "어떤 패션이 인기를 끌지?" "베스트셀러의 인기 요인은 뭐지?" "대중문화 분야의 새로운 키워드가 있나?"

이런 질문을 항상 해야 하며, 미디어가 건네주는 내용을 정답으로 외울 게 아니라 자신만의 대답이 있어야 한다. 자신의 틀로, 자신의 기준으로 세상을 볼 때 생각이 깊어지고 다양해진다.

식상함에서 벗어난 글을 써야 한다. 식상함과 상투성은 저널리즘의 적이다. 내용·형식·구성·접근법 등 모든 면에서 새롭기는 어렵지만, 그 가운데 하나만이라도 새롭게 만들어보려는 노력이 필요하다. 2009년 겨울에 방영된 MBC 다큐멘터리 〈아마존의 눈물〉은 당시 다큐멘터리 사상 최고의 시청률을 기록했다. 이 프로그램이 인기를 끌었던 것은 소재가 새로워서는 아니었다. 아마존이라는 공간을 배경으로 한 방송 프로그램은 그전에도 여러 편 있었다. 〈아마존의 눈물〉은 취재 대상에 접근하는 방법, 시각과 관점이 신선했기에 킬러 콘텐츠가 됐다. 언론은 기본적으로 새로운 것에 민감하고 새로운 것들 위주로 매체를 채운다. 시각이나 접근법만 달리해도 새로워지는 게 콘텐츠의 세계다. 언론인이라면 글을 쓸 때 항상 이 점을 염두에 두어야 한다. 내 글만이 줄 수 있는 걸 항상 생각해야 한다. 내가 보여줄 수 있는 새로움이 바로 나의 브랜드를 형성한다.

실사구시, 자연스러움, 솔직함, 설득력, 개성을 지닌 글이 좋은 평가를 받는다. 정확, 구체, 명확, 압축, 간결, 객관, 응집, 일관 등은 저널리스트들이 추구하는 문장의 기본 원칙들이기도 하다.

3

다독, 다작, 다상량을 입체화하라

다독(多讀), 다작(多作), 다상량(多商量)은 글쓰기의 왕도다. 오래전부터 그랬고, 지금도 그렇고, 앞으로도 그럴 것이다. 다만 이 셋의 관계를 제대로 알 필요가 있다. 관계를 알려주지 않은 채 무조건 쓰라고 하는 건 무책임하다.

셋의 관계가 막연하게 느껴진다면 당신이 그것들을 나열 관계로 보기 때문이다. 손에 잡히는 대로 읽고, 시간 날 때마다 쓰고, 생각을 억지로 한다고 해서 글을 잘 쓸 수 있는 건 아니다. 좀 더 정확히 말한다면, 다독과 다상량은 맞지만 '다작'은 반드시 맞는 말이 아닐지 모른다. 무턱대고 많이 쓰는 게 중요한 게 아니라 완성도 있게 쓰는 게 중요하고, 한번 쓴 뒤에 다시 써보는 훈련이 더 중요하기 때문이다.

이들 사이의 상호 보완적, 유기적 관계를 알고 원리에 따라 글쓰기를 해야 글이 진보한다. 따라서 세 가지 요소의 입체적 재구성이 필요하다. 다독, 다작, 다상량은 각각 읽기, 글쓰기, 생각하기로 바꿔 표현해본다. 이를 도식화하면 다음과 같다.

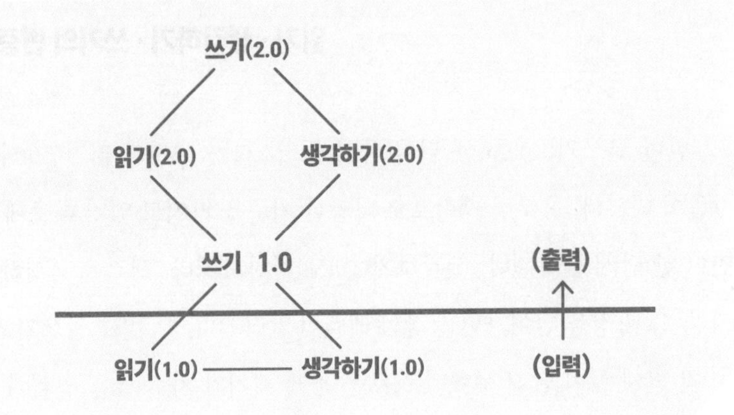

먼저 글쓰기는 읽기와 생각하기를 전제로 한다. 읽기와 생각하기 없이 글쓰기는 불가능하다. 시간의 앞뒤를 기준으로 볼 때 읽기와 생각하기가 먼저 이뤄진 뒤에라야 글쓰기를 할 수 있다. 읽기와 생각하기 없이 많이 쓰는 건 애당초 불가능한 일이다. 설령 쓴다고 해도 완성도와 질을 담보할 수 없는 글이 된다는 뜻이다. 그러니까 쓰기 전에 반드시 읽고 생각해야 한다.

우리가 보통 어떤 문제에 대해 깊이 고민하거나 관심이 있어 자료를 충분히 조사한 뒤 글을 써보면 그 문제에 대한 자신의 생각이 또렷해지는 걸 느낄 수 있다. 글이 잘 써진다는 것은 그 문제에 관한 생각이 깊어지고 체계화되었다는 얘기다. 반대로 잘 써지지 않는 건 아직 그 문제에 대해 충분히 읽지 않았다는 것이고, 깊이 있게 생각하지 못했다는 뜻이다.

읽기·생각하기·쓰기의 변증법

한번 글쓰기(1.0)를 한 뒤의 다시 읽기(2.0)는 이전의 읽기(1.0)와는 수준이 다르다. 풍부한 맥락으로 다양한 기준을 가지고 읽기 때문에 버전이 한 단계 높아진다. 생각하기(2.0)도 마찬가지다. 생각은 복잡해지지만, 그 과정을 넘어가면 생각의 레벨이 달라진다. 두 번째 글쓰기(2.0)는 첫 번째 글이 담지 못했던 새로운 문제 제기와 차원 높은 인식 수준을 보여준다. 이런 변증법적 진보의 과정을 스스로 겪어보려면 자신의 관심 분야에 대한 글을 써보면 알 수 있다. 기본서들만 읽은 뒤의 글과 좀 더 깊이 있는 책을 읽은 뒤의 글이 달라진다는 점을 말이다.

저널리즘 글쓰기 영역에서는 입력이 글쓰기 수준을 좌지우지한다. 그냥 대충대충 읽는 게 아니라 만족할 만큼 읽어야 한다. 가장 흡족하게 고를 수 있는 선택지가 등장할 때까지 읽는 게 필요하다. 미국과 캐나다에서 성인들을 위한 논픽션 글쓰기 교과서로 인정받는 《글쓰기 생각 쓰기》(원제는 'On Writing Well')의 저자 윌리엄 진서는 글의 재료와 글쓰기의 관계에 대해 "글의 힘은 가장 도움이 되는 일부분의 내용을 추려내기 위한 여분의 자료가 얼마나 많으냐에 비례하는 경우가 많다"고 했다.

기자의 취재와 비교해보자. 대부분의 기자는 취재 결과의 20~30%도 제대로 기사에 담지 못한다. 취재한 것 가운데는 기사의 맥락과 어긋나거나, 덜 중요하거나, 지엽적인 내용이 많이 포함되기 때문이다. 결국 기사가 좋고 나쁜 것은 취재의 분량에 좌우된다. 기사 쓰는 솜씨의 차이를 빼놓는다면 말이다. 인풋input이 많아야 아웃풋output의 격이 높아진다는 건 인생의 진리이지만, 글쓰기에서도 마찬가지다. 언제나 써야 할 것보다 훨씬 더 많은 자료를 읽어야 한다.

입력이 부족하면 '표절' 또는 '짜깁기' 글이 된다

일본에서 '지(知)의 거인(巨人)'으로 불리는 저널리스트 다치바나 다카시 역시 '입력 대 출력의 비율 법칙'을 강조한다. 그는 정신 영역과 물질 영역의 생산 방식이 정반대라는 점에 주목한다. 원래 경제성 원리의 기본은 '최소 비용을 들이고 최대의 효과를 얻는 것'이다. 투입(또는 '입력') 대비 산출(또는 '출력')의 비율이 높을수록 훌륭하다고 칭찬받는다. 사회의 모든 분야에 경제 원리를 적용하려다 보니 이 원리가 어떤 분야에도 적용되는 '금과옥조'라고 생각하는 이들이 늘어나는 것 같다. 그러나 이 원리는 물질 생산 분야에 한해 유효하다.

정신적 생산에서는 정반대가 되는 경우가 많다. 최소 비용을 들이면 품질은 엉망이 된다. 반대로 입력이 많으면 좋은 글이 된다. 입력이 1인데 출력도 1이면 베끼기, 즉 표절에 해당한다. 입력이 3~4인데 출력이 1이면 짜깁기다. 그는 '100 대 1 법칙'을 말한다. 100 정도를 입력한 상태에서 1 정도를 출력하면 좋은 결과물이라는 거다. 그러니까 A4 용지 한 장의 글을 쓰기 위해 100장 정도를 읽으면 좋은 글을 쓸 수 있다는 얘기다. 너무 기계적인 계산법이라고 할지 모르지만, 실제 글쓰기를 해본 사람이라면 크게 공명할 것이다. 그는 실제로 한 권의 책을 쓰기 위해 100권 안팎의 책을 읽는다고 《지식의 단련법》[4]에서 밝히고 있다. 그가 쓴 책이 100권을 넘는다고 하니 최소한 1만 권 이상의 책을 읽었단 얘기가 된다.

읽기와 생각하기의 관계는 어떤가? 보통 생각하기는 읽기와 따로 떨어져 있지 않다. 독서와 동시에 이뤄진다. 읽으면서 생각하는 것이다. 글을 읽을 때 우리는 문자를 시각물로 인식하는 게 아니고 의미로 인식한다. 글을 읽으면서 내용을 이미지화하거나 의미를 구성한다. 읽는 시간이 곧 생각하는 시간이다.

읽으면서 생각을 버리는 버릇을 들이려면 슬로 리딩slow reading을 해야 한다. 속독법이 효과적이라는 주장도 있지만, 내 생각에 대부분의 속독법은 속임수에 가깝다. 속독이 가능한 경우는 해당 내용과 주제를 너무 잘 알 경우로 국한된다. 독서는 결국 저자와 독자의 대화다. 독서를 하면서 저자의 얘기에 일방적으로 빠지기만 해서는 곤란하다. 스펀지에 물이 스미듯 저자의 주장이나 생각을 받아들이기만 해서는 자신의 생각을 펴지 못한다. 저자에게 계속 물어야 좋은 독서다. 물어볼 시

4 다치바나 다카시, 박성관 옮김, 청어람미디어, 2009.

간을 확보하려면 천천히 읽어야 한다.

읽기가 걷기라면 글쓰기는 달리기다. 아이들은 걸음마부터 시작한다. 일상적인 걷기가 근육을 완성해 달리기까지 가능하게 하는 것처럼 읽기를 통해 글쓰기의 기초 체력을 길러야 한다. '체계적인 독서법' 또는 '과학적인 독서법'은 학습의 기본 능력인 동시에 글쓰기의 사전 단계이므로 무척 중요하다.

체계적인 독서를 하려면 '얼마나 읽었느냐'에 치중한 독서에서 벗어나야 한다. 양(量)에 치중하는 독서에서 벗어나 질(質)을 추구하는 독서로 전환해야 한다. 몇 권을 읽었는지를 목표로 하는 독서는 무작정 활자를 좇는 독서로 이어지고, 이것은 이해 능력을 떨어뜨릴 염려도 있다. 천천히 읽더라도 핵심 내용을 몇 번이고 반추하는 독서가 글쓰기에는 더 적합하다.

문제 해결을 위한 독서법이 최고 수준의 독서

체계적인 독서법을 다루고 있는 《논리적 독서법》[5]을 보면 독서는 다음의 4단계를 거쳐 진화한다. '초등적인 읽기→점검하며 읽기→분석적 읽기→종합적 읽기[syntopical reading(주제별 읽기)라고도 함]의 4단계가 그것인데 스스로가 어떤 독서를 하는지 따져볼 필요가 있다.

5 모티머 애들러·찰스 반 도렌, 오연희 옮김, 예림기획, 1997.

'초등적인 읽기'는 단어나 문장을 국어사전에 나오는 뜻으로만 이해하는 수준의 읽기다. 사전적 의미만 알지 맥락적 의미는 잘 모르는 단계다. '점검하며 읽기'는 문맥을 파악함으로써 글의 열쇳말과 열쇠 문장을 찾아낼 줄 아는 수준의 읽기다. '분석적으로 읽기'는 글의 주제와 중심 내용, 세부 내용을 구분하고 전체 글의 구성과 흐름을 비판적으로 분석할 줄 아는 읽기 수준이다. 최종 단계인 '종합적으로 읽기'는 한 권의 책만을 읽고 저자의 생각을 그대로 받아들이는 것에서 벗어나 두 권 이상의 책을 비교·통합함으로써 읽는 이가 새로운 결론을 이끌어내는 수준의 읽기다. '창의적 문제 해결을 위한 읽기'라고 할 만하다.

예비 언론인들은 문제 해결을 위한 독서 수준에 올라야 한다. 현직에서 일할 때 필요한 능력이 바로 마지막 수준의 읽기 능력이다. 한 주제를 한 권의 책으로 해결할 수 있는 경우는 거의 없다. 여러 권의 책과 논문, 전문 자료 등을 종합해서 비판적으로 읽을 줄 알아야 저널리스트로서 합리적이고 균형 있는 판단을 해낼 수 있다.

한 권의 책을 읽더라도 보다 분석적인 이해를 위해 읽은 내용을 요약해봐야 한다. 한 문단을 하나의 문장으로 요약하는 방법을 써서 읽으면 책을 종합적으로, 분석적으로 읽는 능력이 눈에 띄게 좋아진다. 요약을 할 때는 키워드나 중심 문장 몇 개를 찾아 이를 하나의 완결된 문장으로 만들어보는 연습을 거듭해야 한다.

읽으면서 생각할 수 있는 가장 강력한 방법은 기록하는 것이다. 기록을 하면 책의 내용을 곱씹게 되는데 이렇게 해야 책의 정보가 자신의 지식이 된다. 외부의 정보를 일시적으로 받아들였다 해도 그것을 기록해놓지 않으면 금방 휘발되고 만다. 단기 기억이 장기 기억으로 넘어가는 과정에서 필요한 게 기록이다. 책의 내용을 이리저리 분석해보고 파헤쳐보고 변형해보는 과정에서 자신의 것이 되고, 자신의 것이 되어야만 글쓰기에 실제 도움을 준다. 정보가 지식으로 변해야 비로소 자신의 언어가 되는 것이다. 우리가 제도 교육을 받으면서 섭취했던 정보 가운데 실제 삶에 유용하게 쓰이는 지식이 얼마나 될까? 생각보다 많지 않을 것이다. 그런 지식은 꼼꼼히 따져보면 정보에 대한 자신의 '개입' 흔적을 발견하게 된다. 정보에 대해 고민했거나, 실생활에 적용해봤거나, 기록해둔 것일 가능성이 아주 높다.

따라서 읽으면서 깊이 생각할 부분이라고 여겨지는 내용이 나오면 그것을 내 것으로 만들어놓는 작업을 해야 한다. 글을 쓸 때 이전에 읽었던 내용을 애써 기억하려 해도 잘 기억나지 않는 경험을 해본 이들이 많을 것이다. 어떤 천재도 자기가 읽은 내용을 그대로 기억해낼 수는 없다. 글쓰기 재료를 체계적으로, 일상적으로 기록해두어야 좋은 글을 쓸 수 있다는 얘기다.

글감을 효과적으로 모으려면 자기만의 독서 노트를 만들어놓는 게 좋다. 신문이나 잡지, 책을 읽다가 관심 있는 내용이 나오면 직접 손글씨로 요약·정리하는 것이다. 쓰면서 생각 난 것들도 함께 적어두자. 책을 읽는 도중에 기록하는 것이 독서의 즐거움을 빼앗거나, 읽기의 흐름을 방해한다 싶으면 다 읽은 뒤에 해도 좋다. 이때 책의 내용 요약 부분과 자신의 생각 부분은 색깔을 달리해 구분해두면 나중에 활용하기 좋다. 손으로 직접 기록하기 어렵다면 그 부분을 통째로 복사해서 붙이

자. 책에 줄을 긋거나, 형광펜으로 표시하거나, 포스트잇을 붙여놓을 수도 있다. 스마트폰으로 사진을 찍거나 스캔해서 파일로 저장해두는 것도 방법이다. 어쨌든 수시로 꺼내 볼 수 있으면 된다. 다만, 그게 마음처럼 쉽지 않을 때가 많다. 가장 좋은 방법은 독서 노트를 따로 만드는 것이다. 정리한 내용을 가까이 두고 자주 봐야 한다. 그래야 글을 쓸 때 도움을 준다.

기록하지 않으면 휘발되어 사라진다

정리한 내용이 쌓이면 주제별 또는 분야별 노트를 만들어볼 수도 있다. 소설이나 시 같은 문학 부문 노트와 기사, 기행문 등 논픽션 노트로 구분해볼 수도 있다. 예비 언론인들은 시급하게 논술과 작문을 써야 하기 때문에 논술은 논제 정리법으로, 작문은 글감 정리법으로 구분해 정리하는 게 효과적이다. 논술 쓰기를 위해서는 논술이 다루는 주제를 중심으로 다양한 책과 논문, 기사, 전문 자료 등을 발췌해서 읽고 정리하는 게 좋다. 논술을 위해 책을 읽을 때 통독보다 발췌독을 권하는 이유는 봐야 할 자료가 너무 많기 때문에 읽을 필요가 없는 부분을 과감히 버리기 위해서이다.

예를 들어서 '정의(正義)'를 정리한다면, 책 한 권으로는 부족하다. 마이클 샌델의 《정의란 무엇인가》, 존 롤스의 《정의론》, 아리스토텔레스의 정의론, 정의 개념을 다룬 논문도 참고해야 한다. 정의를 논할 때 등장하는 연관 개념들도 함께 정리하면 깊이 있는 참고 자료가 된다. 평등, 자유, 공정, 능력주의, 차별과 역차별, 약자·소수자에 대한 적극적 우대 조치와 같은 개념들이 그것이다.

종합적이고 체계적으로 정리하려면 다양한 자료를 봐야 한다. 정의·평등·공정에 대한 갈구가 왜 시대의 화두가 되었는지를 알려면 신문 기사를 읽고 다양한 이슈를 접해야 한다. 추상적 개념인 정의·평등·공정이 구체적 현실과 정책에서는 어떻게 논의되는지를 알아야 하기 때문이다. 이런 식으로 정리할 게 늘어나기 때문에 책을 읽더라도 발췌독을 할 수밖에 없다. 위에 언급한 각각의 책들도 처음부터 끝까지 다 읽기 힘들다. 존 롤스의 책은 가장 읽기 힘든 책으로 분류된다. 그가 말한 핵심 개념을 자기 식대로 풀어쓸 수 있을 정도로 정리하면 된다. 거기에다 그 개념을 구체적인 이슈와 현실의 사건들에 적용해서 논의를 전개할 수 있는 정도면 충분하다.

작문의 경우에는 특정 주제별로 정리해야 하는 논술과는 많이 다르다. 어떤 책이라도 작문에 도움을 줄 수 있다. 다만, 쓰기를 위해 글감 정리를 해야 한다. 책에 나온 인상적인 내용을 기록하되, 단순히 암기하는 것을 넘어서 그 텍스트에 대한 자기 생각을 여러 갈래의 콘텍스트(맥락)로 정리해놓아야 한다. 이런 과정을 통해 '자기만의 생각 근육'을 길러야 한다. 그래야 생각의 깊이와 다양성, 확장성을 확인하려는 작문 출제자의 요구에 부응할 수 있다. 논술의 논제 정리법과 작문의 글감 정리법은 뒤에 나오는 해당 장에서 더 자세히 설명할 예정이다.

픽션보다 논픽션을 더 많이 읽어야 하는 이유

책을 선택할 때 또 하나의 고려 사항은 픽션과 논픽션의 비율을 어떻게 하느냐는 문제다. 기자 지망생은 논픽션을 읽고 피디 지망생은 픽션을 읽어야 한다는 식의 이분법은 무척이나 부적절하다. 논픽션과 픽션의 장단점이 명확하므로, 또 읽는 이가 그동안 어떤 독서를 해왔는지가 다르므로, 각자의 처지에 맞게 비율을 정해야 한다. 원칙은 없지만, 너무 한쪽으로 쏠려서는 곤란하다는 점은 기억할 일이다. 어릴 때부터 문학 작품만 읽어온 사람이라면 논픽션 글을 통해 사실을 명확하게 정리하는 습관을 들여야 한다. 사회 과학이나 자연 과학 쪽 책만 읽은 사람은 표현력이나 구성력이 부족할 가능성이 높으므로 글에 피가 돌게 하고 온기를 불어넣기 위해서라도 문학 작품을 읽어야 한다.

다만, 당장 글쓰기에 직접적으로 도움이 되는 분야는 논픽션이라고 할 수 있다. 논픽션 책을 먼저 권유하는 이유는 저널리즘 글쓰기를 할 때 가장 필요한 부분이 '글의 내용'이기 때문이다. 픽션은 상대적으로 간접적이고, 장기간에 걸쳐 글쓰기에 도움을 준다. 이것은 '시간 대비 효과'라는 기준을 적용해봐도 그렇다.

한국 문학사의 금자탑이라고 일컬어지는 《토지》 전집을 읽으면 한국 문학의 향취는 진하게 느끼겠지만, 당장 글쓰기에 얼마나 도움이 될지는 장담하기 어렵다. 표현력 중에서도 어휘력을 기르기 위해 이 전집을 읽어야 한다는 주장도 있는데, 시간이 너무 많이 걸릴 테다. 장기적으로는 긍정적인 영향을 주겠지만, 문제는 당장 글쓰기에 도움이 될 독서를 해야 하는 예비 언론인들의 처지다.

논픽션 분야 중에서도 콘텐츠의 확장성이 높은 책부터 읽는 게 좋다. 콘텐츠의 확장성이 높으면 어떤 분야나 주제에도 적용할 수 있는데, 예를 들어 다양한 주제에 적용되는 기초 개념들을 깊이 있고, 체계적으로 다룬 책들이 여기에 해당한다. 자유·평등·인권·민주주의·공화주의·시민 사회·페미니즘·휴머니티 등의 개념은 주제와 분야를 막론하고 항상 등장하는 개념들이다. 인문학과 사회 과학의 고전들도 이런 범주에 해당한다.

이쯤에서 고전에 관해 한마디 해야겠다. 고전 콤플렉스에 시달리는 이들이 꽤 있기 때문이다. 현직 기자인 한 제자가 준비생 시절 때 내게 플라톤의《국가론》때문에 울었던 얘기를 해준 적이 있다. 그 책이 철학 사상사나 정치학에서 빼놓을 수 없는 고전이어서 큰맘 먹고 억지로 읽으려고 했는데 3일 동안 시도해보다가 결국 포기하고 울었다는, '웃픈' 얘기였다. 이렇게까지 할 일은 아니다. 2500년 전 아테네를 배경으로 쓴 책을 쉽게 이해하는 게 오히려 이상한 일이다. 이럴 때는 동시대인의 시각에서 그 책 내용을 잘 요약하고 맥락을 짚어주는 최신 해설서를 먼저 읽는 게 낫다. 그런 뒤에 원전을 읽으면 아무래도 이해가 쉽다. 그의 사상의 뿌리라고 할 수 있는 소크라테스, 그와 정치 체제에 대한 생각이 달랐던 아리스토텔레스와 비교하면서 읽으면 더 좋다. 그래야 서양 철학의 시조라고 하는 그들 세 명을 맥락적으로 이해하는 시선을 가질 수 있다.

고전 때문에 자책하거나 자기 비하하면 안 된다. 고전 읽기가 힘든 이유는 따로 있다. 번역이 매끄럽지 않은 경우가 꽤 많고, 해당 고전 자체의 특수성을 알아야 하는 때도 있다. 예를 들어 니체의 《차라투스트라는 이렇게 말했다》는 산문이지만, 기승전결을 갖춘 글은 아니다. 10년 동안 산속에서 지내면서 얻은 '초인'에 관한 지혜를 세속인들에게 설명하는 구성인데, 맥락 없이 나열된 금언 모음집으로 여기면서 읽으면 받아들이기 쉽고 마음이 편하다.

전체를 조망한 뒤에 부분으로 들어가는 방식도 있다. 예를 들어 철학 분야라고 한다면, 철학자 한 명 한 명에 대한 책을 무작정 파고드는 것보다 철학의 역사를 훑어본 다음에 개별적인 철학으로 들어가는 게 낫다. 마치 처음 가보는 지하철역에 가기 전에 지하철 전체 노선도를 확인해야 하는 것과 마찬가지 이치다.

'나만의 고전 리스트'가 중요하다

고백하자면, 나도 고전 리스트에 나오는 책들을 많이 읽지 못했다. 1980년대 이른바 운동권 대학생들 대부분이 그랬던 것처럼 '편식'에 가까운 독서를 했고, 기자가 된 뒤로 그것을 보완하지 못했다. 그래도 기자 생활하는 데 결정적인 걸림돌이 되지는 않았다. 내가 모르는 철학자가 어떤 얘기를 했다는 글을 보면 전후 맥락을 파악해서 이해하려고 한다. 그러면 어느 정도는 해결된다. 또 모르면 새롭게 배우거나 전문가에게 물어보면 되니까, 하고 편하게 생각한다. 문제가 됐을 때 그때 알아봐도 괜찮다고 여기는 편이다. 모르는 걸 물어보는 게 언론인의 일이다.

고전 리스트에 강박을 가지는 대신 자기만의 고전 리스트를 만들어보는 게 생산적이다. 자신의 지적 진화에 도움을 줬던 결정적인 책이 있다면, 그게 자기의 고전이다. 그런 고전이 '박제화된 리스트 고전'보다 몇 배는 더 중요하다. 그것을 어떻게 흡수해서 자기 것으로 만들었는지가 자신을 형성하는 데 결정적인 역할을 했기 때문이다.

내 경우를 돌이켜보면, 내 사회의식을 제일 먼저 깨운 건 월간지 〈신동아〉였다. 고등학교 2학년 지구 과학 시간에 광주 항쟁을 다룬 〈신동아〉 기사를 몰래 보다가 교무실에 끌려가 무릎 꿇고 앉아 있어야 하는 체벌을 받은 적이 있었다. 지금은 많이 달라졌지만, 1980년대 〈신동아〉는 흥미로웠다. 군사 독재 정권에 대한 나름의 저항 정신으로도 볼 수 있는, 일종의 결기 같은 게 느껴지는 매체였다. 아마도 광주 항쟁 기사를 읽었던 원체험이 대학 졸업 이후 기자라는 직업을 선택하는 데 결정적으로 기여했을지도 모른다.

그보다 앞선 책으로는 《코스모스》Cosmos가 있다. '시인의 가슴으로 과학을 한 20세기의 아이콘'으로 불리는 NASA의 과학자 칼 세이건이 쓴 책이다. 우주를 다룬 그 책을 읽고 나는 문득 지독한 외로움을 느꼈지만, 불편하더라도 진실을 아는 게 더 중요하다고 막연히 생각했던 것 같다. 그리고 "지구는 그냥 바닷가의 모래 알갱이 하나구나" 하는 태도를 가지게 됐다. 무진장의 우주에서 내가 별 게 아니구나, 하는 생각은 겸양이나 겸손에 대해 끊임없이 고민하게 하는 출발점이었다. 아직도 기억나는 대목은 지구 역사를 1년짜리 달력으로 계산해보면 지금은

12월 31일 밤 9시 30분이라는 것이었다. 또 3미터 떨어진 내 친구의 얼굴은 10의 8제곱을 분모로 하고, 1을 분자로 하는 분수에 초(秒)를 붙인 시간만큼 과거의 모습이라는 내용도 있었던 것 같다. 책을 접한 이후로 '우주와 나의 관계'는 죽을 때까지 이어질 사색의 주제가 됐다.

대학 입학 직전인 고등학교 3학년 겨울 방학 때 읽었던 브루스 커밍스의 《한국 전쟁의 기원》도 빼놓을 수 없는 나만의 고전이다. 그 책은 내게 두 가지를 줬다. 하나는 믿을 만한 기록과 확인된 사실을 바탕으로 자기의 주장 또는 가설을 펼쳐나가는 논픽션의 매력이었다. 저자의 성실성과 전문성, 지적 호기심에 대한 경외감! '어떻게 남의 나라 이야기를 이렇게까지 깊고 구체적인 수준으로 탐구할 수 있을까?' 하는 생각이 들었고 그런 자세를 배우길 원하게 됐다. 또 하나는 한국 전쟁의 기원과 전개 과정에 대해 저자가 제시하는 사실들이 주는 충격이었다. 그 책 때문에 대학에 입학한 후 1945년부터 1953년까지의 한국 현대사를 다룬 책들을 꾸준히 더 찾아 읽을 수 있었다.

분량에 비해 내용이 촘촘하게 정리된 책들은 글쓰기 재료를 구하기에 적합하다. 백과사전식의 정보를 담고 있는 책들이 그런 종류다. 두 가지 이상의 분야나 주제를 연결한 융합적·통섭적 접근의 책들도 유용하다. 이런 책들을 읽을 때는 저자의 사고방식이나 사고의 전개 과정을 유심히 살펴서 배워야 한다. 창의적이고 유연한 사고력이나 문제해결 중심의 사고력이 여기에서 나오는 경우가 많기 때문인데, 글쓰기에도 비교 우위의 차별적 아이디어와 소재를 던져준다.

글쓰기를 위한 글감을 찾는 방법을 독서로만 제한할 필요는 없다.

길거리 간판, 온갖 잡동사니 글, 포장지, 제품 설명서, 담벼락 낙서, 각종 정기 간행물 등 생활 속에 등장하는 모든 인쇄물에도 글감은 널려 있다. 받아들이는 이가 얼마나 자신의 생각을 불어넣느냐에 따라 인상적인 글감이 되기도 하고, 쓸모없는 쓰레기가 되기도 한다. 필요하면 법원 판결문을 찾는 호기심도 가져야 하고, 보도 자료를 찾아 확인하는 끈기도 있어야 한다. 요컨대 문제의식을 갖고 집요하게 글감을 찾느냐, 그렇게 하지 못하느냐에 따라 글의 수준은 확실히 달라진다.

4

좋은 글을 쓰기 위한 기본기

글쓰기를 잘하려면 세 가지를 동시에 갖춰야 한다. 내용, 표현력, 구성력이 그것이다. 구체적으로 분석해보면 아래와 같이 정리할 수 있다.

- 표현력 – 생각을 문자로 만들어낼 때 좀 더 효과적으로 전달되도록 하는 능력(어휘력, 문장력, 문법, 수사법, 맞춤법, 표준말 등)
- 구성력 – 글의 분량·순서·흐름을 자연스럽게 조절하면서 글에 쓰일 재료를 있어야 할 곳에 정확히 배치하고 조직하는 능력(문단과 문단의 연결을 자연스럽게 하는 능력, 글의 처음과 끝을 적절하게 구성할 줄 아는 능력 등)
- 내용 – 글의 재료(콘텐츠)

내용은 글의 콘텐츠, 즉 재료를 말한다. 저널리즘 글쓰기처럼 비문학 영역에서는 글쓰기 전에 얼마나 많은 내용을 입력하느냐가 좋은 글을 쓰는 데 관건이라는 점은 앞에서 자세히 언급했다. 논술이나 작문을 쓸 때 무슨 내용을 어떻게 입력하는 게 좋은지는 해당 글을 다루는 장에서 언급하기로 하고 여기서는 표현력과 구성력을 어느 정도 갖춰야 하는지를 알아본다.

생경한 어휘는 외국어나 마찬가지

표현의 기본은 어휘력이다. 그런데 예비 언론인들의 평균적인 지적 수준을 감안해볼 때 어휘력이 부족해서 글을 쓰는 데 문제가 생기는 경우는 거의 보지 못했다. 현재 알고 있는 어휘만을 활용해도 충분히 좋은 글을 쓸 수 있다. 조금 더 정확히 구사하고, 조금 더 적절하게 구사하려는 노력을 위주로 하면 된다.

지나치게 생소한 어휘를 쓰는 건 오히려 글을 어색하게 만들 수도 있다. 사람들이 많이 쓰는 단어를 활용하는 게 가장 좋다. 너무 생소한 단어는 외래어 수준을 넘어 외국어나 마찬가지다. 예를 들어 순우리말이 좋다고 생전 처음 들어보는 순우리말이 엄청나게 들어간 글을 쓴다면 대중적인 글이라고 하기 어렵다. 좋은 것도 점진적으로 개선해야 자연스럽다. '시나브로' '단출하다' '곰살궂다' '함초롬하다' '가리사니' '벼리' '고갱이' 같은 순우리말은 이제 점점 더 많이 쓰이는 추세다. 이렇게 대중의 입에서 자주 오르내려야 대중적인 낱말이 된다.

영어식 표현을 너무 많이 섞어 쓰는 것도 피해야 한다. 대중이 많이 쓴 결과 외래어 수준으로 변한 것을 위주로 쓰는 게 현명하다. 인터넷 신조어나 줄임말의 경우 젊은 층에서는 일상 언어라 해도, 공적인 글쓰기에서는 자제해야 한다. 격이 떨어진다는 평가를 받을 수 있고, 평가자가 뜻을 모를 가능성도 있다.

> 지름신이 강령할 때마다 개지르는 오덕후를 보고 있노라면 레알 돋을 뿐만 아니라 찐포스가 느껴진다.

우리말인지 의문스럽다. 글이 목적하는 바에 따라 의도적으로 쓰는 경우가 아니라면 원칙적으로는 쓰지 않는 게 좋다. 비속어나 은어도 마찬가지다. 대중이 새롭게 받아들여 자주 쓰는 낱말이라도 미디어가 어떻게 가려 쓰느냐에 따라 낱말의 지위나 쓰임새가 달라지기 때문에 언론인은 유행어를 눈여겨보고 가려 써야 한다.

예를 들어 '잉여'와 '덕후'를 보자. 잉여는 진짜 잉여스럽다. 다른 적당한 말이 없을 듯싶다. 국어사전에도 원래 있는 말이다. 덕후는 신라나 고려 시대 공주 이름 같은 데다가 '오타쿠'의 느낌을 끌어안지 못한다. 덕후라는 낱말을 언론이 앞장서서 고집스럽게 자꾸 쓰는 게 나는 싫다. 언론인은 작가만큼이나 모국어를 정확히 쓸 줄 알아야 한다. 특히 대중 매체는 누구나 독자가 될 수 있다. 대중 매체 종사자는 표준 언어를 구사하려고 애써야 한다. 우리 언어를 더 아름답게 하지 못할망정

망친다는 평을 들어서는 곤란하지 않은가?

지금 알고 있는 어휘만으로 쓸 수 있다고 해서 아무런 공부도 하지 말라는 얘기는 아니다. 우리는 모국어를 쉽게 여긴다. 태어날 때부터 듣고 따라 하다가 자연스럽게 익혔기 때문에 굳이 따로 공부하지 않아도 잘할 수 있다고 믿는다. 그러나 모국어라도 배우고 익히지 않으면 일상적인 대화 수준의 언어밖에 쓸 수 없다. 수준 높고, 격조 있게 글쓰기를 하려면 정확한 단어를 구사할 줄 알아야 한다.

예를 들어서 우리말로 비가 오는 것을 나타낼 때 쓰는 표현을 살펴보자. 보슬보슬, 부슬부슬, 주룩주룩, 주루룩주루룩, 죽죽, 줄줄줄줄, 추적추적, 스르륵스르륵…. 다른 언어에 비해 의성어와 의태어가 유난히 발달한 한국어에서 정확한 의태어와 의성어를 찾아내기란 쉬운 일이 아니다. 하물며 자주 쓰는 명사나 동사를 써야 할 때 정확한 단어를 고르지 못하면 좋은 글을 쓰기 어렵다. 언어학에서는 '하나의 사물을 나타내는 데 꼭 맞는 단어는 하나밖에 없다'고 하는 주장을 '일물일어(一物一語)'라는 개념으로 부른다.

자신이 원하는 단어를 자유자재로 골라 쓰려면 무엇보다 국어사전과 친해야 한다. 일단 공부할 때 옆에 두어야 한다. 책을 읽거나 글쓰기를 할 때 헷갈리는 단어가 나오면 바로 사전을 찾는 버릇을 들여야 한다. 단어의 뜻과 함께 단어 사용법도 문장을 통해 익히는 게 좋다.

글을 쓸 때 국어사전을 활용하는 게 버릇으로 굳어졌다면 2단계로 접어들어야 한다. 외출할 때 휴대하는 것이다. 가방에 넣고 다니다가 지하철을 타거나 혼자 시간을 보내야 할 때 그냥 펴놓고 보는 것을 몸에 배도록 하는 게 좋다. 책을 읽듯 국어사전을 보는 사람은 언어 능력이 높아질 수밖에 없다. 몇 달만 해보면 자신도 모르는 사이에 어휘력과 문장력이 좋아지는 걸 느낄 수 있을 것이다. 전자사전보다는 종이사전을 쓰는 게 좋다. 사전에 밑줄을 긋거나 표시해두면 다시 찾아볼 때 기억하기에 좋다. 체계적인 기록이나 정리를 위해서도 종이 사전이 전자사전보다 쓸모가 많다.

맞춤법도 일정 수준 이상 익혀야 한다. 너무 쉬운 단어를 틀리면 글 전체의 이미지가 나빠진다. 종이 신문 1면에서 오자나 탈자를 보는 느낌이다.

돌멩이를 '돌맹이'로 잘못 쓰는 정도는 이해할 만하다. 헷갈릴 수 있기 때문이다. 그러나 어처구니없이 틀리면 곤란하다. '보통' '일반적으로' '통상'이라는 뜻으로 쓰이는 '대개'라는 부사를 '대게'로 쓰는 경우가 있다. 대게는 '영덕 대게'를 부를 때 쓰는 거다. 큰 웃음 주는 건 좋지만, 쉬운 맞춤법을 틀리면 안 된다. '불거졌다'를 '붉어졌다'로 쓴 것도 가끔 보는데 아연실색할 정도다. 전체 글에 끼치는 영향이 만만찮다. 이런 쉬운 단어를 틀리면 '이 친구, 글을 잘 안 읽는구나'라고 생각할 가능성이 높다. 현직이 되어서도 이렇게 쓰면 자기 이름에 먹칠하고, 언론사의 브랜드를 갉아먹게 된다. 언론인은 언어에 대한 예의를 지킬 줄 알아야 한다.

우리말로 쓸 수 있는 건 우리말로 쉽게 쓰는 게 좋다. 관념적이고 추상적인 한자식 단어가 많이 들어가 있는 문장은 읽기에 편하지 않다. 이런 단어가 잇달아 나오는 글은 읽어도 무슨 말인지 이해가 금방 안 된다. 한 번 더 읽으면서 찬찬히 생각을 해봐야 이해할 수 있다. 쉬운 내용을 어렵게 읽히도록 하는 역효과를 내는 셈이다. 예를 들면 이런 식이다.

> 인간은 자신의 생존이라는 제1의 원칙을 위해 개인의 권리를 국가라는 공적 영역에 위임하여 이익 추구의 극한 대립을 피하고자 하였다. 개인에게서 이러한 권리를 위임받은 국가는 공공의 이익을 최우선의 원칙으로 극단적 이익 추구를 배제하고 조화를 추구하는 존재인 것이다. 이러한 국가의 존립을 위해 개인은 일정 부분 권리를 유보 혹은 포기하여 자신의 생존을 담보할 수 있다.

별 얘기는 아닌데 한 번 읽어서 깔끔하게 들어오지 않는 느낌이 난다. 개인이 모두 자기만 살겠다고 자기 것만 챙기면서 다투면 만인에 대한 만인의 투쟁 상태가 되니까 국가가 나서서 개인의 생존을 보장해주는 대신 일부 권리를 떠맡는다는 얘기다. 관념적·추상적·사변적인 단어를 나열하는 방식은 보통 '고민 없이' 쓴 학술 논문이나 대학에서 배우는 '~학 개론' 같은 교과서에서 많이 찾을 수 있다. 대학원 공부를 했거나 하고 있는 사람들은 이렇게 글을 쓸 가능성이 상대적으로 높다.

방증, 반증, 실증, 예증, 거증의 차이

예비 언론인들이 좋아하는 단어 가운데 하나가 '방증'이다. 무슨 이유 때문인지는 몰라도 '방증한다'로 끝나는 문장을 쓰는 사람이 많다. 그런데 사실 '방증(傍證)'이라는 단어의 뜻이 쉽지는 않다. 사전에는, '어떤 사실의 진상을 간접적으로 증명'하는 걸 방증이라고 한다. 간접적으로 증명하는 것과 직접적으로 증명하는 것의 차이는 뭘까? 그런 차이를 알고 방증이라는 단어를 쓰는 것 같지는 않다. 그런데 알고 보면 방증은 이웃사촌이 많은 단어다. 반대되는 논거를 들어 증명하면 '반증한다', 실제로 증명하면 '실증한다', 예를 들어 증명하면 '예증한다', 일정한 근거나 증거를 통해 증명하면 '입증한다', 혹은 '거증한다'가 된다. 이 모든 단어들을 그냥 간단하게 '보여준다'로 바꾸어 써도 별 무리가 없다.

그런 단어들에 목숨 걸 필요 없다. 대세에 지장이 없다는 얘기다. 한자로 쓴다고 똑똑해 보이지 않는다. 글쓰기 평가자들은 나무 전체를 보는 것이지 나뭇가지 하나, 잎사귀 하나에 신경 쓰지 않는다. 그냥 쉽게 바꿀 수 있는 우리말 단어가 있으면 그렇게 쓰는 게 이해가 잘되는 글을 쓰는 길이다. '인지했다'고 하지 말고 '알았다'고 하는 게 낫다. '용이하다'고 하지 말고 '쉽다'고 하면 될 일이다. 조금만 신경 써도 이렇게 귀에 쏙 들어오는 쉬운 단어가 있다. 일상생활에서 많이 쓰는 단어가 현학적인 단어보다 낫다. 어려운 얘기도 쉽게 풀어 쓰고, 이해하기 쉬운 표현으로 바꾸는 게 필요하다.

문장력을 걱정하는 예비 언론인들도 뜻밖에 많다. 문장력이 없어서 글을 못 쓴다는 것이다. 결론부터 말하자면, 문장력이 심각한 문제가 되는 경우는 드물다. 작가 수준의 문장력을 요구하는 건 아니기 때문이다. 문장력을 위해서는 세 가지 정도를 갖추면 된다. 우선 비문(非文)을 쓰지 않는 것이다. 두 번째는 군더더기 없는 문장을 쓰는 것이다. 마지막은 문장을 짧고 간소하게 쓰는 것이다. 세 가지는 서로 연관돼 있다. 군더더기가 없어야 짧아지고 비문이 줄어든다.

비문은 대개 주어와 술어가 호응하지 않아 생긴다. 매체가 늘어나면서 비문을 포함한 기사들이 많다. 비문을 쓴다는 건 언론사 전체의 역량을 드러내는 일이기 때문에 현직이 되어서도 특히 조심해야 한다. 보통 체계를 어느 정도 갖춘 언론사라면 현장 기자가 쓴 기사를 읽고 최종 출고하기까지 최소한 5~6단계(현장 기자-팀장-취재 데스크-편집 기자-교열 기자)의 데스킹 과정을 거치게 된다. 그 과정을 그대로 통과해서 최종적으로 비문을 대중에 내놓았다는 것은 해당 언론사의 수준이 낮다는 얘기다. 그까짓 거 한 문장 틀린 걸 가지고 웬 호들갑이냐, 하고 무시할 수도 있지만, 언론사 노동 구조를 안다면 그런 말을 하기 어렵다. 가장 확실한 방법은 기사를 처음 쓰는 현장 기자가 완성도 높은 글을 쓰는 것이다. 예비 언론인 때부터 제대로 배워야 한다.

비문을 피하려면 무엇보다 주어와 술어가 한 번씩만 들어가는 문장을 쓰는 게 필요하다. 한 번씩만 쓰면 헷갈리지 않기 때문이다. 이렇게 단문으로 쓰는 글이 경쾌하고 명확하다. 하나의 문장을 하나의 생각으로 쓰는 것이다. 군더더기가 적어 잘 읽힌다. 읽는 이가 짧은 호흡으로 글을 대할 수 있다. 잘 읽히면, 이해도 잘된다. 특히 언론사 입사 전형에서는 평가자가 적게는 수십 편의 글에서 많게는 수백 편의 글을 읽어야 하기 때문에 한 번 읽어도 이해할 수 있는 글을 선호하기 마련이다.

문장이 짧아야 쉽게 이해할 수 있다

주어와 술어가 두 개 이상씩 들어가는 문장은 복문이나 중문이라고 하는데 주어와 술어가 호응하지 않아 비문이 되기 쉽다. 비문이 되지 않더라도 문장이 평균적으로 길어지기 때문에 읽는 이가 한 번 읽고 쉽게 이해하지 못하게 된다.

군더더기 없는 문장을 쓰는 가장 좋은 방법은 단문을 쓰는 것이다. 복문과 중문을 쓸 때 쓸데없이 꾸며주는 말이 쉽게 포함된다. 써도 그만이고 안 써도 티가 나지 않는 형용사, 부사, 접속사, 수식 어구 등 군더더기들이 생기는 것이다.

원래글 온 나라를 들썩하게 만든 헌정 사상 초유의 대통령 탄핵 사건의 발단은 여러 가지 문제가 복합적으로 얽혀 있기는 했지만, 그 불씨의 발단은 대통령의 열린우리당 지지 발언이었다. 그 후 전교조, 전공노 등의 공무원 노조들이 민노당을 지지함으로써 공무원의 정치적 자유와 관련한 사안이 뜨거운 감자에 이르게 됐다.

고친글 헌정 사상 처음 있었던 대통령 탄핵 사건은 무엇보다 대통령의 여당 지지 발언이 불씨가 됐다. 발언 직후 전교조와 공무원 노조는 민주노동당 지지를 선언했다. 공무원의 정치적 자유 문제가 '뜨거운 감자'가 된 것이다.

원래 글에는 쓸데없이 꾸며주는 어구들이 많다. '온 나라를 들썩하게 만든'을 보자. 헌정 사상 처음 있는 일이라면 당연히 온 나라가 들썩할 수밖에 없다. 내용이 겹친다. '여러 가지 문제가 복합적으로 얽혀 있기는 했지만'도 마찬가지다. 중요한 사회 문제 치고 여러 문제가 복합적으로 얽혀 있지 않은 문제가 어디 있는가? 굳이 쓰지 않아도 된다. 불필요한 어구를 쓰는 바람에 글쓴이는 '발단은'이라는 주어를 두 번 쓰게 됐다. '공무원의 정치적 자유와 관련한 사안'은 '공무원의 정치적 자유 문제'라고 쓰는 게 정확하면서도 짧다. '뜨거운 감자에 이르게 됐다'고 쓴 것도 어색하다. 그냥 '뜨거운 감자가 된 것'이다.

원래 글은 두 문장이다. 고친 글은 세 문장이다. 문장이 하나 늘어났지만, 글의 분량은 오히려 상당히 줄었다. 문장을 고쳐 쓸 때는 이렇게 문장 수를 늘리되, 군더더기를 없애 글의 분량은 줄이고, 뜻은 명확하게 해야 한다.

짧고 간소한 문장을 쓰려면 명사와 동사 위주로 써야 한다. 명사와 동사는 실체가 있는 품사다. 명사와 동사 위주로 쓴 문장에는 힘이 있다. 반면에 꾸며주는 말이 너무 많은 문장은 복잡하다. 형용사나 부사처럼 꾸며주는 품사는 최대한 절제해야 한다. 너무 자주 등장하는 접속사도 문장의 군더더기가 된다. '그리고, 그런데, 한편, 또, 그러므로'와 같은 접속사는 거의 쓰지 않아도 문장이 잘 흘러간다. '그럼에도 불구하고'는 '불구하고'를 빼고 '그럼에도'만 써도 뜻이 통한다.

본딧말보다는 준말로 쓰는 연습을 해야 한다. 신문이나 방송에서는 모두 준말을 쓴다. 언론이 준말을 쓰는 이유는 경제성 때문이다. 시간과 공간을 최소화해야 더 많은 내용을 담을 수 있다.

짧은 문장을 쓰려면 문장의 개수를 늘리는 걸 목표로 다시 쓰기를 하면 된다. 보통 1500자 안팎의 글을 쓰면 문장이 30개 정도 나온다. 20개 미만이라면 자신의 문장이 평균적으로 너무 길다는 뜻이다. 신기한 것은 짧은 문장을 쓰는 과정에서 문장의 군더더기가 자연스럽게 줄어든다는 점이다. 짧게 쓰면서 군더더기가 발견되기 때문이다. 문장이 짧아지면 글을 읽는 호흡도 경쾌해지고 리듬감도 생긴다. 글의 긴장도도 높아진다. 실제로 문장 전체를 해체하고 다시 써보는 훈련을 꾸준히 하면 글이 전체적으로 좋아진다.

아래에 소개한 원래 글은 두 문장뿐이다. 이건 길어도 너무 긴 문장이다. 인간의 뇌는 글을 읽을 때 문장 단위로 이해한다. 너무 길게 쓰면 그 정보를 한 번에 다 받아들일 수 없다. 아라비아 숫자도 일곱 개까지는 한 번에 외울 수 있지만, 그것을 초과하는 숫자는 한 번에 외우기 어렵다는 연구 결과가 있다. 지나치게 길게 쓰는 버릇을 가진 사람이라면 당장 고쳐야 한다. 아랫글은 하나의 문장이 다섯 개 문장으로 나뉜 사례다. 고치기 전 글은 한 번 읽어서 잘 이해하기 어렵지만, 고친 글은 흘러가는 대로 읽어도 이해하기 쉽다.

원래글 참여정부는 대학은 산업이라는 구호를 내세우면서 대학 교육이 산업에 필요한 인재를 양성해야 한다는 입장을 견지하고 있으며 이는 재정경제부 출신의 김진표 교육 부총리의 점진적 대학 통폐합 및 축소, 전문 연구 대학 육성 등 구체적인 실천 방안에 의해서 담보되고 있다.

고친글 '대학은 산업이다.' 참여정부 대학 교육 정책의 핵심이다. 산업에 필요한 인재를 기르는 게 대학 교육이라는 것이다. 재정경제부 출신의 김진표 교육 부총리는 실천 방안도 내놨다. 점진적 대학 통폐합과 축소, 전문 연구 대학 육성 등이 그것이다.

짧은 문장이 좋지만, 극단적으로 짧은 문장은 피하는 게 좋다. 지나치게 짧게 써서 글의 흐름이 너무 자주 끊기면 읽는 흐름도 끊긴다. 특히 명사 뒤에 마침표를 찍는 문장을 연이어 쓸 때 더 그렇다. 〈조선일보〉가 만들어서 내부에서만 공유하는 글쓰기 매뉴얼에 나오는 다음 사례는 극단적으로 짧게 쓰는 문장인데 별로 좋아 보이지 않는다. 매뉴얼에서는 따라 배워야 할 사례로 나오는데 억지스럽다. 극단적인 건 언제나 별로다.

> 싱가포르는 소국이다. 면적 639㎢. 서울만 하다. 인구는 310만 명. 대구보다 많고, 부산보다 적다. 콩만 하다.

문장을 짧게 쓴다고 해서 군더더기가 사라지는 건 아니다. 여러 문장에 걸쳐서 군더더기가 흩어져 있는 경우에는 한 문단 전체를 보면서 군더더기를 제거해주고 핵심 내용을 중심으로 압축하는 작업을 해야 한다. 아래에 나오는 두 글을 비교해보자. 원래 글에서 핵심 내용만 뽑아보니 절반 이하로 줄었다. 내용은 빈약한데 분량은 많은 글을 쓰는 사람들은 자신의 글이 핵심 내용을 중심으로 추려낸 것인지를 확인할 줄 알아야 한다.

원래글

다매체 시대에서 채널과 프로그램의 수는 증가했으나, 아나운서의 자리는 점점 좁아지고 있다. 방송사들은 시청률을 확보하기 위해 아나운서의 자리를 비아나운서들에게 전담시킨다. 인지도와 친숙함에 있어 아나운서보다 비아나운서인 연예인들이 더 우위에 있기 때문이다. 아나운서의 입지를 공고히 하기 위해 엔터테인먼트 재능과 언론인으로서의 능력을 모두 지닌 아나테이너가 등장하기도 했다. 그러나 이는, 아나운서의 정체성 혼란을 이끌었다. 정체성 혼란이 발생한 이유는 필요 역량에 대한 비중을 둠에 있어 오판이 있었기 때문이다. 아나운서는 방송의 최전선에서 정보와 이야기를 대중에게 정확하게 전달하는 사람이다. 비아나운서와의 방송 경쟁에서 제자리를 찾기 위해서는 아나운서 본연의 역할에 충실해야 한다.

고친글 채널과 프로그램은 늘었지만, 아나운서의 자리는 줄었다. 유명하고 친숙한 연예인들이 진행하는 프로그램이 시청률도 높다는 게 방송사의 판단이다. 아나운서로 오래 버티려면 언론인에 더해 예능인이 되라고 요구받을 정도다. 정체성 혼란까지 생긴 건 핵심 역량에 대한 오판 때문이다. 방송의 최전선에서 정보와 이야기를 대중에게 정확하게 전달하는 게 아나운서다. 전달력이 정체성이자 핵심 역량이다.

핵심을 중심으로 글을 간소하게

문단을 지루하고 길게 쓰는 이유 가운데 하나는 글 재료를 입력한 그대로 쓰려고 해서이기도 하다. 글 재료를 열심히 모았기 때문에 하나라도 버리지 않고 다 쓰려는 욕심은 이해할 만하지만, 그렇게 하다 보면 글이 너무 산만해진다. 이럴 때는 핵심을 중심으로 짧고 간소하게 줄여 써야 한다. 아래 한 문단을 줄인 사례를 보자. 이런 식으로 핵심을 중심으로 글을 간소하게 만드는 다시 쓰기를 해야 한다.

원래글 해법은 수출 의존도를 줄이고 내수 성장을 촉진하는 것이다. 이를 위해서는 크게 세 가지 방향이 요구된다. 우선 서비스업 생산성을 높여야 한다. 우리나라의 서비스업 생산성은 4%에 달하는데 이는 OECD 회원국 평균인 10%에 미달한다. 서비스업 총요소 생산성이 떨어지는 분야는 유통(도소매, 운수 보관)과 개인(음식 숙박, 오락 문화 등) 서비스이다. 유통과 개인 부문은 영세 자영업자들이 몰려 있는 영역이다. 즉 우리나라의 높은 자영업자 비율(28.8%), 특히 영세 자영업자(35%) 구조에 변화가 요구된다는 것이다. 이를 위해서는 자영업자의 비중을 줄이기 위한 산업 구조 재편이 이뤄져야 한다. 자영업자 비중을 줄이기 위해서는 직업 재훈련 제도를 일반화하여 자영업자들 및 실업자들이 새로운 기술 및 구조 변화에 적응할 수 있도록 도와야 한다. 또한 대학 교육을 변화시킬 필요가 있다. OECD에서 바람직한 대학 교육으로 지목한 핀란드의 경우, 대학의 50%는 연구 중심으로, 50%는 직업 교육 중심으로 짜여 있다. 반면 우리나라의 경우 모든 대학이 연구 중심의 대학을 지향한다. 이는 청년들의 적성을 무시한 채 그릇된 일자리관을 심어줄 수 있어 생산성을 약화시키기도 한다. 직업 중심 대학 교육 재편을 통해 획일적인 대입 비중을 낮출 수도 있다. 또한 법, 의료계 등 부와 절대 노동 시간이 집약된 산업을 중심으로 노동 시간을 제도적으로 줄이는 방안도 고려할 필요가 있다. 즉 이러한 분야를 중심으로 주4일 노동을 실현해 더 많은 인력과 고급 일자리를 나누는 방법도 있다. 이는 일자리 창출 효과뿐 아니라 편중된 임금 격차를 해소할 수 있다는 장점이 있다.

고친글

수출 의존도를 낮추고 내수를 키우려면 세 가지가 필요하다. 먼저 자영업자 비중을 줄여 서비스업 생산성을 높여야 한다. 현재 서비스업 생산성은 4%인데 OECD 평균은 10%다. 노동 인구 10명 중 3명꼴로 자영업자인데 이 중 1/3이 영세한 개인 서비스 부문에 몰려 있다. 둘째, 대학 교육을 직업 교육 위주로 바꿔 사회 전반의 생산성을 높여야 한다. 핀란드처럼 연구 50%, 직업 교육 50%의 구조로 바꾸면 모두가 대학 입시에 매달리는 고비용 저효율의 교육 시스템도 개선할 수 있다. 마지막으로, 부와 절대 노동 시간이 집약된 법조계나 의료계 중심으로 노동 시간을 획기적으로 줄여 더 많은 고급 일자리를 나눠야 한다. 일자리 창출과 임금 격차 해소 효과를 동시에 꾀할 수 있다.

수사법을 통해서 표현을 인상적으로 하려는 시도도 있다. 저널리즘 글은 문학과 달라서 표현력이 가장 중요한 요소는 아니다. 기본적으로 수사법으로 승부를 걸 수 있는 글은 아니다. 내용도 별로 없이 수사법에 기대려 하거나, 화려한 표현에만 집착하는 건 좋지 않다. 특히 논술을 쓸 때는 수사법 가운데서도 '강조를 위한 수사법'들은 절제하면서 써야 한다. 남용하면 역효과를 낸다. 예를 들어 같은 내용과 표현을 반복하거나, 대구법을 쓰면 논술 쓰기에서는 설득력을 떨어뜨리고 지루하게 만드는 효과를 낸다. 자문자답하는 식도 거슬린다. 자신에게 묻고 자신이 대답하는 건 강조하려는 건데, 자꾸 하면 지겨워지고 강요하는 듯한 느낌을 줄 수도 있다.

상투적인 비유 역시 안 하느니만 못하다. 목소리가 예쁘면 '은쟁반에 옥구슬 굴러가는' 것이고, 영향력을 마음대로 행사하는 사람들은 어김없이 '전가의 보도처럼 휘두르'며, 사람이 많으면 '입추의 여지가 없'고, 기자나 지식인은 '차가운 머리와 따뜻한 가슴을 가져야 하고', 의혹은 꼭 '눈덩이처럼 커지는' 것 말이다.

이에 비해 비유, 상징, 역설, 알레고리 등 문학적 글쓰기가 사랑하는 수사법들은 적절히 활용할 줄 알아야 한다. 인상적인 표현으로 주목도를 높여야 하는 작문에서는 수사법의 효용이 논술에 견줘 상대적으로 높다.

수사는 '기교'가 아니라 '삶의 원리'

비유를 잘하려면 거창한 곳에서 배우려 하지 말고 친근한 사례에서 찾아보는 버릇을 들여야 한다. 관찰을 잘하면 좋은 비유를 생각해낼 수 있고, 흉내 낼 수도 있다. 관건은 사물의 핵심을 얼마나 날카롭게 파악해서 반영했느냐에 있다. 기교보다는 삶의 원리에 대한 체득이나 통찰이 더 중요하다. 한국 방송계에서 활동하면서 최근에는 비혼모 출산으로 한국 사회를 바꾸고 있는 일본인 후지타 사유리는 음식을 다른 사물에 비유하는 데 재능이 있고, 여전히 진보 정치인의 대명사로 줄곧 소환되는 노회찬은 잘 알려진 정치 비유의 달인이었다.

> (삼치회와 돌산 갓김치를 섞어서 먹은 뒤에) 조건만 보고 재벌이랑 결혼했다가 계속 '이 사람이 아니었구나' 생각하면서 사는 부부 같아요.
> (서대 회무침을 먹은 뒤에) 이태원에 있는 나이트클럽에서 내가 춤을 추고 있는데 뒤를 돌아보니까 가슴에 털 많은 남자랑 눈썹 진한 멕시코 남자가 열정 있게 춤을 추는 것 같아요. -사유리

> (석패율제 도입 주장에 대해) 일부에서는 석패율제 도입이 지역 갈등을 완화한다고 하는데 그건 사실이 아닙니다. 완화하는 것처럼 보이는 효과만 있습니다. '바나나 우유'가 아니라 '바나나 맛 나는 우유'입니다. 진짜 바나나가 아니고 바나나 맛만 풍기는 거죠.
>
> (보수 정치 일변도의 정치판을 바꾸어야 한다면서) 50년 동안 같은 판에다 삼겹살 구워 먹으면 고기가 시꺼메집니다. 판을 갈 때가 왔습니다.
>
> (자유한국당이 고위공직자비리수사처 설립을 반대하는 것에 대해서) 모기가 반대한다고 에프킬라 안 삽니까?-노회찬

수사법에 대한 이론적인 접근에 치중할 필요는 없다. 국어 시험에서는 수사법의 종류를 정확히 아는 게 중요하지만, 글쓰기에서는 수사법을 제대로 쓰는지가 중요하다. 한두 단어나 문장을 어떻게 쓰느냐에 따라 인상적인 글이 되느냐 마느냐가 결정되기도 하므로 결정적으로 돋보이는 단어를 찾는 일을 게을리해서는 안 된다.

글을 조직하는 힘, 구성력

구성력은 한마디로 글을 조직하는 능력이다. 분량을 조절하고, 순서나 흐름을 판단하는 감각이다. 하나의 중심 생각으로 문단을 만드는 능력, 문단과 문단 사이를 매끄럽게 연결하는 능력, 처음과 끝을 적절한 내용으로 자연스럽게 배치하는 능력 등을 포함하기 때문에 종합적

이고 총체적인 지적 능력이다. 구성력을 갖추면 글쓰기 설계도를 만들 줄 알게 된다. 전체 글의 흐름을 자연스럽게 조절하면서 글에 쓰일 재료를 있어야 할 곳에 정확히 배합·배치하는 것이다.

완성도 높게 조직된 글은 일관성, 명확성, 완결성, 통일성을 갖추게 된다. 네 가지는 모든 글에 적용되는 요소들이며, 상호 보완적인 관계를 이루고 있다. 일관성은 초지일관하게 글의 주제와 중심 맥락을 지켜 나가는 것이다. 명확성은 글로 전하려는 내용이 뚜렷해야 한다는 것인데, 명확성이 부족하면 한 번 읽어서 제대로 이해할 수 없다. 완결성은 하나의 글로서 꼴을 제대로 갖춰야 한다는 것이다. 마무리되지 않았다는 느낌이 들면 안 된다는 뜻이다. 통일성은 글의 각 부분이 전체를 위해 조화롭게 배치돼야 한다는 것이다. 문장과 문단의 존재 이유가 뚜렷이 드러나야 하며, 그것은 홀로 돋보여서는 안 되고 글 전체를 위해 존재해야 한다.

구성의 첫 단계는 한 문단을 제대로 쓰는 일이다. 그래야 전체 글을 조직할 수 있다. 간소한 문장을 쓰는 이는 한 문장에 하나의 생각을 담도록 쓴다. 마찬가지 이치로 한 문단 안에 하나의 중심 생각이 똬리를 틀고 있도록 쓰는 게 바람직하다. 문단은 하나의 중심 생각이 있는 생각 꾸러미다. 글을 처음 쓰는 이들을 보면 하나의 문단 안에서 너무 많은 얘기를 하려고 한다. 복잡하고 혼란스러워진다. 문단 구별도 어려워진다. 긴 글을 처음 쓰는 사람이라면 '한 문단 쓰기'부터 해보는 게 좋다. 그렇게 여러 문장이 하나의 중심 생각을 위해 존재하도록 조직해 보는 게 구성력을 높이는 첫걸음이다. 하나의 문단을 짜임새 있게 쓰는 사람은 2000자 정도의 분량을 쓰는 걸 어려워하지 않게 되며, 2000자 정도의 글을 쉽게 구성할 수 있는 사람은 책 쓰기에 도전할 수 있다.

문단을 쓸 때 항상 첫 문장에 주제를 정리해 쓰는 이들이 있다. 글쓰기를 가르치는 많은 이들이 그렇게 가르친 결과이기도 하다. 두괄식 구성인데 두괄식이 정답은 아니다. 장단점이 존재하기 때문이다. 문단별로 소주제가 뚜렷하게 드러날 수 있다는 점은 장점인데, 흥미와 주목도가 급격히 떨어지고 지루해질 수도 있다는 점은 단점이다. 글을 규격화하고 박제화하는 면도 있다. 문단의 주제나 중심 맥락을 포함한 문장이 반드시 첫머리에 나와야 하는 건 아니다. 글 쓰는 이가 선택할 문제다. 어떤 글에서는 첫머리에 나올 수도 있고(두괄식), 또 다른 글에서는 뒤에 나올 수도 있다(미괄식). 중간쯤 어디엔가 나올 수도 있다(중괄식). 자유로움을 본질로 하는 글쓰기의 속성상 정답이 따로 있지는 않다.

문단과 문단 사이의 연결은 접속사로 하는 게 아니다. 문단이 바뀔 때마다 접속사를 버릇처럼 쓰는 이도 있는데 별로 권할 만한 게 못 된다. 그것 자체로 글의 군더더기가 되고 글을 지루하게 만든다. 문단과 문단은 내용 면에서 잘 연결되면 그걸로 끝이다. 형식적인 연결 고리가 없더라도 내용 면에서 물이 흘러가듯 자연스러운 흐름이면 된다.

첫 문장을 쓸 때는 어깨에 힘을 빼고

시작과 끝을 어떻게 할 것인지는 글쓰기의 영원한 숙제다. 사람과 사람 사이의 만남에서도 첫인상이 중요하다. 글쓰기의 첫인상을 가름하는 도입부에서는 독자의 뇌를 깨우는 게 최대 목표다. 예상치도 못한 문장으로 읽는 사람의 관심을 단숨에 낚는 것이다. 도입부의 존재 이유는 호기심을 불러일으키는 것이라고 규정하는 글쓰기 책들이 많다. 그렇지만, 어려운 일이기 때문에 현실적으로는 중간 목표를 세워야 한다. 독자의 관심을 환기해 자신이 쓰려는 방향으로 끌어오는 것이다. 나쁜 도입부는 진부한 내용으로 길게 늘어지게 쓰는 것이다. 독자의 흥미를 떨어뜨리는 동시에 지루함을 안겨준다.

그렇다고 해서 도입부가 전부는 아니다. 예비 언론인들 일부는 언론사 평가자들이 도입부가 재미없는 글은 아예 읽지 않을 거로 생각하기도 한다. 그렇지만, 그건 기우다. 그럴 가능성은 별로 없다. 도입부만 따로 떼어내어 보지 않고 글 전체로 평가하기 때문이다.

소설가들의 첫 문장에 대한 집착은 유별나다. 김훈은 《칼의 노래》의 첫 문장을 '버려진 섬마다 꽃은 피었다'라고 쓴 뒤 찜찜해 보름 동안 고민한 끝에 '버려진 섬마다 꽃이 피었다'로 바꿨다고 한다. 조사 '은'은 관찰자의 주관이 들어간 시선이고, '이'는 사실을 냉혹하게 서술하는 방식이라는 거다. 예술 작품을 쓰는 작가는 이런 식으로 고집도 부려야 한다. 첫 문장의 중요성이 글의 절반을 차지할 정도라고까지 하는 글쓰기 책들도 있다. 그러나 과장된 얘기다. 특히나 1200~1500자 안팎의 글을 60~90분 사이에 완성해야 하는 예비 언론인들은 그렇게까지 할 일은 아니다. 조사 하나에 목숨을 걸러 하지 말고 전체 글의 완성도를 고민해야 한다.

첫 문장에 너무 많은 시간을 들이지 말자. 못 읽을 정도로 식상하거나 진부하지 않다면 과감히 써 내려가야 한다. 첫 문장을 쓸 때 가장 흔하게 저지르는 실수는 거창하게 쓰려는 욕심에서 생겨난다. "신자유주의 세계화의 광풍이 몰아치고 있다" "대한민국이 두 동강 나고 있다" "두 개의 유령이 대한민국에 떠돌고 있다. 부정한 권력과 자본이라는 유령이!"와 같은 문장들이 그런 사례들이다. 이렇게 쓰면 선언문 같은 느낌을 주기 때문에 읽는 이로 하여금 글에서 멀어지도록 한다. 첫 문장은 조금 가볍고 구체적으로 시작해도 좋다. 너무 무거우면 부담스럽다.

글을 마무리할 때는 일단 요약하려는 욕심을 버려야 한다. 앞에서 이미 언급했던 내용을 한 번 더 강조해주고 싶어 안달하는 이들은 끝에서 앞에 쓴 내용을 반복하고 만다. 별로 매력적인 방법이 못 된다. 끝을 낼 때는 글이 달려온 길을 잘 마무리해주면서 자기 완결성을 높이는 방법을 고민해야 한다. 글 전체를 갈무리해주되, 매력적인 이미지로 기억에 오래 남길 장치를 생각해보는 것이다. 글의 주제를 넘어서는 새로운 얘기는 글의 통일성을 깰 수 있으므로 곤란하다. 다른 주제나 맥락으로 볼 수 있는 내용을 말미에서 시작하면 안 된다. 그건 다른 글에서 다시 시작할 이야기다.

도식화와 박제화는 글쓰기의 적

구성을 할 때 기계적으로 하려는 이들이 뜻밖에 많다. 도입부는 이런 내용으로 시작해서 두 번째 문단에서는 이런 내용을 쓰고, 그다음 문단은 이렇게 쓰고, 마지막은 이렇게 끝낸다는 식으로 일종의 공식을 정해놓고 글을 쓰는 것이다. 이렇게 쓰는 글은 겉으로 보기에는 안정감이 있을지 몰라도 글을 쓰는 사람이나 읽는 사람 모두에게 지루함을 주게 될 가능성이 높다. 쓰는 이도 쓰는 재미를 못 느끼고, 읽는 이도 읽는 재미를 못 느끼는 글은 오래가기 어렵다. 글을 박제화하는 일이다. 소재나 주제 또는 맥락에 따라서, 구성이나 형식의 아이디어에 따라서 글은 다양하게 변화할 수 있고, 변해야 한다. 그래야 글쓴이도 긴장해서 쓸 수 있고, 글을 읽는 사람도 지루함을 느끼지 않는다. 글이 자유롭지 못하면 더 이상 진화하지 못한다.

좋은 글을 베껴 쓰는 연습이 글쓰기에 도움이 될지 궁금해하는 이들도 많다. 나는 필사가 글쓰기에 결정적인 도움을 주지는 않을 거로 생각하기 때문에 적극적으로 권하지는 않는다. 글쓰기를 잘하려면 뇌 근육을 발달시켜야 하는데, 필사는 손 근육만 길러준다고 여기는 편이다. 자유롭고 개성적이고 비판적인 글쓰기의 여지를 막는 방법이기 때문이기도 하다. 필사법의 한계는 명백하다.

만약 필사법을 선호한다면, 주요한 방법으로는 쓰지 말고 보조 수단으로만 쓰면 어떨까? 모방은 창조의 어머니라는 말이 상당한 진실을 담고 있다는 점을 고려하면, 베껴 쓰는 것도 글쓰기에 적으나마 도움이 될 수 있다. 글을 구성하는 방법이라든가, 전개하는 방식, 문장 스타일을 참고하는 것 등이 그렇다. 필사할 때 집중과 몰입 상태에서 첫 문장부터 끝 문장까지 따라 써야 비로소 효과를 볼 수 있다는 점도 기억할 일이다. 그렇지만, 글이 자기 세계를 펼치는 작업이라는 점에 비춰보면, 남의 글을 그대로 베끼는 건 투여하는 시간 대비 효과 면에서 주된 연습 방법으로 쓸 만한 게 못 된다. 한 사람이 만들어낸 그 사람 고유의 글쓰기 스타일은 보통 10년 이상의 시간이 투입돼 만들어진 것이므로, 베낀다고 해서 자기 것이 되지는 않는다.

필사법의 한계를 넘어서려면 글을 다양하게 섭취해야 한다. 이 사람의 글은 이런 점에서 배울 만하고, 또 저 사람의 글은 저런 점이 훌륭하다는 식으로 한두 가지씩의 장점을 여러 사람한테서 배운다는 자세로 글을 모은 뒤 비교해가면서 보는 게 좋다. 예를 들어서 사실 관계에 천착해서 쓰는 칼럼니스트의 글을 따로 모으고, 논증을 쉽게 잘하는 칼럼니스트의 글을 따로 모으고, 효과적인 비유를 비롯한 수사법이 눈길을 끄는 칼럼니스트의 글을 따로 모으면 글쓰기에 좋은 참고 자료가 된다. 그런 글을 비교 평가하면서 자신의 글에 없는 장점을 발견하는 즐거움도 쏠쏠할 것이다. 그런 장점들을 조금씩 자신의 글에 녹여내는 식으로 자기 스타일을 만들어나가면 된다.

문장 부호를 보자. 이들 가운데 많이 써야 하는 것은 마침표나 따옴표다. 마침표는 문장을 끝낼 때 쓴다. 큰따옴표는 직접 인용할 때 쓰고, 작은따옴표는 강조하는 곳이나 간접 인용할 때 쓴다. 작은따옴표로 강조해준 단어나 개념이 글에서 자주 반복될 때는 맨 처음 나올 때만 한 번 써주고 그 뒤로는 쓰지 않는다. 계속 쓰면 지저분해진다.

느낌표는 거의 쓰지 않는다. 느낌표는 주로 감정에 호소하거나 과장할 때 쓰는 것이기 때문이다. 그러나 작문을 할 때는 의도적으로 느낌표를 많이 쓸 수도 있다. 물음표 역시 자주 쓰지 않는다. 논술에서 묻는다는 것은 결국 글쓴이 스스로가 대답하기 위한 것이다. 자문자답형인데 수사법으로 치면 강조법에 가깝다. 설득력을 높여야 하는 논술에서 이런 식의 자문자답형 문장이 자주 등장하면 논리적인 설득보다는 감정에 호소한다는 느낌이 들 수 있기 때문에 자주 쓰는 건 피해야 한다. 작문의 경우 의도적으로 물음표를 많이 써야 하는 글은 예외다.

시간과 분량도 중요하다. 이들 조건에 맞춰 쓰는 건 언론인의 기본 능력이기 때문에 가볍게 생각해서는 안 된다. 기자는 분량에 맞춰 마감 시간 전에 기사를 써야 하고, 프로듀서는 방송 시간에 맞춰 편집해야 한다. 아나운서에게도 시간 준수와 조절은 기본기에 속한다. 마감을 제때 못 맞춘다는 건 언론인의 핵심 역량을 갖추지 못했다는 뜻이다.

예비 언론인이라면 시간은 보통 한 시간을 기준 삼아 연습하면 되고, 분량은 1500자(빈칸을 포함해 200자 원고지 7.5매) 안팎으로 연습하면 무리가 없다. 한 시간보다 더 길게 시간을 주는 곳도 있고, 40분이나 45분 정도에 한 개의 글을 쓰도록 하는 곳도 더러 있다. 분량 역시 '800자 미만'이나 '1200자 미만'처럼 적게 주는 경우도 아주 가끔 있다.

분량을 정해주지 않는 언론사의 경우라도 너무 적게 쓰거나(600자 미만), 지나치게 많이 쓰는 경우(3000자 이상)는 그리 좋은 평가를 받기 어렵다. 너무 적게 쓰면 내용이 빈약하거나, 지나치게 압축해 정리했을 가능성이 높다. 또 지나치게 많이 쓸 욕심을 부리다 보면 중언부언할 가능성이 높다. 많이 쓰는 것보다 더 중요하고 핵심적인 능력은 자신이 하고 싶은 얘기를 적절한 분량에 맞춰 잘 정리하는 것이다.

손으로 종이에 직접 쓰는 시험이기 때문에 논술이나 작문을 연습할 때 시간과 분량 맞추는 법을 미리 익혀야 실제 시험에서 당황하지 않을 수 있다. 보통 처음에는 시간을 맞추기 어렵다. 그렇다고 해서 시간 맞추는 데 급급해 마구잡이로 쓰기보다는 늦더라도 완성도 높게 쓰면서, 점차 작성 시간을 줄여나가는 연습을 하는 게 현명하다.

원고지에 쓰게 하는 언론사도 있으므로 원고지 쓰는 법도 알아야 한다. 원고지에 쓰다 보면 띄어쓰기나 맞춤법, 표준말 등이 더 잘 보인다. 혹시 틀리면 더 두드러지므로 신경 써야 한다. 원고지로 연습하면 띄어쓰기나 맞춤법, 표준말을 익히는 데 도움이 된다.

깨끗한 글씨체는 비교 우위와 차별성을 확보하는 데 도움이 된다. 흔히 '내용만 좋으면 글씨는 신경 쓰지 않아도 된다'고 생각하기도 하지만, 실제 전형 과정에서는 그렇지 않다. 적게는 수십 명에서 많게는 수백 명의 글을 봐야 하는 평가자들에게 어지럽게 쓴 글을 읽는 건 고역이다. 깨끗하게 쓴 글은 좋은 이미지를 준다. 그것은 인간의 뇌가 그렇게 작동하기 때문이다. 연필로 쓰는 건 별로 좋지 않다. 흐리게 나올 가능성이 높고, 평가 과정에서 여러 사람을 거치는 경우에는 지워질 가능성도 있다.

괜찮은 글씨인지, 고쳐야 하는 글씨인지는 한 번 읽어서 읽을 수 있느냐로 판단하면 된다. 한 번에 읽기 어렵고, 다시 한번 읽어야 한다거나 이전과 이후의 맥락을 파악하면서 읽어야 할 정도라면 곤란하다.

5

글쓰기 신동은 없다. 모범 답안도 없다

글을 쓰고 싶어서 스타벅스에 가는 사람들이 있다. 이들은 둘로 나뉜다. "실제로 글을 완성하는" 소수 그룹과 "카페인이 주는 상승 효과만 느끼고 사실상 아무것도 하지 않았으면서도 무엇인가를 한 것 같은 기분을 느끼는" 다수 그룹이다. 저널리스트이자 소설가인 로버트 마셀로는 《뮤즈를 기다리지 말자》[6]에서 글쓰기가 노동이라고 말한다. 그에게 글쓰기는 기술과 사고력을 요구하는 고단하고 외로운 작업이다. 스타벅스 소수파들만이 아는 진실이다.

때로는 신명 날 정도로 글이 잘 흘러갈 때도 있고, 때로는 좌절한 채로 글쓰기의 영감, 즉 '뮤즈'가 찾아오기만을 기다리기도 하지만, 뮤즈는 아무 일 하지 않고 넋을 놓고 있을 때가 아니라 글쓰기 작업의 클라이맥스에서 소리 없이 왔다 간다는 게 저자의 주장이다.

헤밍웨이도 엉덩이로 글을 썼다

헤밍웨이가 쿠바 아바나의 바다가 보이는 카페에서 《노인과 바다》를 썼다고 하면, 우리는 그가 마신 '모히토(Mojito)'의 맛이 어땠을까, 하고 먼저 생각한다. 그의 엉덩이가 얼마나 아팠을까, 하고 생각하는 사람은 별로 없다. 전업 작가들은 기회 있을 때마다 "글은 엉덩이로 쓰는 것"이라고 말한다. 글쓰기 초심자들은 글쓰기가 멋있다고 말하지만, 글을 많이 써본 사람들은 글쓰기가 중노동에 가깝다는 말에 동의하는 편이다.

글쓰기가 노동이기에 글쓰기 영역에서는 신동(神童)이 없다. 수학 신동도 있고, 음악 신동도 있고, 미술 신동도 있지만, 글쓰기 신동이나 칼럼 신동이란 말은 없다. 사실 아동에게 노동을 시킬 수는 없지 않은가? 아동 노동은 국제법 위반이다. 세계적인 수학자들은 대체로 20대 때 위대한 수학적 발견을 한다고 하는데, 노동으로서의 글쓰기가 빛을 발하는 건 대부분 30대 이후다. 특히 비예술 영역인 논픽션에서는 글쓰기를 한 지 적어도 10년이나 15년 정도가 지난 뒤에야 그 또는 그녀만의 스타일이 생긴다. 신문사에서 논설위원이 되려면 적어도 15년 이

6 로버트 마셀로, 김명이 옮김, 천년의시작, 2009.

상의 경력이 필요하다. 일부의 경우를 제외하고, 자기 이름으로 칼럼을 쓰려면 마찬가지로 비슷한 경력이 필요하다. '경력'이라고 표현했지만, 그 단어의 진짜 뜻은 '글쓰기에 투여된 노동 시간'이다.

예비 언론인들도 글쓰기를 노동으로 받아들이는 게 좋다. 노동의 질은 정기적인 노동력 투하 여부에 달려 있다. 글은 써야 는다. 글쓰기를 배우는 유일한 방법은 강제로 일정한 분량의 글을 정기적으로 쓰는 것이다. 하늘에서 벼락이 떨어지는 것처럼 아이디어가 솟아나는, 그런 글을 쓰려고 해서는 안 된다. 그런 글은 애초에 없다. 논술이든 작문이든지 간에 '작품'을 쓰는 건 아니다. 각자가 쌓아온 글 재료들을 힘겹게 모아서 생각에 생각을 거듭해 종이에 쏟아놓은 뒤에는 가혹한 평가를 들어야 하고, 그 뒤에 부족한 재료를 보완한 뒤 다시 쓰기를 해야 한다. '작업'이라 부르면 적당하다. 작업이 잘되는 날도 있고, 작업이 흡족하지 못한 날도 있는 법이다. 글쓰기에 대한 지식 노동자의 태도는 마땅히 그래야 한다. 그것은 입사 뒤에 일어날 일에 대한 준비이기도 하다. 입사하면 자신이 쓴 글을 형체도 알아보지 못할 정도로 '폭풍 첨삭'하는 선배를 만나야 하기 때문이다.

입력과 다시 쓰기는 필수다. 대부분의 예비 언론인들은 체계적인 독서를 하지 않았기 때문에 미리 입력하지 않으면 제시된 글쓰기 주제에 적합한 재료를 구하기 어려울 것이다. 쓰기 전에 반드시 입력해야 하고, 쓴 뒤에는 반드시 다시 쓰기를 해야 한다. 특히 다시 쓰기가 힘들 터이다. 무엇보다 귀찮기 때문인데 그걸 참아야 한 단계 진보할 수 있다. 다시 쓰기를 하지 않으면 자신의 글에서 나타나는 단점이나 한계가 고쳐지지 않은 채로 그대로 남는다. 글쓰기 수준이 높은 예비 언론인들은 예외 없이 다시 쓰기를 두 번이나 세 번 이상 하는 이들이다. 그런 제자들이 입사 후에 눈에 띄는 특별한 성과를 내는 걸 나는 자주 목격하고 있다.

'귀차니즘의 강'을 건널 수 있는가

글쓰기 준비에 시간이 오래 걸리는 이유는 글쓰기가 본질적으로 아날로그의 성격을 지니고 있기 때문이다. 글 재료를 읽는다고 해도 그것이 자신의 글에 금방 녹아들지 않는다. 무한 복제되는 디지털의 힘이 글쓰기 영역으로 들어오면 맥을 못 춘다. 좋은 글 재료라도 여러 번 곱씹어봐야 그 재료가 뜻하는 진짜 의미가 자신의 내부에 녹아들기 시작한다. 그제야 글의 재료는 자기의 언어로 바뀐다. 순전히 아날로그식이다. 특히 예비 언론인들이 치러야 하는 글쓰기 시험은 종이 위에 자기 손으로 직접 쓰는 식이다. 컴퓨터로 쓰는 글과는 많이 다를 수밖에 없다. 컴퓨터로 쓸 때는 고쳐 쓰기 쉽고, 글을 옮기는 것도 자유자재다. 종이에 쓸 때 계획을 확실히 하지 않는다면 망치기 쉽다. 반복적인 연습이 필요하다. 1주일에 한두 번 이상은 반드시 종이 위에 쓰는 연습을 해야 한다. 종이 위에 한 번 쓸 때마다 종이에 대한 두려움이 2~3%씩 줄어들 것이다.

글쓰기에는 신동도 없지만, 모범 답안도 없다. 예비 언론인들 가운데는 글쓰기에 모범 답안이 있다고 여기는 이들이 꽤 있다. 그건 글쓰기의 본질에 비춰볼 때 어불성설이다. 좋은 글쓰기는 교조주의와는 인연이 없다. 글쓰기는 자유롭게 자기 생각을 펼치는 행위이기 때문에 문제를 내는 이들조차도 어떤 답안이 나올지 예상하지 못한다. 잘 쓴 글이 여러 편 있을 수 있지만, 모범 답안이 있지는 않다. 글을 평가하는 입장에서 보면 애초 예상했던 것보다도 훨씬 훌륭한 글을 볼 때 느끼는 기쁨이란 상상 이상이다.

언론사의 이념적 성향 때문에 좋아하는 글의 종류가 획일적일 거라고 생각하는 준비생들도 많다. 오해를 살 만하기는 하다. 정확히 말하자면 '이념'이라기보다는 '정파적 편향성'이라고 해야 옳을 것이다. 한국 언론을 병들게 하고 있는 가장 큰 요인 말이다.

그러나 입사 전형에서 평가하는 글을 정파적 잣대로 보는 언론사는 없을 거라고 나는 믿는다. 예를 들어 논술을 평가할 때도 결론의 색깔보다 중요한 것은 어떤 주장을 하든 얼마나 설득력 있게 주장을 펼쳤느냐이다. 이런 기초적인 판단을 언론사가 제대로 하지 못한다고 보지 않는다. 언론사가 제 무덤을 스스로 파는 일을 하겠는가? 언론사에서 논술 평가를 하는 것은 언론인으로서 세상과 사물을 논리적으로 분석하고 글로 완성할 수 있는가를 보기 위해서이다. 자기 매체의 정파적 편향과 맞는 사람인가를 보기 위한 목적으로 논술 전형을 치른다면 장기적으로 해당 언론사는 경쟁력이 떨어지게 된다는 사실을 언론사 스스로 알고 있기 때문에 어리석은 선택을 할 가능성은 낮다. 실제로 내가 가르쳐온 제자들 가운데는 이념 성향과 잘 맞지 않은 언론사에 들어간 경우도 꽤 많다. 글이 어느 정도 궤도에 오른 제자들의 경우에는 신문과 방송을 가리지 않고, 좌와 우를 가리지 않고 입사한다. 그건 언론사들이 정파적 시각 또는 이념적 잣대로 글을 평가하지는 않는다는 걸 보여주는 강력한 증거다. 굳이 언론사의 성향을 따져서 글을 쓸 필요는 없다. 그렇게 하려다 보면 오히려 글이 망가지기 쉽다. 논리를 수시로 바꿔가면서 좋은 글을 쓰기 어렵다.

글은 그 사람이다

정파적 성향보다 중요한 건 결국 글 속에 자신을 담을 수 있느냐이다. 좋은 글에서는 그 사람만의 스타일이 느껴지기 때문이다. 여기에서 말하는 스타일은 문체만을 가리키지 않는다. 주제를 다루는 방식, 본질에 접근하는 태도, 표현 양식, 세상을 보는 관점, 글과 언어를 대하는 태도 등을 모두 아우르는 말이다. 입사 전에 그걸 완성하겠다고 마음먹을 필요는 없다. 불가능하기 때문이다. 평생을 두고 완성해나가면 되는 일이다.

사실 글에는 어느 정도 자신이 투영될 수밖에 없다. 아무리 자신을 숨기려 해도 글에는 글쓴이의 향기가 밴다. 자신 없는 사람이 쓴 글에는 주저함이 묻어 있고, 오만한 사람이 쓴 글에는 단정적 표현이 많다. 정신없는 사람이 쓴 글은 구성력이 떨어지고, 지나치게 꼼꼼한 사람은 디테일에 치중하다가 핵심 줄기를 놓치기도 한다.

그것은 글쓴이의 에토스ethos, 즉 성품 또는 격(格)이다. 내가 잘 아는 사람들의 글을 읽는 것은 그래서 언제나 재미있다. 글과 내가 아는 그 사람의 캐릭터를 비교해볼 수 있기 때문이다.

《이별에도 예의가 필요하다》를 쓴 한겨레 선배 김선주의 글에는 솔직함과 겸손함이 배어 있다. 실생활에서 벌어지는 일을 소박하게 털어놓으면서 본질적인 문제를 겸손하게 제시하는 글이라 문턱이 낮다. 목소리를 높이지는 않지만, 설득력이 높고 깊은 공감을 이끌어낸다. 문체는 쉽고, 소박하고, 간소해 군더더기가 없다. 김선주라는 사람이 원래 그렇다. 대통령 당선인 신분이던 노무현이 한겨레신문사를 찾아왔을 때 김선주는 일부러 그를 피했다. 정치권 영입 제안에 곁을 주지 않을 정도로 저널리스트로서의 자존감이 높았지만, 글은 한없이 부드럽다. 독자에 대한 글쓴이의 태도가 어떠해야 하는지를 글로 보여주는 사례다. 칼럼을 읽고 마음이 움직인 적 있는가? 나는 〈한겨레〉에 실린 아랫글을 읽고 어머니 생각에 울컥했다.

> 민망한 나이가 되었다. 내 나이가 여러 가지 사회적 문제를 야기하고 있는 노령 인구 통계에 잡혀 있기 때문이다.
> 국민연금을 조금 받고 있는 남편은 얼마 안 있으면 자신이 낸 돈보다 더 받게 된다고 열없는 표정을 짓는다. 그래도 외출이라도 할라치면 지하철 공짜 승차권을 귀중하게 챙긴다. 가끔 이거 절반이라도 내면 덜 민망할 텐데 한다. "노약자석에 앉지 말고, 출퇴근 시간에는 타지 말고, 앉았더라도 피곤해 보이는 젊은이가 보이면 자리를 양보

> 하라"고 신신당부한다.
> 미래를 빌려다가 내가 받는 게 국민연금이다. 우리 아들딸들이 수십 년 뒤에 받으리라 예상하고 꼬박꼬박 내는 연금을 우리가 축내고 있다. 국민연금 몇 년도에 고갈이라는 기사를 볼 때면 그 주범이 나인 것만 같아 숨고 싶다. 죽을 때, 낸 것보다 더 받았으면 국민연금공단에 그걸 토해내고 죽자고 친구들끼리 진지하게 의논한다. 나이는 더 이상 벼슬이 아니다. 과잉 생존의 시대에 노령 인구는 짐이기 십상이다. 팔팔하게 아흔아홉 살까지 사는 것을 인생의 목표로 삼고 있는 늙은이로 보일까 봐서 누가 물어보지도 않는데 늙으면 죽어야지 하고 구시렁거린다.
> 이 과잉 생존의 시대에 뭔가 사회에 도움이 되는 일을 하고 싶었다. 작년에는 동네 입구에 붙어 있는, 통장 후보 구한다는 벽보를 보고 옳지 이 정도라면 나도 할 수 있겠다는 생각에 눈이 번쩍 뜨였다. 연봉도 200만 원에 불과하니 민폐가 될 것도 아니고, 동네를 구석구석 다니며 청소하고 눈도 치우라고 독려하면서 그렇게 살고 싶었다. 그런데 65살 이하여야 한다는 조항에 딱 걸렸다. 템플 스테이에 가려고 하니까 65살 이하만 받는다고 한다. 65살 이상은 공동생활을 하는 데 지장이 있는 나이로 여겨지는 게 현실이다.[7]

〈씨네21〉 편집위원 김혜리의 글도 눈여겨볼 만하다. 본질을 꿰뚫어 보는 정확함과 디테일을 놓치지 않는 섬세함, 종의 깊이와 횡의 다양성을 자유자재로 연결하는 지적 충만감으로 대표되는 그녀의 글은 한 문장, 한 문장이 예사롭게 읽히지 않는다. 세 문장 안에 꼭 인상적인 내용이나 표현이 한 번 이상 끼어든다. 글을 쓸 때 무척 고민하면서 쓰는 게 틀림없다. 지루해지기 어려운, 매력적인 글의 전형이다. 배우 배두나에 대한 인터뷰 글은 이렇게 시작한다. 연결하면 어색할 것 같은, 두 가지 사물을 기어이 한데 끌어들이는 기법을 썼다. 읽는 이의 눈길을 어떻게 끌지를 아는 이가 쓰는 글이다.

> 배두나를 생각하면 스푸트니크호가 떠오른다. 저 바깥 세계에는 무엇이 있는지 알고 싶어 인간이 쏘아 올린 최초의 인공위성 말이다. 〈플랜더스의 개〉의 현남, 〈고양이를 부탁해〉의 태희, 〈복수는 나의 것〉의 영미, 〈굳세어라 금순아〉의 금순, 그리고 〈린다 린다 린다〉의 송. 영화에서 배두나가 연기한 소녀와 여자들은 우리가 낯선 존재로 편 가르기 일쑤인 대상들- 외국인, 장애인, 어린이, 동물-과 수월하게 친구가 되곤 했다. 그녀들은 불행한 표정으로 거리를 헤매는 사람들을 두려움보다 호기심으로 바라보았고, 다른 언어를 쓰는 상대에게 마음을 건네고 받기를 주저하지 않았다. 만약 우리가 미지의 어느 먼 별과 교류하고 싶다면 배두나에게 편지를 맡겨 보내는 편이 좋을 거야, 라고 나는 상상하곤 했다. 그녀라면 흰 새처럼 자유로운 그 손을 아득한 암흑 속으로 흔쾌히 뻗을 수 있을 테니까.[8]

7 김선주, '김선주 칼럼: 그리고 아무 말도 못하겠다', 〈한겨레〉, 2012.12.11.

'치과 의사 모녀 살해 사건'에서 아내를 살해한 혐의를 받고 있던 치과 의사를 변호해 무죄 판결을 받아낸 인권 변호사 김형태는 통찰력이 뛰어난 글을 쓴다. 사물의 본질을 꿰뚫는다는, 말뜻 그대로의 통찰을 느끼게 한다. 직업적인 저널리스트보다 더 저널리즘에 충실한 글을 쓰는, 보기 드문 글쟁이다. 회고록 격으로 〈한겨레〉 토요판에 연재한 글에서 그는 송두율 사건을 이렇게 시작했다.

> 나는 고정되고 변하지 않는 실체로서, 죽어서도 영혼으로 남는 '나'가 있다는 걸 믿지 않는다. 나는 수십억 년 진화를 통해 형성된 커다란 유전자 풀에서 어머니, 아버지를 통해 나란 존재로 잠시 동안 모인 일부 유전자의 집합이니, '나'는 어떤 '존재'라기보다는 하나의 '사건'이나 '흐름'일 뿐이라고 여긴다. 내가 죽으면 내 몸은 썩어 다른 것들에 흡수될 거고, 파도가 바다의 일부이듯이, 이 죽는 사건, 흐름을 통해 더 큰 흐름, 전체에 안기는 거라 여긴다.
> 하지만 나는 이런 '나' 스스로에게 '참, 잘했어요' 하고 칭찬하고 싶은 일 몇 개가 있다.
> 처자의 죽음 앞에서 경찰의 제지로 제집 안에 들어가 보지도 못한 채, 문 옆에 쭈그리고 앉아 왜? 왜? 하며 소리치던 이 남자에게 내가 손을 내밀어 주었던 일. 온 나라가 간첩이라고, 친한 선후배들도 변

8 김혜리, '김혜리가 만난 사람: 열 번째 영화 〈괴물〉 찍고 있는 배두나', 〈씨네21〉 524호, 2005.10.24.

> 호해주지 말라고 충고할 때 송두율 교수에게 손을 내밀었던 일. 이건 나 스스로에게 잘했다고 칭찬해주고 싶다.[9]

인간 존재의 본질과 진화 과정을 쉬운 말로, 과학과 철학을 함께 녹여냈다. 그런데 사실 꼼꼼히 보면 자기 자랑을 하고 싶어 앞에 한 자락을 깐 것이다. 보통 사람 같았으면 그게 얼마나 중요한 사건이었는지부터 광고하고 싶어 안달했을 텐데 이런 식으로 풀어놓으니 격(格)이 느껴진다. 내공이란, 이럴 때 쓰라고 있는 말이다. 게다가 관념어나 과학 분야의 전문 용어가 아닌 일상어로 쓴 대중적인 글이다.

평생 이어질 글쓰기 여정

언론인이 되면 흔히 남들의 얘기를 쓰느라 자신을 잊어버린다고 생각하기 쉽다. 그래서 기사 쓰기를 한 지 10년 정도 지난 현직 기자들은 글쓰기 슬럼프를 겪기도 한다. 그런 고민에 빠질 때 끝까지 남는 질문 하나는 아마도 이게 아닐까? '도대체 글은 왜 쓰는가?'

질문에 대한 대답은 글 쓰는 주체에 따라 다 다를 테다. 다만 우리 모두가 동의할 수 있는 건 글쓰기 역시 궁극적으로는 자신을 위한 것일 때 의미가 있다는 점이다. 각자가 추구하는 가치를 실현하는 글쓰기야

9 김형태, '김형태 변호사의 비망록(21) 치과 의사 모녀 살인 사건(1)', 〈한겨레〉 토요판, 2012.9.14.

말로 우리가 궁극으로 추구해야 할 글쓰기의 모습이 아닐까?

평생 저널리즘 분야에서 일해온 이들이 남긴 역작에는 그들이 추구해온 가치가 오롯이 담겨 있는 경우가 많다. 미국 중앙정보국 CIA가 설립된 1945년부터 2007년까지의 역사를 취재한 책《잿더미의 유산》[10]을 보면 기자의 글쓰기란 이런 것이구나 하는 생각이 든다. 서문에서 지은이 팀 와이너는 "이 책의 모든 내용은 자기 신분을 밝힌 사람이 직접 말로 하거나 글로 쓴 것"이라며 "익명의 정보 제공자가 제공한 정보나 뜬소문은 하나도 없다"고 잘라 말한다. 그는 또 "필자가 이 책에 쓴 내용은 온전하게 모두 다 진실은 아니다. 그러나 필자의 모든 능력을 다했기에 거의 진실에 가깝다고 할 수 있다"고 덧붙였다. 진실에 대해 유보적 태도를 보이는 겸손함과 함께 자기 글의 완성도에 대한 자신감을 동시에 볼 수 있다. 그도 그럴 것이 그는 이 책을 쓰기 위해 5000건이 넘는 문서, 2000건이 넘는 증언 자료를 검토했고, 1987년 이후 일해온 10명의 CIA 국장과 전·현직 요원 등을 포함해 300건이 넘는 인터뷰를 진행했다고 밝히고 있다.

예비 언론인들도 미래의 어떤 시점에는 각자의 방법과 각자의 내공과 각자의 스타일을 찾아 자기만의 글을 쓸 날이 올 것이다. 고통과 번민으로 점철될 그 여정journey을 즐겼으면 좋겠다.

10 팀 와이너, 이경식 옮김, 랜덤하우스코리아, 2008.

- 논리로 보는 세상, 언론사가 논술 전형을 치르는 이유
- 논술은 어떤 글인가, 어떤 문제가 출제되나
- 논리적 표현, 논리적 구성
- 논증이 관건이다
- 논술의 평가 기준
- 논제 정리, 맥락적 이해의 지름길
- 10분 만에 그리는 설계도
- 문장을 해체하고 재구성하라
- 스스로 벤치마킹할 20편의 글

논술, 설득하는 글쓰기

2장

"논증은 탐구의
수단이다."

앤서니 웨스턴

1

논리로 보는 세상, 언론사가 논술 전형을 치르는 이유

동일본에 쓰나미가 몰려왔다. 내 마음에도 쓰나미가 휩쓸고 지나갔다. 개신교계의 한 대형 교회 원로 목사가 했다는 말 때문이었다. "일본 국민이 신앙적으로 볼 때는 너무나 하나님을 멀리하고 우상 숭배, 무신론, 물질주의로 나가기 때문에 하나님의 경고가 아닌가 하는 생각이 든다."

이럴 수가. 소식을 듣자마자 애도 성명을 낸 소녀시대가 대단해 보였다. 신을 왜 믿어야 하는지를 의심하게 하는 이런 발언이 나오는 것은, 그의 세계관이 과학적이지 못하기 때문이다. 논리적이지 못해서이다. 세상을 이성과 합리로 보는 시각을 결여했다. 종교를 절대화하는 사람은 자연 현상도 종교적 잣대로만 본다. 그의 영혼은 중세를 떠돌고 있다.

언론인은 세상을 있는 그대로 봐야 한다. 과학과 상식, 합리성으로 무장해야 한다. 그래서 논리가 필요하다. 논리로 세상을 읽어야 세상사의 진정한 원인과 결과, 본질과 현상, 핵심과 지엽을 구분하고 분석할 줄 알게 된다. 기자가 취재를 할 때도 합리적 추론은 필수다.

합리적 추론이 기사의 출발점이다

1998년 국제통화기금(IMF) 사태가 벌어졌다. 환율이 엄청나게 올라 1달러가 2000원 안팎으로 치솟던 때였다. 엄청난 변화가 예상되기는 하는데 어디로 가야 할지 막막할 때 합리적 추론을 잘하는 기자들이 기삿감을 먼저 찾아냈다. 나는 〈한겨레〉 사회부 기동취재팀 소속 기자였다. 사회면에 그날그날의 사회상을 발 빠르게 알려야 했다. 외국 여행 가는 사람들이 급격히 줄었다. 신혼여행도 제주도행이 많았다. 이 정도는 쉽게 짐작할 수 있는 일이었다. 누군가가 회의에서 주한 미군 월급 얘기를 꺼냈다. 월급은 그대로인데 환율이 올랐으니 화폐 가치는 두 배로 뛰었을 테고, 따라서 주한 미군들의 소비 패턴이 달라졌을 것이고, 그들과 비슷한 처지에 있는 외국인 회사 직원들 역시 취재 대상이 될 수 있을 터였다. 바로 취재에 들어갔고, 기사화됐다.

수습기자 때 데스크가 어려운 취재 지시를 내린 적이 있었다. 국가안전기획부('안기부', 국가정보원의 옛 이름)의 국내 정치 사찰 사례를 찾아보라는 게 지시 내용이었는데 취재 경험이 일천한 수습기자로서는 감당이 안 됐지만, 어쩔 수 있나. 이리저리 찔러보기 시작했다. 먼저 지역마다 안기부 담당관이 있다는 사실을 알아냈다. 지역 담당관과 친한 사람이 누굴까 생각해봤다. 지역구의 여당 국회의원 사무실 전화번호를 알아내 전화를 걸었다. 이런저런 얘기를 하면서 〈한겨레〉 기자에 대한 경계심을 풀어놓은 뒤에 슬쩍 안기부 담당관은 자주 오느냐고 물어봤더니, 웬걸 자주 온다는 게 아닌가? 언제 오느냐고 물었더니, 지역구 행사 때마다 와서 행사 내용을 상세히 메모해 간다는 거였다. 그게 그 사람들 일이고, 그걸 보고서로 써서 보고하는 것도 알고 있다고 했다.

응, 그래, 이게 국내 정치 사찰이지. 이미 알고 있는 척하면서 안기부 담당관의 전화번호를 물었더니 순순히 번호까지 알려줬다. 담당관과의 통화에도 성공했다. 취재 내용을 메모로 정리해서 회사 안으로 보냈다. 다음날 1면 머리기사로 났는데, 내 취재 내용은 여러 사례 가운데 하나로 포함돼 서너 개 문장으로 처리됐지만, 무척 뿌듯했다. 합리적 추론이 결실을 보는 순간이었다.

역사의 물줄기를 바꾼 계기가 됐던 사건의 첫 보도를 보면 기자들의 논리적 추론이 얼마나 중요한지 알 수 있다. 1986년 박종철 고문치사 사건도 마찬가지다. 사건이 처음 보도됐던 날 아침 한 법조 출입 기자는 여느 때처럼 검찰 간부의 방을 찾아가 차를 마시면서 이야기를 나누었다. 그때 취재원이 지나가는 말처럼 툭 던졌다. 그러나 기자는 그 말을 놓치지 않았다.

검사 A: "경찰들 큰일 났어."

기자: "그러게 말입니다. 요새 경찰이 너무 기세등등했어요."

검사 A: "그 친구 대학생이라지, 서울대생이라면서?"

기자: "아침에 들으니 그렇다고 하데요."

검사 A: "시끄럽게 생겼어. 어떻게 조사를 했기에 사람이 죽는 거야. 더구나 남영동에서."

기자는 애초에는 아무런 내용을 알지 못했다. 순간의 기지를 발휘해서 검사 A가 던진 말을 끊지 않으려고 아는 척 응대를 해나가면서 몇 가지 단어로 추론을 시작했다. '서울대생' '조사 중 사망' '남영동' 이 세 개의 열쇳말을 연결 지어서 "경찰이 남영동에 있는 경찰청 보안국 대공분실에서 서울대 재학생인 피의자를 조사하던 도중 피의자를 사망하게 했다"는 것까지 추론한 것이다.

보안국 대공분실이라면 사건의 내용은 당연히 학생 운동과 관련 있을 터였다. 기자는 몰래 또 다른 검사 B를 만났다. 퍼즐 몇 개를 더 얻어야 그림의 완성도를 높일 수 있기 때문이다. 이제는 아는 것을 토대로 더 많은 사실을 얻어내는 과정이다. 취재원은 보통 이미 알고 접근하는 듯한 기자들에게 사실을 털어놓는 경향이 짙다.

기자: "조사받던 대학생이 왜 갑자기 죽습니까?"

검사 B: "어떻게 알았어?"

기자: "조사 과정에서 고문한 것 아닙니까?"

검사 B: "가능성은 있지만 아직 단언할 수는 없어. 쇼크사라고 보고해왔으니 앞으로 조사를 해봐야지."

팩트와 팩트를 논리로 잇다

자, 이제 추론은 한 단계를 더 넘어가게 됐다. 경찰이 검찰에 '조사 도중 쇼크사로 사망했다'고 보고한 것까지 확인됐고, '고문 가능성이 있는 사건'이라는 점까지 보도할 수 있게 된 것이다. 이 정도면 첫 보도는 할 수 있는 수준의 사실이 확인된 셈이다. 일단 첫 보도를 하고 나면 사건은 스스로의 힘으로 앞으로 나아가게 돼 있다. 이런 현상을 두고 사건 담당 기자들은 "사건이든 기사든 생물과 같다"고 말한다. 1987년 6월 시민 항쟁의 시발점이 된 이 사건에 관한 기사는 기자의 이런 추론 과정을 통해 세상에 알려졌다.

예능 프로그램이나 드라마를 만드는 프로듀서는 논리보다는 감성이 중요한 것 아니냐고 되물을 수도 있다. 논리와 감성은 분리돼 작용하는 게 아니라는 건 뇌 과학이 이미 밝혀낸 바이다. 진실을 밝히겠다는 감성이 없다면 기자의 특종이 없는 것처럼, 재미와 감동이라는 이름의 감수성은 무엇이 대중에게 먹히느냐를 밤낮없이 탐구하는 프로듀서의 논리적 추론 없이는 완성된 프로그램으로 이어지지 못한다. 그런 점에서 논리 없는 감성은 허무하고, 감성 없는 논리는 맹목이다.

2

논술은 어떤 글인가, 어떤 문제가 출제되나

논술은 설득하기 위해 주장하는 글이다. 보통 논술을 단순히 주장하는 글로 생각하는데, '주장 자체를 목적으로 하는 주장'과 '설득을 궁극의 목적으로 하는 주장'은 본질적으로 다르다. 설득은 상대방을 고려하지 않으면 안 되기 때문이다. 정치적 선전(프로파간다)은 일방적인 주장의 대표적인 사례인데, 선전에서는 대중의 감정을 자극하는 효과에 더 치중하는 반면 주장이나 이유, 근거의 타당성 제시에는 별로 신경을 안 쓴다. 상대방에 대한 고려나 배려가 부족하다. 따라서 주장 자체를 목적으로 하는 주장보다 설득을 목적으로 한 주장이 한 단계 더 높은 수준이라고 할 수 있고, 공동체에도 이익이 된다. 글쓴이와 다른 의견을 가진 사람이 읽었을 때 '나랑 다른 의견이지만, 이해할 만하다' '이렇게도 생각해볼 수 있겠다' '이 의견도 나름대로 설득력이 있구나', 하고 생각할 정도로 쓴 글이 좋은 논술이다.

주장보다 설득이 한 수 위다

설득력이 높은 논술을 쓰려면 주장을 뒷받침하는 요소가 제대로 갖춰져야 한다. 타당성 있는 이유reasons와 정확하고 구체적인 근거evidence, 폭넓은 동의를 받을 수 있는 전제warrant를 통해 주장claim하는 것을 '논증argument'이라 부른다. 좋은 논술을 한마디로 한다면, '논증이 잘된 글'이라고 할 수 있다. 논증의 정확한 개념과 구체적인 방법은 뒤에 다루기로 한다.

언론사 입사 전형 논술은 보통 분량이 1500자(200자 원고지 7.5매) 안팎이다. 분량을 적게 요구하는 경우에는 1200자 이내로 쓰게 한다. 아주 드물게는 800자 이내도 있다. 분량 제한을 두지 않는 곳도 더러 있다.

논술의 주제를 줄여서 '논제(論題)'라고 부른다. 논술 전형 준비에서 논제를 예상하는 일은 중요하다. 논술이 다룰 수 있는 주제는 광범위하지만, 해당 시점(연도)에 나오는 문제는 어느 정도 예상할 수 있기 때문이다. 보통 60~70% 정도는 예상한 주제가 나오는 편이다.

논술을 쓰는 과정에서 해당 주제에 대한 지식과 정보는 글의 기본 재료가 된다. 그것이 없다면 글을 구성하기가 애초에 불가능하다. 예를 들어 '금리 인상이 경제 전체에 미치는 영향을 분석하고 자신의 견해를 논하라'는 주제가 출제됐다면 금리 인상이 경제 메커니즘에 미치는 구조적 영향을 종합적으로 설명할 줄 알아야 글을 전개해나갈 수 있다. 바람직한 권력 구조에 대한 주제가 출제됐다면 권력 구조의 의미와 종류, 다양한 권력 구조의 장단점, 권력 구조의 세계적 추이 등을 정리하지 않고는 쓰기가 어렵다.

이 때문에 논제에 대한 지식이 체계적으로 정리되지 않은 상태에서 논술을 잘 쓰기는 어렵다. 주제를 예상하고 그 주제에 대한 지식과 정보를 체계적이고 깊이 있게 공부하고 글을 미리 써보는 방식이 가장 효과적이고 합리적인 논술 준비법이다.

논제는 예상 가능하다

어떤 논제들이 출제되는지를 분석해보면 어떻게 준비해야 하는지도 짐작할 수 있다.

내용별로 보면 가장 큰 비중을 차지하는 주제는 최근 현안과 이슈에 관한 것이다. 그해에 가장 주목받고 쟁점이 되는 시사 이슈와 현안들이다. 기자나 시사 교양 피디 준비생들이라면 보통 정치·경제·사회·저널리즘 등 네 개 분야로 나눠 주제를 예상해보면 된다.

코로나바이러스, 대통령 탄핵 사건, 세월호 사건 등 해당 시기를 관통하는 큰 사건들과 관련된 주제가 1순위 출제 대상이다. 총선이나 대선이 있는 '정치의 해'에는 정치 이슈들이 많아진다. 진보에서 보수로,

혹은 보수에서 진보로 정권이 교체되면 주요한 정책 기조도 따라 바뀌기 때문에 정치·경제·사회 분야 예상 주제들의 변화 폭도 커진다. 윤석열 정부 출범 이후 신자유주의 경제 정책과 미국 일변도 외교 정책이 전개된 것이 대표적인 사례다.

저널리즘과 미디어에 관한 논제는 저널리즘 기본 원칙, 저널리즘 윤리, 4차 산업 혁명을 맞은 미디어 변화와 진화 양상 등 세 개의 하위 범주로 구성된다.

저널리즘의 기본 원칙에 해당하는 주제들로는 사실을 통한 진실의 추구, 공정한 보도, 언론인은 왜 시민을 위해 일해야 하는가, 정파로부터의 독립성은 왜 중요한가, 권력을 감시해 대의 민주주의 시스템을 지속 가능하게 하기 위한 언론의 역할, 목소리 없는 사람들에게 목소리를 제공해야 하는 이유, 공론장으로서의 저널리즘 등이 있다. 이 주제를 위해 읽어야 할 책들이 있다. 《저널리즘의 기본 원칙》(빌 코바치, 톰 로젠스틸), 《미래의 저널리스트에게》(새뮤얼 프리드먼), 《저널리즘 핸드북》(카린 왈 요르겐센) 등이다. 저널리즘의 원칙과 기준을 정리해놓은 책들이라면 여기에 언급한 책들 말고도 도움을 받을 수 있다.

저널리즘 윤리는 취재 윤리와 보도 윤리를 포함한다. 취재 윤리와 보도 윤리의 기준이나 원칙을 정리한 뒤에 해당 시점에 그 기준이나 원칙에 해당하는 구체적 사건과 이슈를 연결 지어서 글을 쓰면 된다. 한국기자협회의 윤리 강령과 특정 주제나 분야(자살 사건 보도, 성폭력 사건 보도, 감염병 보도, 소수자와 약자에 관한 보도, 남북 관계 보도, 재난 보도 등)의 취재·보도 윤리 기준과 지침 등을 찾아서 정리하면 된다. 개별 언론사 윤리

지침으로 활용할 만한 자료는 〈한겨레 취재 보도 준칙〉과 〈KBS 공정성 가이드라인〉 등이 있다.

4차 산업 혁명과 미디어의 변화상을 묻는 논제는 앞으로도 꾸준히 나올 가능성이 높다. AI 기자(AI 아나운서)에 견줘 인간 기자(인간 아나운서)만이 가지는 차별성은 무엇인지, 레거시 미디어들이 격변하는 미디어 환경 변화에 어떻게 대응해야 하는지 등이 단골로 출제되는 주제들이다.

추상의 층위가 높은 논제일수록 쓰기 어렵다

위에 언급한 시사 이슈와 현안, 저널리즘 분야의 주제들을 합하면 전체 논제의 60~70% 정도를 차지한다. 나머지 30~40%는 당면한 흐름과는 직접 관련 없는 오래된 논제 또는 거대 담론들이다. 개념 위주의 논제이고, 추상의 층위가 다른 주제들에 비해 상당히 높다는 점도 특징이다. 가장 쓰기 까다로운 편에 속하는 주제들이다. 예를 들어 다음과 같은 논제들이다.

- 국가란 무엇인가
- 교육 분야에서 자유와 평등의 가치가 충돌할 때 두 가치는 양립할 수 있는가? 양립할 수 없다면 그 이유를, 양립할 수 있다면 그 방안에 대해 논하라
- 직접 민주주의, 대의 민주주의, 숙의 민주주의 사이의 바람직한 관계에

대해 논하라

- **민주주의와 포퓰리즘**
- **애국심에 대해 논하라**
- **우상과 이성**
- **위선(僞善)과 위악(僞惡)**

이런 유형의 논제를 쓰기 위해 어떤 준비가 필요할까? 이런 주제들을 예상하고 미리부터 정리하기는 어렵다. 따로 정리하려는 욕심을 부리기보다는 앞서 언급한 현안을 공부하다 보면 자연스럽게 정리되는 측면이 있기 때문에 겁먹지 말고 현안 정리부터 해나가면 된다.

예를 들어 선거 때마다 후보를 단일화하는 현상이 민주주의 발전이라는 측면에서 바람직한지에 대해 써야 하는 논제가 있다고 치자. 이 주제에 관해 깊이 있게 쓰려면 준비를 해야 하는데 그 과정에서 대의 민주주의의 개념이나 원리를 정리하게 된다. 더 나아가서 민주주의 개념과 원리도 정리해야 한다. 다시 말해 구체적인 시사 현안 논제를 깊이 있고 체계적으로 정리하는 과정에서 추상 수준이 높은 개념에 대한 학습과 정리를 할 수밖에 없게 되고, 이는 각 범주에 속하는 논제들을 준비하는 시간이 된다는 뜻이다.

최상위 층위에 해당하는 민주주의 개념을 제대로 정리해놓는다면 그보다 아래 층위에 있는 주제들, 예를 들어 '민주주의에서 절차적 정당성이 차지하는 중요성에 대해 논하라' '정당 민주주의 실현이 대의 민주주의 시스템이 올바로 작동하는 데 충분조건인가, 필요조건인가'와 같은 논제가 나올 때도 당황하지 않고 해결할 수 있는 능력이 길러진다.

매체별로 따로 준비할 주제들도 있다. 해당 언론사의 정체성이나 역할, 특성에 걸맞은 목표와 방향을 구체적으로 알아야 쓸 수 있는 주제들도 있다. 공영 방송의 경우 공영 방송의 존재 이유에 대한 정리가 필수다. 교육 방송은 교육을 목적으로 하는 공영 방송이라는 의미가 더해진 곳이므로 이에 대한 준비가 필요하다.

특정 지역 단위에서 운영되는 지역 언론사에서는 '지역 언론의 역할'이나 '지역의 중요한 현안에 대한 견해'를 묻는 경우가 많다. 경제 매체는 경제 이슈가 우선이다.

피디 준비생은 분야별(시사 교양·예능·드라마·라디오)로 방송의 트렌드와 흐름, 변화를 콘텐츠 측면과 산업 측면에서 모두 분석해야 하는 주제가 주로 출제된다. 여기에 더해 대중문화의 트렌드와 흐름, 변화 등도 분석할 줄 알아야 한다. 특히 해당 분야 프로그램들을 분석하고 평가할 수 있는 개념·틀·이론을 도구 삼아 깊이 있고 차별성 있는 내용으로 글을 쓸 준비를 해야 한다. 그러지 않고 시청자 수준의 인상 비평식 분석이나 평가에 머물러서는 곤란하다.

아나운서 준비생은 '방송에서 표준 언어 사용의 중요성'이나 '신조어를 방송에서 어떻게 사용할 것인가' 또는 '최근 아나운서에게 다양하게 요구되는 역할 또는 정체성과 전통적인 아나운서의 역할 또는 정체성 사이에서 오는 괴리를 어떻게 해소할 것인가'와 같은 질문에 대해 집중적으로 정리할 필요가 있다.

신문 사설이 벤치마킹 대상이 아닌 이유

신문 사설을 논술의 벤치마킹 사례로 여기는 예비 언론인들도 있는데 사설은 준비생들이 써야 할 논술과는 여러 면에서 거리가 있다. 먼저 형식 면에서 보자면, 사설의 분량은 실제 시험에서 써야 하는 글의 분량보다 적은 편이다. 길게 쓴 것을 짧게 압축적으로 줄이는 건 쉬운데, 짧게만 쓰다가 길게 늘여 쓰는 건 어렵다. 또 한 가지 지적할 수 있는 점은, 사설이 논증 구조를 잘 지키지 않는다는 것이다. 사설을 분석해보면, 논증 구조에서 근거에 해당하는 '사실'을 서술하는 내용이 너무 큰 비중을 차지한다. 사실을 서술하는 것은 설명문식 글쓰기인데 상당 부분이 여기에 해당한다.

내용 면에서는 사설이 다루는 주제의 추상 층위가 매우 낮다는 점을 꼽을 수 있다. 보통 사설의 주제는 당일 쟁점이 되는 이슈를 다루기 때문에 추상의 층위가 낮은 데 비해, 실제 언론사 입사 전형에서 나오는 논제는 추상 수준이 상당히 높은 경우가 많다. 예를 들어서 사설에서는 '흠결이 있는 장관 후보자 한 명의 자진 사퇴로는 부족하다'는 주제로 사설을 쓰는 데 비해 논술 전형에서는 '고위 공직자의 임명 과정에서 도덕성과 업무 전문성을 비교해볼 때 무엇이 더 중요한 판단 요소인가'와 같은 논제가 출제된다.

사설의 장점은 참고해야 한다. 핵심을 잘 잡아내고 주장을 잘 요약하는 점은 배워야 한다. 한마디로 본질과 지엽을 구분할 줄 안다는 것이다. 무엇이 중요한 내용인지를 정확히 파악하고 이를 글로 정리하는 일은 언론인들이 다른 어떤 직업군에 비해 앞서 있다. "하려는 주장이 어떤 것인지를 정확히 알지 못하겠다." "주장을 평면적으로 나열해서 어떤 점을 강조하려는지 알 수 없다"는 등의 지적을 받는 사람이라면 사설에서 논리를 요약해 정리하는 법을 배울 일이다.

사설의 단점은 배우지 않아야 한다. 위에서도 언급했듯이 논증을 충분히 하지 못하는 구조를 따라 배워서는 안 된다. 단정적·감정적인 표현을 많이 쓰는 것도 단점이다. 민감한 주제를 다룰 때 한국 신문의 일부 사설들은 연설문처럼 감정을 섞어 쓴다. 특히 정치적으로 민감한 주제를 다룰 때나, 해당 언론사와 이해관계가 있는 주제를 다룰 때는 그런 경향이 더욱 짙다. 스스로의 논리에 쉽게 흥분하고, 논리를 비약하는 글도 자주 접할 수 있는데 이런 점을 배워서는 곤란하다. 특정 인물이나 집단에 대한 인신공격적인 표현을 쓰는 사설을 발견하는 때도 있다. '혹세무민했던 사람'이나 '두려움을 모르는 인간'처럼 감정을 실어 인격을 공격하거나, '국민 무섭다는 게 무슨 말인지 가르쳐줄 수밖에 없다'는 식의 선동조 문장들도 등장한다. '가증스럽다' '뻔뻔하다' '철면피 같다' '파렴치하다'와 같은, 감정적 표현들이 사설에 자주 등장하는 건 언론사가 정파적으로 편향돼 있거나 특정 이해관계에 매몰돼 있기 때문이다. 이렇게 되면 이슈의 내용보다는 인물의 인격이나 과거 행적을 물고 늘어지게 돼 논리적 글과는 거리가 멀어진다.

이 때문에 신문 사설을 베껴 쓰는 방식의 연습은 바람직하지 않다. 사설에 포함된 글쓰기의 독을 그대로 받아들일 수 있기 때문이다. '해독'하는 데 생각보다 시간이 오래 걸릴 수도 있다.

그럼 신문 칼럼은 논술과 비슷한가? 그렇기도 하고, 아니기도 하다. 칼럼은 누구의 글이냐에 따라, 또 어떤 주제로 쓰느냐에 따라, 어떤 지면에 어떤 계기로 쓰느냐에 따라 논술에 가까울 수도 있고, 작문에 가까울 수도 있다. 정치 운동가처럼 선동문에 가까운 칼럼을 쓰는 사람도 있고, 자신의 감상이나 소회를 고백식으로 쓰는 수필 같은 칼럼도 있다. 너무 다양해서 하나의 장르로 범주화하기 어렵다. 신문 칼럼 중에는 심지어 좋은 글이 아닌 경우도 있다. 비판적으로 섭취해야 할 장르가 칼럼이다.

3

논리적 표현, 논리적 구성

논술 공부를 위해서는 아래 세 가지 요소가 필요하다.

① 표현력 · 구성력(다른 글쓰기 영역에도 적용되는 요소)

② 논증법

③ 논제 정리(논제로 나올 가능성이 있는 주제의 개념 · 사실 · 쟁점 정리)

② 논증법과 ③ 논제 정리에 대해서는 바로 뒤에 이어지는 부분에서 자세히 설명하려 한다. ①에 대해서도 앞 장에서 자세히 설명했기 때문에 여기에서는 논술과 직접 관련 있는 내용만을 중심으로 살펴본다.

논술을 쓸 때 표현을 강하게 해야 설득력이 높아진다고 보는 이들도 있는데 그건 잘못된 시각이다. 목소리가 높거나 낮은 건 설득력과는 무관하다. 말하기 영역에서는 말을 하는 사람과 듣는 사람의 감정 상태나 장소·공간의 분위기에 따라 여러 효과를 볼 수 있지만, 글쓰기 영역에서는 냉정한 상태에서 글을 읽는다고 전제하고 써야 하기에 강한 톤의 글은 오히려 거부감을 불러올 가능성이 크다. 논술의 설득력은 '표현의 강함'에서 온다기보다는 '내용의 정확성과 적절성'에서 온다. 표현에 집착하는 건 적절한 방법이 아니다. 특히 무작정 큰 목소리를 내거나, 감정에 호소하는 방법은 역효과를 낸다.

차분한 톤, 튼실한 내용이 관건

단정적 표현은 글쓴이의 신뢰감을 떨어뜨린다. 과학자들은 새로운 이론을 검증했더라도 '99% 입증됐다'는 식으로 표현한다. 1%의 실수 가능성을 열어두는 것이다. 사람들은 단정하기보다 예외를 인정하며 말할 때 합리적이라고 받아들이는 경향이 있다. 단정적인 표현을 쓰고 싶다는 유혹에 시달릴 때 우리는 읽는 사람의 마음이 우리의 마음과 같다는 생각을 되새길 필요가 있다. 논리적인 글을 잘 쓰는 사람들도 이런 여지를 둔다. 때문에 '단 한 사람도 그렇지 않을 것이다' '1%의 가능성도 없다.' '100% 그렇다'는 식의 표현은 아예 피하는 게 좋다. 100%라는 단어를 가장 사랑한 이 가운데 한 명이 미국 대통령이었던 트럼프라는 사실은 의미심장하다. 단정적인 표현을 피해야 오히려 신뢰는 높아진다. 목소리는 높지 않지만, 내용이 튼실해서 고개가 끄덕여지는 글이 좋은 논술이다.

자신의 감정을 직접 드러내는 표현도 삼가는 게 좋다. '혐오스럽다'거나 '기분이 나쁘다'거나 '너무 기쁘다'거나 하는 식으로 자신이 느끼는 감정을 직접 드러내는 표현을 쓰는 건 금기 사항이다. 글쓴이가 흥분할 경우 글쓴이와 같은 생각을 하는 사람이라면 덩달아 흥분할 수 있지만, 다수는 냉정해질 테다. 읽는 사람의 감정에 호소하는 태도 역시 좋지 않다. 이런 논증은 '동정심에 호소하는 오류'라고 부른다.

흑백 논리 언어는 결국 감정적 언어의 일종이다. 흑백 논리 언어는 현실의 복잡성을 단칼에 잘라버리고, 내 편이 되기를 강요할 때 주로 쓰이기 때문에 설득력을 떨어뜨린다. 9·11 테러 직후 미국 의회에서 행한 조지 부시 대통령의 연설 한 토막. 그는 다른 나라들을 겨냥해 '테러와의 전쟁'에 동참하라면서 이렇게 말했다.

> 당신들은 우리 편인가? 그렇지 않으면 테러리스트와 같은 패다
> (Either you are with us, or you are with terrorists).

기독교 근본주의자다운 흑백 논리이자 이분법이다. 근본주의는 극단주의로 흐르고, 극단주의는 이분법을 먹고 자란다. 극단주의자들이 이분법을 사랑하는 건 그 단순함과 편리성 때문이다. 적과 나를 제대로 구분할 줄만 알면 되니까. 전쟁의 시기에나 먹힐 수 있는 단순 논리는 21세기 한국 사회에서 여전히 힘을 발휘한다. 텔레비전 토론 프로그램

에서는 쟁점에 대한 치밀한 논박 대신 감정싸움이 자주 등장한다. 토론 상대자의 논리에 집중하는 대신 '빨갱이' '꼴통 보수' '사대주의자' 같은 편견투성이 단어 붙이기 놀이를 선호한다. 토론에 대한 정의를 '어떤 이슈를 긍정과 부정의 두 가지로 나누어 이기고 지는 것을 겨루는 게임' 정도로 생각한 결과다. '소모적 토론'이라는 형용 모순이 생겨나는 이유이기도 하다. 한국 사회의 토론 부재는 '식민'과 '분단'과 '독재'의 역사적 후과다. 제국주의 침략 세력과 식민지 저항 세력, 남과 북, 민주와 반민주(독재)라는 이분법적 구도에서 정교한 논리는 양쪽 모두에게 부담이었는지도 모른다. 안타깝게도 최근에는 남녀 사이와 세대 간에도 이분법적 대결 구도가 형성되기도 한다.

예비 언론인들이 논술을 쓸 때 흔히 저지르는 몇 가지 실수도 있다. '~하기 바란다'는 표현을 마지막 문단에서 쓰는 글을 자주 볼 수 있는데 바람직하지 않다. '신문 사설 투'인데 준비생들이 쓰기에는 부적합하다. 이 표현을 쓰는 이유는 아마도 준비생들이 신문 사설을 많이 읽기 때문으로 추정된다. 신문 사설은 논설위원 개인의 주장이 아니라 해당 언론사의 공식 입장이다. 개인이 쓰지만, 토론을 통해 언론사의 입장을 밝히는 것이어서 그런 표현이 자주 등장한다. 이에 견줘 준비생들이 이렇게 쓰면 격에도 안 맞고 설득력을 높이는 데도 별 도움을 주지 못한다. 이런 표현을 써야 하는 부분에서는 '~해야 한다'나 '~할 일이다' 정도로 쓰는 게 적당하다.

첫 문단을 끝내면서 '그렇다면 무엇이 문제인지 (이제부터) 알아보도록 하자(하겠다)'와 같은 표현을 쓰고 그 뒤에 두 번째 문단을 시작하는 버릇을 가진 이들도 꽤 있다. 대학 입시 논술 시험을 급하게 준비하면서 생긴 버릇으로 보이는데, 어색한 데다 상투적인 느낌을 주기 때문에 피하는 게 좋다. 그리고 보통 주제와 관련한 상황을 설명문처럼 길게 정리하는 내용이라서 첫 문단으로 부적절한 경우가 대부분이다.

똑같은 표현을 반복하는 건 글을 식상하고 지루하게 만든다. 예를 들어 문장을 끝내면서 종결어미로 "~ 것이다"가 여러 번 반복되면 지루해진다. 저널리즘 글을 보면 문장의 마무리를 같은 단어로 반복하지 않으려고 무척 애쓰는 걸 알 수 있다. 예시로 기자들은 기사 문장 말미에 자주 쓰는 '말했다'를 다른 표현으로 바꾸려 엄청 애를 쓴다. 즉 뉘앙스에 따라 했다, 밝혔다, 언급했다, 전했다, 덧붙였다, 강조했다, 힘주어 말했다, 잘라 말했다, 귀띔했다, 반복했다, 일러줬다 등 무척 다양한 대안을 활용해 반복을 피한다. 문장 중간에 들어가는 단어도 마찬가지다. 아무리 좋은 단어라도 너무 자주 쓰면 질린다.

3단 구성, 4단 구성은 잊어라

논술을 구성할 때 기억해야 하는 점은 이미 배운 구성법을 잊으라는 것이다. 보통 서론(도입부), 본론(전개부), 결론(결말부) 등 3단 구성으로 써야 한다고 생각하는 경우가 많다. 이렇게 3단 구성을 하게 되면 글을 쓸 때 어디까지가 서론이고, 어디부터가 본론이고, 결론은 어디에서 시작해야 하는지 등을 중심으로 고민하게 된다. 그런데 그런 고민은 논술

구성에서 쓸모가 없다. 중요한 건 글 전체가 하나로 완결되고 통일됐느냐다. 완결성과 통일성을 위해 고려해야 할 점은 오히려 문단 개수이다.

보통 1500자 안팎으로 쓴 논술에서 문단 개수는 4~6개 정도가 적당하다. 문단 수가 세 개 이하로 너무 적으면 논의가 제대로 진전되지 못한 느낌이 든다. 한 문단 안에는 하나의 중심 생각이 있고, 그 중심 생각이 전개되면서 하나의 글을 완성하기 때문이다. 일곱 개 이상으로 문단이 많아지면 문단이 독자적으로 기능하기 어려운 구조가 된다. 대체로 한 문장 또는 두 문장으로 한 문단을 쓰려는 시도는 실패하기 쉽다. 한두 문장으로는 독립적인 내용을 확보할 수 없다는 뜻이다.

첫 문단을 쓸 때 기억할 점은 처음부터 논증 구조를 갖춘 문단으로 시작하라는 것이다. 대체로 1500자 안팎의 논술을 쓸 때 논증해야 할 명제는 3~5개 정도다. 첫 문단에서는 3~5개의 '논증할 명제들' 중에서 가장 자연스러운 출발로 읽힐 수 있는 명제를 골라서 논증하면 된다.

도입부를 설명문처럼 길게 쓰는 글이 의외로 많은데 좋지 않은 방식이다. 논제를 둘러싼 배경과 전개 과정을 신문 기사처럼 정리하는 식이다. 글을 쓰는 입장에서는 상황과 배경, 전개 과정을 읽는 사람에게 알림으로써 해당 주제에 대한 이해를 돕는다고 생각할지 모르지만, 평가자들은 다른 글에서도 이런 내용을 반복해서 읽게 된다. 대동소이한 글로 받아들일 가능성이 높다. 이런 첫 문단은 논제를 반복하는 효과 이상을 내기 어렵다. 굳이 쓰지 않아도 된다는 뜻인데, 한 개의 문단을 이렇게 써버리면 글 전체의 밀도가 갑자기 낮아지면서 구조의 완성도에 흠결이 생긴다.

예를 들어보자. 아래 제시된 글은 '대통령 후보의 배우자나 자식 등 후보 가족에 대한 검증이 가지는 의미는 무엇인가? 자신의 견해를 밝히고 그 이유를 논하라'라는 논제로 쓴 논술의 첫 문단이다.

> 대선을 앞둔 현재 언론 보도의 가장 큰 비중을 차지하는 소식은 단연 대선 후보 관련 소식이다. 유권자들이 가장 큰 관심을 가져야 할 지점은 각 후보가 내세우는 핵심 공약들과 선거 운동 행보여야 하지만 최근 여론의 관심 중 일부는 여당 후보의 장남과 배우자, 야당 후보의 배우자 검증에 쏠려 있다. 후보 가족 관련 문제 제기는 불법 도박, 허위 이력 등 사실이라면 사회적 물의를 일으킬 만한 내용이 대다수였고 결국 당사자가 직접 국민을 대상으로 사과문까지 발표하게 되었다. 이와 같이 후보와 소속 정당뿐만 아니라 후보의 가족까지도 여론의 '검증' 대상이 된 것이다.

논제와 관련해서 그 사안의 배경과 전개 과정을 설명하는 데 문단의 전부를 쓰고 있다. 결국 논제에서 묻고 있는 바를 다시 한번 반복하는 역할밖에 하지 못하고 있다. 이런 도입부를 쓰는 이들이 뜻밖에 많다. 수백 편의 글을 평가해야 하는 언론사 평가위원들이 이런 도입부를 읽게 되면 자세히 읽지 않고 다음 문단으로 넘어가게 된다. '또 이거야?' 하며 혼잣말을 할 테다. 글 전체에 대한 인상도 나빠질 게 틀림없다. 그럼, 아래 두 개 논술의 첫 문단은 어떤가?

사례 1

우편함에 꽂혀 있는 선거 홍보 책자를 한 번쯤은 봤을 것이다. 어린 시절 나는 홍보 책자에 실려 있는 후보자의 음주 운전 횟수와 전과 기록을 보고 후보자가 착한 사람인지 나쁜 사람인지 구별했다. 현재 그 검증의 화살은 그들 가족을 향하고 있다. 대통령 가족의 지위가 법률에 규정되어 있는 것은 아니지만, 공적 역할을 부여받고 막대한 국가 예산도 배정되는 자리인 만큼 그 비중은 막중하다. 특히 대통령 배우자의 경우 국가 예산을 배정해 그를 보좌하는 조직을 따로 두기도 한다. 대통령 배우자는 외교·국가적으로 상징성과 대표성을 갖기에 그 자체로도 공공성을 띠고 있다. 후보자 못지않게 그들 가족에 대한 검증은 필요하다.

사례 2

대통령 후보 가족에 대한 검증은 '후보자가 권력을 어떻게 사용해왔는가' '위기를 어떻게 관리해나가는가'를 확인할 수 있다는 장점이 있다. 반면 가족의 사생활이 다 드러나 '개인 프라이버시 침해'라는 단점도 있다. 하지만 우리나라 대통령 후보의 가족 검증은 위와 같은 검증의 순기능, 역기능을 넘어 제3의 방향으로 흘러가고 있다. 어느 순간부터 범법 행위의 진위 여부 검증, 도덕성 검증이 아닌 호감·비호감의 문제로 치환되고 있기 때문이다. 후보 배우자에 대한 녹취록 보도는 각종 의혹의 진위 검증이 아닌 '걸 크러쉬' '여장부' 이미지가 생산되는 결과를 가져왔다.

두 사례 모두 배경이나 상황을 설명하는 것에서 벗어나 자신이 글 전체에서 얘기하려는 내용이나 방향성을 드러내거나 직접 논증하는 방식으로 글을 시작하고 있다. 이처럼 도입부 문단에는 본격적인 논증이 들어 있는 게 좋다. 논증할 명제 가운데 먼저 시작하기에 가장 적당한 것을 골라 배치하면 된다. 다 읽은 뒤에 '글쓴이가 왜 이런 얘기를 첫 문단에 썼는지 알겠구나' 하고 무릎을 칠 수 있는 내용이 있다면 가장 최적화한 첫 문단이라 할 수 있다. 주제와 관련 있는 내용이라면 어떤 것이라도 도입부에 쓸 수 있다고 생각하는 건 순진한 접근법이다. 단순히 관련 있는 내용으로 쓰려고 해서는 안 되고, 가장 적절한 내용이 무엇인지를 고민해서 써야 한다.

첫 문단부터 논증하라

도입부를 국어사전이나 백과사전처럼 시작해서도 곤란하다. 장황하고, 지루해지는 데다가 분량이 많아져 가분수 글이 된다. 아랫글은 '법치주의와 민주주의의 관계에 대해 논하라'는 논제로 쓴 도입부이다. 사전을 보고 베낀 느낌이다. 세 번째 문장처럼 '~에 대해서 알아보자'는 식으로 쓰는 것도 어색하다. 따라 해서는 안 되는 반면교사 사례다.

> 흔히 법치주의야말로 민주주의의 토대를 이루는 기본적 토대라고 한다. 그러나 법치주의가 절대적으로 민주주의에 도움만 주는 것인

> 가에 대해서는 생각해볼 문제이다. 들어가기에 앞서 민주주의와 법치주의에 대해서 알아보자.
> 민주주의란 그리스어의 '데모스demos'와 '크라토스kratos'의 합성어로서 '인민에 의한 지배'를 의미한다. 대의제 민주주의의 제반 요소와 더불어 시민들이 언론·출판·종교의 자유와 같은 기본적인 인권을 향유할 수 있도록 헌법상의 제한이 마련되고 있는 자유주의적, 입헌주의적 민주주의, 사유 재산의 불공정한 분배에서 파생하는 사회적·경제적 불평등을 최소화하는 데 초점을 맞춘 정치적·사회적 체제로서의 민주주의를 말한다.

같은 논제로 쓴 다른 글의 도입부 문단을 위 도입부와 비교해보자. 개념을 사전식으로 설명하기보다는 자신이 쓰려는 논술의 방향을 알 수 있도록 하는 내용이다.

> 역사상 최초로 국민의 '생존권'을 보장한 헌법, 독일의 '바이마르 헌법'은 지금도 가장 자유롭고 민주적인 헌법으로 평가된다. 그러나 14년의 바이마르 공화국 동안 총리가 14번 바뀌었다. 정당의 수는 한때 40개에 이르기도 했다. 그 혼란을 틈타 히틀러의 나치당이 부상했다. 선거를 통해 다수의 지지를 받아 탄생한 나치 정권을 막을 힘이 법에는 없었다. '바이마르 헌법'이라는 근사한 껍데기를 걸치고 의회 민주주의가 실패하자 법은 오히려 그 실패를 합법적으로 용인한 결과만 낳았다. 법이 모든 것을 해결해줄 것이라는 오늘날의

> '법치 만능주의'가 우려되는 이유다.

논술 평가자들이 첫 문단만 읽고 전체 글 수준을 판단한다고 생각하는 준비생들도 있는데 그렇지는 않다. 글은 하나의 완결된 구조물이기 때문에 글 전체를 다 읽고 평가하는 것이지, 도입부가 부족하다고 해서 전체 글 수준이 떨어지는 건 아니다. 따라서 첫 문단을 인상적으로 쓰기 위해서 너무 많은 시간을 보내다가 전체 글을 망치는 건 어리석다.

첫 문장에 목숨 걸지 마라

첫 문장은 빨리 써야 한다. 아주 부적절하거나 어색하지만 않다면 말이다. 부적절한 첫 문장은 너무 거창하게 시작하는 것이다. 시위대의 플래카드 문구나, 선언문처럼 읽히는 내용이다. 식상한 느낌이 들어 호기심을 떨어뜨린다. 동시에 긴장감도 사라진다. 달리 대안이 없으면, 구체적인 내용으로 가볍게 시작해도 좋다.

준비생들이 쓰기 어려워하는 또 다른 부분은 바로 마지막 문단이다. 마지막 문단을 가장 잘 쓰는 방법은 논증해야 할 명제 중에서 갈무리로 쓰기에 가장 적당한 명제를 배치하는 것이다. 바로 전 문단까지 이어온 논의를 더 끌고 나가면서 마무리할 수 있는 내용을 찾아서 쓰면 된다.

준비생들이 마지막 문단을 쓰면서 흔히 하는 실수는 앞에서 쓴 내용 전체를 요약하듯이 쓰는 것이다. 마지막에 다시 한번 강조하려는 의도인데 결과적으로는 반복하는 게 된다. 앞에 나온 핵심 내용을 순서를 매겨가면서 '첫째는 이렇고, 둘째는 이렇고' 하는 식으로 요약하는 건 마지막 문단을 더 지루하게 한다.

마지막 문단에 대안을 써야 하는 경우도 생기는데 대안은 필수적인 것은 아니고 논제에 따라 대안을 쓰는 게 적절할 때도 있고 그렇지 않을 때도 있다. 물론 대안을 본격적으로 논하라고 요구하는 논제에서는 대안의 내용이 글의 상당 부분을 차지하도록 써야 한다.

마지막 문단에 대안을 쓸 때는 방향·원칙·기준이 분명하고 구체적이어야 한다. 구체적인 방향을 제시하되, 그 방향으로 가야 하는 이유를 원칙과 기준과 함께 제시하는 식이어야 한다. 구체적으로 쓰라고 해서 정책적인 수준의 내용을 상세히 논할 필요는 없다. 이러저러한 정책을 세워서 얼마의 예산을 들여서 언제부터 시행해야 한다는 내용까지 언급하는 건 부적절하다.

너무 두루뭉술한 대안은 실제적인 대안이 되기 어렵다. 어떤 논제에도 적용할 수 있는 일반론적이고 원론적이고 교과서 같은 얘기는 하지 않는 게 좋다. 누구나 할 수 있는 뻔한 얘기가 나오면 안 된다는 뜻이다. 예를 들어서 "이 문제를 구성원들의 지혜와 경험을 모아서 토론과 합의, 타협 등의 민주주의 방식으로 해결해야 한다"고 쓴다면 어떨까? 뻔한 얘기이기 때문에, 굳이 쓰지 않아도 된다.

대안을 얘기하면서 또 다른 논의를 시작하는 수준의 얘기를 담는 것도 바람직하지 않다. 그건 다른 독립적인 논제에서 다른 글로 써야 할 내용이기 때문이다. 마지막 문단에서 욕심을 부리다가 글의 통일성을 떨어뜨릴 수 있다는 점을 잊지 않아야 한다.

4

논증이 관건이다

설득력이 높은 논술을 쓰려면 논증을 잘해야 한다. 앞서도 잠시 언급했지만 논증을 한마디로 하면, '이유reasons와 근거evidence, 전제warrant를 통해 주장claim하는 것'이다. 그냥 주장만 하면 되는 게 아니라 주장을 주장답게 만드는 구성 요소를 제대로 갖추는 게 관건이다. 이유는 타당성이 있어야 하고, 근거는 정확하고 구체적인 사실과 데이터를 재료로 해야 하며, 전제는 폭넓은 동의를 얻을 수 있는 내용이어야 한다.

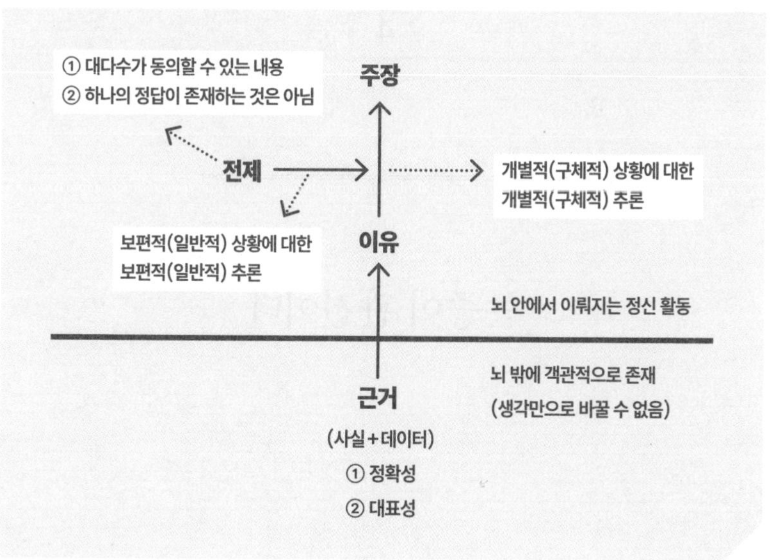

구조도를 보면서 설명을 들으면 이해하기 쉽다. 이유에서 주장으로 향하는 화살표의 내용은 '개별적(구체적) 상황에 대한 개별적(구체적) 추론'이다. 이에 비해 전제는 '보편적(일반적) 상황에 대한 보편적(일반적) 추론'이다. 두 화살표의 관계는 '개별과 보편의 관계'다. 즉 논증할 때 전제를 포함하는 목적은 '개별 상황에 대한 개별적 추론이 보편타당하다'는 것을 증명하기 위해서다. 그런 점에서 전제는 주장과 이유를 붙여주는 접착제다.

전제는 보편적인 진술인 만큼 대다수가 동의할 수 있는 내용이다. 모두가 다 그렇다고 인정하는 건 아니지만, 10명이라면 적어도 8~9명 정도는 그렇다고 수긍하는 내용이다. 속담이나 격언에 대한 우리의 반응과 비슷하다고 보면 된다. 전제를 찾을 때 하나의 유일한 정답만이 존재한다고 생각하지 않아야 한다. 수긍할 수 있는 내용이라면, 2~3개의 전제가 성립할 수 있다. 전제를 제시할 필요가 있음에도 생략하여 논증이 불충분해지는 경우도 있다. 그러면 거두절미하고 들이대는 글이 될 수 있다. 특히 소수가 주장하는 명제를 주장할 때는 전제를 반드시 제시하는 게 설득력을 높이는 방법이다.

근거는 사실fact과 데이터data로 이뤄진다. 우리의 두뇌 밖에 객관적으로 존재하기 때문에 생각만으로는 바꿀 수 없다. 근거는 뇌 바깥에 존재하고, 주장·이유·전제는 뇌 안에서 만들어지는 생각이다.

근거는 서로 다른 주장에서 각각 쓰일 수 있는 사실과 데이터를 말한다. 어느 한쪽의 주장에서만 쓸 수 있는 사실과 데이터는 근거로 쓰기에는 부적합하다. 다른 주장을 펴는 이들에게는 전혀 설득력을 얻지 못하기 때문이다. 좋은 논술은 광범위한 설득력을 확보할 수 있는 내용으로 이뤄진 글이어야 한다. 많은 사람이 동의할 수 있는 근거를 찾아내는 건 그래서 중요하다. 근거로 쓰이는 사실과 데이터는 정확성·대표성이 있어야 한다. 일회성 여론 조사 결과나 검증받지 않은 이론 같은 것을 근거로 내세울 때는 논증에 문제가 생긴다.

논술을 쓸 때 제시되는 사례는 보통 근거로 쓰인다. 사례 제시를 할 때 예비 언론인들이 자주 저지르는 실수가 있다. 이러저러한 사례가 있다는 점만 잔뜩 나열하면서 그 의미를 정리하지 않는 것이다. 다양하고 많은 사례가 좋은 논증을 위해서 필수라고 생각하고 그렇게 하는 것인데, 사례만 잔뜩 열거한다고 해서 좋은 논증은 아니다. 좋은 논증은 하나의 사례를 들더라도 그 사례가 왜 주장을 뒷받침하는 데 필요한지를 친절하고 정확하게 정리해야 한다. 논증에는 이유와 근거가 골고루 포함되어야 하는데 사례만 늘어놓는 것은 근거만 제시하고 이유를 제대로 덧붙이지 않는 논증법이다. 따라서 사례를 고를 때는 자신이 주장하려는 내용에 얼마나 적합한지를 분명히 알고 신중하게 골라야 하고, 그 사례를 글로 풀어갈 때는 왜 그 사례가 자신이 말하려고 바에 적합한지를 구체적인 이유를 들어가면서 정리해야 한다.

근거를 자세히 나열하고 있기는 한데 이유를 정확히 얘기하지 않는 논증은 뼈만 있고 살이 없는 꼴이다. 이유만 있고, 근거가 빈약한 논증은 살이 붙기는 했지만 뼈가 약한 꼴이다. 제대로 된 골격의 기초 위에 적당히 살이 붙어야 건강한 몸이 되는 것처럼 주장을 뒷받침하는 이유가 분명히 있고, 그것을 입증하는 구체적이고 정확한 근거들이 제시되는 논증이 설득력이 높다. 거기에 더해, 전제는 그 이유가 왜 그 주장을 뒷받침하는 논리가 되는지를 보편타당한 목소리로 설득하는 구실을 한다.

이유, 근거, 전제를 포함한 주장이어야 설득력 높아

구성 요소가 다 갖춰진 논증은 완성도가 높은 데 비해 한두 가지가 빠져 있는 논증도 있을 수 있다. 근거 없이 이유만 거론하면서 주장할 수도 있고[나는 너를 죽도록 사랑하니까(이유) 나는 너랑 결혼해야 해(주장)], 전제를 생략한 채로 주장할 수도 있다[돈이 있어야(이유) 이혼할 수 있단다(주장)]. 그것은 논증에서 증명하려는 명제의 성격과 내용에 따라 달라진다. 논증의 완성도나 설득력이 높이려면 세 가지 요소들이 정확하게 자신의 역할을 다하도록 배치할 필요가 있다.

구성 요소를 갖출수록 설득력도 높아진다는 걸 사례를 통해 확인해보자. 담임 교사에게 화장실에 보내달라고 주장하는 초등학생의 논증을 사례로 들어보자.

> **논증 1: 주장 + 이유**
>
> 선생님, 화장실에 보내주세요. 오줌이 마려워서 못 참겠어요.

> **논증 2: 주장 + 이유 + 근거**
>
> 선생님, 화장실에 보내주세요. 오줌이 마려워서 못 참겠어요. 2주 전에도 이렇게 마려웠는데 화장실에 못 갔다가 바지에 지렸어요.

> **논증 3: 주장 + 이유 + 근거 + 전제**
>
> 선생님, 화장실에 보내주세요. 오줌이 마려워서 못 참겠어요. 2주 전에도 이렇게 마려웠는데 화장실에 못 갔다가 바지에 지렸어요. 긴급한 생리 현상의 해결은 제 인격권과 건강권에 영향을 미치는 일이기 때문에 꼭 해결해주셔야 해요.

담임 교사의 입장에서 논증 1의 경우에는 흘려들을 수 있지만, 논증 2의 경우에는 아이의 얼굴을 유심히 보면서 갈등할 것이며, 논증 3의 경우에는 긴장하면서 화장실에 바로 보낼 가능성이 높지 않겠는가? 설득력의 차이를 확연히 느낄 수 있다.

하나의 근거로 두 가지 이상의 다른 주장·이유·전제가 생길 수 있다. '너랑 사귈래'라는 주장과 '너랑 헤어질래'라는 주장은 한 사람을 두고 일어날 수 있다. 사귀겠다고 주장할 때는 '좋아서'가 이유가 되고, 헤어지겠다고 주장할 때는 '싫어져서'가 이유가 된다. '얼굴이 달걀형이다.' '키가 170센티미터다.' '대학을 중퇴하고 진짜 하고 싶은 일을 찾았다.' '월급이 150만 원이다'와 같은, 사실과 데이터는 좋아하는 이유의 근거가 되기도 되고, 싫어진 이유의 근거로 쓰이기도 한다.

안중근을 애국자로 보는 주장과 테러리스트로 보는 주장은 하나의 근거로 두 개의 다른 주장을 하는 것에 해당한다. 애국자라는 주장은

주장	안중근은 애국자	안중근은 테러리스트
전제	애국의 방법에는 비폭력적인 저항 운동도 있지만, 폭력적 저항 운동도 있다. 총으로 저격하는 방식은 폭력을 행사할 수밖에 없었던 폭압정치 시기에 저항의 정당한 형태였다.	테러리스트들이 전형적으로 쓰는 요인 암살의 유형에 해당하는 테러 행동이다.
이유	조국을 식민지로 만든 원흉을 직접 제거했기 때문이다.	전투 중이 아닌 때 비무장한 상대를 권총으로 암살했기 때문이다.
근거	1909년 10월 26일 조선인 안중근은 하얼빈역에서 제1대 조선통감인 이토 히로부미에게 권총 세 발을 쏴 죽였다.	

대부분 한국인들의 것이다. 테러리스트라는 주장은 대부분 일본인들의 것일 가능성이 크다. 젊은 시절 좌파 활동을 하던 이가 시간이 흐른 뒤 극우파 인사가 되는 경우도 같은 근거에서 시작해 생각이 정반대로 바뀐 사례로 볼 수 있다.

논증을 얼마나 깊이 있고 치밀하게 해야 좋은 논술이라고 할까? 가장 높은 수준의 증명은 아마도 과학적 사실을 새롭게 발견할 때 하는 증명일 것이다. 그에 못 미치는 수준이지만, 범죄 사실에 대한 증명도 높은 수준을 요구한다. 형사소송법 307조를 보면, "범죄 사실의 인정은 합리적인 의심이 없는 정도의 증명이어야 한다"고 규정돼 있다. 논술을 쓰는 것은 과학적 사실을 발견하는 일도, 범죄를 증명하는 일도 아니니까 그럴 필요까지는 없다. 논술을 읽은 사람이 글의 주장에 동의할 정도면 된다. 특히 글을 읽기 전까지는 다른 의견을 지녔던 사람이 글을 읽은 뒤 "이 의견도 진지하게 검토해봐야겠다"거나 "이 의견도 나름대로 이유와 근거가 있구나" 하는 정도의 반응을 보인다면 좋은 논증을 한 것이다.

논증을 통해 논리적인 글을 쓰려면 논증을 이루는 요소들을 글로 바꾸는 연습을 하는 게 필요하다. 예를 들어서 주장을 하나 생각해보고 그 주장을 뒷받침하는 이유·근거·전제를 만들어보는 식이다. 화장실을 다녀온 뒤에는 손을 씻어야 한다는 주장이라면 이렇게 구성된다.

- **주장: 화장실을 다녀온 뒤 손을 씻어야 한다.**
- **이유: 안 그러면 자신과 주변인에게 세균을 옮는다.**

- 근거: 화장실은 대장균, 식중독 주범인 살모넬라균, 아토피 피부염의 원인인 황색포도상구균 등 많은 세균에 노출되어 있다.
- 전제: 건강한 삶을 위해서 각종 유해 세균의 침입을 적절한 방법으로 예방해야 한다.

주장의 내용은 일상적인 것에서부터 시사적인 이슈에 이르기까지 다양하게 만들어볼 수 있다. 이 과정이 끝나면 다음 단계로 넘어가볼 수 있다. 하나의 논증 구조로 한 문단을 구성해보는 것이다. 앞에서 만들어본 논증 구조를 활용해서 한 문단을 만들어보면 아래와 같다.

① **화장실을 다녀온 뒤 손을 씻어야 한다.** 화장실을 이용한 뒤 바로 손을 씻지 않으면 자신은 물론 주변 사람들에게까지 유해 세균을 옮길 수 있기 때문이다. 화장실은 대장균, 식중독을 일으키는 살모넬라균, 아토피 피부염의 원인인 황색포도상구균 등 많은 유해 세균에 노출돼 있다. 건강한 삶을 위해서는 화장실 유해 세균과 같은 각종 세균의 침입을 적절한 방법으로 예방해야 한다.

② 건강한 삶을 위해서는 각종 세균의 침입을 적절한 방법으로 예방해야 한다. 예를 들어 화장실은 대장균, 식중독을 일으키는 살모넬라균, 아토피 피부염의 원인인 황색포도상구균 등 많은 유해 세균에 노출돼 있다. 화장실 사용자 본인은 물론 주변 사람들에게 유해 세균을 전파할 가능성이 있는 공간이 화장실인 셈이다. 이 때문에 **화장실을 다녀**

온 뒤에는 손을 씻어야 한다.

③ 화장실은 대장균, 식중독을 일으키는 살모넬라균, 아토피 피부염의 원인인 황색포도상구균 등 많은 유해 세균에 노출돼 있다. 이 때문에 **화장실을 다녀온 뒤에는 손을 씻어야 한다.** 그러지 않으면 화장실 사용자 본인은 물론 주변 사람들에게 유해 세균을 전파할 수 있기 때문이다. 화장실 세균 사례에서 보는 것처럼 건강한 삶을 위해서는 각종 세균의 침입을 적절한 방법으로 예방해야 한다.

각각 ① 두괄식(頭括式) ② 미괄식(尾括式) ③ 중괄식(中括式) 구성이다. 주장이 되는 문장을 첫 문장에 두면 두괄식, 마지막 문장에 두면 미괄식, 가운데에 두면 중괄식이다. 많은 글쓰기 강의나 책에서 두괄식 구성을 정답으로 가르치는 경우가 많은데 그렇지 않다. 주장이 되는 문장은 어디에 배치해도 된다. 중요한 건 논증을 이루는 요소들이 모두 등장하느냐, 그렇지 못하느냐다. 흐름이 자연스러우면 주장이 되는 문장은 어디에 배치해도 문제가 없다. 두괄식의 경우 장단점이 있다. 글이 뚜렷하게 읽히는 맛이 있는데 모든 문단을 그렇게 쓰게 되면 지루해진다는 게 흠이다.

완성된 글에서 논증 구조를 찾아보는 연습을 하면 글을 쓸 때 논증 구조를 어떻게 전개해야 할지를 더 뚜렷이 알 수 있다. 보통 한 문단 안에 하나의 명제가 논증된 사례를 찾아서 아래와 같이 연습해보면 좋다. 한 문단을 읽고 주장·이유·근거·전제를 찾아보는 식이다.

> 유혹할 자유라는 성적 표현의 자유가 원활하게 보장받기 위해서는 성평등이 먼저 실현돼야 한다. 그래야 비로소 표현의 자유에 대한 권리가 건강하게 작동한다. 평등하지 않은 관계에서 주장하는 권리의 자유는 일부 계층의 특권이 될 수밖에 없다. 〈뉴욕 타임스〉 작가 콜린이 "만약 드뇌브가 미모가 뛰어나지 않거나 부유한 여성이 아니라면, 성희롱에 대해 다른 의견을 냈을 것"이라 평한 것 역시 이와 무관치 않다. 대다수 일반인의 사정은 이와 다르다. 개인의 피해에 비교적 민감하게 반응하는 미국에서조차 성희롱 피해자 여성 10명 중 6명이 성희롱을 신고하지 않는다는 조사 결과가 나왔다. 해고 등 신고를 함으로써 입게 될 피해를 우려해서다. 호감 표시로 둔갑한 성범죄에 불쾌해도 침묵할 수밖에 없다. 성평등 실현이 진정한 권리 간의 균형을 갖추기 위한 토대인 이유다.

- 주장: 유혹할 자유라는 성적 표현의 자유가 원활하게 보장받기 위해서는 성평등이 먼저 실현돼야 한다.
- 이유: 평등하지 않은 관계에서 주장하는 권리의 자유는 일부 계층의 특권이 될 수밖에 없기 때문이다.
- 근거: 특권 계층 여성이라 할 수 있는 드뇌브와는 달리 일반인의 경우 미국에서조차 성희롱 피해 신고율이 10명 중 4명꼴로 낮은 편이다. 해고 등의 피해를 우려해서다. 〈뉴욕 타임스〉 작가 콜린은 "만약 드뇌브가 미모가 뛰어나지 않거나 부유한 여성이 아니라면, 성희롱에 대해 다른 의견을 냈을 것"이라 밝힌 바 있다.

• 전제: 권리의 주장은 평등이라는 토대 위에서 비로소 가능하다.

논증을 잘하기 위해 기억해야 할 원칙들이 있다. 기억했다가 논술을 쓸 때 응용하면 좋다. 하나씩 살펴보자.

첫째, 논증할 명제 3~5개를 찾는다

1500자 안팎의 논술 한 편을 쓸 때 보통 3~5개 정도의 논증을 하면 된다. 따라서 논제를 받았을 때 자신의 주장을 펴기 위해 어떤 논증을 할 것인지를 판단하고 정리하는 능력이 중요하다. 그것만 잘하면 글을 쉽게 계획할 수 있다. 초심자들은 대부분 논제를 받으면 도입부에 어떤 내용을 쓸지를 먼저 고민하는데 그렇게만 하면 곤란하다. 전체 글의 논지를 먼저 생각해보고 그 논지를 뒷받침하는 논거들, 즉 '논증할 명제들'을 찾아야 한다. 그 논거를 주장, 이유, 근거, 전제가 있는 논증 구조로 풀어내는 것이 중요하다.

다음 사례 글에서 몇 개의 논증이 이뤄졌는지를 확인해보자. 논제는 '초등학생 일기 검사는 인권 침해인가'이다.

> 《안네의 일기》 저자 안네는 자신의 일기가 세계적 베스트셀러가 될 것이라 예상했을까? 자기 일기가 공개될 것을 안네가 알았더라도 그 내용은 변함이 없었을까? 혹은 그녀가 독자를 상정하고 썼다면

그 일기는 베스트셀러가 되었을까? 아마 그러지 못했을 것이다. 《안네의 일기》는 제2차 세계 대전과 얽힌 역사적 가치를 넘어 그것이 사춘기 소녀의 솔직한 고백이라는 점에서 흥미와 가치가 있다.

일기란 그런 것이다. 자기와의 대화, 내밀하고 은밀한 고백. 그것이 일기의 본질이다. 그렇기 때문에 일기 검사는 사생활 침해 논란을 낳는다. 독후감이나 작문 검사가 아닌 일기 검사이기에 갖는 특수성이다. 누군가 볼 것을 고려해 자기 토로에 솔직하지 못하거나 일상을 나열하는 데 그친다면 그것은 더 이상 일기가 아니다. 소설이나 일지다.

1948년 국제연합총회가 발표한 세계인권선언문은 '모든 사람은 태어나면서부터 자유롭고 동등한 존엄성과 권리를 보장받아야 한다'라고 제1조부터 적시하고 있다. 1789년 세계 최초로 인권 선언을 선포했던 프랑스 인권 선언 역시 제1조가 '인간은 태어나면서부터 자유로우며 평등한 권리를 지닌다'였다. 여기서 방점은 '태어나면서부터'에 찍힌다. 한 살배기 어린아이부터 100세 어르신까지 연령과 관계없이 인권은 동등하다는 의미다.

그 인권을 보장하는 틀로써 대한민국 헌법은 '사생활과 비밀의 자유'와 '양심의 자유'를 보호한다. 사생활의 자유는 그 내용을 공개당하지 않을 권리, 사생활의 자유로운 형성과 전개를 방해받지 않을 권리, 자신의 정보를 스스로 통제할 권리, 이 세 가지다. 그런데 강제성을 띤 일기 검사는 초등학생에게 자기 고백의 산물이자 비밀의 정수를 공개하라는 압력과 다름없다. 첫 번째와 세 번째 권리를 침해하는 일이다.

양심의 자유는 강압적 공개 요구를 의식한 초등학생이 솔직하지 못한 일기를 쓸 때 침해받는다. 양심의 자유란 '자기의 내면적 사상과 양심을 외부에 표명하도록 강요당하지 않는 자유'다. 그런데 일기 검사는 솔직하지 못한 글을 쓸 수밖에 없는 상황을 만듦으로써 초등학생의 양심과 사상의 자유를 막고, 자기 고백 기회를 봉쇄해버린다. 결국 솔직하게 써도 문제, 안 써도 문제다. 두 경우 중 어떤 경우도 기본권 침해 논란에서 자유롭지 못하다.

더욱이 일기 검사 찬성론자들이 주장하는 교육적 효과도 미미하다. 가장 큰 효과로 글쓰기 능력 제고와 정서 함양을 드는데, 오히려 역효과가 날 공산이 크다. 거짓 글쓰기가 습관처럼 굳어지거나 과도한 스트레스로 정서에 악영향을 미칠 가능성도 있기 때문이다. 강제 일기 쓰기에 질려 성장 후 아예 일기를 멀리해버릴 수도 있다. 필체 교정, 문법과 글쓰기 능력의 향상은 다른 장르의 글로 대체할 수 있고 경우에 따라 그 대안의 실효성이 더 클 수도 있다.

기본권과 인권 침해 논란을 빚는 일기 검사는 중지해야 한다. 다른 글쓰기를 권장하고 검사하는 방식으로 대신해야 할 것이다. 독후감, 주제 글쓰기(작문), 각종 감상문, 편지글 등이 대안이다. 예컨대, 1주일에 한 번 선생님께 편지를 쓰게 한다거나, 매일 보는 만화 영화의 시청 소감을 적게 한다거나 특정 주제를 주고 떠오르는 대로 써보라고 하는 식이다. 그런 글로도 필체와 글쓰기 능력을 높일 수 있고, 우회적으로 아이들의 생각도 엿볼 수 있다. 또, 아이들도 눈치 보는 부

> 담에서 훨씬 자유로운 글쓰기를 하게 될 것이다.

이 글에서 이뤄진 논증을 찾아보면 아래 다섯 개가 된다.

논증 1. 일기의 본질은 자기와의 대화이자 내밀하고 은밀한 고백이다.
논증 2. 인간은 태어날 때부터 자유롭고 동등한 존엄성과 권리를 보장받아야 한다.
논증 3. 일기 검사는 사생활 내용 공개를 강요하고, 사생활 정보를 스스로 통제할 권리를 침해한다는 점에서 헌법이 보장한 사생활의 자유에 어긋난다.
논증 4. 일기 검사는 내면의 생각을 외부로 보일 것을 강요받는다는 점에서 헌법이 보장한 양심의 자유에 어긋나므로 당장 중지해야 한다.
논증 5. 찬성론자들은 교육적 효과를 거론하지만, 오히려 역효과가 날 가능성이 크다.

다섯 개 논증은 논지를 뒷받침해주는 논거가 된다. 논증 1은 일기의 성격과 본질에 관한 내용이며, 논증 2는 인권 개념에 관한 내용이다. 논증 3과 논증 4는 인권 침해 여부를 가리는 내용이다. 이 논증들에서 글쓴이는 이유와 근거를 적절하게 제시하면서 촘촘한 논증을 펼쳐 설득력을 높이고 있다. 논증 5는 상대 논리에서 주요하게 내세우는 핵심 논거 가운데 하나를 잡아서 반박하는 내용이다. 교육적 효과를 주장하는 내용을 소개한 뒤에 그것을 반박한다.

논증 구조를 파악하려면 완성된 글에서 논증된 명제를 찾아보는 방식으로 연습해보면 좋다. 논지를 문장 2~3개 정도로 정리해보고, 논지를 뒷받침하는 논거, 즉 논증된 명제들을 찾아보는 식이다.

이 연습을 자꾸 하다 보면 글을 전체적으로 파악하는 눈을 갖게 된다. 비유하자면, 하늘을 나는 새가 땅을 보듯이 글을 한눈에 보는 연습이다. 예비 언론인들은 대개 다른 사람의 논술을 평가할 때 글 전체를 총체적으로, 구조적으로 보려 하지 않고 부분적인 면을 먼저 평가하는 경향을 보인다. 글을 하나의 완성된 유기체로 본다면 그 유기체의 전체 구성이나 짜임새를 먼저 평가하는 게 옳다. 부분만 보고 글을 평가하게 되면 중요한 것과 부차적인 것, 본질적인 것과 지엽적인 것을 혼동할 수 있다. 아래에서 제시하는 방식으로 글을 반복적으로 분석하다 보면 글을 총체적으로, 구조적으로 보는 눈을 기르게 된다. 완성된 논술을 읽은 뒤에 다음의 다섯 가지 기준으로 요약해보는 방식이다.

① **논지**(논제에 대해 글쓴이가 주장하는 바를 요약한 것으로 두세 문장 정도의 분량)

② **논거**(논지를 뒷받침하는 논증들로 보통 3~5개 정도로 구성됨)

③ **중심 개념어**(글 전체를 이끌어 가는 중요한 단어·어구·개념)

④ **인상적 표현**(글을 읽은 뒤에도 기억나는 단어·어구·문장)

⑤ **글의 장단점**(해당 글에서 두드러지게 나타나는 장점과 단점을 정리한 내용)

둘째, 논증할 명제를 나열하거나 병렬하지 않는다

논증할 때는 핵심 논증을 중심으로 글을 펼쳐야 효과적이다. 자신의 주장이나 견해의 뼈대가 되는 내용을 중심으로 펼쳐가면서 나머지는 부차적으로 배치하는 방식이다. 이렇게 쓰면 글 전체가 좀 더 분명해 보이고, 이해도도 높아지고, 깔끔한 맛도 난다. 여러 개의 논거를 찾아서 이를 병렬식 또는 나열식으로 논증하면 글의 일관성과 통일성을 떨어뜨린다. 특히 '첫째' '둘째' '셋째'와 같이 순서를 매기면서 문단을 구성하면 나열식·병렬식으로 흐를 가능성이 높다. 논거들이 똑같은 비중으로 나열돼 있으므로 무엇을 강조하는지를 파악하기 어렵다.

나열식·병렬식 논지(또는 구성)가 되지 않으려면 논거들 사이의 관계를 잘 찾아서 그 관계를 규명함으로써 통일성을 높여야 한다. 논거들 사이의 관계를 찾다 보면 원인과 결과의 관계인지, 부분과 전체의 관계인지, 추상의 층위가 같은지 다른지 등을 확실히 알 수 있다.

예를 들어서 '대통령이 갖춰야 할 세 가지 조건에 대해 논하라'는 논제로 글을 쓴다고 가정할 때 다음의 두 가지 논지 중 나열식·병렬식으로 읽힐 가능성이 높은 논지는 무엇인지 찾아보자.

〈가〉 대통령 중심제에서 대통령이 자신의 권한과 역할을 어떻게 행사하느냐는 국가 운영의 성공 여부를 가를 만큼 중요하다. 따라서 대통령은 도덕성, 추진력, 인사 능력을 갖춘 인물이어야 한다.

〈나〉 역대 위대한 대통령들의 공통점은 개방성이었으며, 이전 정부들의 가장 큰 문제는 개방성의 부재였다. 따라서 대통령의 조건으로 개방성이 요구된다. 구체적으로 타 진영에 대한 개방성, 전문가에 대한 개방성, 미래에 대한 개방성이 필요하다.

나열식·병렬식 논지는 〈가〉라고 할 수 있다. 도덕성, 추진력, 인사 능력을 똑같은 비중으로 강조하면 여지없이 나열식·병렬식 논지가 된다. 도덕성, 추진력, 인사 능력이 화학적으로 결합되지 못하면 서로 연결되지 않고 단절된다. 이렇게 되면 논술이 1차적으로 갖춰야 할 기초 요소인 논지의 일관성과 명확성을 해치게 된다. 〈가〉에 견줘 〈나〉는 통일성 있고, 일관성을 갖춘 논지로 읽힌다. 타 진영에 대한 개방성, 전문가에 대한 개방성, 미래에 대한 개방성을 각각 다루지만, 개방성이라는 큰 키워드 아래에 엮이면서 논거들이 자연스럽게 연결되는 방식이다.

다른 사례를 들어보자. '언론이 갖춰야 할 가장 중요한 요소'를 묻는 논제에 대한 글을 쓰면서 주요한 논거로 독립성, 공정성, 전문성 등 세 개를 골랐다고 가정하자. 세 개 논거를 똑같은 비중으로 나열하기만 하면 나열식·병렬식 논지(또는 구성)가 되지만, 이들 사이의 관계를 규명해낸다면 통일성 있는 논지(또는 구성)가 되는 것이다. 가령 '정치권력, 경제 권력을 비롯한 모든 기득권에 대한 독립성이 가장 핵심적인 가치이고 그것을 위해 독립적인 소유 구조와 지배 구조를 갖춘 공정하고도 전문성 있는 저널리즘이 필요하다'는 식으로 논지를 구성한다면 통일성 있는 논지(또는 구성)가 된다.

셋째, 추상의 층위가 한 단계 높은 논거를 찾아 계단식 논증을 한다

구체적인 현실을 감각을 통해 알고 난 뒤에 이것을 지식으로 정리해 추상적인 개념·이론·사상으로 나아가는 것이 인간 인식의 경로이자 발달사이다. 논증을 잘하려면 여러 사실을 나열해놓고 이를 단계별로 추상화할 줄 알아야 한다. 개별 사물이나 표상의 공통된 속성이나 관계 따위를 뽑아내는 것을 추상(抽象)이라고 하는데, 논증을 할 때 추상 수준이 한 단계 높은 논거를 찾는 것이 중요하다. 부차적이고 지엽적인 문제보다는 본질적인 문제를 논증하기 위해서다. 그래야 글을 읽는 사람이 '사안의 본질과 핵심을 꿰뚫고 있구나' 하는 느낌을 받는다.

이렇게 하려면 사안의 진행 과정을 피상적으로 따라가는 신문 기사나 사설 수준으로 내용을 정리해서는 곤란하다. 책이나 논문, 전문자료를 이용해서 그 사안의 구조적인 맥락, 역사성, 이론적 배경 등을 정리할 필요가 있다. 신문 기사 내용만을 정리한 준비생들은 현재 진행되는 사안의 구체적인 진행 과정이나 배경에 대해서는 잘 정리하는데 그러다 보면 논거가 실무 기술적 수준에 머무르게 된다. 그러면 설득력을 근본적으로 높이기 어렵다.

예를 들어 구제역 사태의 원인과 대안에 대해서 추상의 단계를 높여본다고 가정하자. 구제역 사태가 온 나라로 번지고 있는 상황을 겉모습만 보고 판단하면 구제역 바이러스가 발견됐을 당시 대처를 문제로 삼고 초기 방역을 철저하게 했으면 이 문제가 해결될 수 있었을 것이라는 인식을 하게 된다.

그러나 조금만 더 생각을 진전해가면 추상 수준이 한 단계 높은 원인을 생각해낼 수 있다. 동물들을 한곳에 모아서 공장식으로 기르는 시스템을 그대로 두고 문제를 해결할 수 있을까? 공장식 축사에서 길러진 동물들은 쉽게 바이러스에 감염된다. 전파 속도도 빠르다. 일일생활권인 작은 나라에서 순식간에 수십~수백 킬로미터씩 이동하는 바이러스를 원천적으로 막아낼 수 있을까?

공장식 시스템은 왜 생겼을까? 식품 생산이 공산품처럼 대량 생산, 대량 소비되는 시대로 접어들었기 때문이다. 우리나라의 경우 1990년 이후 20년 만에 사람들이 고기를 소비하는 양이 두 배나 늘어났다. 또 이런 모든 현상은 자본주의 시장 경제가 국경을 넘어 세계적 차원에서 하나로 결합하고 있기 때문에 일어난 일이다. 돈과 사람, 바이러스까지 세계화의 영향력에서 자유로울 수 없다는 얘기다. 이런 식으로 논증을 해나가야 문제의 본질에 정확히 가닿을 수 있고, 결국 논증이 성공적으로 이뤄질 수 있다. 그러려면 구체에서 추상으로, 또 추상에서 더 높은 추상으로 생각의 차원을 높여갈 줄 알아야 한다. 또 다른 사례를 들어보자. '개성공단을 계속 유지 존속해야 하는가, 아니면 철거해야 하는가'라는 논제가 있다고 하자. 글쓴이가 논거를 '남한 중소기업들의 이윤 추구'나 '북한 노동자들의 복리 후생 유지' 같은 것으로 잡는다면 실무적인 논증에만 그치게 된다. 그보다는 남북 경제 협력의 필요성, 개성공단의 경제적·정치적·군사적 순기능과 역기능 같은 것을 논증 대상으로 삼는다면 공단을 유지해야 하는 본질적인 이유로 충분하지 않을까? 추상의 층위로 보면 이 논제는 아래 그림과 같이 다섯 개의 계단식 논거를 생각해볼 수 있다.

단계별로 보는 추상화 수준

1단계: 개성공단의 존폐 여부

2단계: 남북 경제 협력의 필요성 여부

3단계: 바람직한 대북 정책, 남북 관계의 방향과 원칙

4단계: 통일의 필요성

5단계: 분단된 민족의 재통합 필요성

이 다섯 계단은 추상의 수준이 높아질수록 위로 올라간다. 계단 아래가 '개별'이고, 한 계단 위는 '보편'이다. 위로 올라갈수록 본질적이고 근본적인 측면을 다룬다고 볼 수 있다. 논리의 흐름이라는 것은 물의 흐름과도 같아서 위에서 아래로 흐를 때 자연스럽다.

계단식 논증에서 유의할 점은 한 단계 또는 두 단계 위에 해당하는 논증 내용을 잘 찾아야 한다는 점이다. 너무 멀리 떨어진 곳에서 찾으면 조금 막연하고 비현실적으로 들릴 가능성이 높다. 예를 들어 개성공단의 존폐 여부를 묻는데 "이스라엘처럼 분단된 민족은 반드시 합쳐야 한다"는 내용을 주로 쓰는 논술을 작성했다면 어떨까? 당위론적으로는 맞는 말이지만, 현실적인 설득력은 떨어지는 주장처럼 읽힐 가능성이 높다.

이처럼 추상의 층위가 한참 아래 있는 주제에 대해 질문했는데 가

장 꼭대기 추상 층위에 위치한 내용만으로 대답하는 사람은 근본주의자일 가능성이 크다. 근본주의자들은 한 가지 원론에만 강하고, 예상치 못한 각론에는 입을 다물어버린다. 그러면서 "그건 중요하지 않다"거나 "지엽적인 문제에 매달리지 말라"고 말한다. 비정규직 해법을 묻는 논제에서 "계급 철폐만이 해답"이라고 쓰는 식이다. 계급론이라는 프레임으로 세상을 보는 사람은 어떤 문제를 물어도 "계급이 철폐되지 않았기 때문"이라고 하고, 도덕주의자는 "도덕이 망가져서"라고 하고, 박정희 신봉자는 "박정희 같은 지도자가 없어서"라고 하고, 반공주의자는 "빨갱이 때문"이라고 하고, 사이비 진보주의자는 "보수 꼴통 때문"이라고 하고, 다른 종교를 인정하지 않는 배타적 종교 지도자는 "우리가 믿는 신을 믿지 않아서"라고 한다.

이런 식의 논증은 모든 문제의 원인을 그들이 믿는 가장 중요한 가치로 되돌린다는 점에서 '근본주의 환원론'이라고 할 수 있다. '맹목'인 셈이다. 세상의 근본 이치를 탐구하려는 자세는 좋지만, 구체적인 문제에 대해 구체적인 대답을 하지 못하면 좋은 논증이라고 할 수 없다. 그리고 언론인은 언제나 구체적인 질문에 구체적인 답변을 하는 직업인이다.

넷째, 논제 속에 숨어 있는, 충돌하는 가치를 찾는다

논술이 다루는 주제 안에는 가치의 충돌이 있는 경우가 많다. 충돌하는 가치를 찾아내고 둘을 견줘볼 때 어떤 가치가 더 본질적인지, 더 중요한지, 더 앞서는지 등을 정확하고, 치밀하게, 구체적으로 따져야 한다. 출제자 입장에서 보면 가치의 충돌이 없는 논제는 상대적으로 매력이 떨어진다. 정답이 있는 것 같은 주제가 논제로 잘 등장하지 않는 이유는 여기에 있다. 예를 들어 '기후 위기의 원인과 해법에 대해 논하라'는 주제는 입사 전형에서 찾아보기 어렵지만, '에너지 전환 정책과 관련해 이른바 탈원전 논란에 대한 자신의 견해를 논하라'는 주제는 출제 가능성이 높다고 할 수 있다.

가치 충돌의 실례로 흡연권과 혐연권 가운데 더 우선하는 것은 무엇인가를 묻는 논제가 있다고 해보자. 어떻게 접근해야 할까? 그들이 근거하는 가치가 무엇인가를 따져보는 게 우선이다. 흡연권은 자신의 기호나 취미에 관한 것이다. 행복 추구권의 하나이면서도 사생활의 자유에 속한다. 그럼 혐연권은 어떤 가치를 내포하는가? 건강권을 우선 꼽을 수 있고, 더 나아가서는 생명권을 거론하기도 한다.

실제 이 논쟁은 기본권의 충돌 사안이기 때문에 헌법재판소에서 판단을 내린다. 헌법재판소의 판단은 이렇다. 두 권리는 모두 기본권에 속하는데 흡연자가 비흡연자에게 아무런 영향을 미치지 않는 방법으로 흡연하는 때는 기본권의 충돌이 일어나지 않지만, 함께 생활하는 공간에서 흡연한다면 기본권이 충돌하는 것이고, 이럴 경우 상위의 기본권이 우선한다고 보고 흡연권(행복 추구권)보다는 혐연권(생명권+건강권)이 더 상위의 기본권으로서 우위에 있다고 결정한다. 따라서 흡연권은 혐연권을 침해하지 않는 선에서 보장해야 한다는 것이다.

사법적 판단이 정답은 아니다. 글을 쓸 때 법이 말하는 가치나 실제 이뤄졌던 법원의 판단은 하나의 참고 사례일 뿐이다. 그것을 절대적인 기준으로 삼을 필요는 없다. 법은 사회가 변하고 사람들의 생각이 바뀌면 그에 맞춰 폐지되거나 개정되기도 하기 때문이다. 여기에서 강조하려는 것은 어떤 사안이라도 그 사안이 내포하고 있는 가치가 무엇인지에 천착해야 한다는 점이다.

'시각 장애인에게 안마사 자격증을 독점하도록 하는 게 정당한가'라는 논제로 글을 써야 한다고 해보자. 이 논제는 어떤 가치를 내포하고 있는가? 또 어떤 권리나 자유가 충돌하는 사안인가? 두 가지 대립하는 가치를 생각해보면 글에서 핵심적으로 구사할 논증의 내용들이 떠오르게 된다. 시각 장애인에게 안마사 자격증을 독점하도록 하는 것은 '약자 또는 소수자에 대한 보호 또는 배려'의 가치를 담고 있다. '합리적 차별'이나 '긍정적 차별' 또는 '적극적 우대 조치'라는 개념으로도 말할 수 있다. 시각 장애인의 안마사 자격증 독점에 대해 누가 불만을 터뜨릴까. 안마사 자격증을 따려는 비시각 장애인들이다. 독점 정책은 비시각 장애인의 직업 선택의 자유, 행복 추구권을 침해하고 있다. 두 가지 기본 가치가 충돌할 때 우리 사회는 무엇이 더 우선하는지를 판단해 법·정책·제도를 결정한다.

논제 속에 숨어 있는 가치의 대립 구조를 파악하게 되면 다른 사안도 이런 구조 속에서 파악하는 능력을 기를 수 있다. 위에서 설명한 사례와 같은 구조를 보이는 다른 사안들로는 소수자나 약자에 대한 할당제를 우선 거론할 수 있다. 장애인 할당제나 여성 할당제가 이런 구도와 같다. 또 미국식 표현인 '적극적 우대 조치(affirmative action)' 역시 인종이나 계층 간 갈등을 해소하고 과거의 잘못을 시정하기 위해 특혜를 주는 사회 정책이므로 같은 종류의 대립 구도에 속한다.

가치들 사이의 충돌·대립·경쟁을 다룰 때 기억해야 할 것은 어떤 가치도 절대적이지는 않다는 점이다. 우리는 흔히 생명권이라는 가치를 절대적이라 생각하기도 한다. 그러나 사형 제도는 국가의 형벌권이나 사회 안전이라는 가치의 손을 들어주고 있다. 안락사나 임신 중지(낙태)의 경우 생명권보다 '자기 결정권(안락사의 경우 존엄하게 죽을 시점을 결정할 권리, 임신 중지의 경우 자기 신체 상태에 관한 결정을 스스로 행사할 권리)'이라는 가치가 더 우위에 있다고 판단한 사례들이다.

따라서 논술을 쓸 때 특정한 가치를 절대화하는 식으로 논리를 전개하면 단순한 논지가 될 가능성이 농후하다. 충돌하는 가치를 찾아내고 그중 어떤 가치가 더 우위에 있는지, 왜 우선해서 추구돼야 하는지 등을 밝히면서 구체적인 조건을 제시해야 설득력이 높아진다.

다섯째, 구조적 · 역사적 · 이론적 접근을 꾀한다

살 빼기는 우리 시대의 화두다. 필요한 것 이상을 섭취하게 된 인간의 섭생이 자연과 인간 모두를 위협하는 형국이다. 비만 대처법으로 다음과 같은 것들이 있다. ① 평소에 꾸준히 운동을 해 운동 습관이 몸에 배도록 할 것 ② 효과가 좋고 안전한 약을 먹을 것 ③ 밤에 간식을 먹는 습관을 바꿀 것 ④ 하루 세 끼 식사량과 영양분 섭취 정도를 분석해 알맞은 식단을 짜고 그 식단에 맞춘 식사를 할 것 등이다.

네 가지 대처법을 단기적·일시적인 성격을 띠는 것과 장기적인 성격을 띠는 것으로 나눠보자. ②번과 ③번은 눈앞에 보이는 대처법이다. 효과 역시 짧은 시간 안에 나타난다. 문제는 짧은 효과 뒤에 원상태로 되돌아갈 가능성이 높다는 데 있다. '요요 현상'이 찾아왔을 때는 써먹을 수 없는 대안이다. 이에 비해 ①번과 ④번은 오랜 시간 공을 들여야 효과를 볼 수 있는 대안이다. 그러나 효과가 지속되면서 다시는 살이 찌지 않을 방법이다. 근원적인 처방이라 하겠다.

근원적 처방을 위해서는 구조적 원인을 밝혀야 한다. 구조는 어떤 대상이나 현상 가운데 전체를 이루는 각 부분이 어떻게 짜여 있는가와 관련한 말이다. 살이 찌는 현상의 원인은 여러 가지이지만, 생활 습관이 가장 중요한 원인이고, 결국 살이 찌지 않는 생활 습관이 몸에 배도록 하는 것이 근본적 대안이 될 수 있다. 이처럼 본질적·근원적 대안이나 해결책은 구조적 원인을 밝힘으로써 찾을 수 있다. 구조적 원인을 밝히려면 하나의 현상이 특정한 조건 속에서 반드시 그렇게 일어날 수밖에 없다는 점을 논증해야 한다.

논증을 잘하려면 우선 구조적 접근, 구조적 사고방식을 익혀야 한다. 구조적 사고법은 현상적·표면적·피상적 사고와는 다르다. 눈에 보이는 현상만 보고 사물의 본질을 안다고 착각해서는 구조적 사고를 할 수 없다. 구조는 본질적인 것과 부차적인 것들 사이의 관계를 정리함으로써 완성된다. 따라서 구조적 사고를 위해서는 전체를 이루는 부분 가운데 시간이 지나거나 조건이 변해도 바뀌지 않는 본질적인 부분을 찾아낼 줄 알아야 한다.

예를 들어, 수능 '킬러 문항'이 없어지면 사교육 문제가 해결된다고 생각하는 것은 교육 문제의 구조를 이해하지 못한 결과다. 학벌(또는 학력)이 지나치게 큰 사회적 자본이 된 결과 사회적 자원의 불균등 분배를 촉발하는 점, 이에 따른 대학 서열화의 고착화, 연쇄 반응으로서 고등학교·중학교 교육을 왜곡하는 점 등 구조적인 문제를 짚어야 하는데 엉뚱하게 킬러 문항을 거론하는 건 지엽말단의 문제를 본질이라고 우기는 행태다.

구조를 알게 되면 우리는 눈에 보이지 않는 것을 볼 줄 알게 된다. 직접 경험할 수는 없지만, 서울에서 땅을 파고들어 가 지구 반대편까지 나가면 우루과이의 몬테비데오가 나온다는 걸 알게 된다. 보이는 것과 달리 지구가 태양 주위를 돈다는 사실을 이해하게 된다. 감각→오성→이성의 순서로 세상을 이해하는 것은 인간의 인식 경로다. 이성을 가진 인간은 세상의 변화를 즉흥적 반응이나 즉자적 반응이 아닌 구조적 인식과 대자적 인식으로 이해한다. 언론인은 이성을 가진 대표적 인간이 되어야 한다.

예비 언론인들은 흉악한 범죄가 보도됐을 때 "저 쳐 죽일 놈!" 하는 사람들과 똑같이 반응하면 곤란하다. 인간적 분노를 보일 수는 있지만, 거기서 그치면 안 된다. 그런 사건이 일어난 구조를 파악하고 싶어 해야 사건의 본질에 다가설 수 있다.

2010년 김길태 사건이 일어났을 때 사람들은 끔찍한 범죄 상황에만 관심을 기울이고, 그가 어떻게 그런 유형의 인간형으로 변해갔는지에는 관심을 두지 않았다. 언론인이라면 그런 상황에서 그를 둘러싼 구조에 관심을 보여야 한다. 청소년기 이후 교도소 바깥보다 교도소 안에서 더 많은 시간을 보냈던 경력, 그러다 보니 휴대폰이나 신용 카드·버스 카드도 사용할 줄 모르게 된 상황 등을 보면 사건이 왜 그런 식으로 벌어졌는지를 알아차릴 수 있다. 사건을 해결했던 수사 관계자들이 그랬다. 그를 둘러싼 구조를 파악해서 멀리 도망가지 못했을 거라는 합리적 추론을 해낼 수 있었고, 결국 그가 살던 동네에서 그를 붙잡았다.

고질적 사회 병폐인 부동산 문제나 교육 문제 역시도 감정적 대응에서 이성적 대응으로, 평면적 인식에서 입체적 인식으로, 단편적 이해에서 구조적 이해로 나아간다면 근본 원인과 해법을 정리할 수 있다.

구조적 사고와 함께 논증을 위해 필요한 다른 요소는 역사적 접근 또는 역사적 사고이다. 모든 결과에는 원인이 있고, 그 원인은 보통 과거에서 찾을 수 있다. 현재 상황만을 놓고 어떤 사물을 완전히 이해하는 것은 불가능하다.

예를 들어 한국 대통령제의 문제점과 대안에 대해 생각해본다고 하자. 현행 대통령제의 장점과 단점은 1950년대 이후 한국의 현대 정치사에서 비롯했기 때문에 역사를 살펴보지 않을 수 없다. 미국처럼 대통령제 역사가 긴 나라의 사례는 시사점을 많이 줄 수 있다. 비정규직 문제를 보려면 국제통화기금(IMF) 구제 금융 사태가 벌어졌던 1997년 이후의 고용 조건과 경제 상황을 면밀히 분석해야 한다. 공무원의 도덕성 문제를 따져보려면 가깝게는 대한민국 정부 수립 이후 공직 사회의 형성 과정을 봐야 하고, 멀게는 관료 조직이 처음 체계를 갖췄던 고려 시대의 관료 제도까지 관심을 기울여야 한다. 남북 관계 문제는 가깝게는 1945년 해방 이후 남북의 독자 정부 수립 이후 한국 전쟁 시점까지, 멀게는 조선의 패망과 일본 제국주의 침탈 시점까지 시간을 거슬러 올라가야 한다.

또 이론적 접근이 필요한 논제에서는 이론의 틀을 빌려와 논증을 펼치면 이해도 빠르고 논증도 깊이 있게 할 수 있다. 이론을 소개할 때 주의할 점은 쉽게 풀어서 써야 한다는 것이다. 이론을 개론서에 나오는 방식대로 소개하거나 학자가 설명한 언어 그대로 쓰면 어렵거나 복잡해진다. 개론서나 학술 논문에 나올 법한 문장들을 자기 식대로 재구성하는 과정에서 어려운 용어는 쉽게 풀어서 쓰고, 길고 복잡한 문장은 짧고 간소하게 고치는 노력을 해야 한다. 시장 경제로 세계가 하나로 묶여서 존재한다고 보는 이매뉴얼 월러스틴의 '세계 체제론'을 도입부에 끌어들이는 논술을 보자.

> 전 세계는 마치 피라미드처럼 하나의 체제를 이루고 있다. 월러스틴의 세계 체제론이다. 피라미드의 꼭짓점에 위치한 미국과 같은 선진국은 후발 주자를 착취한다. 후발 주자는 착취를 당하는 동시에 더 아래에 위치한 후발 국가를 착취한다. 산업이 고도화된 선진국들이 국내 시장에서 비용 절감이 어렵게 되자 다른 나라를 착취하는 방식으로 비용을 줄이는 것이다. 후진국으로 공장을 이전해 환경 비용을 줄이고 저임금의 노동자들을 고용하는 방식으로 말이다. 이런 세

> 계 체제는 견고해 보이지만 위험하다. 피라미드 구조에서는 하나의 돌만 빠져도 전체가 흔들리기 때문이다. 또 서로가 서로를 착취하는 구조는 '받침돌'이 있을 때만 가능하다. 만약 모든 국가가 고도의 산업화를 이뤄 받침돌 구실을 할 국가가 없어지면, 전 세계가 생산력 저하 등의 심각한 위기를 맞을 수 있다. 따라서 월러스틴은 이런 체제를 바꿔야 한다고 주장한다.

이론의 핵심을 자신의 언어로 소화했기 때문에 잘 읽히고 이해하기도 쉽다. 보통, 글 쓰는 사람이 이론을 확실히 이해했을 때 쉬운 표현을 쓸 수 있다. 제대로 이해하지 못한 채로 이론을 인용하는 글은 대부분 어렵고 복잡하다. 글쓴이에게 물어봐도 대답을 똑 부러지게 못 하는 경우가 많다. 그렇게 쓴 글은 읽는 사람을 힘들게 한다. 자신의 글을 읽은 사람들이 어렵다는 반응을 보이면 자신이 제대로 이해하고 있는지를 되돌아봐야 한다.

경제 분야는 어렵고 복잡하다. 이해하기 힘든 주제투성이다. 그럴 때는 경제 이론을 끌어들여 논증하는 게 좋다. 예를 들어 세금과 경기 회복의 관계를 묻는 논제가 있다고 해보자. 이런 주제를 쓸 때 유의점은, 현실이 복잡한 만큼 글도 꼼꼼하고 치밀해야 한다는 것이다. 정확한 개념 규정과 이론을 사용해야 하고, 수치도 정확해야 하며, 현실 분석도 객관적이고 총체적으로 했다는 느낌을 줘야 한다.

예를 들어 감세는 경기 회복으로 이어질 수도, 그러지 않을 수도 있다. 세금 축소보다 재정 지출 확대가 경기를 회복하는 데 더 효과적이라는 이론도 있다. 감세를 통해 소비를 늘리고 투자도 불러일으킬 수 있다는 주장이 있는가 하면, 감세로 인한 경기 부양 효과는 오히려 적고 재정 건전성만 나쁘게 한다는 반론도 있다. 현실도 두 주장에 각각 들어맞는 경우가 있다.

미국 부시 행정부와 1990년대 일본 정부가 추진했던 감세 정책은 소비 진작 효과가 거의 없었다. 미국의 세금 환급 제도가 소비에 반짝 영향을 줬다고 평가할 수 있지만, 일본의 경우 감세 정책이 재정 악화로 귀결됐다. 반면 감세가 결국 성장 동력을 확충했다는 반론도 얼마든지 가능하다. 미국의 경우 레이건 시대의 감세 정책이 당시엔 별 효과가 없었지만, 클린턴 시대 호황의 토대가 됐다. 감세 효과는 오랜 기간이 지나서야 나타나지만, 효과와 부작용을 미리 파악하기는 힘들다. 그래서 보통 감세 정책 하나만 쓰는 게 아니라 감세 정책과 재정 지출 정책을 동시에 쓰는 정부가 많다. 이렇게 복잡다단한 현실을 파악하려면 이론적 틀의 뒷받침이 필수다. 이 대목에서 나오는 게 '승수 효과 이론'이다. 어느 쪽이 더 효과적인 경기 회복 방안인지를 수치를 통해 확인하는 데 필요한 이론인데 일정한 양의 재정 지출이나 감세가 어느 정도의 국내 총생산 증대를 가져오는지를 숫자로 확인한다.

여섯째, 개념 중심 논제일 때는 개념을 깊고 폭넓게 이해해야 한다

논술의 논제 가운데는 개념만으로 써야 하는 주제가 나오는 경우가 간혹 있다. 많이 듣기는 했지만 글로 정확하게 뜻을 규정하기 어려운 개념들 말이다. 예를 들어서 민주주의를 정확히 어떻게 설명해야 할까? 민주주의에 관한 주제를 다루는 논술을 쓸 때 민주주의 개념으로 한 문단으로 쓰라고 하면 제대로 쓸 수 있을까? '대한민국은 민주 공화국'이라는 대한민국 헌법 첫 조항에 대해 그 뜻을 정확히 쓸 수 있는 사람은 얼마나 될까? 이 주제를 쓰려면 공화주의와 민주주의를 구별할 줄 알아야 한다.

그런데 언론사 입사 전형에서는 추상의 층위가 높은 개념들이 자주 등장한다. 과학 분야의 개념들이 확실한 정답이 있는 데 비해 사회과학 영역의 개념들에는 유일한 정답이 있는 경우가 오히려 드물다. '일정 기간(분기 또는 연간) 중 한 나라의 경제 규모, 즉 국민 소득 규모가 늘어난 정도를 백분율로 표시한 것'을 뜻하는 '경제 성장률'은 실질 국내 총생산(실질 GDP)을 기준으로 하며 전 세계가 이 기준을 통일해 쓴다. 이와 달리 하나의 개념에 관해 여러 정의가 존재하고, 논쟁의 여지가 있는 경우도 많다. 민주주의, 자유, 평등, 정의, 공정, 인권, 페미니즘, 법치주의, 좌파, 우파, 진보, 보수, 진실 등이 대표적인 사례다.

'양심에 따른 병역 거부' 이슈에서 등장하는 '양심(良心)'을 예로 들어보자. 국어사전에는 '어떤 행위에 대하여 옳고 그름, 선과 악을 구별하는 도덕적 의식이나 마음씨'로 규정돼 있다. 그런데 종교적 신념이나 사상의 자유 차원에서 말하는 양심은 보다 더 구체적이고 깊이가 있어야 한다. 언론이 쓰는 '양심적 병역 거부'라는 표현도 '양심에 따른 병역 거부'로 바꿔 부르는 게 맞다. 헌법재판소가 관련 재판을 통해 밝힌 양심의 개념은 "어떤 일의 옳고 그름을 판단함에 있어서 그렇게 행동하지 않고서는 자신의 인격적인 존재 가치나 정체성마저 허물어지고 말 것이라는 강력하고도 진지한 마음의 소리"라고 할 수 있다. 막연하고 추상적인 개념으로서의 양심이 아니다.

단어의 개념을 정확하고, 체계적이고, 깊이 있게 이해해야 이런 단어가 포함되는 논제에 잘 대비할 수 있다. 단어의 뜻을 알아둘 때 국어사전에 나오는 뜻만 알아서는 곤란하다. 해당 분야의 전문 사전, 즉 정치학 사전, 경제학 사전, 사회 과학 사전 등에 나오는 뜻은 물론 역사적 맥락도 알아야 하고, 그 개념이 어떻게 논의되어 왔는지 변천사도 알아두면 좋다. 그러지 않으면 애초 개념을 확장하거나 변형한 논제에 대비하기 힘들기 때문이다. 이런 개념을 알기 위해서는 논문을 참고하는 게 유용하다. 논문 전반부에는 보통 논문 주제와 관련한 개념과 이론의 정의(定義)와 변천사, 맥락, 학자별 비교 등이 자세히 정리돼 있다. 해당 주제를 체계적으로 다루는 책을 참고하는 것도 좋다.

민주주의만 해도 그렇다. 다른 개념과 결합해서 나오는 논제들이 가능하다. 예를 들어서 '민주주의와 법치주의의 바람직한 관계를 논하라'거나 '민주주의와 포퓰리즘의 관계를 논하라'고 요구하는 논제가 나올 수 있다. 그냥 민주주의가 아니라 절차적 민주주의(형식적 민주주의)와 실질적 민주주의(내용적 민주주의)를 구분해서 물어보기도 한다. 민주주의와 민주화는 또 다른 개념이다. 민주화 중에서도 정치적 민주화와 사회 경제적 민주화를 나눠서 설명하기도 한다. 경제에도 민주화를 붙여서 '경제 민주화'라는 단어를 쓰기도 한다.

주관적 개념 정의나 조작적 개념 정의를 하는 것은 자신만의 시각이나 관점을 보여주는 방법이 될 수 있다. 다만, 논리적 정합성이 지나치게 떨어져 임의적이라거나 자의적이라는 평가를 받는 건 피해야 한다. 주관적 정의가 적절하면 내용에 대한 주목도가 높아질 수도 있다. 예시로 '정치'에 대한 보편적인 정의로 많이 쓰는 것 중 하나가 정치학자 데이비드 이스턴의 '정치란 사회적 가치의 권위적 배분 authoritative allocation of values for the society'이라는 것이다. 논술을 쓸 때 이 개념 정의를 따르면, 무난하지만 정답 같다는 평가를 들을 가능성이 높다.

두 명의 정치학자가 함께 쓴 《처음 읽는 정치 철학사》[11]의 서문에 보면 정치를 '권력'과 '정의'라는 두 개 단어로 정의한다. 즉 "권력과 정의, 자세히 말하자면 정당한 권력과 권능이 부여된 정의가 만나는 곳"이 정치라는 것이다. 권력 없는 정의는 허무하고 정의 없는 권력은 맹목이라는 점을 강조한 개성적 개념 규정인데, 자신만의 시각과 관점을 드러내는 데 유용한 방식이다.

개념을 쓸 때 평면적으로 접근하는 대신 입체적으로 접근하려면 개념을 분류하고, 범주화하고, 융합하고, 통섭해보면 좋다. 평등은 기계적(형식적) 평등과 실질적(내용적) 평등, 절대적 평등과 상대적 평등, 수량적 평등과 비례적 평등 등으로 나뉜다. 민주주의 역시 고전적 민주주의 개념에서 출발하지만 현대 민주주의를 제대로 평가하기 위해서는 숙의 민주주의, 참여 민주주의, 세계 시민 민주주의 등의 개념을 융합

11 그레임 개러드·제임스 버나드 머피, 김세정 옮김, 다산초당, 2021.

해야 한다.

개념을 논술에 펼쳐 쓸 때는 너무 간단하게 정리해서는 안 된다. 친절하고, 깊이 있고, 디테일하게 개념을 펼치는 게 좋다. 아랫글은 준비생이 쓴 글인데 '자유로운 시장'이라는 개념을 첫 문단에서 정리한 뒤에 그다음 문단에서는 '사상의 자유 시장' 개념을 활용해 혐오 사회에 대한 자신의 주장을 세련되게 펼치고 있다.

> 많은 사람이 애덤 스미스를 오해한다. 《국부론》은 흔히 개입이 없는 자유로운 시장을 예찬한 책으로 알려져 있다. 그러나 그가 말한 자유에는 전제 조건이 있었다. 그는 시장이 건강하게 작동하려면 '경쟁의 공정성'이 필요하다고 강조했다. 다시 말해 부나 권력이 한쪽에 지나치게 쏠려 있는 시장은, 진정 자유로운 시장이라고 볼 수 없다는 것이다. 애덤 스미스가 활동하던 당시에는 기업들 사이에 힘이 균형 잡혀 있었다. 어느 한쪽이 시장에서의 권력을 선점하지 않았다. 정부가 어설프게 개입하는 것보다 '보이지 않는 손'에 맡기는 편이 사회 전체를 위해 더 나았던 이유다. 오늘날 시장의 가장 큰 병폐는 그 안에서의 경쟁이 공정하지 않다는 것이다.
>
> 혐오 사회는 '사상의 자유 시장'이 건강하게 작동하지 않은 결과다. 혐오 사회 극복을 위해서는 생각이 경쟁하는 과정이 공정한지 되돌아볼 필요가 있다. 사상의 자유 시장은 상품이 아닌, 표현이 각축하는 시장이다. 애덤 스미스의 시장에선 다양한 재화가 경합하여 궁극적으로 질 낮은 상품이 도태된다. 사상의 자유 시장도 마찬가지다.

> 이곳에는 다양한 관점이 겨룬다. 그 과정에서 자정 작용이 일어난다. 그 이론에 따르면 철학적 진보를 가져오는 생각은 더 많은 이들의 지지를 받을 것이며 가치가 떨어지는 표현은 대중의 외면을 받을 것이기 때문이다. 그러나 오늘날 혐오 표현은 도태되기는커녕 사회적 현상으로까지 확대되었다. 사상의 자유 시장이 제대로 작동하지 않고 있음을 보여준다. 이런 현상은 민주적 사회 가치에 반한다. 갈등을 증폭하여 조화로운 공동체에 도움 되지 않기 때문이다.

아래에 또 다른 예시가 있다. '포퓰리즘에 대해 논하라'는 논제에 대해 쓴 글인데, 언론인이 된 제자가 입사 전에 쓴 글이다. 짧지만 강렬한, 첫 문장이 인상적이며, 전체 논지도 뚜렷하고 설득력이 높다. 포퓰리즘의 본질에 대해 민주주의와의 연관성 속에서 정확하게 논증하고 있다.

> 포퓰리즘은 인민 주권을 모사(模寫)한다. 프랑스 혁명 이래로 정치는 인민의 열망을 부정할 수 없게 됐다. 따라서 포퓰리즘은 모든 쟁점을 잠재울 만한 위력을 지니기 마련이다. 특히 정당 정치가 국민들의 요구를 제대로 소화하지 못하고, 서민들의 삶이 곤궁할수록 포퓰리즘의 힘은 더 커진다. 민생의 실패를 정치의 실패로, 정치의 실패를 대의 민주주의의 실패로 환원하는 과정에서 포퓰리즘이 대안으로 떠오르는 것이다. 경제 호황기에 포퓰리즘이 등장한 사례를 찾아보기 힘든 것은 이 때문이다.

문제는 포퓰리즘이 적대를 동반한다는 것이다. 적대는 일차적으로 정치인을 향한다. 그리고 대의 민주주의를 통한 의사 결정 과정까지 확장된다. 시스템에 의한 통치를 부정하는 방향으로 나아가는 것이다. 이러한 파괴 과정에서 다양한 의견이 경합하고 합리적 결론을 도출하는 민주적 토론은 불가능해진다. 국민 모두가 정치에 참여할 수 없는 상황에서 포퓰리즘은 한 개인 또는 한 집단에 과도한 권력을 부여하는 형태를 띠게 마련이다. 권력을 얻은 집단은 인민의 열망을 대변하는 화신이 된다. 견제 세력은 인민의 적으로 남는다.

하지만 권력이 한 개인이나 집단에 부여되는 순간 포퓰리즘은 인민의 열망과 무관한 것이 된다. 권력 집단의 이익에 따라 인민의 열망은 얼마든지 왜곡될 수 있기 때문이다. 나치에 대한 독일 국민들의 지지가 전쟁과 학살로 나타난 것이 그 대표적인 예이다. 이처럼 포퓰리즘은 인민 주권을 모사하지만, 결과적으로 직접 민주주의와 무관한 형태로 드러난다. 오히려 소수에게 주권이 양도되는 극단적 대의제의 형태를 띠는 것이다. 따라서 포퓰리즘은 직접 민주주의와 가장 거리가 먼 정치 형태이다. 직접 민주주의란 주권의 양도를 부정하고, 정치에 대한 지속적인 견제와 감시를 일컫는 말이기 때문이다. 따라서 대의 민주주의를 강화하고 직접 민주주의를 억제하는 방식으로 포퓰리즘을 견제해야 한다는 주장은 허구적일 수밖에 없다.

한국 사회에서 발생하고 있는 포퓰리즘의 논란도 결국 정당 정치의 실패에서 비롯된다. 정당이 합리적인 정책을 제시하고 국민들의 승인을 받으면서 작동하는 의회 민주주의의 기본 정신이 사라진 지 오

> 래다. 즉흥적인 쟁점 대응과 임기응변적인 정책 생산이 일반적인 일이 되었다. 정당과 의회가 제 기능을 못 하고 있는 것이다. 그러면서도 서로를 포퓰리즘이라 비난하고, 또 각자 국민 열망의 주도권을 잡으려고 애쓴다.
> 국민들을 고난으로 몰아넣고, 거기서 생겨난 적대를 이용해 권력을 잡으려는 현재의 포퓰리즘에서 벗어나기 위해서는 직접 민주주의적인 기획을 통해 국민의 열망을 제도적으로 수렴할 수 있는 기틀을 만들어야 한다. 박명림 교수가 주장하는 정부, 언론과 정당, 시민 사회라는 새로운 형태의 삼권 분립도 그 대안이 될 수 있다. 또한 유명무실해진 노사정위를 재건하고 노동자들의 실질적 요구를 정책에 반영하는 것 역시 하나의 방법이다. 하지만 이 모든 방법보다 중요한 것은 원칙이다. 권력의 입맛에 따라 재단된 '국민의 요구'가 아니라, 인민이 스스로 발언한 내용을 실현하는 정치가 그 첫 번째 원칙이 돼야 한다. 인민 주권을 모사할 뿐, 결코 인민의 주권을 보장하지 않는 포퓰리즘은 이 원칙에 따라 가장 먼저 제거되어야 할 요소이다.

논술에 자주 등장하는 개념들에 대해 깊이 있고 체계적인 정리를 해두자. 이를 통해서 내용을 종합적이고 총체적으로 이해하려는 노력이 필요하다. 추상 수준이 최고 층위에 있는 이런 기본 개념들에 대한 정리가 잘돼 있으면 예상하지 못한 논제가 나왔을 때도 대응하는 능력이 탁월해진다. 보통 어떤 논제라도 그런 기본 개념과의 연관성이 직간접적으로 존재하기 때문이다.

일곱째, 낡은 논제일수록 자신만의 생각이 드러나도록 쓴다

사형제, 임신 중지(낙태), 한반도 통일 등에 대한 찬반 논란은 오래된 수제들이다. 오래된 논제일수록 찬반의 논거들이 이미 다 정리돼 있는 경우가 많아 색다른 논거를 찾기가 쉽지 않다. 논의의 역사가 길면 길수록 더욱 그런 경향이 나타난다. 이럴 때 이미 정리된 논거를 앵무새처럼 반복하면 인상적인 글이 되기 어렵다. 기억에 남는 글이 되려면 내용적 차별성을 확보할 수 있는 자신만의 전략이 있어야 한다.

낡은 논제일 때 쓸 수 있는 방법 하나는 자신이 주장하는 논지와는 정반대에 있는 논지에서 가장 중요한 논거를 반박하는 것이다. 상대의 주장을 뒷받침하는 논거 가운데 대중적으로 설득력이 높은 논거를 찾아서 반박하면서 자신의 논거를 정리해주면 차별성이 있는 글로 보일 가능성이 높다.

그렇다고 반론을 펴는 것이 유일한 대안은 아니다. 이미 정리된 내용을 자신이 이해하는 방식대로 자신만의 표현으로 소화해서 글을 쓰는 게 본질적으로 더 나은 차별성을 준다. '통일은 해야 하는가? 그렇다면 그 이유를, 그렇지 않다면 그렇지 않은 이유를 논하라'라는 논제에 대해 쓴 논술을 읽어보자.

> 반통일적인 통일론. 남과 북의 독재 정권은 과거 통일을 정권 유지의 도구로 활용했다. 남은 북진 통일을, 북은 민족 해방 전쟁을 외치는 동안, 정권은 이를 빌미 삼아 억압적 통치를 합리화할 수 있었다.

민주화 이후에야 남북 정상이 만나 통일에 대한 최소한의 합의를 이끌어낼 수 있었다. 그런데 지금 독재 정권보다 더 큰 통일의 방해물이 나타나고 있다. 우리 사회에서 통일의 당위성에 대한 사회적 합의가 점차 약해지고 있는 것이다. 통일의 과정과 방법에 대한 고민보다 다시 왜 통일을 해야 하는지 근본적으로 돌아봐야 하는 시점이다.

그러나 이제 혈통적 단일성을 강조하는 민족주의만으로는 통일의 이유를 충분히 설명할 수 없다. 민족이 전제하는 혈통의 공통성은 과학적 사실보다 가공적 관념에 기댄 측면이 더 크다. 민족을 '상상의 공동체'라고 주장하고 그것에 공명하는 젊은 세대가 다수를 차지한 것은 부인할 수 없는 현실이다. 분단 이전의 한반도를 경험하지 못한 전후 세대가 하나의 민족을 상상하는 데는 한계가 명확하다. 같은 언어와 문화를 공유하고 있다는 것도 충분한 이유가 되지는 못한다. 분단 이후, 남과 북은 서로 다른 이념을 바탕으로 두 개의 개별적 사회를 만들었다. 극단으로 치달았던 이념적 차이가 채 해소되지도 않은 상태에서 문화적 동질성을 내세워 통일을 말하는 것은 현실성이 없다.

통일에 대한 경제적 접근도 통일의 이유로 부족하기는 마찬가지다. 흡수 통일론의 위험성을 그대로 품고 있기 때문이다. 우리 사회에서는 북한을 미개발된 시장으로 보고 남한의 자본이 투입될 경우 남북한 모두 실익을 얻게 될 것이라는 주장이 힘을 얻고 있다. 그러나 이런 접근은 자칫 통일 이후 북한 사회를 '내부 식민지화'할 수 있다는 점에서 위험하다. 통일 이후에 남한의 자본이 북한의 노동력을 장악하는 식으로 경제가 재편될 것을 염두에 두고 있기 때문이다. 독일의 사례처럼 통일 이후, 북한 주민이 '2등 국민'으로 전락할 가능성이 크다. 이때 통일은 북한 주민의 입장에서는 또 다른 억압의 시작에 불과할 수 있다. 통일의 당위성이 경제적 논리로만 채워져서는 안 되는 이유다.

통일은 민주주의와 평화라는 보편적 가치의 전면적 실현을 위한 것이어야 한다. 분단 이후 남과 북 모두 적대적 대결 상태의 지속으로 인해 안보 논리에서 자유롭지 못했다. 자연히 안보의 주체로서 국가가 강조되고 개인의 자유는 억압될 수밖에 없었다. 우리 사회만 해도 아직까지 국가보안법에 의해 사상과 이념의 자유가 제한되고 있다. 과도한 군사비 지출로 인해 자본주의의 한계를 보완할 복지 제도도 미흡하다. 즉 자유와 평등이라는 민주주의의 기본 가치가 분단 때문에 제한됐던 것이다. 국제적 고립으로 생존권마저 위협받는 북한 역시 분단의 희생양이기는 마찬가지다. 통일은 이런 적대적 대결 관계의 근본 해결이라는 점에서 반드시 필요하다. 20세기 내내 지체된 한반도 평화 체제를 남북한이 통일이라는 주체적 행위를 통해 완성하는 것이다. 또 자본주의와 사회주의가 대결했던 냉전을 마무리 짓는다는 점에서 세계사적 의미도 크다.

그런데 굳이 분단 체제를 해소하기보다는 남북한 평화 공존을 현실적 목표로 삼자는 목소리가 만만찮은 것도 현실이다. 이는 과거 남북이 단일 국가 건설을 목표로 전쟁까지 벌였던 역사에서 비롯하는 바가 크다. 통일 그 자체가 지상 명제가 되었을 때의 위험성을 경계

> 하는 것이다. 그러나 분단 체제의 지속은 한반도의 지정학적 위치 때문에 그 자체로 평화를 위협할 수 있다. 중국과 미국이 가까운 미래에 파워 게임을 벌일 가능성이 큰 가운데, 분단된 남과 북은 또다시 이러한 게임에 휩쓸릴 수도 있다. 평화 공존은 통일을 위한 중간 과정이어야 한다. 분단 그 자체의 해소 없이 한반도는 세계 체제로부터의 간섭과 종속을 피할 수 없다. '통일 지상주의'의 폭력을 경계하면서도 궁극적으로는 하나의 한반도를 지속적으로 기획해야 하는 이유다.

1문단에서는 통일의 당위성에 대한 사회적 합의가 약해지는 상황에서 왜 통일을 해야 하는지 근본적으로 돌아봐야 하는 시점이라고 강조했다. 2문단에서는 혈통적 단일성을 강조하는 민족주의만으로 통일의 이유를 설명하는 것은 민족을 상상의 공동체로 여기는 젊은이들이 다수를 차지한 현실에 비춰볼 때 현실성이 떨어진다고 진단했다. 3문단에서는 경제적 접근 역시 흡수 통일론의 위험성을 지니고 있다고 지적한다. 4문단에서 비로소 자신의 진짜 주장이 등장한다. 민주주의와 평화라는 보편적 가치의 전면적 실현을 위한 통일이어야만 자본주의와 사회주의가 대결했던 마지막 냉전을 마무리할 수 있는 세계사적 의미를 지니는 통일이 될 수 있다고 강조한다. 5문단은 통일 지상주의가 주는 폭력을 경계해야 하지만, 현상 유지가 대안이 될 수 없다는 점을 다시 한번 분명히 함으로써 전체 논지를 한 번 더 강화해주는 구실을 하고 있다.

통일에 대해 수박 겉핥기로 생각한 사람이라면 쓰기 어려운 글이다. 기존의 통일론을 소개하지만, 평면적으로 소개하는 수준이 아니고 그것들이 지니는 한계를 분명하게 논증하면서 평가하고 있다. 글쓴이가 이 문제에 대해 여러 번 곱씹어봤다는 점이 글에서 자연스럽게 드러난다. 낡은 논제일수록 자신만의 논지를 펼칠 수 있도록 주제에 대한 깊이 있는 성찰이 필요하다.

여덟째, 반론을 고려하면서 논증하면 합리성이 높아지고 설득의 폭이 넓어진다

잘 쓴 논술을 고르는 방법 가운데 하나는 글의 주장과 상반된 주장을 하는 사람에게 글을 읽어보게 한 뒤에 반응을 살피는 것이다. 반대론자가 읽어보고 "이건 말이 안 되는 논리여서 터무니없다"는 식의 반응을 하면 뛰어난 논술이라고 하기 어렵다. 논리적인 글쓰기의 궁극적인 목적은 사회 구성원들이 합리적인 논증과 토론을 하게 함으로써 더 나은 대안과 해법을 찾는 데 있다. 이른바 '자기 진영'만 만족하는 글은 사회 전체를 위해서는 그리 좋다고 보기 어렵다는 얘기다.

설득력은 깊이에서도 오고 폭에서도 온다. 깊이를 키우려면 논증을 치밀하고 빈틈없게 전문적으로 하는 게 중요하다. 폭을 넓히려면 상대방의 주장을 무시하지 않고 들어봐야 한다. 그 주장을 글에 소개하고 자신의 견해를 친절하게 덧붙임으로써 자신의 주장에 동의하지 않는 이들도 글의 목소리에 귀 기울이게 할 필요가 있다. "나는 당신들 주장에 신경도 쓰고 싶지 않으니 내 주장이나 잘 들으라"고 말하는 사람의 얘기와, "나는 당신들 주장도 잘 알고 있지만, 우리의 주장이 이러저러한 이유 때문에 더 합리적이므로 인정해야 하지 않겠는가"라고 말하는 사람의 얘기 가운데 어느 것에 더 끌리겠는가? 상대 쪽 주장을 염두에 둔 글쓰기는 합리성을 높여줌으로써 궁극적으로 설득력을 높인다.

'성매매는 필요악인가'라는 논제로 쓴 논술의 세 문단을 여기에 옮겨본다. 성매매가 필요하다는 주장의 핵심적인 논거들을 소개하고 그것이 어떤 점에서 타당하지 않은지를 상세히 보여주는 방식으로 논증한 사례다.

> 성매매가 성범죄율을 낮춘다는 주장은 성매매를 찬성하는 쪽의 오래된 무기이다. 성욕은 억제하기 힘든 인간의 본능이므로, 이를 해소할 수단이 줄어들면 그만큼 성범죄가 일어날 가능성이 높아진다는 것이다. 성매매의 주요 피해자인 여성이 이런 주장을 펴는 경우도 있다. 그러나 한국의 현실은 이런 주장을 무색하게 한다. 성매매 집결지 외에도 변형된 형태의 성매매 문화가 다양하게 발달한 상태인데도 매년 높아만 가는 성범죄 발생 빈도는 성매매 옹호론의 근거가 현실을 제대로 반영하지 못하고 있다는 점을 보여준다. 한국의 성범죄 발생률은 비슷한 경제 규모의 국가 중에 단연 으뜸이다. 원조 교제, 미성년 강간 등 범죄의 극악성이 높아만 가는 상황을 알고서도, '그나마 성매매 장치들 덕에 이 정도에 그친다'고 주장하는 건

현실을 외면하려는 태도다. 어느 정도로 성매매가 광범위해져야 성범죄가 줄어든다는 것인지 그 기준조차 모호하다. 오히려 성매매를 음으로 양으로 용인하는 문화가 이런 범죄를 부추기고 있다는 것이 그나마 현실에 부합한 설명이다. 성매매와 성폭력 모두 성을 존중하지 않고 대상화한 결과라는 점에서 둘 사이에는 이질적인 요소보다는 연관되는 요소가 훨씬 많다.

일부에서는 성매매 집결지를 없애버리는 조처가 오히려 성매매를 음지로 몰아 성매매가 확대됐다는 주장을 펴면서 집결지에서만 성매매를 허용하는 제도인 '공창제'를 주장하기도 한다. '풍선 효과'는 이런 주장을 뒷받침하는 이론으로 쓰인다. 그런데 이 주장이 받아들여지려면 성매매 집결지에서의 성매매와 음성화된 성매매가 성격이 완전히 다른 무엇이어야 하는데 현실은 그렇지 못하다는 데 문제가 있다. 성매매 문화가 가져오는 부정적 영향은 집결지냐, 아니냐에 관계없이 똑같다. 집결지 중심의 성매매가 성범죄를 줄인다는 근거도 없다. 막연히 그럴 것이라고 짐작만 할 뿐이다. 풍선 효과 주장 역시 풍선의 어느 부분이 줄어들고 늘어날지만 생각했지, 풍선의 크기만큼 우리 사회가 겪어야 하는 부작용에 대해서는 근본적인 고려가 없다. 불량 풍선이라면 터뜨려서 휴지통에 버리는 게 근본 처방이다.

성매매 옹호론의 근거에는 또 남성 우월적 인식이 숨어 있다. 성매매 옹호론자들이 말하는, '성욕을 주체하지 못하는 대상'은 항상 남성이다. 남성과 여성의 성을 극단적으로 분리한 뒤 남성들은 이런

> 성적 본능을 대놓고 드러내는 게 자연스러운 일인 것처럼 주장하고, 여성의 성욕은 억압되어도 당연한 것 같은 논리를 펴는 셈이다. 여성의 권리가 신장된 사회에서는 여성도 성욕의 주체로 인정받고 있는 데 반해 여성의 권리를 극단적으로 제한하는 일부 이슬람 국가들에서 여성의 성은 드러내서는 안 되는 금기의 영역인 것은 주지의 사실이다. 성매매 옹호론은 결국, '여성보다 우월한 남성다움'을 유지하기 위한 담보물인 셈이다.

아홉째, 권위자의 맥락을 정확히 이해하고 자기 식대로 표현한다

"금강산은 조선의 명산입니다." 금강산의 일부 바위에 새겨져 있는 문구다. 텔레비전을 통해 그 문장을 보았을 때를 기억한다. 문장 아래에 그 말을 한 사람의 이름이 붙어 있었기 때문이다. '김일성.' 그가 지닌 권위가 얼마나 대단한 것인지를 짐작하고도 남았다. 한마디 한마디가 모두 테제(명제)이기 때문에 이런 '평범한' 얘기를 대단한 의미가 들어 있는 것처럼 새겨놓지 않았을까?

만약 금강산의 아름다움을 설득하는 글을 쓴다고 가정해보자. 아름답다는 걸 논증하기 위해서 위의 문장과 그것을 말한 사람의 이름까지 같이 소개한다면 그 주장에 설득력이 실릴까? 조선민주주의인민공화국에서는 어떨지 몰라도, 대한민국에서는 쉽지 않은 일이다. 권위를 어떻게 받아들이느냐가 권위에 대한 믿음을 좌우하기 때문이다.

논증법 가운데는 '권위에 의한 논증'이 있다. 권위자의 말이나 글을 인용해 논증하는 방식이다. 권위를 빌려 논증할 때 조심할 점이 있다. 위의 사례처럼 너무 일반론에 해당하는 걸 인용해서는 곤란하다. 교육학자 페스탈로치가 "인류의 미래는 아동의 교육에 달려 있다"는 얘기를 했다거나, 민족주의자 김구가 "남북이 분단되어서는 민족의 미래가 없다"는 말을 했다거나, 주식 투자의 세계적 권위자인 워런 버핏이 "주식 투자에는 신중함과 오랜 시간이 요구된다"는 말을 했다고 가정해보자. 그런 얘기는 아무리 인용해도 설득에 도움이 안 된다. 누구나 할 수 있는 말이기 때문이다.

문제는 항상 구체적인 현실에서 나온다. 논리적인 글 역시 대부분 구체적인 사안을 다룬다. 두루뭉수리로 얘기한다면 어떤 세계적인 권위자의 말이라도 설득력을 지닐 수 없다. 금강산의 아름다움을 얘기하려면 적어도 세계의 명산들을 두루 섭렵한 등산 전문가의 분석적인 평가 정도는 포함돼야 한다는 뜻이다. 요컨대 자신이 쓰는 글의 내용도 구체적이어야 하고, 그것이 권위자가 말한 구체적인 내용과 잘 조응하는 게 중요하다.

관련이 없거나 부족한 내용은 아무리 그 내용이 기가 막히게 멋지더라도 인용해서는 안 된다. 너무 추상적이거나 전문적이어서 보통 사람들이 알아듣지 못할 내용을 쓰는 것도 좋지 않다. '지적 오만' 또는 '자기만족'으로 쓴 글로는 많은 이들과 소통하기 힘들다. 많은 이들이 읽을 글이거나, 시험에 쓰일 글이라면 더욱더 그렇다.

권위에 의한 논증을 세련되게 하려면 권위자의 말과 글의 핵심 맥락을 정확히 이해하되 그것을 자기 식대로 표현할 줄 알아야 한다. 아무리 권위자의 말이라 하더라도 글쓴이의 생각이라는 깔때기를 반드시 통과시켜야 쉽게 이해할 수 있는 내용으로 바뀔 수 있다는 걸 기억해야 한다. 자기 속에서 되새김질해본 생각과 그렇지 않은 생각을 표현하는 것은 하늘과 땅 차이다. 단순한 발췌와 인용보다는 자기 생각과 고민을 통해 '원본'을 재구성하거나 재창조하는 노력을 기울여야 한다. '지식의 현란함'보다는 '생각의 깊이와 폭'을 보여주는 글이 좋은 글이다. 소박한 내용이라도 자기 식의 해석이 돋보이면 자연스럽게 주목받게 된다.

권위자의 글이나 말을 인용할 때는 간접 인용 방식을 쓰는 게 좋다. 직접 인용은 큰따옴표 안에 써야 하고, 그러려면 권위자가 언급한 내용을 그대로 정리해야 하는 어려움이 있다. 따라서 권위자의 글이나 말의 핵심 맥락을 그대로 유지하면서 자기 식대로 정리하는 게 좋다. 그래야 쓰기도 쉽고, 읽는 사람이 이해하기도 좋다.

아래 두 글은 권위에 의한 논증을 잘해낸 사례다. 첫 번째 글은 조지프 피시킨의 '병목 사회' 개념을, 두 번째 글은 프로이트의 '치환displacement' 개념을 끌고 와서 자연스럽게 인용했다. 첫 문단에서는 원래 개념을 풀어서 정리하고, 두 번째 문단에서는 그것을 한국 사회에 적용해서 개념을 확장해나가는 방식인데 자연스럽고, 친절하게 논증하고 있다.

사례 1

철학자 조지프 피시킨은 '병목 사회'란 개념으로 유명하다. 사회적 성공으로 이어지는 '기회 구조'가 적을수록 사회 전체의 비효율이 증가한다는 게 골자다. 그는 좋은 직업이 전사(戰士) 하나뿐인 원시 사회를 예로 든다. 그 사회의 모든 아이는 전사가 되기 위해 피나는 노력을 경주한다. 하지만 농부나 교육자 등 다른 직업을 위한 훈련은 하지 않는다. 결국 그 사회는 다양한 사회적 자원을 확보하는 데 실패해 도태되고야 만다. 사회적 성공에 이르는 '기회 구조'의 부족으로 인해 전 사회적 피해가 발생하는 것이다.

한국은 전형적인 병목 사회다. 높은 학력과 좋은 학벌만이 사회적 성공을 보장한다. 대표적인 게 임금이다. 한국의 대졸과 고졸 간 임금 격차는 OECD 평균을 상회한다. 대졸자 간에도 위계가 존재한다. 소위 '상위권' 대학의 졸업자가 이외 대학 졸업자보다 더 높은 임금을 받는다는 연구 결과가 수두룩하다. 피시킨의 말마따나 기회 구조가 단일하다는 뜻인데, 우리 사회의 입시 지옥 문제도 바로 여기에서 기인한다. 학생과 학부모로선 대입이라는 유일한 기회 구조에 모든 자원을 쏟아붓는 게 합리적인 선택이기 때문이다.

사례 2

무의식은 그대로 표현되지 않는다. 무의식은 한 사람의 위험한 욕망과 그를 둘러싼 내적 갈등을 품고 있는 탓에, 여러 방어 기제를 통해서라야 비로소 그 모습을 드러낸다. 프로이트는 그 방어 기제의 하

> 나로 '치환displacement'을 꼽았다. 무의식에서의 내적 갈등이 전혀 다른 대상에 표현된다는 것이다. 예컨대 강박적으로 손을 씻는 행위는 그 사람의 위생 의식 때문이 아니라 어떤 수치심에 의한 증상일 수 있다. 수치심 그 자체를 마주하기 어려운 환자의 무의식이 위생 강박으로 '치환'돼 표현될 수 있다는 얘기다.
>
> 세대 갈등은 경제적 불평등을 둘러싼 계급 간 갈등이 '치환'된 결과로 봐야 한다. 우리 사회의 '정치적 무의식'은 계급 간 갈등을 늘 억눌러왔다. 이는 분단 구조 탓에 재분배 등 좌파적 요구를 하는 정치 세력이 '빨갱이'나 '용공'으로 몰려온 역사적 트라우마에 기인한다. 그간 한국 정치의 주된 갈등 축이었던 지역 문제도 그렇다. 영남의 일자리를 호남 사람이 차지한다는 식의 선동은 계급 갈등을 지역 갈등으로 치환한 대표적 사례다.

열째, 원인과 대안은 한 몸이다

원인(또는 이유)을 분석한 뒤에 대안(또는 해법)을 제시하라고 요구하는 논제가 있다. 이런 유형의 논제일 때는 원인 분석과 대안의 내용을 긴밀하게 연결해야 한다. 이들 내용이 따로 놀아서는 안 된다. 그러면 제대로 된 논증이라고 할 수 없다. 또 원인과 대안의 추상 층위는 같아야 한다. 원인은 거대 담론으로 찾고, 대안은 실무 기술적 수준에서 찾으면 곤란하다는 뜻이다.

보통 원인 분석을 깊이 있고 정확하게 하면 그 속에 대안이나 해법의 내용과 방향이 담기게 된다. 원인과 대안이 여럿일 때 이들을 나열하는 방식은 별로 권할 만하지 않다. 그중 가장 핵심적이거나 주요한 것 위수로 논증하는 게 좋다. 글을 쓰는 사람은 본질에 천착해야 사물이나 사건의 진짜 모습에 다가갈 수 있다.

실례로 '검찰 공화국'의 원인을 '형사 사법 구조에서 차지하는 검찰의 권력 독점'이라고 정리했다면, 해법 또는 대안은 '형사 사법 구조에서 검찰의 권력 독점을 어떻게 해체하거나 분산할 것인가'로 찾아야 한다. 그래야 원인과 해법이 조응하고, 설득력이 높아진다. 어떤 사회 문제의 원인을 '가부장제'에서 찾았다면, 해법이나 대안은 가부장제를 해체하거나 약화하는 방안으로 삼아야 한다. 가부장제처럼 추상의 층위가 높은 원인을 찾았을 때, 대안이나 해법을 '가부장제의 해체'라고만 간단하게 쓰면 설득력이 부족하게 읽힐 수 있다. 시위 구호처럼 느껴지기 때문이다. 그럴 때는 가부장제를 실질적으로 형해화할 수 있는 강력하면서도 대표적인 제도나 정책을 언급하는 게 좋다. 그래야 현실적인 대안으로 읽힐 수 있다.

《논증의 탄생》[12]에서는 원인에 대해 생각할 때 일반적인 인식 오류에 빠지지 않도록 조심해야 한다는 점을 강조하면서 다섯 가지 대표적인 예를 꼽고 있다.

> 하나, 시간상 바로 앞 사건을 원인으로 보는 경향이다. 실제로는 뒤에 일어난 결과와 무관할 수 있다.

둘, 이미 일어난 사건에서 인과성을 확인하려는 경향이다. 실제로는 결과가 되는 사건이 아직 발생하지 않았을 수도 있다.

셋, 특별한 사건에 인과성을 부여하는 경향이다. 일상적이고 평범한 사건은 무관하다고 보는 식이다.

넷, 자기가 만든 가정에서 원인을 찾는 경향이다. 실제로는 그 가정이 틀렸을 수 있다.

또 잠재적인 원인과 결과 사이에 상당한 상관성이 있다면 그럴듯한 인과성을 주장할 수 있는데 아래와 같은 두 가지 경우에 타당한 인과성을 찾은 것이라고 규정한다. 원인 유무와 이에 따른 결과를 백분율로 나타냈을 때 차이가 클수록 그 상관성은 더 커지며, 원인을 밝혀냈다고 더 자신 있게 주장할 수 있다.

- 특정 원인으로 어떤 결과가 계속 발생한다면
- 특정 원인을 제거했을 때 해당 결과가 나타나지 않는다면

그럼 구체적인 논술의 사례를 통해 원인과 해법의 관계를 알아보도록 하자. '확산하고 있는 우리 사회의 혐오 현상의 원인과 해법에 대해 논하라'라는 논제에 대해 쓴 글이다. 맹목적인 우월 경쟁을 원인으로 찾아서, 그에 대응하는 '개인의 다양한 정체성을 존중하고, 평등의

12 조지프 윌리엄스·그레고리 콜럼, 앞의 책.

가치를 실현하는 것'을 대안 또는 해법으로 삼은 글인데 원인과 해법의 조응이 뛰어난 글이다.

> 영구와 맹구는 한국인들에게 큰 사랑을 받은 코믹 캐릭터들이다. 코 밑에 허연 콧물을 그리고 수없이 넘어지는 바보 캐릭터는 사람들의 웃음을 자아낸다. 철학자들은 타인의 실수 혹은 결점을 발견하거나 자신보다 모자라는 행동을 보게 되면 웃는다는 '우월성 이론'으로 웃음을 설명한다. 개그맨들은 경쟁적으로 바보 캐릭터를 만들어냈다. 열등함을 어필함으로써 관객으로부터 우월감에서 비롯된 웃음을 자아내기 위해서다. 우월함은 경쟁 사회에서 생존하기 위한 수단이다. 문제는 맹목적인 우월 경쟁으로 상대의 존엄을 부정하는 의도적인 혐오가 양산될 때다.
>
> 우월 경쟁이 혐오를 부른다. 자의적으로 판단한 부분적 우월성이 전체를 판단하는 맹목적 혐오로 이어지기 때문이다. 제주도 예멘 난민 혐오는 무슬림에 대한 문화적, 도덕적 우월감에서 비롯된 것이다. 이슬람 문화는 상대 문화를 존중하지 않는 야만적이며 비인간적인 종교라는 잘못된 프레임을 형성해 무슬림에 대한 상대적인 우위를 입증하려 한다. '한국인들의 안전을 위해 무슬림 난민을 배척해야 한다'는 논리의 바탕엔 이러한 문화적, 도덕적 우월의식이 깔려 있다. 젠더 혐오 역시 마찬가지다. 인터넷 커뮤니티 워마드 회원의 성체 훼손은 생물학적 남성이 여성에 비해 열등한 존재라는 극단적인 여성 우월주의에서 비롯된 행동이다. 그렇기에 예수가 가진 종교

적 상징성 등은 무시된 채, 예수가 남성이라는 이유로 성체를 훼손한 것이다. 개인이 가진 수많은 정체성 중 하나에 대한 우월성을 자의적으로 판단하고, 인물 전체에 대한 판단을 내리는 우를 범한다.

우월 경쟁에서 비롯된 혐오가 사회를 분열시킨다. 일부 속성을 전체로 일반화해 우열을 가리는 경쟁이 만연하게 되면, 혐오의 대상이 되지 않을 사람은 없다. 개인이 모든 면에서 항상 우월함을 인정받을 수는 없기 때문이다. 종교, 성, 외모, 학력, 직장 등 우월을 판단하는 수많은 기준으로 개인은 반드시 누군가의 혐오 대상이 된다. 수많은 우월성의 기준으로 혐오가 만연하고 사회는 분열된다. 맹목적인 우월 경쟁은 존엄성을 포함한 인간의 불가침 영역까지 혐오의 수단으로 이용한다. 시리아 내전 역시 시리아 내부의 극단적인 종파 우월 경쟁에서 비롯된 혐오 현상이다. 결국 종파적 우월 경쟁에서 인간 존엄성은 존중받지 못한 채 수많은 생명이 희생됐다. 인간은 혐오에서 비롯된 수많은 갈등 속에서 안전한 삶을 영위할 수 없게 된다. 우월 경쟁에서 비롯된 혐오가 가장 나쁜 이유다.

개인의 다양한 정체성을 존중하는 사회가 돼야 우월 경쟁에서 비롯된 혐오를 방지할 수 있다. 인간의 정체성은 한 가지 속성으로 정의될 수 없을뿐더러 우열의 프레임 역시 주관적인 판단이다. 다양성과 평등성을 존중하는 것이 진정한 경쟁력임을 강조하는 교육이 우월 경쟁에서 비롯된 혐오를 근본적으로 방지하는 길이다. 한국은 2년 전 세계 최초로 인성교육진흥법을 도입했지만, 큰 효과를 보지 못했다. 경쟁에 기반한 교육 시스템은 여전하기 때문이다. 개인의 경쟁력보다 협동력과 배려심을 중요하게 평가하는 교육 시스템으로 나아가야 한다. 핀란드는 자유 시장의 치열한 국제 경쟁에서 살아남기 위해 교육 개혁을 시도했지만, 그 방법은 역설적으로 경쟁이 아닌, 평등과 협동을 강조하는 교육이었다. 우월 경쟁에서 살아남기 위한 혐오 프레임은 지속 가능성이 없다. 우월함은 열등한 상대를 끝없이 필요로 한다. 개인의 다양한 정체성을 존중하고, 평등의 가치를 실현하는 것이 우월 경쟁에서 비롯된 혐오의 비극을 방지하는 길이다.

열한째, 신뢰할 수 있는 수치를 적절히 쓴다

나는 외국에 나갈 때 그 나라나 지역의 면적과 인구를 먼저 알아본다. 대한민국의 면적(대략 10만 ㎢로 계산)이나 한반도의 면적(22만 ㎢)과 비교해보면 그곳이 얼마나 큰 곳인지를 직관적으로 알 수 있기 때문이다. 인구도 마찬가지다. 얼마나 북적거리는 곳인지 알아보려는 게 목적이다. 일본의 주요 네 개 섬 가운데 가장 북쪽에 있는 홋카이도를 취재하러 갈 때 그곳의 면적을 보고 깜짝 놀란 적이 있다. 대한민국 면적의 90%에 육박하는 땅 크기 때문이었다. 그렇게 큰 곳이라고 한 번도 생각해본 적이 없었다. 인구는 600만 명이 채 안 됐다. 내친김에 일본의 전체 면적을 알아봤더니 대한민국 면적의 네 배 가까이 되는 크기였다. 일본이 이렇게 큰 나라였나. 내게는 관념과 실제가 얼마나 다를 수 있는지를 증명하는 사례였다.

우리가 흔히 생각하는 것이 수치를 통해서 증명되는 경우도 있다. 어떤 지역이 보수적이라고 하면, 보통은 역대 선거에서 보여준 지역별 투표 성향을 생각하게 된다. 그렇게 다 알려진 것 말고 새로운 수치는 없을까? 2000년대 이전 통계청 출생률 자료는 남아 선호 사상이 실제 현실에 강력하게 존재했다는 점을 매년 보여줬다. 경상도 지역의 성비(여자아이 100명이 출생할 때 남자아이가 얼마나 태어나는지를 보여주는 수치)가 다른 지역에 비해 월등히 높은 걸 발견하고 깜짝 놀란 적이 있었다. 대구나 울산 같은 지역은 압도적으로 성비 1, 2위를 달렸는데 특히 셋째 아이의 성비에 이르면 그 수치가 200 안팎으로 치솟았다. 지금은 그런 현상이 많이 완화되기는 했지만, 이런 수치를 통해 경상도 지역에서 적어도 지난 수십 년 동안 남아 선호 이데올로기에 의한 임신 중지(낙태)가 상대적으로 훨씬 많이 이뤄졌다고 우리는 합리적으로 추론할 수 있다.

이렇게 수치로 관찰하면 세상이 좀 더 명징하게 보인다. 냉정하게 세상을 관찰해야 하는 언론인들은 누구보다 더 그럴 필요가 있다. 논증의 도구 가운데 이유나 전제는 글을 쓰는 사람의 생각에 따라 바꿀 수 있지만, 근거(사실+데이터)는 어떤 주장을 선택하든 바꿀 수 없는 성격을 띠고 있다. 따라서 근거는 정확하고 믿을 만해야 한다. 근거를 찾을 때 가장 유효한 수단 가운데 하나가 수치다. 정확하고 믿을 만한 수치 앞에서 사람들은 약해진다. 그러나 아무 수치나 마구 사용해서는 곤란하다.

꼭 필요한 수치를 중심으로 써야 한다. 비정규직 문제를 쓰는데 전체 임금 노동자 중에서 비정규직이 차지하는 비율이나, 전체 비정규직에서 여성이 차지하는 비율 같은 것은 필수일 테다. 1인 가구의 증가를 다루는 글에서 '전체 가구에서 1인 가구가 차지하는 비중'은 반드시 포함돼야 한다. 최저 임금 제도에 관한 글을 쓰는데 시간당 최저 임금을 모른다면 곤란하다. 노인 인구가 몇 살부터 계산되는지 모른다거나, 현재 대한민국의 고령화 지수를 모른다면 노인 문제에 대한 글을 쓸 준비가 안 돼 있다고 할 수 있다. 이런 핵심적인 수치에서 얼버무리면 글에 대한 신뢰가 낮아진다.

핵심 위주로 쓰지 않고 수치를 남발하면 글이 지저분해지고 이해도도 떨어진다. 수치를 쓸 때는 그 의미가 중요하다. 이를 찬찬히 생각해보지 않고, 수치를 알고 있다고 해서 마구잡이로 쓰는 일은 피해야 한다.

예를 들어 '한 해에 이혼하는 부부가 5만 쌍'이라고 쓰는 것만으로는 그 의미를 제대로 전달할 수 없다. 글을 읽는 사람은 5만 쌍이면 적은 건지 많은 건지 알 수 없다. 수치의 의미가 곧바로 다가오지 않는다. "오늘 아침 나는 1500알로 구성된 쌀밥을 먹었다"고 말하는 것과 같다. 이럴 때는 '한 해 결혼하는 부부가 10만 쌍인 데 비해 한 해 이혼하는 부부는 5만 쌍'이라고 비교할 기준을 제시해줘야 수치의 의미가 살아난다. 다른 나라와 비교하거나 20년 전 또는 10년 전과 비교해도 수치의 의미를 알 수 있다. 기준과 의미가 드러나지 않는 수치 제시는 맹목이다.

믿을 만한 수치를 써야 한다는 원칙도 잊지 않아야 한다. 시기별로 달라질 수 있는 여론 조사 결과 같은 건 적절한 근거가 아니다. 국내 자료는 국가 기관이 공식적으로 조사한 수치를 제시하는 게 좋다. 합계

출산율·성비·사망률·이혼율·혼인율 같은 것을 인용할 때 통계청의 자료를 가장 우선하는 이유가 여기에 있다. 국외 자료는 해당 국가가 공식적으로 내놓은 자료나 국제연합UN이나 경제협력개발기구OECD 같은 국제기구가 내놓은 자료를 인용해야 한다.

우리 사회의 변화나 현재 상태를 보여주는 핵심적인 숫자들은 머릿속에 넣어두는 게 좋다. 그래야 논술을 쓸 때 바로바로 튀어나올 수 있다.

기타, 논증할 때 피할 것과 변증법적 사고의 중요성

논증을 배우기 위해 논리학 교과서를 볼 필요는 없다. 논리학 교과서를 보면 복잡한 수학 공식까지 등장하는데 그런 수준으로 공부해야 논리적인 글쓰기를 할 수 있는 건 아니기 때문이다.

전통 논리학을 형식 논리학으로 부르는 데 비해 개인 사이의 대화나 사회 문제에 대한 토론, 법적 논란에 대한 주장, 일상생활에서 쓰는 말이나 글의 논리적 구조 등을 따지는 분야를 '비형식 논리학'이라고 한다. 논술을 쓸 때는 주로 비형식 논리학에서 추구하는 원칙들을 적용하면 논리를 구사하는 데 별 무리가 없다. 쉽게 말해, 비논리적이어서 터무니없다고 배척당하지 않을 정도의 논리 구사력이면 충분하다. 따라서 논리적인 모순이 발생하지 않도록 글을 쓰는 방법과 눈에 띄는 논리의 오류를 범하지 않는 방법을 알아야 한다.

동의하지 않는 전제를 마치 대부분 사람이 동의하는 것으로 생각하고 논리를 펴는 사람들은 자기중심적인 생각에 빠져 있는 경우가 많다. 이렇게 쓰면 다른 견해에는 주의를 기울이지 않는 사람이라는 인상을 주기 쉽다. 아니, 실제로 그런 사람일 가능성이 높다.

예를 들어 '대한민국에 적합한 권력 구조에 대해 논하라'는 논제에 대해서 '제왕적 대통령제에 대한 평가는 이미 끝났으며 내각제 개헌은 시간문제이기 때문에 내각제 준비에 필요한 구체적인 작업에 들어가야 한다'는 논지로 썼다면, 이 글 역시 동의하지 않은 내용을 대전제로 삼아 쓴 것이다. 제왕적 대통령제에 대한 비판의 목소리는 있지만, 국민적 판단이 내려졌다고 보기에는 부족하고, 그 대안이 곧 내각제라는 것도 성급한 해석이다. 다른 대안들도 현실에서는 얼마든지 존재하기 때문이다. 또 '청년 실업 문제의 원인과 해법에 대해 논하라'는 논제에 대해서 쓰면서 그 원인을 '좋은 일자리만 찾는 취업 준비생들의 과도한 눈높이'라고 간단하게 정리한 다음 눈높이를 낮추는 방안에 대해서만 자세히 논증하는 경우도 그렇다.

필요한 전제를 생략하는 경우도 있지만, 틀린 전제로 논증하려는 글도 있다. 틀린 전제를 제시하는 논증 역시 실패할 수밖에 없는 글이다. 잘못 알고 있는 사실을 바탕으로 논증을 펼쳐도 이런 유형의 글이 된다. 예를 들어서 민주주의의 반대 개념을 공산주의나 사회주의로 알고 논리를 펼쳐간다면 그것은 틀린 전제로 논리를 펼치는 것이다. 언론사 입사를 준비한다는 사람인데도 기본 개념에 대해 잘 모르는 경우가 허다하다.

성급한 일반화의 오류는 널리 알려진 오류다. 한두 가지의 사례만 들어서 성급하게 결론을 내리는 논증법을 가리킨다. 논증을 할 때 고르는 사례는 대표성을 띠어야 한다. 그래야 논증의 수단인 근거로서 제 역할을 할 수 있다. 부차적이고 지엽적인 사례를 들면서 성급하게 결론으로 나아가려 할 때 문제가 생긴다. 드물지만, 자기 경험을 토대로 어떤 명제가 참이라고 주장하는 것도 이 유형에 속한다. "내가 (젊었을 때) 해봤기 때문에 안다"고 주장하는 오류다.

논증을 하면서 자신의 주장을 '진실한' 것이라거나, '정상적인' 것이라고 주장하면 상대 쪽 주장은 '거짓'이 되거나, '비정상적인' 게 되어버린다. 내 주장이 상식이라고 하면 상대 주장은 몰상식이 된다. 이렇게 지극히 선한 가치를 독점하려고 할 때는 오히려 부작용이나 반작용이 생길 가능성이 높다. 읽는 사람이 반발하는 것이다. 이럴 때는 그런 표현보다는 사안의 성격을 반영하는 구체적인 단어를 골라 쓰는 게 낫다.

특정 인물의 인격이나 품성, 경력, 경험 등을 걸고넘어지는 식의 논증도 피해야 한다. 이런 점들이 실제 현실에서 문제를 일으키는 게 사실이기는 하지만, 글쓰기로서 논리적으로 보이지 않는다. 아이들에게 불친절하기 때문에 고위 공직자로서의 책임감이 낮다고 주장할 수는 없다. 결혼을 해보지 않았다고 해서 대통령으로서의 자질이 떨어진다고 주장하면 감성적으로 동의할지 몰라도 논리적으로는 설득력이 떨어진다는 얘기다. 특정 인물의 인격 때문에 생긴 선입견과 편견으로 내용을 판단해 어느 한쪽으로 치우치는구나, 하는 인상을 주게 된다. 인격과 사안을 분리한 뒤 글의 주제 중심으로 논증을 해야 한다.

논리적 사고를 일상화하려면 변증법적 사고방식을 자기 것으로 만들어야 한다. 변증법적으로 사고하면 머리가 두 배 좋아진다는 말이 있다. 즉 변증법적 사고를 잘하는 사람은 변증법이라는 강력한 사고의 도구(수단)을 확보한 셈이다.

변증법적 사고는 현상을 관찰하면서 본질을 파악하려고 애쓴다(본질과 현상). 변증법적 사고는 구체에서 추상으로, 추상에서 구체로 부단히 오간다(구체와 추상). 변증법적 사고는 내용과 형식의 조응과 부조응에 주목하고 서로가 어떤 영향을 주는지를 분석한다(내용과 형식). 변증법적 사고는 결과에 대한 분석을 통해 구조적·역사적·맥락적 원인을 파악한다(원인과 결과). 변증법적 사고는 세상이 우연과 필연의 결합으로 작동한다는 사실을 알고 있다(우연과 필연). 변증법적 사고는 특정한 사건이나 사물이 전체에서 차지하는 위치와 중요성을 놓치지 않는다(부분과 전체). 변증법적 사고는 특수한 사물에 보편성과 개별성이 녹아 있음을 알고 있다(보편과 개별과 특수의 관계).

5

논술의 평가 기준

예비 언론인들이 언론사 입사 글쓰기를 공부할 때 평가 기준을 정확히 아는 것은 무척 중요하다. 평가 기준을 몰라 엉뚱한 점에 치중해서 시간과 노력을 낭비하는 일이 없어야 하기 때문이다. 먼저 갖춰야 할 능력이 무엇인지, 더 중요하게 평가하는 기준이 무엇인지 등을 제대로 알아야 거기에 맞게 글쓰기 준비를 할 수 있다.

평가 기준을 논하기에 앞서 언급해둘 문제가 있다. 논제가 묻는 바에 대해서 제대로 답하지 못할 경우 '논제에서 이탈했다'고 말한다. A에 대해 물었는데 B에 대해 답하는 경우다. 동문서답을 한다는 뜻이다. 이런 글은 평가 대상에서 제외된다. 논제가 묻는 바에 대해서 정확히 이해하는 게 우선이다.

논제 이탈 글을 쓰지 않으려면 논제를 완성형 문장으로 만들어서 연습하는 게 좋다. 논제를 대충 만들어서 글을 쓰는 예비 언론인들이 많다. 주제가 될 만한 단어를 무작위로 골라서 쓰는 식이다.

예를 들어 "요즘 법치주의가 자주 거론되니까 법치주의로 한번 써 볼까?" 하고 논제를 그냥 '법치주의'로 정한다. 이렇게 단어 하나가 논제가 되는 경우도 간혹 있지만, 대부분 논제는 완성형 문장으로 출제된다. 게다가 실제 출제되는 문제에는 여러 조건이 달린다. 조건이 많을수록 정확한 논제 파악이 요구된다. 논제가 핵심적으로 요구하는 내용을 정확히 꿰뚫어 봐야 한다. 입사 전형에서 '법치주의'라는 단어가 포함되는 논제가 나온다면 아래와 같이 다양한 주제로 출제될 가능성이 높다.

① 법치주의가 정부 정책 결정 과정에서 자주 등장하는 이유에 대해 자신의 견해를 밝히시오.
② 법치주의와 민주주의가 바람직하게 양립할 수 있는 조건에 대해 논하라.
③ '법의 지배 rule of law'와 '법에 의한 지배 rule by law' 중 우리가 추구해야 할 법치주의는 무엇인가? 그 이유에 대해 논하라.
④ 대중문화 영역에서 자주 등장하는 '사적 보복'의 서사에 대중이 열광하는 현상을 법치주의 관점에서 논하라.

실제 문제는 이런 방식으로 나오는데, 준비는 두루뭉술하게 하면 안 될 일이다. 논제 정리를 할 때는 법치주의 개념은 물론 연관되는 개념까지 폭넓고 깊이 있게 정리해야 다양한 논제에 대응할 수 있다.

그렇다면 이들 논제에 대해 각각 글을 쓴다면 어떤 점에 치중해서 쓸 것인가? 네 가지 논제는 각각 묻는 내용이 다르기에 거기에 맞춰서 논증해야 한다. 주요한 논증 대상이 다르다는 것을 정확히 알고 글을 계획해야 한다.

평가 기준을 이해하는 것 역시 중요하다. 그래야 제대로 준비할 수 있다. 각 논제에 대해 스스로 평가 기준을 세워보자. 이때 저마다 다른 잣대를 세우는 걸 피해야 한다. 들쭉날쭉하고 일관성이 없는 자기 평가 기준으로는 글쓰기 수준을 끌어올릴 수 없다. 주관적인 수준을 넘어 자의적인 수준으로 하는 평가, 인상 비평 등도 금물이다.

논술 평가 기준으로 삼을 수 있는 기준은 아래 다섯 가지다.

① 논지의 일관성과 명확성

② 구조의 완성도(형식의 완결성)

③ 주요 논증들의 설득력 수준(논증의 완성도 수준)

④ 글의 개성과 창발성

⑤ 기타(단어의 정확성과 적절성, 문장 완성도, 맞춤법·표준어 사용 수준, 글씨 등)

이들 다섯 가지 기준으로 초급·중급·고급의 3단계로 평가할 수 있다.

1단계 초급에서 갖춰야 할 것은 ①, ②, ⑤이다. 그래야 논술의 기본 꼴을 갖출 수 있다. 꼴을 갖춘 뒤에는 논증의 완성도를 높여서 설득력의 수준을 높여야 한다. 그래서 2단계 중급은 ③의 조건을 충족했을 때 달성된다. 3단계 고급은 ④를 갖추어야 하는데 내용의 차별성을 높이는 단계이다. 보통은 2단계와 3단계의 경계선 수준에서 입사하는 경우가 많다.

논술의 평가 기준 가운데 가장 우선하는 것은 논지의 일관성과 명확성이다. 논지는 주장하는 바를 요약한 내용으로 2~3문장 정도로 정리할 수 있어야 한다. 이 기준은 논술 평가에서 제1의 요소다. 기본이며 기초다. 따라서 이 기준에 부합하지 않으면 좋은 평가를 받기 어렵다.

논지의 일관성은 전체 글이 처음부터 끝까지 하나의 주장을 펼치는지를 뜻한다. 전반부와 후반부의 얘기가 달라지면 일관된 글이 아니다. 양비론(兩非論)이나 양시론(兩是論)을 펴는 것도 마찬가지다. 그러나 자신과 다른 견해나 주장을 소개하고 그 주장에도 일정한 타당성이나 합리성이 있다고 인정하면서도, 자신의 주장을 더 중심적으로 펴는 것은 양비론이나 양시론이 아니다. 반론을 들어주고 거기에 재반론을 꼼꼼히 하는 것은 오히려 설득력을 높여준다. 헷갈려서는 안 된다.

논지의 명확성은 주장하는 바가 모호하지 않고 분명한가를 보는 것이다. 명확성이 좋은지를 파악하려면 논지를 2~3문장으로 요약해보면 된다. 논지를 요약하는 데 시간이 오래 걸리고 쉽게 되지 않는다면 논지가 명확하지 않을 가능성이 높다. 한 번 읽고 바로 요약할 수 있으면 명확성이 좋은 것이고 두 번이나 세 번을 읽어야 요약할 수 있다면 명확성에 문제가 있다는 뜻이다.

논술 공부를 본격적으로 시작하면 논지의 일관성을 갖추는 데 그리 오랜 시간이 걸리지 않는다. 그러나 논지의 명확성을 갖추는 데는 상대적으로 시간이 좀 더 걸린다. 논지의 명확성은 1단계와 2단계로 나눌 수 있다. 1단계는 형식적(또는 외형적) 명확성이라고 할 수 있는데, 글이 주장하는 바를 뚜렷이 알 수 있지만, 논증이 제대로 이뤄지지 않아서 설득력이 높지 않은 수준이다. 2단계는 논지의 명확성이 내용적(또는 실질적)으로도 갖춰진 상태를 말한다. 깊이 있고 치밀한 논증 없이 같은 주장을 반복하는 경우 표면적으로는 주장이 명확해 보이지만, 실질적인 명확성은 부족한 것이다.

형식의 완결성(구조의 완성도)은 글의 구조와 구성이 조직적인가, 균형적인가, 군더더기는 없는가 등을 기준으로 해서 분량·순서·흐름에 대한 감각을 평가하는 것이다. 분량은 글 전체의 분량과 함께 각 부분의 분량이 적절했는지를 봐야 한다. 도입부가 지나치게 비대하면 글이 가분수가 되기 때문에 좋지 않다. 마지막 문단도 너무 길어지는 걸 피하는 게 좋다. 중심적인 논증이 이뤄지는 부분의 분량이 가장 많아야 한다. 순서와 흐름은 논지가 자연스럽게 전개될 수 있느냐를 기준으로 정하면 된다. 논지의 흐름에 맞춰 문단이 구성되고 배치되는 게 핵심이다. 또 처음과 끝을 적절하게 쓸 수 있는지도 구조의 완성도에 해당한다.

주요 논증의 설득력은 논증의 완성도에 따라 달라진다. 얼마나 설득력 있는 논증을 했는가 하는 문제다. 설득력을 높이려면 논증을 구성하는 주장·이유·근거·전제를 적절하게 구성해야 한다.

논증에 쓰이는 개념과 사실은 해당 주제를 깊이 있고 체계적으로 공부하면서 얻을 수 있는데 이때 필요한 것이 논제 정리다. 논제 정리를 통해 입력을 얼마나 꾸준히, 치밀하게, 깊이 있게 했느냐에 따라 설득력은 높아지거나 낮아진다. 논제 정리를 잘한 뒤 논증법을 치밀하게 가다듬으면 이 부분을 해결할 수 있다.

글의 개성과 창발성은 글쓴이만의 생각이 잘 드러나도록 썼는지를 보는 것이다. 사실 논술을 쓰면서 자신만의 생각이나 주장을 담는다는 것은 어려운 일이다. 대부분 특정 주제에 대해 전문가들이 이미 정리해 놓은 생각을 얼마나 잘 정리해서 포장하느냐의 문제이기 때문이다. 이 기준에서 말하는 창발성이나 개성은 '하늘 아래 처음 보는 새로움'과는 거리가 멀다. '자신의 생각 깔때기로 내용을 한번 숙성시켰구나.' '자기 생각을 자기 방식대로 표현할 줄 아는구나' 하는 느낌을 줄 정도면 된다.

그런데 논술을 어느 정도 쓰게 되면 새로운 벽에 부닥치게 되는 경우도 있다. 글의 재료도 잘 모으고 그것을 하나의 완성된 꼴로 쓰기는 하는데 단순히 조사한 정보나 지식의 나열에 그치다 보니 남들이 다 아는 내용이 되어버린다. 남과 다른 자신만의 생각을 나름대로 풀어내는 게 좋은 줄은 알겠는데 막상 쓰려고 보면 막막한 것이다. 한마디로, 고만고만한 글이 되어 인상적이거나 매력적인 글이라는 평가를 받지 못하는 단계를 말한다.

방법은 있다. 한 방향으로 깊이 있게 들어가는 것이다. 글이 천편일률적으로 되는 이유는 여러 내용을 수박 겉핥기식으로 다루기 때문이다. 하나를 깊이 있게 다루는 방법이 여러 개를 얕게 거론하는 것보다 깊은 인상을 줄 수 있다. 글쓴이가 생각하기에 가장 중요하다고 느끼는 부분에 집중하자. 잘만 하면 자신만의 생각을 잘 펼친다는 평가를 받을 수 있다. 실제로 그런 식으로 글을 쓰면 생각도 깊어지고 다양해지는 걸 느낄 수 있을 것이다.

상관없어 보이는 분야를 연결하거나, 아우르는 식으로 쓰는 방법도 권할 만하다. 크로스오버, 융합적·통섭적 글쓰기다. 물론 엉뚱하게 연결 지으면 더 어색할 수 있지만, 잘만 하면 글쓴이의 지적 역량을 확실히 보여주게 된다.

동서고금을 오가는 사유를 보여주는 것도 좋은 방법이다. 생각이 넓다는 것은 동시대의 문제를 과거의 산물이자 미래를 예측하는 도구로 볼 줄 안다는 뜻이다. 모든 현재의 문제는 과거에서 오고, 미래와 연결되어 있으며, 모든 지역의 문제는 지구 전체의 문제와 연결돼 있다. 이 점에 착안해보자.

좋은 글을 많이 읽다 보면 사람들이 어떤 글에 매력을 느낄지 확실히 알 수 있다. 각자 언제라도 써먹을 수 있는 자신만의 비밀 병기를 만들어보자. 그러려면 부단한 노력과 시간이 필요하다. 좋은 글은 하루아침에 만들어지지 않는다.

6

논제 정리, 맥락적 이해의 지름길

논술 준비가 힘든 것은 주제에 따라 글이 달라야 하기 때문이다. 그래서 미리 생각해두지 못한 주제가 나오면 한 문단도 써내기 어렵다. 특히 논제가 아주 구체적인 사안을 다룰 때 그런 어려움이 배가된다. 그래서 논술 준비에서 가장 중요한 과정이 논술에 쓸 내용을 미리 준비하는 일이다. 내용이 정리되어 있지 않으면 아무리 표현력이나 구성력이 좋아도 좋은 글을 쓰기 어렵다. 예를 들어 대통령제의 장점과 한계에 대해서 논하라는 논제가 있다고 하자. 사전에 머릿속에 대통령제에 대한 내용이 입력되어 있지 않으면, 만족할 만한 글을 쓰기 어렵다. 결국 특정 주제에 관한 정리된 지식이 필수다.

논제 정리는 단순히 글쓰기 재료를 얻기 위한 것만은 아니다. 사안을 종합적으로, 총체적으로, 체계적으로, 심층적으로 이해하기 위해서다. 우리는 보통 어떤 사안이나 이슈에 접근할 때 자신의 주장을 뒷받침하는 논거들만 알고 있으면 제대로 된 글을 쓸 수 있다고 생각한다. 예를 들어서 사형제 존속에 대한 찬반을 묻는 글을 쓸 때 찬성 또는 반대의 주장 가운데 한쪽의 논거만 열심히 준비하는 경우가 그렇다. 그러나 언론사에서는 예비 언론인들이 한쪽의 주장에 대해서만 알고 있는 것을 원하지 않는다. 언론인이라면 양쪽 혹은 그 이상의 주장을 균형 잡힌 시각으로 공정하게 다뤄야 할 의무와 책임이 있다. 내가 지지하는 한쪽 주장만 알아서는 좋은 언론인이 되기 힘들다.

이해관계가 충돌하는 사안을 다뤄야 하는 언론인들은 사안을 종합적으로, 총체적으로, 심층적으로 알아야 한다. 해당 사안에 대한 주장이 두 개라면 두 개 모두 알아야 하고, 세 개라면 세 개 입장 모두를 깊이 있게 알고 있어야 한다. 주장뿐만 아니라 이유와 근거에 대해서까지 말이다. 이런 식으로 공부해야 하는 이유는 실제 시험 방식에서도 확인된다. 한 방송사 입사 전형 과정 중 집단 토론 시험에서는 찬성과 반대 입장을 고르게 한 뒤 곧바로 자신이 선택한 입장을 상대 입장으로 바꿔 토론하도록 했다. 반대 입장에서도 토론할 수 있을 만큼 그 사안을 종합적으로 알고 있느냐를 평가 기준으로 삼았던 셈이다.

논제 정리를 할 때는 시사 현안에 대한 정리부터 하는 게 순서다. 그러다 보면 추상의 층위가 높은 개념에 대한 정리 필요성을 느끼게 된다. 그렇게 구체적인 현안과 추상적인 가치를 동시에 정리하다 보면 웬만한 주제는 포괄적으로 대비할 준비가 된다.

논제 정리는 내용 면에서 다음의 네 가지 범주로 나눠서 한다.

① 개념 규정(정의) ② 배경 & 경과

③ 쟁점 & 논점 ④ 전망 & 대안

이들 네 가지 범주로 나눠 내용을 정리하되, 찾아보기 쉽도록 A4용지 5~15장 정도의 분량으로 하는 게 좋다. 정리할 때 봐야 하는 자료는 신문 또는 잡지 기사, 책, 논문, 사회단체나 연구소 자료, 기타 인터넷 검색 자료 등이다. 기사는 해당 주제를 적어도 2000자 이상으로 정리해놓은 것을 골라서 참고하면 좋다. 기획 기사나 주제를 종합적으로 정리하는 기사들이다. 기사를 찾을 때는 포털 사이트보다 빅카인즈www.bigkinds.or.kr와 같이 기사만 모아놓은 사이트에서 검색하는 게 효율적이다. 논문은 석사·박사 논문 가운데 최근에 쓴 것부터 봐야 한다. 논문의 전반부만 참고해도 원하는 자료를 얻을 수 있다. 보통 논문의 전반부에 해당 주제에 대한 개념 정의, 개념과 이론의 변천사와 종류, 학자별로 정리된 그동안의 논의 과정 등이 깔끔하게 정리돼 있다.

원자료를 토씨 하나 바꾸지 않고 그대로 옮기는 방식의 정리는 별로 도움이 되지 않는다. 읽은 뒤에 핵심 내용을 자기 식대로 요약하는 방식으로 해야 한다. 자기가 직접 다시 써야 한다. 그래야 내용에 대한 이해도도 높아지고, 글 재료로서 쓰임새도 커진다.

해당 주제와 관련해서 이미 출제됐던 문제들을 확인해보는 것도 필요하다. 어느 시기에 어떤 관련성 때문에 이 주제가 출제됐는지를 확인하면서 해당 주제의 중요성이나 쓰임새를 알 수 있기 때문이다. 정리가 끝나면 해당 주제와 관련한 '그해의 예상 논제'를 직접 만들어본다. 언론사 출제 위원들이 어떤 생각으로 논제를 출제하는지 예상할 정도가 되면 상당한 수준의 학습이 이뤄졌다고 할 수 있다.

아래 한 제자가 쓴 수강 후기는 논제 정리를 어떤 방법으로 했는지를 보여준다. 이 정도면 상당히 잘한 경우다.

> "단순히 입사하기 위한 시험 준비는 수준 낮은 공부다."
> 처음 강의를 들었을 때 김창석 선생님께서 해주신 말이다. 그전까지 나는 4학년 2학기를 다니면서 '언론 고시'를 약간 기웃거리는 대학생이었다. 필기시험만 몇 차례 봤을 뿐, 저널리스트란 어떤 존재인지, '언론인'을 확실히 내 직업으로 삼을지 고민할 기회도, 겨를도 없었다. 나름 그룹 스터디를 했지만, 무엇을 하는 것이 좋은지도 모른 채, 스터디 시간만 어찌어찌 때우는 일상만 반복했다. 강의는 시작한 지 두 달 후인 3월이 되어 끝났다. 그동안 막연하게 생각하면서 공부했던 나를 돌아봤다. 글쓰기와 토론을 좋아하니까, 학점도 낮고, '역사'라는 전공이 일반 기업과는 안 맞으니까 기자'나' 해야겠다고 생각했던 나는 그동안 진정으로 '수준 낮은 공부'에만 머무르고 있었구나.
> 이후 3월부터 9월까지 그야말로 피나게 '수준 높은 공부'를 하기 위해 애썼다. 10여 명의 동기들과 집단 지성 세미나형 논제 정리 그룹 스터디를 하면서 '논술에 써먹기 좋은 부분'만 정리할 것이 아니라,

> 평생을 지식과 정보의 전달자로 살아야 할, 나를 위한 정리를 했다. 한국 전쟁을 알기 위해 박명림의 저서와 각종 논문, 기사들을 참고해 20여 페이지의 '소논문'을 만들기도 했고, 권력 사유화라는 쟁점을 정리하기 위해 버트런드 러셀, 마키아벨리, 미셸 푸코, 마르크스 등의 권력 이론을 10여 페이지로 정리하기도 했다. 복수 노조, 산별 노조 등의 주제를 공부하기 위해 각 노동조합, 경영자 단체, 노동법 논문까지 공부했다. 학생일 때보다 더 많은 책을 읽었고, 더 여러 번의 토론을 했고, 각종 사회 문제를 다룬 다큐멘터리도 질릴 정도로 시청했다. 선생님께서 강의 마지막 시간에 제안해주신 스터디 구성법과 공부법에 따른 방법들이었다.

하나의 주제에 대해 정성껏 논제 정리를 하다 보면 어떤 주제에 대해서 종합적으로, 총체적으로, 심층적으로 파고든다는 것이 무엇인지 느끼게 된다. 그러면 다른 주제를 접할 때도 그런 방식의 탐구를 하게 된다. 이런 습관은 나중에 현직에서 일할 때도 훌륭한 성취를 이루는 데 밑거름이 될 것이라고 나는 믿는다.

7

10분 만에 그리는 설계도

한 시간 정도에 1500자 안팎의 글을 종이에 쓰려면 완성도 높은 설계도가 필요하다. 그래야 제시간 안에 만족할 만한 글을 쓸 수 있다. 설계도는 글 전체에 대한 계획을 담고 있어야 한다. 예비 언론인들이 시험장에서 당황하는 이유도 설계도 없이 글을 쓰기 때문이다. 준비가 안 된 상태에서, 중간에 글을 손보면서 진행하다 보면 시간 제약에 걸린다.

처음부터 완성도 높은 설계도를 그리기는 어렵다. 쉽게 해볼 방법은 완성된 글로 설계도를 만들어보는 것이다. 완성된 논술을 구조적으로 파악하는 연습법인데 이를 반복하다 보면 글을 구조적으로 파악하는 능력은 물론 설계도를 그리는 능력도 높아지게 된다.

완성된 글로 설계도 그리는 연습을 할 때 ① 논지 ② 논거 ③ 중심 개념어 ④ 인상적 표현 ⑤ 글의 장단점 이렇게 다섯 개 범주로 정리해 보면 좋다.

논지는 주장하는 바를 요약한 문장이다. 2~3개 문장으로 요약할 수 있어야 하는데 완성된 글을 읽고 쉽게 논지가 정리된다면 그 글은 명쾌한 글이라고 할 수 있다. 논지가 한 번에 제대로 정리되지 않으면 논지의 일관성과 명확성이 부족한 글이라고 평가할 수 있다.

논거는 논증된 명제를 뜻하는데 1500자 안팎의 논술이라면 논거는 3~5개 정도 된다. 중심 개념어는 글 전체를 이끌어가는 핵심 개념이다. 논제 정리를 잘해야 이런 개념들을 어려움 없이 쓸 수 있다. 인상적 표현은 글을 다 읽은 뒤에도 기억나는 단어, 어구, 문장을 뜻한다.

아래는 완성된 논술을 설계도로 그리는 연습의 사례다.

> **논제: 교육적 체벌은 가능한가**
>
> '폭력과 성스러움.' 어느 철학자가 말했던가, 폭력은 성스럽다고. 그렇다. 폭력은 성스러울 수 있다. 통각(痛覺)의 강제란 얼마나 효율적으로 인간의 본능을 통제할 수 있는 것인가 말이다. 그러나 이에 대해 누군가는 정면으로 반박한다. 진중권은 폭력이 가진 말초적 자극성, 그 '상스러운' 억압의 본질을 폭로한다. 작은 공간의 폭력이 프랙털처럼 퍼져나가 온 사회의 제도와 법률로 뻗어 나가는 것은 순식간이라는 그의 폭력 방정식은, 새삼 폭력의 속성을 깨닫게 한다. 초등학생 아이의 뺨을 때리고 여중생의 머리채를 쥐고 흔들었다는 '폭력교사'의 행태는 어떤가? 과연 폭력에 '성스러움'이란 존재할 수 있

는가?

통각. 사람의 신체를 아프게 하는 것만큼 효율적인 인간 지배 수단은 없다. 교육이란 비이성적 영역의 아이들을 이성적 영역으로 사회화하는 과정인 만큼, 어느 정도의 강제란 있을 수밖에 없다. 이 속에서 적절한 체벌이 가장 효과적인 교육 수단으로 각광받아온 것은 주지의 사실이다. 백 마디 이성적인 설득보다 한 대의 매가 더 큰 통제 효과를 내는 것은, 이성적 사고의 고리는 복잡하고 멀지만, 신체의 고통은 가장 가깝고 자극적이기 때문이다. 체벌을 선택했다는 것은 교육의 도구로써 이성보다 본능을, 긴 시간의 설득보다 단시간의 자극을 택했음을 의미한다. 인간의 동물적 본능을, 가장 말초적인 방법으로 억압하는 것은 다분히 비인간적인 방식인데도 말이다.

복종. 비인간적인 통제는 사람을 한시적으로, 그러나 가장 즉각적이고 적극적인 형태로 폭력의 가해자에게 복종하게 만든다. 제국주의 유럽 국가들이 노예를 통제하기 위해 가장 효율적인 체벌 수단을 고민했던 것이나, 지배 계층이 일탈적 피지배 계층을 억압하기 위해 늘 탁월한 성능의 고문 장치를 개발해왔던 것은 역사적 필연이었다. 가장 단시간에, 가장 확실하게 누군가를 통제하는 도구로 폭력에 대한 두려움만 한 것이 없었기 때문이다. 그러나 폭력의 효과에는 한계가 있다. 인간에 대한 존엄을 훼손한다는 원론적인 비판은 차치하고라도, 그 효과 또한 다분히 한시적이기 때문이다. 통각은 망각적이다. 그 순간의 아픔만 참으면 된다. 교육을 위해 '사랑의 매'를 드는 것 또한, 순간적 고통을 감내할 만한 '인내심'이 많은 아이에겐 무용지물일 뿐이다. 체벌이 강요하는 복종 또는 순응의 속성이란, 일시적 아픔에 대한 회피 또는 두려움에 대한 방어 기제에 바탕을 두고 있다. 설득에 의한 동의 없는 체벌은 그 체벌의 강도가 약해지는 순간 바로 그 효력을 잃고 만다. 고통의 내성이란, 폭력의 효과만큼이나 급속하게 신체에 체화되는 것이지 않은가. 고등학교 때였나 보다. 큰 몽둥이를 들고 다니던 학생 주임 선생님이 가시고, 작은 회초리를 든 여자 선생님이 반 아이들 앞에 섰을 때, 교실 곳곳에 배어나던 비웃음 섞인 '배짱'의 기류가 생각난다. 신체적 억압을 가하는 징벌의 효과란 이렇듯 한시적이며, 체벌 수용자의 내성을 뛰어넘기 위해 그 수위를 끊임없이 높이지 않을 수 없는 모순을 내재하고 있는 것이다.

체화. 체벌의 함정은 그 비인간적인 제재의 행태가 그 자리에서 끝나지 않고 사회적으로 습득되며 이것이 결국 그 사회를 질적으로 나쁘게 만든다는 데 있다. 고대 스파르타의 교육을 떠올려 보면 이를 쉽게 발견할 수 있다. 군대식 교육, 극한적 체벌로 일관한 교육 시스템 속에 학생들은 가장 정연한 '인재'로 탈바꿈되는 듯 보였다. 그러나 스파르타는 일면 가장 혼란스러우면서도 자유분방한 민주 사회인 아테네와의 싸움에서 패했다. 체벌 중심적 교육, 억압적 가르침은 사회 모순을 '군대식'으로 해결하는 데 집중하게 만들었다. 이를 이용한 단기적 경쟁력은 결국 '자유방임적' 아테네의 민주화된 사회 경쟁력을 압도하는 데 실패하고 말았다.

통각에 대한 공포로 상대에게 복종하는 것. 그 폭력이 체화되고, 내성이 증가할수록 오히려 폭력의 효과는 반감되고 만다. 인간을 '인간다운' 설득의 대상으로 생각지 않고 다만 물리적 압박의 대상으로 생각한 폭력의 속성은 상스럽다. 대화하고, 이성적으로 깨우치는 과정은 당장의 교육적 효율성을 떨어뜨리는 듯 보인다. 그러나 이 '긴 과정'이 오히려 가장 강력하고 효과적으로 상대를 '짧은 시간에' 바꾸는 수단이다. 폭력은 내성이 증가할수록 체벌자에 대한 반감을 키우지만, 이성적 설득은 그것이 계속될수록 상대에 대한 신뢰를 깊게 한다. '교육적' 체벌은 존재하기 어렵다.

■ 논지

통각을 이용해 공포로 상대를 한시적으로 복종하게 하는 폭력적 체벌은 교육 효과가 떨어질 뿐만 아니라 폭력을 체화하게 함으로써 사회를 질적으로 나쁘게 만들 위험이 있다. 교육적 체벌은 존재하기 어렵다.

■ 논거

① 진중권의 폭력 방정식에서 작은 공간의 폭력은 프랙털처럼 퍼져나가 온 사회의 제도와 법률로 뻗어나간다.

② 통각을 이용해 인간의 동물적 본능을 가장 말초적인 방법으로 억압하는 폭력은 비인간적이다.

③ 통각은 망각적이기에 설득에 의한 동의 없는 체벌로 복종을 받아내는 것은 한시적이다(제국주의 유럽 국가의 노예 통제, 지배 계층의 고문 장치).

④ 체벌은 개인에 체화되어 결국 사회를 질적으로 나쁘게 만든다(스파르

타와 아테네).

⑤ 폭력은 내성이 증가할수록 체벌자에 대한 반감을 키우지만 이성적 설득은 상대에 대한 신뢰를 깊게 한다.

■ **중심 개념어**

진중권의 폭력 방정식, 체벌

■ **인상적 표현**

"인간을 '인간다운' 설득의 대상으로 생각지 않고 다만 물리적 압박의 대상으로 생각한 폭력의 속성은 상스럽다."

■ **글의 장단점**

장점 : 교육적 체벌의 본질적 폐해를 추상의 층위를 높이는 방식으로 정리함으로써 논지의 설득력을 높였다. 문단마다 사용된 역사적 사례들이 논증의 설득력을 높이고 있다.

단점 : 예시 중에서 개인적 예시는 논지를 방해한다.

8

문장을 해체하고 재구성하라

글쓰기가 어려운 이유 가운데 하나는 쓰는 것으로 끝나지 않는다는 점이다. 쓴 뒤에도 첨삭과 다시 쓰기라는 고통의 과정을 겪어야 한다는 점은 글쓰기가 싫어지는 이유가 되기도 한다. 하지만 이 과정을 거쳐야만 좋은 글을 쓸 수 있다. 귀찮은 과정 없이 결실을 볼 수 있는 일은 세상에 하나도 없다. 글쓰기도 마찬가지다.

글을 고치려면 부족한 점을 알아야 하고 그러려면 객관적인 평가가 필요하다. 스스로 혹은 스터디에서 준비생들끼리 하는 첨삭은 어딘가 부족하게 느껴진다. 평가가 주관적으로 이뤄졌을 거라는 의심 때문이다.

먼저 '첨삭(添削)'이라는 단어는 애초부터 좀 한정적인 성격을 지녔다는 점을 상기할 필요가 있다. 좀 더 포괄적인 뜻을 지닌 '평가'라는 단어가 적절하다. 첨삭은 틀린 단어나 문장을 고치는 '교정' 또는 '교열'의 의미에 가깝다. 글에 대한 평가는 훨씬 포괄적인 의미를 지닌다. 평가는 교정·교열의 범주를 뛰어넘어 글의 구조적인 부분과 핵심 내용까지를 총체적으로 파악할 때 가능해진다.

논술 평가를 할 때는 전체 글을 구조적으로 파악하는 일이 필요하다. 준비생들도 혼자서 혹은 여럿이 모여서 글 평가를 할 때 앞서 다룬 논술 평가 기준에 따르는 게 좋다. 논지의 일관성과 명확성을 먼저 보고, 구조의 완성도를 본다. 그다음으로 '논지와 논거의 설득력(논증의 수준)'을 본다. 마지막으로 글의 개성과 내용적 차별성을 평가한다. 단어를 잘못 썼다거나 문장이 이상하다거나 하는 식의 지적은 마지막에 해주는 게 좋다.

평가가 끝난 뒤에는 반드시 다시 쓰기를 해야 한다. 글이 잘 나아지지 않는다고 고민하는 사람들은 자신이 다시 쓰기를 제대로 하고 있는지를 돌아봐야 한다. 논술은 예술 작품이 아니다. 재능이나 영감으로 쓰는 게 아니다. 노동자의 반복된 작업과 비슷하다. 계속 고쳐 써야 한다.

다시 쓰기는 문장을 완전히 해체해 재구성하는 방식으로 하는 게 효과적이다. 시간이 오래 걸리지만, 가장 확실한 글쓰기 진보법이다. 하는 순서를 정리해보면 다음과 같다.

① 일단 문장을 다 해체해서 아라비아 숫자를 매겨가면서 나열한다.

② 첫 번째 문장부터 끝 문장까지 문장별로 고칠 것을 확인한 뒤에 한 문장씩 순서대로 고친다. 고쳐 쓸 때는 우선 단어의 정확성과 적절성을 살핀다. 또 문장 내 군더더기(형용사, 부사, 수식 어구, 접속사의 무분별한 사용)를 없애고 문장의 의미가 분명하지 않은 내용도 가려낸다.

③ 문단별로 고칠 것을 본다. 순서, 분량, 흐름이 좋은지를 보고 한 문단이 하나의 중심 생각으로 잘 조직됐는지를 확인한다.

④ 문단과 문단 사이의 연결이 자연스러운지를 살핀다. 전 문단의 마지막 문장과 다음 문단의 첫 문장이 자연스럽게 연결되는지는 그렇게 중요한 문제가 아니다. 더 중요한 건 앞 문단의 전체 내용과 다음 문단의 전체 내용이 자연스럽게 연결되는지 여부다.

⑤ 전체 글의 구조적 완성도를 확인한다. 역시 순서, 분량, 흐름을 꼼꼼히 살핀다.

⑥ 이 과정이 다 끝나면 다시 쓰기를 한다. 다시 쓰기를 하기 전에 이전 글에서 담지 못했던 내용을 보충해서 입력하고 보강하는 절차도 필요하다.

9

스스로 벤치마킹할 20편의 글

그동안 여러 준비생의 입사 경로를 관찰해본 결과 어느 정도 수준에 오르면 좌우나 진보 보수를 가리지 않고, 또 신문·방송·통신·인터넷·종합 편성 채널을 가리지 않고 필기 전형을 꾸준히 통과하는 경우가 많다.

따라서 벤치마킹 글 사례를 신문 칼럼 같은 먼 곳에서 찾지 말고 이미 입사한 사람들이 쓴 글에서 찾는 게 현실적이다. 입사한 이들의 글 수준이 일정하지 않은 것은 사실이지만, 여러 명의 글을 모으다 보면 어느 정도 수준을 요구하는지 짐작할 수 있다. 그들의 수준이 높지 않다고 해서 배울 게 없다는 식으로 넘어가지 말고, 그 속에서 장점을 발견하려는 겸손한 태도가 글 실력을 길러줄 것이다.

먼저 자신이 만족할 수 있는 글 20편 쓰기를 목표로 잡아보자. 두 번이든 세 번이든 계속 고쳐 쓰다 보면 스스로 만족할 글을 만들 수 있다. 이는 앞으로 쓸 글의 이정표가 된다. 시험장에서 비슷한 논제가 나오면 이 글을 참고삼아 쓰면 되겠구나, 하는 자신감도 생긴다. 학습 능력이 좋은 사람의 경우 이런 글을 5~10개 정도 쌓는 시점부터 필기 전형을 통과하기 시작한다. 필기 전형 통과가 잘 안되면 그 수를 조금 더 늘리면 된다. 결국 논술 쓰기는 시간 싸움이라는 게 내 생각이다. 매뉴얼에 따라 정확한 방법으로 올바르게 실천한다면 말이다.

논술 연습을 할 때 벤치마킹할 만한 글을 찾기도 쉽지는 않다. 칼럼니스트들이 신문에 쓰는 칼럼들은 천차만별이다. 내용과 형식 두 가지 측면 모두에서 스펙트럼이 지나치게 넓어서 기준을 잡기가 어렵다.

신문에 나온 칼럼이라고 다 좋은 글이라고 할 수도 없다. 좋은 칼럼들만을 골라 싣는 매체 같은 건 없다. 별로 권하고 싶지 않은 칼럼들이 꼭 있게 마련이다.

시류에 영합하지 않고 오랫동안 좋은 평가를 받을 만한 글을 골라야 한다. 좋은 칼럼은 무척 다양하기에 한두 명의 글만을 벤치마킹하는 건 좋은 글쓰기 공부법이 아니다. 글쓰기는 본질적으로 자유로운 성격을 지닌다. 어떤 모범적인 유형을 만들어놓고 그것만 따라 하는 식의 공부법은 잘못된 것이다. 글을 박제화하려는 시도만큼 어리석은 일은 없는 법이다. 글쓰기 공부를 잘하는 준비생들은 대부분 여러 명의 칼럼을 모아놓고 비교하는 방법을 쓴다. 자신이 좋아하는 칼럼니스트나 작가를 적어도 다섯 명 이상 모아놓는 게 좋다. 색깔과 장점이 각기 다른 글들을 모으다 보면 좋은 글의 의미를 어렴풋하게나마 느낄 수 있을 테다. 〈한겨레〉 기자 선배 가운데 대표적 칼럼니스트 중 한 명인 곽병찬의 칼럼은 글의 내용이나 구성, 표현법 등에서 배울 점이 많다. 칼럼 제목은 '개별적인 것이 정치적인 것이다'이다.

> 시작은 별 볼 일 없었다. 고작 여자 기숙사 출입을 개방하라는 것이었다. 사랑의 자유를 허락하라고 소리쳤지만, 배부른 자의 하품 같았다. 그러나 시위 동력은, 부자를 위한 교육 제도, 빈약한 복지 제도, 고용 불안, 상품 사회와 소외 그리고 젊은이를 사지로 몰아넣는 패권주의의 부활 등 구체적인 고통이었다. 시위는 계속됐고, 곧 비싼 등록금과 학생 선발 제도, 대학의 권위주의 등의 문제로 확대됐다.
> 시위가 전국 대학으로 확산되자 당국은 낭테르대학을 임시 폐교했다. 이는 오히려 학생들을 거리로 내몰았다. 마침 미국이 북베트남을 침공했고, 학생들은 패권주의에 대한 저항의 표시로 아메리칸익스프레스뱅크 파리 지점을 점거했다. 정부의 대대적인 시위 진압을 불러왔지만, 오히려 노조의 총파업 등 노·학 연대를 촉발시켰다.
> 이런 진화 과정을 상징하는 68혁명의 슬로건이 '개별적인 것이 정치적인 것'이다. 관습적 차별, 일상적 금기와 통제는, 실은 권력관계를 유지·강화하려는 정치적 문제라는 인식이다. 기숙사 출입 문제는 등록금·교과 과정·권위주의 문제로, 일상적 금기의 문제는 자본과 권력의 억압 문제로, 소비문화의 문제는 자연과 생명의 약탈 문제로, 정치적 권위주의는 패권주의 문제로 확장된 것이다.

시대의 비참만을 따진다면 오늘 우리 대학생이 처한 현실만큼 끔찍하진 않았다. 지옥 같은 입시 관문을 지나면, 1000만 원대 등록금 절벽에 부딪힌다. 등록금을 내기 위해 대학 생활을 알바와 인턴 따위로 전전하다 보면 졸업이다. 그러나 졸업은 탈출이 아니라 진짜 절망의 시작이다. 청년층 체감 실업률은 21%(국회 예산정책처)에 이른다. 노동부 공식 실업률(8.7%)의 2.5배다. 교육과학기술부 조사로는 지난해 대졸자 55만 명 가운데 정규직 취업자는 28만 명에 불과했고, 올해는 이보다 20% 정도 더 줄 것이라고 한다.

그러나 암울한 것은 이런 상황을 개인의 문제로 개별화시키는 현실이다. 학생들은 자본과 권력이 기획한 트랙에 올라 호루라기 소리에 따라 선착순 경쟁을 벌이는 데 익숙하다. 반드시 90%는 탈락하는 구조인데도, 발을 못 뺀다. 초등생 때부터 길들여지는 탓인지, 대학생쯤 되면 호루라기에 조건 반사로 반응한다.

영국의 시인 윌리엄 블레이크는 19세기 초, 증기 기관으로 돌아가는 맷돌에 숨어 있는 '악마'를 보았다. 경제학자 칼 폴라니는 20세기 중반 맹목적 시장주의를 인간과 자연 그리고 사회 자체를 파괴하는 악마의 맷돌이라고 규정했다. 그 속에 들어가면 인간성, 사회성, 공공성, 생명은 밀가루처럼 짓이겨져 상품이 된다는 것이다. 세계는 이 악마의 맷돌에 짓이겨지고 나서야 최근 시장을 사회적 통제 아래 두려 한다. 그러나 한국 사회는 거꾸로다. 인간과 자연, 특히 새로 사회에 진입하는 학생들을 맷돌의 주둥아리에 디밀어 넣을 궁리만 하고 있다. 이를 위해 자본은 끊임없이 욕망을 조작하고, 권력은 시장 신화를 세뇌한다.

68혁명은 권력의 쟁취라는 측면에서 보면 실패했다. 그러나 의식과 가치와 삶의 변화를 따진다면 이만한 사건은 없었다. 대학을 국유화시켰으며, 사실상 무상 교육을 실현했고, 사회적 일자리를 늘렸으며, 복지 제도를 확충했다. 환경 운동, 반전 반핵 운동과 함께 녹색당을 탄생시켰고, 정통적 좌파와 우파에 대한 혁신을 이끌었다. 사르코지 프랑스 대통령은 68혁명의 청산을 선언했다가 큰코다쳤다.

이제 우리도 개별화의 주술에서 벗어나야 한다. 악마의 맷돌은 운명적인 것도 개인적인 것도 아니다. 그것은 정치적인 문제다. 따라서 정치적 행동으로 해결해야 한다.[13]

13 곽병찬, '곽병찬 칼럼: 개별적인 것이 정치적인 것이다', 〈한겨레〉, 2009.4.14.

- 창의성, 언론사가 작문 전형을 치르는 이유
- 작문은 어떤 글인가, 어떤 문제가 출제되나
- 작문 평가 기준, 뇌를 깨우는 세 가지 힘
- 논픽션 에세이와 픽션 스토리
- 아이디어 발상-전개-구성과 설계도
- 풍덩 빠지는 문체
- 스테레오타입과 결별하라
- 내가 좋아하는 것으로 킬러 콘텐츠를 만들어라

작문, 뇌를 깨우는 글쓰기

3장

"지식보다
중요한 건
상상이다."

알베르트 아인슈타인

1

창의성, 언론사가 작문 전형을 치르는 이유

신문과 방송은 인간 현상을 다룬다. 인간에 대한 이해가 폭넓고 깊은 사람이 좋은 언론인이 된다. 정확히 알려면 한편으론 깊이, 한편으론 두루 폭넓게 알아야 한다. 그래야 진짜 모습이 보인다. 얕고, 좁게 사물을 판단하면 부분을 전체로 여길 수 있다. 개구리가 우물을 통해 세상을 보듯이 자신의 시각으로만 세상과 사물을 본다. 이런 사람들이 언론인을 하면 세상을 싸움터로 만들기 십상이다.

깊은 탐구가 없으면 본질을 제대로 드러내기 어렵다. 본질은 현상을 통해 자기 모습을 드러내는데, 어떤 때는 있는 그대로, 어떤 때는 아예 거꾸로 드러낸다. 따라서 현상만 보고도 본질을 단박에 파악할 수 있는 사람은 드물다. 본질을 아는 사람은 생각이 깊은 사람, 즉 사물의 핵심을 꿰뚫는 통찰력을 가진 사람이다.

작문을 읽으면 글쓴이 생각의 폭과 깊이가 보인다. 폭은 생각의 확장성과 유연성을 나타낸다. 창발성, 상상력, 형식적 경계를 넘어서는 유연한 사고가 여기에서 비롯한다. 깊이는 분석력, 심층성, 탐구성을 보여준다. 사물의 연관 관계를 파악하는 통합적·통섭적·융합적 사고, 여러 현상의 차이를 비교하고 분석해 파헤치는 통찰적 사고가 여기에서 생긴다.

이런 사고력은 저널리스트들에게 요구되는 본질적인 능력이자 자질들이다. 저널리스트들에게는 언론의 기본 기능이라 할 수 있는, '사회와 인간에 대한 폭넓고 깊은 사고력'이 필요한데 이 능력을 가장 잘 평가할 수 있는 시험이 작문이다.

생각의 폭과 깊이를 측정하면 예비 언론인들이 가진 창의력 Creativity(창조성 또는 창발성)과 창조적 생산성을 확인할 수 있다. 창의력은 지능 Intelligence이나 재능 Gift과는 다른 개념이다. 지능이 높다고, 재능이 있다고 창의력까지 덩달아 높은 건 아니다. 생산성이 떨어지는 천재도 많은 걸 보면, 창의력과 지능 또는 재능이 항상 정비례하는 건 아니다.

창의력이란, 쉽게 말해 뭔가 새로운 것을 만들어내는 데 밑바탕이 되는 '생각의 힘'이다. 가능성을 현실성으로, 잠재성을 현재성으로 변화하도록 하는 힘이다. 언론사는 매일매일 새로운 정보 지식 상품과 문화 상품을 만들어내는 기업이다. 그 상품들은 이전에 다룬 적이 없는 사건, 현상, 상황, 문화 콘텐츠, 지식 콘텐츠 등을 담아야 한다. 그러지 못하면 도태된다. 해당 노동은 무척 도전적이다. 상품을 다루는 이들이 창의력 없이 덤볐다가는 낭패 보는 일이 많다. 그래서 언론사들은 입사 전형에서 작문 시험을 통해 그런 창의력을 확인하려는 것이다.

언론 종사자의 또 다른 조건, 창의성

미디어 상품의 또 다른 특징은 수용자들의 뇌에 직접적으로 작용해 뇌가 요구하는 바를 충족해주는 걸 목표로 한다는 점이다. 뉴스는 세상이 어떻게 돌아가는지를 알고 자신이 어떻게 대처해야 하는지를 알려고 하는 인간의 욕구에 대응한다. 예능 프로그램과 드라마는 재미와 감동을 추구하는 인간의 욕구를 충족하기 위해 만들어진다. 모두 인간의 뇌가 요구하는 바다. 인간의 뇌를 직접적으로 자극하는 창의력은 다른 어떤 능력보다 필요한 언론 종사자들의 조건이다. 작문 역시 읽는 사람의 뇌를 깨울 수 있는 글이어야 높은 평가를 받을 수 있다.

좋은 작문은 창의력이 높은 글이다. 창의적인 생각을 글에 반영해야 한다. 그렇다면 무엇이 창의적인 생각인가? 학자들이 대체로 동의하는 창의력의 핵심 구성 요소와 특징을 정리하면 아래와 같다.

① 독창성 Originality

② 높은 질 High Quality

③ 불예측성 Unexpectedness

④ 합목적성, 효용성, 적절성을 충족하는 가치 Value

각각의 구성 요소들을 작문과 연관 지어 보는 것은 차별성 있는 작문을 쓰는 데 시사점을 준다. 구성 요소들은 별개로 존재하지 않고, 서로 연관돼 있다. 예를 들어 작문의 중심 맥락이 독창적인 생각을 보여준다면 그것은 보통 쉽게 예측하기 어려울 뿐 아니라 높은 질을 유지하고 있고, 다른 사람에게 생각할 여지를 주기 때문에 가치가 있고 문제 해결력이 높다. 작문에서 제시하는 사례가 재미있어도 마찬가지로 위에서 열거한 다섯 가지의 특징들을 보일 것이다. 작문을 구상할 때 자신이 쓰려고 하는 중심 맥락이나 사례가 위의 요소들을 충족하는지를 우선 따져봐야 한다.

독창성은 다른 곳에서 본 적이 없는 내용이어야 한다는 뜻이다. 그 글에서만 볼 수 있는 생각과 내용, 아이디어가 있어야 한다. 유니크unique하다는 느낌을 줘야 한다. 그렇다고 '하늘 아래 처음 보는 새로움'의 수준을 말하는 건 아니다. 원조의 (흔히 '아우라'라 말하는) 오라aura를 요구하지는 않는다. 천동설을 지동설로 바꾸고, 창조론을 진화론으로 바꾸는 정도의 패러다임 변화를 주도한 사람은 인류 역사에서 손에 꼽을 정도다. 스티브 잡스가 천재였다고 하지만, 엄밀히 말하자면 기존의 것을 이리저리 통합하고 재조합함으로써 새로운 가치를 만들어내는 데 남다른 재능이 있었던 인물이다. '혁신적인 재구성자'라 부를 만하다.

재구성과 재조합은 자기 식대로

사실 우리의 생각을 분석해보면 태어날 때부터 오롯이 자기만의 생각이라고 할 수 있는 건 별로 없다. 카를 마르크스가 말한 것처럼, "인간의 본질이란 인간이 맺고 있는 사회적 관계의 총합"이기 때문이다. 갓난아이가 태어날 때부터 늑대에게 길러진다면, 인간의 아이는 늑대의 젖을 빨면서 늑대의 울음소리를 흉내 낼 테다.

특히 언론사 입사 전형 과정에 치르는 시험에서 쓰는 글이 높은 수준을 갖추기는 현실적으로 힘들다. 그냥 기존에 정리된 내용을 자기 생각이라는 깔때기에 한 번 통과시켰구나, 하고 평가할 수준이면 된다. 재구성하고 재조합하되 그것에 글쓴이의 개성이나 색깔을 반영했다는 평가를 받을 정도면 된다. 그 이상을 바라는 건 무리다.

독창성을 인정받으려면 접근법과 표현법이 식상하거나 평범하면 안 된다. 상투적이거나 교훈적이어도 곤란하다. 예상 가능한 방식도 금물이다. 이런 것들과는 결별해야 한다. 이런 콘텐츠에는 뇌가 반응하지 않는다. 뇌를 지루하게 할 뿐이다. 익숙하고 뻔한 내용으로만 점철된 글을 읽을 때 우리의 뇌가 보이는 반응을 생각해보면 분명하지 않은가. 뇌 과학에서는 이런 뇌의 반응을 거듭된 실험으로 증명해내고 있다. 익숙해진다는 것은 뇌 안의 절차 기억 프로그램이 완벽하게 갖춰졌다는 것을 뜻한다. 프로그램이 완성되면 특정한 동작은 무의식적으로 수행할 수 있게 된다. 우리가 매일 아침 하는 이 닦기나 면도 같은 걸 생각해보면 알기 쉽다.

높은 질을 유지하려면 전반적인 콘텐츠의 수준이 높아야 한다. 어디에서도 볼 수 있는 흔한 내용이 아니라 다른 곳에서는 보기 힘든 내용이어야 한다는 뜻이다. 명품 수준은 아니더라도 동네 슈퍼마켓에서도 볼 수 있는 수준이면 곤란하다.

불예측성은 뇌를 깨우는 글쓰기에 필수 요소다. 우리 뇌는 예측하기 힘들 때 긴장한다. 긴장하고 글을 읽어야 그 글에 대한 기억이 오래 간다. 코미디나 개그를 볼 때 우리가 어떤 순간에 웃음을 터뜨리는지 기억해보라. 모두가 예상하는 문답이 오갈 때 우리 뇌는 놀라지 않는다. 예측할 수 없는 방향으로 튈 때, 기발한 얘기가 나올 때 뇌가 반응한다. 예상하는 방향으로 전개될 때는 식상하다는 반응이 나온다. 읽는 사람이 긴장해서 지루할 사이가 없도록 글을 써야 한다.

합목적성, 효용성, 적절성을 충족하는 가치가 있다는 것은 문제 해결력이 높다는 뜻이기도 하다. 문제 해결력은 또 어떤 제시어가 나오더라도 하나의 완성된 글을 써내는 능력에서 나타난다. 특히 제시어가 상당히 까다롭게 나올 때나 전혀 예상하지 못했던 방식으로 출제될 때, 짧은 시간에 이런 문제 상황을 극복하는 과정에서도 문제 해결력은 자연스럽게 드러난다고 할 수 있다.

창의력을 바탕으로 언론인들은 상투적인 사실을 상투적이지 않은 뉴스로 만들어낸다. 개별의 사실 속에서 보편적인 진실을 발견해낸다. 사실의 홍수 속에서 의미 있는 현상을 발견하고 구성한다. 전혀 연결되지 않을 듯한 사실과 사실, 사실과 가치, 가치와 가치를 연결하기도 한다. 작문 평가 과정에서 이 능력은 구체적으로 작문 제시어의 소화 능력과 해석 능력으로 발현된다.

작문을 읽고 난 뒤 평가자가 "생각이 특별한데도 얘기는 되게 썼네." "정말 재미있는 글인데…" "상상력이 끝내주는구나." "입사하면 기획 잘하겠다." "감수성 1000%구나." "글발이 끝내주는구나." "통찰력 있어 보인다"와 같은 반응을 보인다면 창의력을 인정받은 것이라고 보면 된다.

다음의 두 글을 읽어보자. 〈한겨레〉 입사 전형 과정에서 쓴 응시생의 작문인데 하나는 필기 전형을 통과한 글이고, 하나는 통과하지 못한 글이다. 두 글의 차이를 비교해보려 한다. 제시어는 '침묵'이다.

> ① 많은 사람이 모여 이야기하는 자리에 있다 보면, 종종 침묵으로 일관하는 사람들을 만난다. 그의 심중에는 어떤 이야기가 있는지 아무도 모르지만, 왠지 끊임없이 '나불대는' 사람보다는 진중해 보이는 것이 사실이다. 우리는 그런 사람들을 가리켜 '과묵하다'고 평하며, 과묵은 대개 긍정적 의미를 지닌다. 침묵은 대부분의 경우 미덕이라 칭송받아왔다.
>
> 그러나 과연 침묵이 미덕이라고만 할 수 있는가? 그렇지 않다. 침묵은 종종 '나불대는 것'보다 더 나쁘다. 침묵으로 일관하던 그 사람은 아주 가끔 입을 열어 한참 진행되어온 이야기의 흐름에 가볍게 편승하거나, 이쪽 아니면 저쪽의 입장을 오간다. 그리고 자신이 불리하거나 '자기 밥그릇'과 관련된 이야기가 나오면 다시 조용히 입을 다문다. 입을 다무는 자들의 마음속엔 입을 열었을 때 자신에게 돌아올 비난

에 대한 두려움이 똬리 틀고 있으며, 그들에게는 자신의 이익과 상충하는 진실을 마주할 용기가 결여되어 있다. 그래서 지킬 것이 많은 사람일수록 침묵의 늪에 빠져드는 경우가 많다. 마치 입을 열면 자신이 가진 것들이 그 입을 통해 빠져나가기라도 하는 것처럼.

한참 광화문의 온도가 높아졌을 때 촛불을 들고 광화문에 나갔다. 사람들은 저마다 자신의 손에 들린 '촛불'만큼의 작은 소망을 안고 그곳에 모였다. 나 또한 거대한 열망과 의지에 불타는 마음으로 그곳에 나간 것은 아니었다. 그러나 그곳에서 끊임없이 작은 불빛으로 자신의 얼굴을 밝히며 밀려드는 사람들을 보면서 의외의 깨달음을 얻게 되었다. 침묵을 깨고 입을 열었을 때, 발걸음을 내디뎠을 때의 작은 용기가 얼마나 큰 힘이 될 수 있는가를. 반면 자기 밥그릇 챙기기 바쁜 사람들은 그들이 가진 커다란 사회적 영향력에도 불구하고 이에 대해 침묵으로 일관하고 있었다. 이들이 보여주는 '침묵과 방관'이라는 암묵적 동의는 실로 무서운 것이었다.

그때로부터 많은 시간이 흘렀지만, 달라진 건 없다. 여전히 가진 자들은 못 가진 자에 대해 침묵하고, 비장애인은 장애인에 대해, 남성은 여성에 대해, 정규직은 비정규직에 대해 입을 다물고 있다. 알 것 다 아는 대다수 지식인도 민중의 문제에 목소리를 내지 않는다. 침묵은 '의견 표명 안 함'에 그치는 것이 아니라, 시류에 '동의'하는 것으로 비칠 수밖에 없다. 그러는 사이 전태일의 불꽃이 아직도 유령처럼 이 도시를 떠돌며 수많은 비정규 노동자들을 분신하게 하고, 저소득 계층을 빈곤의 나락에서 절망하게 하고 있으며, 수많은 장애인을, 여성들을 사회의 언저리로 내몰고 있다.

입을 열어야 한다. 발걸음을 내디뎌야 한다. 이해관계의 목줄에 자신을 얽매고 떨고 있는 이들은 물론이고, 현실에 분노하지만 그 분노를 가슴 속에만 간직하고 있는 이들도 입을 열어 이야기해야 한다. 그 작은 목소리, 목소리는 생각보다 큰 울림이 된다. 침묵은 비겁한 악덕이다.

② 집에서 들리는 것은 항상 엄마의 목소리였다. '경상도 남자'인 아빠는 과묵했다. 말수가 적은 아빠의 표정을 살피고 마음을 헤아려 소통하려 노력한 건 늘 엄마였다. 경상도 남자는 말이 없지만, 경상도 여자는 말이 많다. 지역적 특성인가 보다 하고 대수롭지 않게 생각하던 나는 연애를 시작하면서 '침묵'은 곧 권력임을 깨달았다. 그 남자는 나를 별로 좋아하지 않았다. 둘이 있을 때면 그는 피곤하다며 침묵을 지키기 일쑤였다. 연애 관계에서 상대방이 자신을 더 많이 좋아한다는 건 더 많은 권력을 가졌다는 뜻이다. 아빠처럼 그는 말이 없었고, 엄마가 그랬던 것처럼 나는 침묵하는 그의 눈치를 살피고, 분위기가 어색해지지 않도록 필요 이상으로 말을 많이 했다. 힘을 가진 자는 침묵했다. 침묵하는 게 힘이라면 '침묵하게 하는' 것도 힘이다. 영화 〈여자, 정혜〉에서 주인공 정혜는 누구에게도 자신의 상처를 말할 수 없다. 고모부한테서 성폭행을 당했는데도 그녀는 침묵할 수밖에 없었다. 내성적인 그녀 '개인'의 성격 문제가 아니다. 피해를 입었지만 숨죽이고 살아야 했던 이들, 그들은 말하고 싶어도 말할 수 없는 사회적 약자들이었다. 일본군 성 노예의 끔찍한 경험들은 김학순 할머니의 용기 있는

고백 이후에야 침묵을 깨고 세상 밖으로 나왔다. '민족적 수치'라며 그녀들에게 침묵을 강요했기 때문이었다.

사적인 소통이든 사회적 소통이든 침묵에는 권력관계가 작동하는 경우가 많다. 어느 경우든 의사소통 주체들의 자발적 의지에 의한 게 아니라면 침묵은 깨지는 게 좋다. 상대방의 침묵을 참으려면 엄청난 에너지가 필요하다. 침묵하는 이의 속마음을 헤아리는 일은 매우 피곤한 감정적 · 정신적 노동이다. 침묵하는 아버지들은 '수다 떠는 법'을 배울 일이다. 더구나 침묵을 깸으로써 그 역시 자신을 드러내고 상대방과 소통하는 기쁨을 누릴 수 있다.

사회적 억압에 의해 침묵을 강요당했던 이들도 자신의 의지대로, 침묵을 깰 수 있어야 한다. 말하고 싶을 때 마음껏 말하고, 침묵하고 싶을 때는 아무 말도 하지 않을 자유를 누려야 한다. 동시에 그들의 자유로운 말하기를 가로막았던 걸림돌부터 제거해야 한다.

많은 경우 침묵은 '금'이 아니라 '권력 문제'다. 침묵보다는 수다가, 훨씬 건강하고 평등하다.

①번 글이 전달하려는 중심 맥락은 '사회 문제에 대해 침묵하는 것은 미덕이 아니고 비겁한 악덕이기 때문에 입을 열어 자신의 주장을 말하고 실천해야 한다'는 것이다. 중심 맥락의 내용을 보면 새로운 통찰을 보여주는 것은 아니다. 사회 문제에 대해 더 이상 침묵하지 말고 발언하라는, 상당히 원론적이고 예상 가능한 맥락이다. 내용이나 표현에서도 인상적인 면을 발견하기가 쉽지 않다. '개인적 기질로서의 침묵'과

'사회 문제에 대한 침묵'을 급하게 연결해 풀어가는 것도 급작스럽고 어색하다. 후반부로 갈수록 연설문처럼 비분강개하는 태도도 부자연스럽다. 마지막 문단에서는 그런 모습이 도드라진다.

②번 글은 일단 앞글에 비해 읽기가 편하고 주목도가 높다. 자기 경험으로 시작해서 얘기를 풀어가기 때문에 편하게 읽을 수 있다. 중심 맥락은 '침묵에는 권력관계가 숨어 있어서, 상대방을 배려하지 않으면서 스스로 침묵하거나 남을 억지로 침묵하게 하는 것은 권력이 작동한 결과인데 강요된 침묵은 깨지는 게 건강하고 평등하다'는 정도로 정리할 수 있다. 침묵에 권력관계가 숨어 있다는 점을 파악해냈다는 점에서 통찰력 있는 글이다. 생각의 깊이 면에서 ①번 글과 차이가 난다. 소재 면에서도 아빠와 엄마, 남자 친구, 영화 이야기, 역사 이야기 등을 연속적으로 등장하게 해 자신이 하고 싶은 얘기를 풀어나가고 있다.

결국 두 글의 근본적인 차이는 제시어를 보고 어떤 생각을 펼쳐냈느냐에 있다. 사회와 그 속에 사는 인간에 대한 관심이 넓고 깊은 사람은 작문을 잘할 준비가 이미 돼 있다고 볼 수 있다.

2

작문은 어떤 글인가, 어떤 문제가 출제되나

언론사 입사 전형에서 치르는 작문은 사실 어떤 장르에도 속하지 않은 글쓰기 유형이고, 다른 분야에서는 찾아보기 힘든 장르이기도 하다. 굳이 규정한다면 논픽션 에세이 형식의 경우에는 '인문 수필' 또는 '시사 수필' 정도로 볼 수 있다. 픽션 스토리 형식의 경우에는 콩트나 손바닥 소설 정도로 부를 수 있다. 문학적 글쓰기의 성격도 일부 포함하고 있지만, 전체적으로 보면 비문학 글쓰기에 가깝다. 논술이 학술적 글쓰기와 저널리즘 글쓰기의 성격이 혼합되었다면, 작문은 문학적 글쓰기와 저널리즘 글쓰기의 성격이 혼합되었다고 볼 수 있다.

문학적인 글의 범주에 들어가지 않기 때문에 문장력의 우열, 문학적 감수성, 예술적 형상화 능력이 결정적인 요인은 아니다. 문장력이 좋아서 글이 매끄럽게 전개된다면 작문에 상당한 도움이 되는 건 분명하다. 문학 작품을 많이 읽어서 문학적 감수성이 뛰어난 사람들은 그 능력을 적절히 활용할 여지도 있다. 그러나 이런 능력들이 없어도 충분히 잘 쓸 수 있다. 꾸준히 갈고닦으면 꽤 괜찮은 수준의 작문을 쓰게 된다. 작문 역시 번뜩이는 영감이나 천부적인 재능으로 쓰는 글이 아니라 꾸준한 연습과 노력으로 쓰는 글이기 때문이다.

작문의 형식은 무척 다양해서 칼로 무 자르듯 획일적으로 나눌 수 없지만, 편의상 둘로 나눈다면 논픽션 에세이와 픽션 스토리로 나뉜다. 논픽션 에세이는 핵심적인 사례를 통해서 중심 맥락을 드러내는 글인데 비해 픽션 스토리는 가공의 이야기를 통해서 중심 맥락을 드러내는 글이다. 어떤 형식을 취할지는 글의 내용과 목적에 따라 달라진다.

일반적으로 에세이보다 스토리 쓰는 게 어렵다. 스토리가 요구하는 요소가 복잡하기 때문이다. 스토리를 잘 만들려면 매력적인 스토리의 필수 요소들을 갖춰야 한다. 이야기를 이끌어갈 캐릭터, 클라이맥스·복선·반전 같은 인상적인 플롯 구성, 적절한 화자의 시점 등이 필요하다. 스토리가 있는 글을 많이 접해본 사람이나 스토리에 대한 깊이 있는 탐구를 해본 사람이 유리하다.

픽션 스토리 가운데 문학 장르(소설, 시, 시나리오, 희곡 등)를 고집하려면 특정한 조건을 갖춰야 한다. 예를 들어 시를 쓰려면 운율에 익숙해야 하고, 시적 언어에 대한 감각을 길러야 한다. 시나리오나 희곡은 각각의 장르가 요구하는 요소들이 많다. 10~20대에 이르는 동안 문학 작품을 남들보다 월등히 많이 접한 사람이나 습작을 많이 해본 사람이 유리하다.

색다르고 특별한 형식을 선택할 때 기억해야 할 것은 '글의 형식이 글의 수준을 기계적(자동적)으로 결정하지 않는다'는 점이다. 더 중요한 것은 '색다른 형식과 글의 내용이 제대로 조응하느냐'이다. 색다른 형식과 글의 내용이 제대로 조응할 때 효과는 배가된다. 특별한 형식이 주는 파격성 때문이다. 그러나 색다른 형식과 글의 내용이 조응하지 않을 때는 효과가 반감될 수 있다. 글의 내용과 콘텐츠가 음식이라면, 형식과 장르는 그릇이다. '어떤 음식을 만들까' 먼저 고민하고, 거기에 걸맞은 그릇을 찾는 것처럼 글의 내용과 콘텐츠를 먼저 정한 뒤에 가장 효과적으로 담을 수 있는 형식과 장르를 찾아야 한다.

내용에 걸맞은 형식을 찾아라

예비 언론인들 가운데는 내용이나 콘텐츠를 심각하게 고민하지 않고 자신이 좋아하는 장르에 더 신경을 쓰는 이들도 있는데 그건 본말이 전도된 것이다. 내용(콘텐츠)이 우선하고, 형식과 장르는 그다음이다. 예를 들어 SF 소설 형식을 고집할 경우 쓰려는 내용이 해당 형식에 잘 맞는지부터 고민해봐야 한다. 특정 형식을 고집한다고 해서 글이 저절로 좋아지는 건 아니다. 재미도 없고, 공감 요소도 적고, 그럴듯하지도 않은 이야기를 계속 쓰는 건 시간과 힘을 낭비하는 일이다.

피디 지망생들은 색다른 작문을 써야 한다는 강박에 시달리는 경우가 많다. 시사 교양 피디 지망생들은 작문을 준비할 때 기자 지망생들과 별다른 차이를 두지 않아도 된다. 그런데 예능·드라마 피디의 경우에는 스토리텔링식 글쓰기, 내러티브를 강조하는 글쓰기에 대한 탐구와 공부가 필요하다. 실제 시험에서도 픽션 스토리 형식으로 쓰라고 요구하는 경우가 많다. 그것은 아마도 예능 피디와 드라마 피디가 이야기를 통해서 감동과 재미를 주는 노동을 해야 하기 때문일 것이다.

실용적인 장르에서도 파격적인 형식은 찾을 수 있다. 문학 장르처럼 많은 준비가 필요하지 않지만, 특별함 때문에 인상적인 기억을 남길 수 있는 종류의 글들이다. 예를 들어 유언장, 묘비명, 안내문, 메신저 대화문, 제품 설명서, 편지, 소장(소송을 제기할 때 내는 서류), 미래의 특정한 시점에서 쓰는 가상의 기사체 등 실용적인 형식 가운데 빌릴 수 있는 것을 골라 자기만의 비밀 병기로 만들어볼 수 있다.

작문의 형식이나 구성은 자유롭다. 논술처럼 문단 구성을 어느 정도 맞춰야 하는 것도 아니다. 다만, 분량 제한은 있어서 보통 1500자 안팎이라고 예상하고 준비하면 무리가 없다. 간혹 1000~1200자 안팎, 또는 800자 이내로 쓰게 하는 경우도 있다.

작문은 제시어에 관한 글이어야 한다. 영어로 얘기해보자면, '어바웃(about) 제시어'여야 한다. 작문을 다 읽고 나서 '이건 제시어에 대해서 쓴 글이 아니다'라거나 '제시어와 무관한 글인 것 같다'는 반응을 들으면 곤란하다. 그것은 논술을 평가할 때 '논제에서 이탈한 글'이라는 평가를 듣는 것과 마찬가지다. 그런 평가를 듣지 않으려면 작문 글을 계획할 때 제시어를 주제와 연관 짓거나, 소재로 써야 한다. 소재로 쓸 때는 주요한 소재 또는 인상적인 소재로 써야 한다. 그래야 기억할 수 있기 때문이다.

제시어는 1차적으로 국어사전에 나오는 뜻으로 해석해야 한다. 단어의 뜻이 확대되거나 왜곡되는 경향이 있으니 최근에 변화된 양상을 반영해서 해석하는 건 괜찮다. 사전에까지 반영되지는 않았지만, 언어를 사용하는 대중, 즉 '언중(言衆)'이 확대된 뜻으로 쓰기 시작했다고 판단되면 '확대된 뜻'이나 '바뀐 뜻'으로 해석해도 무방하다.

제시어의 유형과 사례

작문 제시어는 논술의 논제와는 달리 예측하기가 무척 어렵다. 논제의 경우에는 사회의 변화와 트렌드, 쟁점 등을 직접 다루는 주제들이 많은 데 비해서 작문의 제시어는 직접적이기보다는 간접적인 내용이거나 아예 관련이 없는 것들도 다수 있다.

그래도 출제 빈도가 높은 제시어들이 있으니 그런 제시어들부터 해보는 게 좋다. 스터디를 하는 예비 언론인들을 보면 즉흥적으로 아무런 제시어나 막 정해서 쓰는 경우가 많은데 그건 현명한 방법이 아니다. 교실에서 스터디를 하게 되면 칠판, 책상, 의자, 형광등처럼 눈에 띄는 것을 무작정 써보자고 제안해서 쓰는 식이다. 사실 그런 제시어들은 작문 제시어로 등장할 가능성이 거의 없다. 어떤 제시어로라도 글을 써보면 안 쓰는 것보다 글쓰기 훈련이 되는 건 사실이지만, 가장 효과적인 방법으로 연습해야 한다는 원칙에 비춰보면 바람직하지는 않다.

내용 면에서 볼 때 출제될 가능성이 높은 제시어는 해당 시기에 미디어와 대중이 가장 많이 소비하는 단어다. 그런 단어들로 먼저 써보는 게 좋다. 코로나 시기에는 바이러스, 마스크, 거리 두기 등이 1순위 예상 제시어들이었다.

형식 면에서 볼 때 먼저 글자 수에 따라 분류해볼 수 있다. 한 음절짜리 단어가 제시어로 나오는 경우가 있다. 한 음절짜리 단어의 경우에는 한자(漢字)의 뜻을 포함하고 있는 한글의 특성 때문에 여러 가지 의미로 해석된다. 따라서 남들이 잘 선택하지 않는 의미로 쓰면 일단 눈길을 더 많이 끌 수 있다. 그러나 색다른 의미로 해석했다고 글이 무조건 성공한다는 뜻은 아니다.

예를 들어서 '발'이라는 제시어가 출제됐다고 하면 먼저 사전적 의미부터 찾아봐야 한다. 국립국어원 표준국어대사전을 보면 대략 여덟 가지 정도의 뜻으로 정리돼 있다.

① [명사] 1 사람이나 동물의 다리 맨 끝부분. 2 가구 따위의 밑을 받쳐 균형을 잡고 있는, 짧게 도드라진 부분. 3 '걸음'을 비유적으로 이르는 말.

② [發] [의존 명사] 1 총알, 포탄, 화살 따위를 쏜 횟수를 세는 단위. 2 (비유적으로) 야구 경기에서 홈런을 친 횟수를 세는 단위.

③ [명사] 가늘고 긴 대를 줄로 엮거나, 줄 따위를 여러 개 나란히 늘어뜨려 만든 물건. 주로 무엇을 가리는 데 쓴다.

④ [의존 명사] 1 길이의 단위. 한 발은 두 팔을 양옆으로 펴서 벌렸을 때

한쪽 손끝에서 다른 쪽 손끝까지의 길이이다. 2 (주로 '새끼' 따위의 뒤에 쓰여) 약간의 그것이라는 뜻을 나타내는 말.

⑤ [접사] (지명이나 시간을 나타내는 대다수 명사 또는 명사구 뒤에 붙어) 그곳에서 떠남 또는 그 시간에 떠남의 뜻을 더하는 접미사. 예) 대전발 0시 50분.

⑥ [접사] 1 (몇몇 명사 뒤에 붙어) '기세' 또는 '힘'의 뜻을 더하는 접미사. 2 (일부 명사 뒤에 붙어) '효과'의 뜻을 더하는 접미사. 예) 화장발, 운발.

⑦ [명사] 실이나 국수 따위의 가늘고 긴 물체의 가락.

⑧ [명사] 새로 생긴 나쁜 버릇이나 관례.

준비생들은 대부분 1, 2, 3, 5번의 뜻을 골라서 쓸 가능성이 높다. 대략 90% 이상이라고 볼 수 있다. 사전에 나오지는 않지만, 때때로 다른 용도로 쓰이는 경우가 있다면 그렇게 해석해서 쓸 수 있다. 예를 들어서 '씨'라는 제시어를 알파벳 C로, '비'를 알파벳 'B'로 해석하는 정도는 충분히 허용된다. 다만 너무 억지스럽거나 자의적으로 해석하게 되면 제시어에서 벗어났다고 여겨질 수 있다는 점을 유념해야 한다.

다소 파격적으로 제시어를 해석한 글을 한번 읽어보자. 이 글은 〈동아일보〉에 입사한 준비생이 시험에서 쓴 글이었는데, 한 글자짜리 제시어다. 제시어는 '씨'였는데 '미래의 국어사전 풀이집'이라는 독특한 형식으로 썼고, 제시어에 대한 해석도 색다르다.

〈22세기 새 국어사전 풀이집〉

씨[씨:]

(품사: 감탄사, 분류: 외래어, 유의어: 예, 네)

하나, 외래어의 유래.

외래어 '씨'는 프랑스어에서 유래되었다. 프랑스어에서 긍정을 의미하는 '예'를 의미하는 표현에는 두 가지가 있다. oui와 si다. oui는 긍정 의문문에 대한 대답이고, si는 부정 의문문에 대한 대답이다. 즉 '당신은 학생이 아닌가요?'는 부정 의문문이다. 이에 대해 'si'라고 대답하면 '예! 학생입니다'라는 의미가 된다. 즉 부정의 물음에 대해 긍정하는 것이다. 이는 긍정의 힘이다.

둘, 외래어로 정착된 이유.

이제 한국어로 정착된 '씨'는 21세기 전반에 프랑스에서 유입됐다. 당시 한국 사회는 좌절과 부정적 분위기로 가득했다고 한다. 계속되는 경기 침체와 청년 실업 등으로 젊은이들은 젊은이답지 않았다. 패기와 열정이 부족했던 것이다. 그래서 인터넷 용어 중에는 'OTL' 또는 'OrL'과 같은 어휘가 유행했다. 이 어휘들은 사람이 땅에 주저앉아 무릎을 꿇고 있는 모습을 형상화한 것이다. 누리꾼들은 취업에 실패하거나 어려움이 있을 때마다 이 용어를 자주 사용했다. 100여 년이 지난 지금 이 어휘들은 촌스럽고 유치하기도 하다. 어쨌든 21세기 초반 한국 사회가 얼마나 좌절에 가득한 사회였는지 짐작해볼 수 있다. 더불어 '낭패다' '좌절이다' 등의 말도 유행했다. 이 역시 부정적인 사회 분위기를 보여준다. 당시 한국 사회는 이런 분위기를 극복하고자 외래어 '씨'를 유입했다. 이 어휘로서 긍정하는 힘을 기르고자 한 것이다. 덕분에 부정의 물음에도 당차게 '네'라고 답할 수 있었다. 예를 들자면, '올해 경기가 좋아지지 않겠죠?'라는 물음에는 '씨'라고 좋아질 거라고 답하기 시작했다. 이 어휘가 유행하게 되면서 누리꾼들도 자주 이 용어를 사용했다. 외래어 '씨'는 인터넷 용어로 대표적 유행어가 됐다.

셋, 외래어 정착의 영향

당시 한국 사회 젊은이들은 긍정적인 자세를 지니게 됐다. 긍정적인 마음은 자살률도 떨어뜨렸다. 21세기 전반 한국의 자살률은 OECD국 중 1위였다. 한국 20, 30대의 사망 원인 1위가 바로 자살이었다. 긍정하는 분위기가 확산되면서 자살률도 떨어졌다. 주변 사람들이 젊은이들에게 취업은 안 할 거냐고, 결혼은 안 할 거냐고, 부정적 물음을 던지면 젊은이들은 '네'라고 당당히 답할 수 있었다. 어떤 의문에도 긍정하는 트렌드가 자리 잡은 것이다. 앞으로 이런 분위기는 계속될 전망이다. 이와 함께 한국 사회는 외래어 유입에 관대해지게 됐다. 한국 사회는 정체성 유지를 위해 국어 순화를 중시한다. 그러나 프랑스 외래어 '씨'가 한국어로 자리 잡으며 사회에 긍정적 영향을 미치자, 발전적 외래어 수용에 열린 자세를 갖게 됐다. 정체성도 중요하지만 건강한 정신도 수용해야 한다는 의식에서다. 앞으로 사회에 좋은 영향을 미치는 외래어 수용으로 국어도 더욱 풍요로워질 전망이다.

넷, 기타

앞으로의 부가적 내용은 계속 업데이트될 예정입니다.

한 음절 단어를 포함해서 하나의 단어가 제시어로 등장하는 작문 시험에서는 앞서 말한 대로 '해당 시점에서 가장 이슈가 되거나 사람들의 입길에 많이 오르내리는 단어'가 출제될 가능성이 높다. 자유, 정의, 소통, 공정, 약속, 상식, 신뢰와 같은 추상적인 개념을 나타내는 단어가 나올 수도 있고 스마트폰, 댓글, 인터넷, 인스타그램, 수첩, 돈처럼 구체적인 사물을 나타내는 단어가 나올 수도 있다. 당시의 흐름과 트렌드를 유심히 살펴보면 어떤 제시어가 나올지 약간은 예상할 수 있다.

한 개의 단어가 아니라 여러 단어를 제시하는 경우도 있다. 보통 인물, 사물, 추상적 단어 등을 3~4개 준다. 여러 제시어 방식은 두 가지 유형으로 나눌 수 있다. 첫 번째는 3~4개 단어만 주는 경우다. 제시어가 하나가 아니라 3~4개이기 때문에 여러 개를 동시에 떠올리면서 아이디어를 만들어야 한다. 단일 제시어보다 훨씬 까다롭다. 이 유형으로 글을 쓰려면, 단어들 사이의 맥락을 생각해서 글을 구상할 필요가 있다. 단어들 사이에 비슷한 점이나 공통점이 있는지, 차이점이 있는지, 비교점 또는 대조점이 있는지, 서로의 관계는 어떻게 설정할 수 있는지 등을 다각도로 검토해서 글의 아이디어를 만들어보는 게 좋다. 두 번째 유형은 '3~4개 단어들을 각각 한 번 이상씩 포함하면 된다'는 조건이 붙은 경우다. 형식적인 조건만 갖추면 되기 때문에 사실상 자유롭게 쓰라는 뜻이므로 제시된 단어들 사이의 관계를 특별히 고려하지 않아도 된다.

특정한 문장 한 개 또는 여러 개 문장을 한 번 이상씩 반드시 포함하도록 하는 문제나 특정한 한 문장 또는 여러 개 문장을 정해진 부분에 위치하도록 하는 문제도 있다. 예를 들어 '첫 문장을 제시한 문장으로 시작하는 작문을 작성하라'거나 '제시한 문장으로 끝나는 작문을 작성하라'는 식이다.

'지하철 2호선 강남역 5번 출구를 나왔다'는 문장으로 시작하는 작문을 쓰라는 기출 문제가 있다. 이럴 경우 '강남이라는 공간의 의미를 쓰라는 건가?' 또는 '5번 출구가 특별한 의미를 띠고 있나?' 하는 식으로 접근하는 준비생들이 있을 수 있다. 그러나 여기 제시된 조건은 사실 어떤 방향성이나 맥락을 제시하는 건 아니다. 첫 문장이 두 번째 문장 이후의 글 내용을 규정하지 않는다는 얘기다. 자유로운 전개가 가능하니 어떤 주제나 맥락, 소재로 써도 된다. 준비생이 평소에 쓰고 싶었거나, 구상해두었던 글을 적절히 활용해서 쓸 수도 있다. 글쓰기 공부를 할 때 자신만의 특장점을 잘 살릴 수 있는 글을 마련해두었다가 이럴 때 써먹으면 좋다. 자신만의 특장점을 잘 살릴 수 있는 글이란, 글쓰기 공부를 하다가 찾은 좋은 소재, 또는 스토리라인 등을 가리킨다.

문제를 만드는 출제자들의 마음속에는 '준비생이 어디까지 상상력을 발휘해서 글을 전개할 수 있을까?'에 대한 궁금증이 깊이 자리 잡고 있다. 출제자가 상상도 못 했던 방식이나 내용으로 전개하는 글은 매력적일 수밖에 없다.

문장 완성형 문제도 있다. 문장 일부를 비워놓고 그것을 채우도록 하는 것이다. 문장 완성형 문제에서는 완성되는 단어를 어떻게 선택하느냐가 중요하다. 예상 가능하고 뻔한 단어가 아니라, 출제자와 평가자의 허를 찌르는 단어를 선택함으로써 생각의 깊이와 다양성을 드러내야 한다.

진화를 거듭하는 작문 제시어

작문 제시어는 해를 거듭할수록 진화하는 편이다. 예를 들어 상황이나 조건으로 제시되는 유형도 있다. 연설문(연임된 것을 가정한 상태에서 유엔 사무총장 반기문의 연임 연설문)을 쓰라고 한다거나, 두 사람 사이의 대화 내용(미국 대통령과 북한 지도자와의 대화록, 총선 때 각각 영남과 호남에서 고군분투했던 정치인들의 대화록)을 쓰라고 제시하는 경우도 있다.

좀 더 어려운 상황을 주는 경우도 있다. 아래 문제 같은 경우다. 예능·드라마 피디 선발의 경우에는 창의적 아이디어 발상 능력을 보기 위해 이런 유형의 문제를 내는 경우가 있기 때문에 여기에 대한 대비도 필요하다.

> 나는 오늘 해고를 통보받았다.
>
> 엘리베이터에서 사장을 만났다.
>
> 1분 30초 후 해고는 번복되었다.
>
> 무슨 일이 일어났을까? 상상력을 발휘해보라.

다음의 〈중앙일보〉 작문 기출 문제 역시 예문으로 조건을 제시하는 방식이라는 걸 알 수 있다.

> 장 자크 루소(1712~1778)는《에밀》《고백록》등의 저서를 남긴 철학자이자 교육 사상가, 소설가입니다. 그러나 그는 자기 아이들을 고아원에 버린 이중성으로도 유명합니다. 다음 예문을 읽고 고아원에 버려진 루소의 다섯 자녀 중 한 명의 입장이 되어 친아버지 루소를 소재로 작문하십시오. 글의 형식은 일반 수필, 편지글, 일기체 등 어떤 것도 좋습니다.
>
> ※ 예문은《지식인의 두 얼굴》(폴 존슨, 윤철희 옮김, 을유문화사, 2020)의 해당 부분에서 발췌

문제가 쉽지 않다. 시험장에서 아랫글을 쓰고 입사한 준비생의 글을 한번 읽어보자. 당혹스러운 문제를 받아서 60~90분 안에 이 정도 쓰기는 쉽지 않다. 문제가 요구하는 바를 충족하면서도 자신이 글로 전달하고 싶은 중심 맥락도 뚜렷하게 정리한 글이다. 이 글을 쓴 당사자는 "학부 때 정치학을 전공했는데 루소에 관심이 많았고 그의 책을 여러 권 읽었던 상황이라 운이 좋았다고 할 수 있다"고 입사한 뒤에 털어놓은 적이 있다.

> 1789년 7월, 눈앞에서 바스티유 감옥 문이 열렸습니다. 사람들은 들

떠 있습니다. 당연하지요. 프랑스 자유의 새 역사가 열리는 날이니까요. 이 군중 속에 나는 서 있습니다. 만세를 외치는 내 두 손은 하늘 높이 뻗어 있지만, 내 머릿속은 오롯이 외롭고 공허합니다. 사람들은 이미 이 세상에 없는 루소, 당신을 혁명의 아버지로 추앙하더군요. 당신이 다듬은 사회 계약 사상이 혁명 철학의 뿌리가 됐기 때문이겠지요. 그러나 그 위대한 '혁명의 아버지'는 또한 바로 나의 아버지였고, 또 나의 아버지가 아니었습니다.

당신이 날 버린 내 친부였음을 안 건 대학생 때였습니다. 금서였던 《인간 불평등 기원론》을 읽은 뒤 루소란 인간 자체에 호기심을 갖게 된 게 비극의 씨앗이었죠. 당신은 모르겠죠. 난 당신으로 인해 몇 년 동안 이름이 아닌 숫자로 불리는 아기여야 했고, 숱한 죽을 고비에 맞섰습니다. 어릴 적 친구들은 대부분 죽거나, 걸인이 됐죠. 나 역시 누군가에게 우연히 건네받은 소설《에밀》을 읽지 못했다면, 그들과 함께 거리의 부랑자가 됐을 겁니다. 내 삶을 바꾼 교육 소설《에밀》의 작가가 내 아버지임을 안 그 순간, 나는 이 모순된 현실 앞에 그저 허망할 뿐이었습니다. 그러곤 소설 속 에밀이 마치 당신이 날 버린 대신 택한 당신의 양자 같아서, 현실에 없는 그를 몹시 질투했었죠.

이 땅에 혁명의 기운이 감돈 뒤 당신 이름이 사람들 입에 더 자주 오르내리게 됐고, 그럴수록 난 더 힘들어졌습니다. 혹시 생전에 '부패할 수 없는 정치인' 로베스피에르를 아셨나요? 대중의 지지를 받고 있는 그가 창간한 〈헌법의 수호자〉에 얼마 전 당신에 대한 얘기가 실렸더군요. 그는 홉스, 로크 등 다른 사회 계약론자들에 비해 당신의

> 자유에의 의지가 유난히 돋보였다고 평가하더군요. 그와 같은 정치인으로 인해, 또 많은 대중으로 인해, 당신의 사상은 조금씩 이 사회를 바꾸는 힘이 돼가고 있습니다. 곧 루이 16세와 앙투아네트, 그리고 왕당파는 제거될 것 같습니다. 당신이 죽은 지 10년 남짓 되는 지금, 이렇게 당신의 철학이 서서히 현실화되고 있는 셈이죠.
>
> 나, 이제 당신을 용서하려 합니다. 내가 꿈꾸던 세상의 사상적 기반이 바로 날 버린 당신에게 비롯됐기에 여전히 혼란스러운 건 사실입니다. 그러나 더 나은 세상에 당신의 철학이 든든한 밑거름이 됐다면, 날 버린 건 어찌 보면 작은 과오에 불과하겠죠. 지금 파리에서는 의회 대신 '코뮌'이라는 새로운 형태의 정치 구조가 시도되고 있습니다. 이러한 시도들이 성공을 거두고, 아직 끝나지 않은 이 혁명이 결국 시민들의 승리로 귀결된다면, 나는 그제야 당신을 완전히 용서하겠습니다. 그리고 그때 내 아버지로서가 아닌 '혁명 사상의 아버지'로서, 당신을 오롯이 존경하겠습니다. 바스티유의 저녁노을이 유난히 붉네요. 아마 당신과 프랑스 시민들의 자유를 향한 뜨거움이 하늘까지 전해졌나 봅니다.

진화한 작문 문제 유형에는 사진, 그림, 동영상 등 시각물을 제시하고 연상되는 것을 쓰라는 방식도 있다. 시각물을 보고 쓸 경우도 아이디어를 연상하고 글을 구성하는 원리는 텍스트 제시어를 쓸 때와 같다고 생각하면 좋다. 까다로운 축에 들어가는 또 다른 사례로 랩 가사 형식으로 쓰라는 경우도 있었다. 랩 가사가 요구하는 형식적 조건들을 어느 정도 충족해야 하기에 필요한 준비 없이 쓰기 어려운 유형이다.

시사적 범주를 폭넓게 해석해야 한다

작문을 쓸 때 현재 진행되는 이슈나 사건을 주제나 소재로 다뤄야 한다고 생각하는 경우가 많다. 특히 기자 지망생이 그런 강박을 가질 가능성이 높다. 작문을 쓸 때 시사적 감수성이 요구되는 것은 맞지만, 여기서 말하는 '시사'를 너무 좁게 해석해서는 곤란하다. 시사를 '최근에 일어나고 있는 이슈, 또는 그 이슈와 관련한 구체적 쟁점과 논점' 정도로 해석한다면 너무 좁게 보는 것이다. 이렇게 해석하면 무리수가 생긴다. 제시어가 무엇이든 무조건 최근 이슈와 연결 지으려고 하다 보면 글이 어색하게 전개될 가능성이 높다. 사자성어로 '견강부회(牽强附會, far-fetched, 억지로 꿰어 맞추기)'하게 된다. '폭넓은 시사'로 해석하는 게 좋다. 이때의 시사는 인간 사회와 세상에 대한 관심과 통찰 전체를 포괄한다. 이렇게 폭넓게 해석해야 억지스러운 연결이 덜 일어난다.

그렇다면 넓은 의미의 시사적 범주에서도 벗어난 내용은 어떤 것일까? 남과 공유할 수 있는 부분이 지나치게 적은 글은 시사적 범주에서 벗어났다고 할 수 있다. 읽는 사람이 글쓴이의 의도나 맥락을 전혀 파악하기 힘든 글이 이런 범주에 속한다. 자기만의 상상에 빠져 다른 사람이 공감할 부분이 없다거나, 글쓴이의 의식 또는 무의식의 흐름을 자기만의 표현법으로 표출한다거나 하는 글은 남과 공유할 수 있는 내용이 거의 없거나 너무 적기 때문에 넓은 의미의 시사적인 범주에도 해당하지 않는다. 요컨대 공감하고 공유할 수 있는 부분이 많은 글이면 어떤 내용이나 형식이라도 큰 문제가 없다.

3

작문의 평가 기준, 뇌를 깨우는 세 가지 힘

언론사가 작문 시험을 보는 이유는 생각의 깊이와 다양성을 보기 위해서다. 준비생은 그걸 보여주면 된다. 생각을 얼마나 깊이 있게 할 수 있는가, 얼마나 다양하고 폭넓게 할 수 있는가, 얼마나 유연하게 할 수 있는가, 얼마나 뻗어나가게 할 수 있는가? 등이 중요한 평가 기준이다.

이런 기준들을 작문 평가에 적용할 때 언론사가 가장 중요하게 보는 건 '글쓴이가 제시어의 소화 능력과 해석 과정에서 보인 생각의 깊이와 다양성, 창의성과 개성'이다. '인간과 사회, 사물에 대한 깊이 있는 이해와 성찰이 있는가'가 관건이다. 글의 내용이 전반적으로 참신하고 신선한가도 중요한 요소다. 결국 작문을 쓸 때 우선적으로 피해야 할 터부는 '상투성'이다. '상투 어구(cliché)'는 금물이다. 식상하고 원론적이고 당위적인 접근으로는 차별성을 보이기 힘들다.

좋은 작문이란 무엇일까

어떤 작문이 좋은 작문일까? 한마디로 하면 뇌를 깨우는 글이 좋은 작문이다. 뇌를 깨우는 요소 또는 도구는 다음의 세 가지다.

첫 번째는 남다른 통찰력(洞察力)이다. 통찰력은 사물의 본질을 꿰뚫는 힘이다. 통찰력은 생각의 깊이를 보여준다. 읽는 사람이 미처 생각하지 못한 부분을 생각하게 해준다. 보지 못하고 깨닫지 못했던 부분을 일러준다. 평면적으로, 일면적으로, 표면적으로 봤던 것을 입체적으로, 다면적으로, 심층적으로 보게 해준다. 통찰력이 있는 글을 읽게 되면 읽는 사람은 고개를 끄덕이거나 무릎을 치게 된다. 지식과 정보를 평면적으로, 백과사전식으로 전달해서는 곤란하다. 새로운 시각·관점·접근법·사고법을 담고 있어야 통찰력 있는 글이 된다.

두 번째는 공감과 감동력(感動力)이다. 공감은 사물 사이의 보편성을 알아내고, 그것을 자기 식대로 정리해서 효과적으로 전달할 때 생긴다. 공감이 강해지면 감동을 느끼게 된다. 감동을 주는 작문은 읽는 사람에게 눈에 띄는 육체적 반응을 가져온다. 미소 짓게 되거나, 가슴이 찌릿하거나, 먹먹하거나 벅차오른다. 콧등이 시큰해지고, 눈물이 핑 돌기까지 한다. 마음의 정화 작용, 즉 '카타르시스'로 향하는 감정의 정도에 따라 공감과 감동력의 수준은 달라진다.

세 번째는 재미·호기심·긴장감을 통한 높은 주목력(注目力)이다. 집중하고 몰입하게 만들수록 주목력은 높아진다. 지나치게 평범하고 예상 가능하면 주목력은 낮아진다. 글이 지루하면 읽다 말고 다른 생각을 하게 된다. 몰입감 높은 글이란, 한 문장을 읽으면 그다음 문장이 궁금해지고, 한 문단을 마치면 그다음 문단을 읽지 않고서는 견딜 수 없는 글이다. 글에서 눈을 뗄 수 없게 하는 글이다. 그 반대는 당장 눈을 떼고 싶은 글이다.

통찰력·감동력·주목력 세 가지 요소 가운데 두 가지 이상의 요소를 추구하되, 하나를 주요한 목표로 하고 다른 하나를 부차적 목표로 해서 글을 써야 한다. 세 가지 요소를 어떻게 배합할 것인지에 대한 정답은 없다. 글을 쓰는 사람마다 배합은 달라진다. 세 가지 요소를 모두 높은 수준으로 추구하는 건 비현실적이기 때문에 현실적인 목표를 세워서 연습하는 게 좋다. 자신이 어떤 유형의 작문을 쓰는 게 유리한지를 고려해서 작문 쓰는 스타일을 계발하면 된다. 어떻게 하면 이 세 가지 요소를 글에 담을 수 있을까? 하나씩 살펴보도록 하자.

하나, 통찰력(洞察力)

통찰력은 본질을 꿰뚫어 보는 힘이다. 언제 통찰력이 드러나는가? 본질을 꿰뚫어 볼 때다. 본질 파악이 어려운 건 우리 눈에 보이는 게 본질이 아니라 현상이기 때문이다. 본질은 현상을 통해 자기 모습을 드러내는데 온전하게 드러내기도 하지만, 때에 따라 뒤틀어서 드러내기도 한다. 온전하게 드러낼 때는 문제가 없지만, 뒤틀어서 드러낼 때 문제가 생긴다. 현상만 보고 본질을 잘못 판단할 수 있기 때문이다. 이럴 때 필요한 것이 통찰력이다. 현상이 본질을 왜곡할 때 본질을 제대로 짚어 주는 역할을 언론이 해야 한다. 그런 점에서 언론인의 통찰력은 사회를 구하는 힘이 되기도 한다. 통찰력을 높이려면 구체적인 방법론이 필요하다. 대표적으로 다음과 같은 것들이 있다.

개별의 사실 속에서 보편의 진실을 발견한다

2001년 아이가 태어나고 6개월이 지났을 무렵 나는 회사를 쉬면서 육아 휴직을 했다. 아내는 직장에 나가고 내가 24시간 오롯이 아이를 책임지는 생활이었다. 그때 "개체의 발생은 계통 발생을 반복한다"는 진실을 눈으로 확인했다. 개별 인간의 삶의 과정에서 종(種)으로서 호모사피엔스의 역사가 반복해 나타난다는 진실 말이다. 인류 진화의 역사가 한 개인의 인생 과정에서 보인다는 말이 정말일까? 신생아는 보통 태어난 지 1년 정도 지나면 스스로 걷게 된다. 그 1년 동안의 기간은 인간이 네 발로 기어 다니다가 직립 보행을 하게 되는 수백만 년의 기간을 압축적으로 감상할 수 있는 시간이다. 아이가 누워 있다가 기어 다니다가 끝내 일어서는 모습을 보면서 "와, 우리 아이 장하다"만을 외치지 않고, 한 인간의 몸속에 인류 진화의 역사가 숨 쉬고 있다는 걸 발견하는 일을 우리는 '통찰'이라고 부른다.

통찰은 개별 속에서 보편을 찾을 때 나타난다. 인류 공통의 특징을 보편성이라고 할 때 개개인의 특성은 개별성이다. 그 개별 인간들의 유전자 각각에는 인류의 공통적 특질이 아로새겨져 있다. 보편성과 개별성이 만나면 그걸 특수성이라고 부른다. 특수하게 다른 한 명 한 명의 인간들 속에 인간의 공통적 특질이 보편성이라는 이름으로 자리 잡은 셈이다.

작문을 쓸 때 개인의 경험 속에 나타난 인간의 보편적 특징을 잘 잡아내면 통찰력 높은 글을 쓸 수 있다. 이때 무조건 솔직하게 자기 경험을 토해놓는다고 해서 좋은 글이 되는 건 아니다. 대신 글을 읽는 사람들과 공유할 요소를 최대한 늘려야 고백적인 글이나 경험을 쓰는 작문이 좋은 평가를 받을 수 있다. 공유할 요소를 늘리려면 개별적 존재 속에 녹아 있는 보편성을 찾아서 또 다른 개별자인 타인에게 전달해야 한다. "나도 그렇게 생각한 적이 있는데 그걸 이 사람은 이렇게 글로 쓰는구나" 하는 반응이 나와야 한다. 보편성을 획득하는 순간이다. 나의 경험이 인류의 경험과 다르지 않고, 결국 나의 경험이 너에게 주는 유의미성은 결코 가벼운 게 아니라는 메시지가 읽는 이에게 전해져야 한다. 그런 감수성 높은 통찰이 글에 녹아날 때 글쓴이의 자기 고백은 울림과 공명을 얻는다. 넋두리에 그친 고백이 아니라 그 고백이 의미하는 보편성을 스스로가 깨달아나가는 연습이 필요한데 이것 역시 독서와 사유로 가능하다.

사물 간 내적 연관 관계를 발견한다

모든 사물은 내적으로 연관돼 있다. 우리가 그 내적 관계를 제대로 파악하지 못할 뿐이다. '나비 효과'와 같은 개념이 생겨난 이유 역시 사물의 내적 연관 관계가 우주와 인간 사회를 파악하는 데 핵심이기 때문이다. 연결되지 않을 것 같은 사물의 연관성을 파악해야 할 때 필요한 것이 통찰력이다.

나는 세계 최초 국립 공원을 들렀을 때 국립 공원이 민주주의의 발달과도 관련 있다는 사실을 깨달았다. 국립 공원의 핵심 정신은 '보존할 만한 자연 유산을 지정하는 이유'에 있다. 왕족이나 부자만이 아니라 보통의 평범한 시민이면 누구나 가볼 수 있도록 하자는 게 바로 국립 공원을 지정한 이유라고 한다. 이는 민주주의의 핵심 정신과 맞닿아 있다.

그렇다면 나와 길가의 돌멩이와도 관계가 있을까? 화학을 배운 사람에게는 그 관계가 보인다. 돌멩이를 이루는 원소와 내 몸을 이루는 원소가 같다. 우주의 구성 물질과 내 몸속의 구성 물질이 같다. 우리 모두는 그곳에서 와서 그곳으로 돌아간다는 얘기는, 종교에서만 통하는 명제가 아니라 과학으로도 입증된 것이다.

전혀 연결되지 않을 것 같은 사실과 사실, 가치와 가치, 사물과 사물을 연결하는 능력을 글에 담으면 비교 우위의 통찰력을 보여줄 수 있다. 그렇게 하려면 경계를 넘나드는 독서와 이를 바탕으로 한 글쓰기 연습이 필수다. 진화 생물학과 인문학을 넘나들며 글을 쓰는 이화여대 교수 최재천을 인터뷰한 적이 있었는데, 그의 서재가 아직도 기억에 남는다(인터뷰 당시 그는 서울대 교수였다). 책이 족히 수천 권은 돼 보였다. 동네 비디오 가게에서나 볼 법한, 바닥에 바퀴를 단 이중 책장도 있었다. 생물학과 교수였던 그가 《법과 문학 사이》《담배와 문명》《다시 찾은 우리 역사》《로자 룩셈부르크 평전》 등을 읽고 있었고, 그의 통섭적 글은 이런 독서에서 비롯했다는 걸 알 수 있었다. 그는 초등학교 때 시인이 되는 걸 꿈꿨다. 친구 따라 강남 가듯 백일장에 나가 글쓰기를 자주 했다. 초등학교 때 그의 재산 목록 1호, 2호는 백과사전과 세계 동화 전집이었다. "백과사전은 빈둥거리다 만난 보물"이었고, "세계 동화 전집이 새로운 세계를 열어줬다"고 인터뷰에서 그는 고백했다.

중고등학교 시절 그는 노벨 문학상 수상작을 매년 사 모았다. 그렇게 하던 중 만나게 된 솔제니친의 수필 〈모닥불과 개미〉는 강렬한 인상을 남겼고, 훗날 미국 유학 생활을 하던 그는 사회 생물학을 접한 순간 그 수필을 기억해냈다. 솔제니친은 개미의 이타주의를 철학으로 설명했는데 그는 같은 현상을 과학으로도 설명할 수 있게 됐다. 개미를 철학과 과학 두 가지 틀(프레임)로 동시에 설명할 수 있다는 걸 깨달았다. 여러 분야를 통합적으로 사고하는 그의 이런 장점은, 그가 추구한 학문의 방향이 됐다.

그는 한국에 '통섭' 이론을 소개했다. 통섭(通涉)Consilience이란, 인간의 지식이 본질적으로 통일성을 지니고 있다는 시각을 바탕으로 해서 자연 과학과 인문 사회 과학의 연구자들이 서로 협력해야 한다는 점을 강조하는 개념이다. 그는 한국에서 진화 생물학의 관점과 인문학적 식견을 통합해 사회를 바라보는 책들을 냈고, 발간될 때마다 호응을 얻었다. 연결되지 않을 것 같은 분야들을 아우르는 과정에서 생겨난 통찰력이 그의 핵심 브랜드가 된 셈이다. 통섭적 사고는 통섭적 독서에서 올 수 있는데 이를 통해 작문 능력을 크게 높일 수 있다.

유심히, 예사롭지 않게 사물을 관찰한다

"한 장의 영수증에는 한 인간의 소우주가 담겨 있다"고 말하는 소설가가 있다. 소설가 백영옥은 단편 소설 〈아주 보통의 연애〉[14]에서 영수증을 탐구했다. "취향이라는 이름의 정제된 일상"이 거기에 있는데, 그것은 "육하원칙에 의한 선명한 일상"이다. 연말 정산은 "집단적인 자기반성"이며 "6만 5000원씩 꼬박꼬박 빠져나가는 6개월 할부의 잔해를 보면서 연애를 한탄한다"고 말한다. 소설가에게 영수증은 "기이한 미니멀리즘"이다. 누구나 하루에 몇 개씩 받아드는 영수증이지만, 유심히 깊이 있게 보지 않으면 나오지 않을 표현들이다.

〈조선일보〉 영화 담당 기자 출신의 작가 이동진은 12편의 영화를 찍은 12개국의 촬영지를 직접 다녀온 기행문 《길에서 어렴풋이 꿈을 꾸다》[15]에서 호주에서 밤하늘 별을 관찰한 이야기를 꺼낸다. 열일곱 살

14 백영옥, 《아주 보통의 연애》, 문학동네, 2011.

15 이동진, 예담, 2020.

연인들의 사랑을 다룬 영화 〈세상의 중심에서 사랑을 외치다〉의 배경인 호주 울룰루에서 그는 "청각으로도 빛을 경험할 수 있다는 걸 깨달았"고, 별들이 일제히 소리를 내는 광경을 바라보면서 "별이 별을 부추기고 별이 별을 흔들어 깨우는 압도적인 풍경을 올려다보고" 있는 자신 스스로가 "별의 잔해"처럼 느껴졌다고 털어놓는다. 그러면서 그는 열일곱 연인이 느꼈을 '불능감으로 가득한 사랑'의 처연한 아름다움에 대해 생각한다.

사실의 홍수 속에서 의미 있는 진실을 발견한다

언론인은 사실을 추구해야 하는가, 아니면 진실을 추구해야 하는가? 언론인이 되려는 사람, 현재 언론인인 사람 모두가 겸손하게 고민해야 하는 주제 가운데 하나가 바로 이것이다. 사실은 진실의 필요조건은 되지만, 충분조건은 아닌 것을 인정한다면 언론인이 궁극적으로 추구해야 할 것은 진실이어야 할 테다. 그런데 충분한 사실에 근거하지 않은 진실은 한낱 과장된 주장이나 터무니없는 억지로 전락할 수 있다는 점도 분명히 해야 한다. '더 많은, 또는 충분하고 만족할 만한 수준과 규모의 사실을 추구하는 과정에서 진실이 자연스럽게 드러난다'고 해야 현실적이고 실무적으로 타당한 대답일 것이다.

어쨌든 사실이 쏟아지는 상황에서 그것들을 조합하고 재구성해 진실을 발견하려면 역시 통찰력의 도움을 받아야 한다. 사실 하나하나를 챙기는 것도 중요하지만, 그 사실을 둘러싼 구조와 배경, 역사를 제대로 알아야 진실을 발견할 수 있다. 그래야 언론인은 상투적인 사실을 상투적이지 않은 뉴스로 만들어내는 능력을 갖추게 된다.

작문에서 비교 우위의 통찰력을 보여주려면 위에 제시한 구체적인 방법론을 활용할 줄 알아야 한다. 통찰은 결심으로 생기는 건 아니다. 일상적인 관찰이 습관처럼 몸에 배야 한다. 새로운 현상이 생길 때마다 그 현상의 원인, 구조, 배경 등을 이해하려고 애써야 한다. 좀 더 깊이 있게 알려고 자료를 조사하는 열의를 보여야 한다. 사물의 핵심과 궁극을 알려는 탐구 정신도 필수다. 이렇게 얻은 통찰의 원재료를 모으면 작문 글감이 자연스럽게 쌓이게 된다. 아래 남다른 통찰력이 돋보이는 작문 사례를 보자. 제시어는 '빈곤 포르노'이다.

> 가리는 음식 없는 내가 딱 하나 안 먹는 게 있다. 생김이다. 생김과 악연을 맺은 건 1998년, 부부 싸움에 지친 엄마가 집을 나간 날이었다. 엄마는 돌아오지 않아도 밥때는 여지없이 돌아오는지라, 아버지는 식은 밥으로 상을 차렸다. 어린 눈엔 그것이 마음에 차지 않았다. 엄마 없는 저녁상이 낯설기도 했을 터다. 밥그릇을 밀치며 칭얼대는데 대뜸 손바닥이 날아들었다. 얼굴을 부여잡고 있는 새 묵직한 게 목구멍을 치고 들어왔다. 생김에 만 식은 밥이었다. 창졸간에 숨구멍을 막은 비린 냄새가 힘겨웠다. 숨을 들이쉴수록 물기 없는 김이 목구멍에 들러붙었다. 발버둥을 쳐도 아버지는 놓아주지 않았다. 빈속을 꺽꺽대며 게워냈다. 아직도 생김만 보면 "극혐"이라고 뇌까린

다. 편식하냐는 핀잔을 들어도 어쩔 수 없다. 트라우마니까.

내 숨구멍을 막던 아버지는 밖에선 조용한 신학자였다. 이젠 볼멘소리 한마디에 토라지는 중노인이 됐다. 언성 높일 일은 가물에 콩 나듯 한다. 그래서 의문이다. 그때, 부모님은 왜 날마다 싸웠을까? 신학자는 왜 집에만 오면 자식을 잡도리하는 아비로 돌변했을까? 곱씹어 볼수록 초점은 인물이 아닌 배경에 맞춰진다. 서울 북가좌동에 있는 빌라 반지하 방. 엄마는 갑상선 약을 먹었다. 아버지는 말만 신학자이지, 공사판을 전전해 밥을 벌었다. 주머니에서 버스 토큰을 꺼내 헤아리는 일이 잦았고, 그마저도 없으면 종로까지 걸어 다녔다. 반지하가, 반지하를 둘러싼 상황이 우리 가족을 옥죘다. 20년이 흘렀고 집도 지상으로 올라왔지만, 가끔 우글거리는 장판 위에 쏟아낸 토사물 냄새가 떠오른다. 북가좌동 반지하 방은 문질러도 사라지지 않는 베개 자국처럼 내 정서 한편에 남아 있다.

영화 한 편이 성공하니까 반지하를 얘기할 일이 잦아졌다. 외신은 반지하가 어떤 공간인지 궁금해하고, 그걸 들은 누군가는 반지하를 관광지로 만들자고 말한다. 시비하기도 민망한 발상이다. 그런데 비판하는 사람들도 당혹스러운 말을 한다. 빈곤 포르노라는 말이 그렇다. 가난을 상품화하지 말라는 말은 백번 옳지만, 거기에 힘을 주겠다고 포르노라는 단어를 갖다 붙이면, 반지하 주민은 뭐가 되나 싶다. 포르노 배우인가? 포르노 촬영장에서 나고 자란 나 같은 사람은 또 뭘까? 빈곤 포르노는 제 불만을 자극적으로 표시할 생각에 취해, 타인에게 갖춰야 할 최소한의 예의마저 잊은 말이다. 때리는 시어미

보다 말리는 시누이가 더 미운 법이다.

우리 사회가 고통을 다루는 방법이 대개 이러했다. 타인의 고통은 피로한 삶에 상대적 안온함을 느끼게 하는 볼거리 아니면, 부풀려져 또 다른 누군가를 문책하는 회초리로 쓰였다. 총선에 출마한 이낙연은 기자들과 영화 배경인 자하문 터널을 찾아 사진을 찍었다. 그 사진에 무슨 의미가 있는지 도대체 모르겠다. 황교안과 그의 지지자들은 영화 속 사문서 위조 사건과 전임 장관 자녀 부정 입학을 엮어 댓글 창을 도배한다. 고통받는 사람은 보이지 않고, 고통을 이용하려는 사람만 즐비하다. 타인의 고통을 헤아릴 통각이 마비된 듯한 사람들, 그들이 벌이는 이른바 '종로 대전'이 정작 영화가 주목한 사람들에겐 무슨 소용이 있을까 하는 생각도 든다.

'고통을 말하기'와 '고통을 이해하기'는 차원이 다른 문제다. 스물두 살 서울대생이 학교를 뛰쳐나왔다. 재봉틀에 손가락을 뜯기며 미싱을 배웠다. 구로공단에 일자리를 얻은 날, 그는 이렇게 썼다. "전태일 동지, 저도 이제 미싱사가 됐어요!" 청년 심상정은 고통받는 이들과 함께 고통받을 수 있어 기뻤다. 남의 아픔을 몰라도 잘만 말하는 사람이 있고, 남의 아픔을 모른다는 사실이 부끄러워 그 속으로 뛰어드는 사람이 있다. 전자는 쉬워서 흔하고, 후자는 어려워서 귀하다. "빛나는 말이 모자라서 세상이 이 지경인 것은 아니다. 말은 늘 넘치고 넘친다." 소설가 김훈은 후진국형 산업 재해가 끊이지 않는 현실을 두고 이렇게 썼다. 산업 재해를 반지하로 바꿔도 무리는 없을 터다. 영화 한 편이 반지하를 비춘 지 10개월. 반지하 앞엔 말이

> 산더미처럼 쌓여 있다. 이젠 입 대신 귀를 쓸 때 아닐까? 빈곤이니 공정이니 하는 고담준론 뒤로 제쳐놓은 진짜 반지하의 얘기를 듣기 위해서.

어릴 때 겪었던 자신의 체험으로 시작해서 문화·사회·정치 영역까지 확장하고 있는 이른바 '빈곤 포르노 현상'을 통해서 우리 사회가 타인의 고통을 어떻게 다루고 있는지를 성찰하도록 하는 작문이다. 전형적으로 통찰의 차별성이 뛰어난 작문이다. 읽는 사람으로 하여금 글을 읽기 전에는 하지 못했던 생각을 하도록 하는 요소가 강하다.

통찰력을 키우는 지름길은 생각할 요소를 많이 담고 있는 책을 체계적이고 꾸준히 읽는 것이다. 예를 들어 《페미니즘의 도전》《낯선 시선》《정희진처럼 읽기》 등을 쓴 학자 정희진의 글을 읽어보라. 새로운 시각·관점·사고법·접근법을 갖는다는 것의 의미를 제대로 느낄 수 있다. 통찰에 필요한 사고는 일상적 사고와는 거리가 있다. 일상적 사고는 피상적이고, 불연속적이고, 임시적이다. '오늘 점심때 짜장면 먹을까. 짬뽕 먹을까?' 하는 것도 생각이기는 하지만, 이런 생각을 많이 한다고 통찰이 길러지지는 않는다. 적어도 30분 이상 지속되면서, 주제와 맥락을 갖춘, 깊이 있고 체계적인 '생각 연습'이 통찰을 가져다주는데, 이런 생각은 보통 독서할 때 이뤄진다. 요컨대 '독서의 양과 질'이 차별성 있는 통찰력을 갖춘 작문을 쓸 수 있느냐를 결정한다.

마음을 움직이는 글을 쓰고 싶은 건 글쓰기 달인을 꿈꾸는 모든 이들의 공통된 욕망이다. 감동적인 글은 읽는 사람의 마음에 파문을 일으킨다. 정서를 움직이고, 감정을 흔들어놓는다.

마음이라고 하면 우리는 보통 직관적으로 심장을 떠올리지만, 사실 엄밀히 말해 감동은 뇌의 반응이다. 감동의 콘텐츠를 받아들이는 순간 뇌세포가 활성화하고, 뇌에서 분비되는 호르몬의 양이 변화하는 것이다. 결국 읽는 사람에게 감동을 주려면 사람의 뇌가 어떤 조건에서 그런 반응을 보이는지를 파악해야 한다.

특히 감동적인 작문을 쓰려면 감동의 보편적 코드를 이해해야 한다. 사람들은 언제 어떤 정보를 받아들였을 때 감동하는지 알아야 한다. 즉 10명이 읽었을 때 8~9명 정도는 같은 정서와 감정을 느낄 수 있어야 한다는 뜻이다. 드라마나 영화를 볼 때 가슴이 먹먹하거나, 코끝이 찡하거나, 눈물이 핑 도는 장면은 사람마다 다르지 않다. 같은 장면, 같은 순간에 느낀다. 보편성을 띠고 있다는 말이다. 그 보편적 코드를 잘 이해하고 분석해야 감동적인 작문을 쓸 수 있다.

드라마나 영화의 감동적인 장면을 반복해서 본다고 감동적인 글을 쓸 수 있는 건 아니다. 영상이 주는 감동과 문자가 주는 감동의 메커니즘이 다르기 때문이다. 영상은 문자에 견줘 감동을 줄 수 있는 자원이 풍부한 편이다. 섬세한 오디오와 화려한 동영상을 무기로 보는 사람의 뇌를 압도하는 게 영상 콘텐츠다. 너무 압도적이어서 오히려 상상력의 여지가 줄어들기도 한다. 영상 자체가 정답처럼 수용되기 때문에 다른 생각을 할 여유가 없다. 이에 비해 문자, 즉 텍스트로 감동을 주는 건 그래서 상대적으로 더 어려운 작업에 속한다. 그렇다고 문자가 주는 감동이 영상이 주는 감동보다 보잘것없다는 얘기는 아니다. 상상력의 여지가 살아 있기 때문에 어떤 경우에는 문자가 주는 감동이 더 인상적이어서 오래 지속되기도 한다.

아래 보편적 코드를 잘 반영한 감동적인 작문 한 편을 읽어보자. 이 작문을 쓴 준비생은 이 글은 쓴 지 얼마 지나지 않아 드라마 피디가 됐다. 제시어는 '꽃보다~'이다.

> 그날 윤희는 잠을 잘 잤다. 알람은 들리지 않았으며, 가족 중 그 누구도 윤희를 깨우지 않았다. 눈이 떠진 이유는 순전히 허기짐 때문이었다. 공복 상태로 하루를 채울 지경이었다. 벌써 하루의 반이 날아간, 오후 2시 38분. 윤희는 애꿎은 핸드폰 모닝콜 탓을 하기 위해 화면을 켰다. 학과 단톡방이 난리였다. 학기 중에나 바쁘게 울려댈 것이었다. 이런 경우는 크게 두 가지다. 첫 번째, 누군가 어그로를 끈다. 두 번째, 학교에 무슨 일이 생겼다. 시끄러운 알람 속에서도 윤희는 잠을 아주 잘 잤다. 어제 먹은 순두부찌개의 든든함 때문이었을까, 아니면 두 시간의 한강 러닝 때문이었을까? 아니면 받고 싶지 않았던 연락을 피하기 위함이었을까? [이지연 본인상] 꽃보다 아름다운 사람이었다. 윤희는 핸드폰 전원을 꺼버렸다.
>
> 윤희는 시를 싫어했다. 도통 무슨 말을 하는 건지 알 수 없었다. 왜

한 점 부끄럼이 없어야 하며, 별을 노래해야 하는지. 윤희는 학자금 대출 앞에 부끄럼이 있었으며 언제나 장학금을 노래해야 했다. 지난 학기, 소위 꿀 빠는 강의라고 소문난 '시의 미학'을 들었던 건 잘못된 선택이었다. '매주 시를 지어 오라고?' 지은 시를 발표하고, 감상을 얘기하고, 살아 있지도 않은 화자의 마음을 분석한다는 내용은 강의 커리큘럼에 분명 없었다. 꿀 빤다는 소문에 속아 강의를 선택한 많은 학우가 강의실을 나오며 수강 취소할 거라며 재잘재잘 떠드는 모습을 보고, 윤희 역시 그러겠다고 다짐했다. 윤희는 단단히 운이 없었다. 단 한 강의도 새로 건지지 못했으니. 시의 미학. 폐강이 안 된 게 신기했다. 수강생이 고작 두 명이었다. 대학에서 과외받는 기분을 누가 알까? 듣기 싫어 죽상인 표정을 한 윤희 뒤로 지연이 들어왔다. 모든 시인은 수능을 위한 시인이었다. 시의 주제, 공감각적 심상, 시적 허용, 고백적 어조 등 척하면 착이었다. 삼수 끝에 대학에 들어온 윤희는 시를 풀이하는 데 자신 있었다. 시를 싫어하지만, 학점을 지키려면 뭐라도 아는 척하고, 적극적으로 수업에 임해야 했다. 지연은 입학하자마자 돌연 휴학을 했으며, 그 누구도 아는 사람이 없는 걸로 과에서 유명했다. 윤희는 지연과 같은 전공에 동갑이라는 걸 단톡방을 보고서야 알았다. 지연을 보고 오래 만나지 못했던 친구를 만난 듯 반가웠다. 지연은 시를 잘 썼다. 시를 싫어하는 윤희마저 지연의 시를 듣고 있노라면, 화자의 마음이 그려졌다. 뛰노는 아이, 미소 짓는 청년, 환희에 가득 찬 소녀. 꽃보다 아름다운, 살아가는 모든 것들. 윤희는 지연의 이야기를 듣기 위해 학교에 갔다.

"나는 죽어가는 것들이 좋아." 지연은 상실의 길에 놓여 있는 자신의 처지를 비관하거나 피하지 않았다. 오토바이 사고로 애인이 죽었을 때도, 키우던 강아지가 무지개다리를 건넜을 때도, 애인에게 선물 받은 마지막 꽃이 말라비틀어졌을 때도 지연은 웃으며 인사했다. 그러고 나선 시를 썼다. 일기를 쓰는 건 슬픔을 배설하는 것 같다며, 고상하게 시를 쓰며 마음을 정리하고 싶다고 늘 얘기했다. 윤희는 지연의 시를 읽었다. 죽음과 눈물이 얼룩진 시였다. 메마른 꽃처럼 지연은 말라가고 있었다. 줄기와 잎사귀가 타들어 가듯, 그 속은 죽어가고 있었으며, 생명의 찬란한 빛은 사그라든 모습이었다. 온몸으로 슬픔과 맞서 싸우면서도 '모든 죽어가는 것을 사랑해야지. 그래야 미련이 없어'라고 말하는 지연이었다. "거울 좀 봐. 네가 뭐 대단한 시인이라도 되는 줄 알아?" 윤희는 지연의 시를 이해할 수 없었다.

지연의 생일이었다. 윤희는 연락을 할지 말지 무척이나 고민했다. 이내 도망치듯 나온 지연과의 관계를 생각하곤 문자를 보내지 않으면 꼭 후회가 남을 것 같아 짧게 인사를 했다. 생일 축하해, 지연아. "왜 눈물이 나려고 하지? 고마워." 마지막 연락이었다. 지연은 자신의 생일과 가까운 날, 홀연히 떠났다. 죽어가는 모든 것은 결국 살아가는 모든 것이었다. 지연은 살아가는 것들을 온전히 사랑했으며, 그들이 죽어가는 모습을 외면하지 않고 안아주었다. 그의 시가 들려준 모든 이야기가 그러했다. 언젠가 '시의 미학' 강의에 선생님이 한 말이 불현듯 스쳐 지나갔다. "시인은 감정의 맨 끝 낭떠러지에서 싸우는 사람들이에요." 윤희는 지연의 마지막 작품 '흙'을 읽었다. '흙

> 이 되고 싶어. 죽어가는 모든 것을 배웅할 수 있는 흙이. 피어나는 꽃보다, 메마른 꽃을 더 사랑하는 흙이 되고 싶어.' 완성되지 못한 세 문장의 시는 윤희에게 마지막 안녕을 고하듯 천천히 스러져갔다.

감동적인 작문을 쓰려면 독자(수용자)는 내가 아니라는 점을 쓰는 이가 명심해야 한다. '감정 또는 감수성의 자기 객관화'가 필요하다는 뜻이다. 글 쓰는 이가 자기감정에 취해서 허덕이면 읽는 사람은 어색한 감정을 느끼고 거리 두기를 하게 된다. 자신이 느끼는 감수성을 읽는 사람이 그대로 느끼게, 감정 이입할 수 있도록 하는 요소가 무엇인지를 탐구해야 한다. 개별성에 녹아 있는 보편성을 잘 끄집어내고 수용자의 입맛에 맞게 가공하는 능력을 길러야 한다.

준비생 중에는 감동적인 작문을 쓰기 위해 자신이 가장 슬펐던 순간을 회상해내고 이를 소재로 쓰는 경우가 많다. 예를 들어 외할머니가 돌아가셨을 때를 회고하는 식이다. 그런데 읽는 사람들의 반응이 시원찮으면 "우리 할머니가 돌아가신 얘기인데 사람들은 왜 슬퍼하지 않는 거지?" 하며 의아해한다. 이심전심(以心傳心), 불립문자(不立文字)를 믿는 태도인데, 현실에서 이심전심, 불립문자의 상황은 잘 일어나지 않는다. 30년을 산 부부 사이라도 정확하고 적절하게 표현하지 않으면 상대의 마음을 제대로 알 수 없다. 감수성을 전달하는 언어 표현은 언제나 정확하고, 적절해야 한다. 과하면 부담스럽고, 약하면 밋밋하다. 적정선을 유지할 줄 아는 감각이 그래서 중요하다.

외할머니 사례처럼 눈길이 가는 소재를 적절히 활용하는 방법을 쓸 수는 있지만, 소재주의로만 접근하면 선정주의(sensationalism)로 흐르기 쉽다. 사람이나 반려동물이 죽는 이야기처럼 극단성이 높은, 자극적인 소재일수록 쓰기 어렵다는 점도 기억해야 한다. 극단성이 높은 만큼 거기에 걸맞은 효과가 나지 않을 때는 어색함이 배가하기 때문이다.

감동을 주는 작문을 쓰려면 감동적인 콘텐츠를 입력하면서 감동의 구성 요소와 특징을 분석하는 연습을 해보는 게 좋다. 영상으로 된 콘텐츠는 제외하고, 문자로 된 콘텐츠를 중심으로 말이다. 소설, 시, 에세이 등 문자로 된 콘텐츠 중에서 감동의 수준이 높다고 입증된 것들을 골라서 꾸준히 읽어보고 분석·정리하는 연습이 필수다.

셋, 주목력(注目力)

똑같은 얘기를 해도 정말 재밌게 해서 주변 사람들의 관심을 한 몸에 받는 사람이 있고, 원래는 재밌는 얘기인데도 따분하게 전해 하품 나게 하는 사람도 있다. 글도 마찬가지다. 다음 문장, 다음 문단을 읽고 싶어서 안달 나게 만드는 글도 있고, '이제 그만 읽고 싶다'는 말이 튀어나오도록 하는 글도 있다. 전자의 사례로 쓸 줄 안다면 주목력을 계발할 만하다. 예비 언론인이 쓴 작문 하나를 읽어보자. 제시어는 '초능력이 생긴 뒤 나의 하루'이다. 먼저 첫 문단이다.

> 성이 '잠자'여서 그랬을까? 카프카의 소설 《변신》에서 주인공 '그레

> 고리 잠자'는 잠에서 깨어나 벌레로 변한 자신의 모습을 발견한다. 실은 이름 탓은 아니다. 영화 〈빅〉의 주인공 '톰 행크스' 역시 잠에서 깨어나 어른이 된 자신의 모습을 발견했으니. 이 둘은 잠에서 깨어났을 때 변화가 생겼다는 걸 직감적으로 알아챘다. 변화엔 '잠'이란 무의식의 세계가 필요했던 것이다. 얼마 전 내게 생긴 변화도 분명 잠든 사이 찾아왔으리라. 하지만 난 잠에서 깨어났을 때 변화를 눈치채지 못했다. 이 변화는 눈 뜬다고 알 수 있는 것이 아니었으니.

극적인 시작은 아니지만, 호기심을 불러일으키는 첫 문단이다. 소설 《변신》과 영화 〈빅〉을 예로 들면서 잠에서 깨어났을 때 생긴 변화를 다룬다는 걸 미리 일러주는 내용이다. 어떤 변화일지 궁금해지면서 2문단으로 빨리 넘어가고 싶어진다.

> 난 평상시처럼 잠에서 깨어났다. 눈 뜨고 시간 확인하고 침대에서 뒹굴뒹굴하고. 변한 건 없었다. 다만 몸이 좀 가볍다 느낄 뿐이었다. 거실에 나가 냉수 한 잔을 들이켰다. 공복에 들어간 냉수라 장기를 타고 흐르는 물의 흐름이 그대로 느껴졌다. 시작은 여기부터! 뭔가 이상했다. 보통 배꼽 위 10센티미터, 위(胃)가 있어야 할 자리에서 멈춰야 할 물의 흐름이 소장에서도 느껴졌다. 대장에서도 느껴졌다. 이어 배설의 욕구가 강하게 몰려왔다. 이게 뭐야! 화장실을 다녀왔다. 소화 기관이 사라진 느낌. 이상했다. 무서웠다. 밥을 먹어봤다. 먹는 즉시 대장에 뭔가 쌓이기 시작했다. 밥 한 공기를 다 먹기도 전

> 에 어제와는 다른, 전에 느껴보지 못한 폭발력 강한 배설의 욕구가 한꺼번에 밀려왔다. 화장실로 달려갈 수밖에 없었다.
> 처음엔 배탈이라 생각했다. 하지만 그게 아니었다. 뭔가 달랐다. 소화 기관의 움직임이 느껴졌다. 그들은 벌레를 기다리는 파리 끈끈이처럼 움찔대며 음식을 기다리고 있었다. 식도, 위, 소장, 대장의 미세한 움직임이 느껴졌다. 변화가 일어난 게 틀림없었다. '이건 나에게 생긴 새로운 능력이다.' 난 본능적으로 그리 느꼈다. 먹는 족족 영양분을 흡수하고 빈 껍데기를 만들어내는 능력, 보통을 뛰어넘는 능력을 초능력이라 한다면 내 소화 기관은 초능력을 가지게 된 것이다. 나의 소화 기관은 끊임없이 '껍데기는 가라'고 외쳐대고 있었다.

다소 허탈하지만, 재미있는 전개여서 지루하거나 늘어지지 않고 잘 읽힌다. 먹자마자 배설한다는 아이디어가 단순하고 웃긴데, 한편으로 '왜 이런 스토리 전개를 구상했을까?' 하는 궁금증은 더욱 커진다.

> 초능력이 생긴 지 일주일이 지났다. 나조차도 기뻐야 할지 슬퍼야 할지 개념이 정립되지 않는 능력이다. 초능력이라 말하기도 부끄럽다. 주변에 알릴 수도 없다. 그날 이후 나의 하루는 변했다. 난 식사 약속을 잡지 못한다. 외출도 줄어들었다. 그 사실만 제외하곤 일상생활에 큰 불편함은 없다. 화장실 앞에서 물을 마시고, 밥을 먹는 것 정도가 가장 큰 변화다.

이야기 전개라고 하기에는 플롯 구성이 간단하고 극적인 요소가 부족한 편이다. 그렇지만 마지막 문단에서 어떤 내용으로 전개될지에 대한 궁금증은 더욱 높아진다. 주목하게 하는 힘은 여전하다.

> 외출이 줄어 집에서 혼자 생각할 시간이 많다. 왜 나에게 이런 능력이 생겼을까? 끊임없이 생각해봤지만 잠자 씨가 잠자다 이유 없이 벌레로 변했듯 나에게도 딱히 이유는 없는 듯하다. 그러던 어느 날 TV를 보다가 나만 이런 능력을 가진 게 아닐 수도 있겠다는 생각이 들었다. 누군지 말하진 않겠다. 하지만 그 사람은 생각이란 소화 과정 없이 말을 배설하고 있었다. 생각을 거치지 않고 쏟아지는 말을 들으며 어쩌면 저것도 저 사람만의 초능력은 아닐까 하는 생각이 들었다. 저 사람도 저러고 싶어서 저러는 게 아니라 어느 날 자고 일어났더니 생각이란 여과 장치가 사라져 저렇게 말하고 있는 건 아닐까 하는 강한 의구심이 생겼다. '저 능력보단 내 능력이 낫다.' 그렇게 생각하자 오히려 내 능력이 감사하게 생각됐다. 적어도 난 남에게 상처 주진 않으니까.

끝까지 재미, 호기심, 긴장감을 유지할 수 있어야 주목력이 강한 글이 된다. 이 글은 주목력과 함께 일정한 수준의 통찰도 보여주고 있다. "곱씹어보지 않고 생각나는 대로 배설하는 언어 습관이 사실은 초능력이 아닌가"라며 통렬하게 비꼬는 맥락이 글에 녹아 있다.

주목력을 높이기 위한 재미는 말장난식의 허무 개그는 아니다. 순간순간의 재미와 흥미도 필요하지만, 그보다는 전체 글의 중심 맥락·구성·흐름을 어떻게 매력적으로 조직할 것인가가 우선이다. 주목도를 높이는 차별성 있는 아이디어야말로 중요한 판단 기준이 되어야 한다. 단편적인 웃음이 글 전체에 미치는 영향은 제한적일 수밖에 없다.

긴장감과 호기심을 바탕으로 주목도를 높일 때도 부분에서 벗어나 총체적으로, 종합적으로 판단해야 한다. 글 전체에서 긴장감과 호기심을 느낄 수 있어야 한다는 뜻이다.

주목력 높은 작문을 하려면 표현력과 구성력을 어떻게 높일 것인가를 고민해야 한다. 주목력은 '무엇(what)'이 아니라 '어떻게(how)'에 따라 달라지기 때문이다. 같은 내용을 쓰더라도 어떻게 표현하고 어떻게 구성하느냐에 따라 글에 주목하게 하는 힘이 크게 다르다. 표현력을 키우려면 좋은 문장을 많이 읽고 자기 것으로 만드는 연습을 해야 한다. 소설이나 시 같은 문학 작품을 많이 입력하면 자연스럽게 표현력이 좋아진다. 주목력 높은 작문을 유난히 잘 쓰는 준비생들에게 비결을 물어보면, "소설을 많이 읽는다"는 대답이 많았다.

작문 형식에 따라 주목력을 높이는 방법도 약간 달라진다. 먼저 논픽션 에세이 형식을 선택할 때 주목력은 사례의 신선도와 표현력에 따라 달라진다. 중심 맥락을 보여주는 핵심 사례들이 눈길이 가고 흥미를 끌면 좋다. 표현력 중에서 가장 신경 써야 할 부분은 문장력인데 초고를 여러 번 고쳐 쓰면서 간결하고 인상적인 문장이 되도록 연습하는 과정이 필요하다. 수사법 중에서도 비유법을 세련되게 쓸 경우 인상적인 문장이 될 가능성이 높다.

픽션 스토리 형식을 선택할 때는 개연성과 핍진성을 높이는 연습을 해야 주목력이 강화된다. 개연성을 높이려면 플롯을 짤 때 인과 관계를 잘 형성하도록 이야기를 구성해야 한다. 핍진성에는 허구의 이야기를 진짜 이야기처럼 느낄 수 있도록 하는 여러 가지 디테일을 자연스럽고 완성도 높게 만드는 연습이 필요하다.

4

논픽션 에세이와 픽션 스토리

글쓰기 형식이라는 측면에서 볼 때 작문은 몇 가지 유형으로 나누기 어렵다. 그만큼 다양한 형식과 장르를 허용한다. 그림 그리는 걸 빼고는 어떤 형식의 글쓰기라도 허용한다고 할 수 있다.

그렇지만, 작문을 실제 써야 하는 준비생의 입장에서 모든 종류의 글쓰기를 연습할 수는 없는 일이다. 이 때문에 작문을 편의상 두 가지 종류로 나누는 분류법이 있다. 논픽션 에세이와 픽션 스토리가 그것이다. 논픽션 에세이는 '핵심 사례를 통해서 중심 맥락을 보여주는 글'이고 픽션 스토리는 '가공의 이야기를 통해서 중심 맥락을 드러내는 글'이다.

먼저 논픽션 에세이를 살펴보자. 이 작문 형식을 굳이 정의해보자면, '인문적 수필' 또는 '시사적 수필' 정도로 부를 수 있다. 신변잡기식

'미셀러니(miscellany)'보다는 사색할 여지를 주는 '에세이(essay)'로 쓰는 게 더 유리하다고 할 수 있다. 자신에게만 의미 있는 내용보다는 다른 사람과 공유할 게 있어야 한다.

에세이 작문의 경우 시사적 감수성이 요구되지만, 여기에서 말하는 '시사'를 '최근 이슈의 구체적 쟁점과 논점'으로 오해해서는 안 된다는 점은 앞에서 이미 언급한 바 있다. 특히 기자 준비생들은 그런 강박에서 벗어날 필요가 있다. '폭넓은 시사'로 해석하는 게 좋다. 즉 인간 사회와 세상에 대한 관심과 통찰 전체를 포괄한다.

사실 최근 이슈를 작문의 주제나 소재로 쓸 때 그렇지 않은 경우보다 까다롭다는 점도 유의해야 한다. 미디어와 대중이 그 주제나 이슈를 많이 소비하고 있기 때문에 독자가 충분히 예상 가능한 내용과 맥락으로 평범하게 쓸 가능성이 높다. 그러면 글에 대한 평가가 야박해지는 경우가 많다.

에세이에 등장하는 핵심 사례는 직접 경험, 간접 경험, 상상 등 소재 선택에 제한이 없다. 논술에서 논증을 할 때 근거로 쓰는 사례와는 성격이 다르다. 논술에서 근거로 쓸 경우에는 정확성, 신뢰성, 대표성 등의 조건을 갖춰야 하지만, 작문에서는 그럴 필요가 없으므로 사례의 내용에 제한을 두지 말고 다양한 시도를 하는 게 좋다.

에세이의 중심 맥락을 구상할 때 기억해야 할 점은 중심 맥락을 너무 간단하게 만들지 말라는 것이다. 깊이가 있고, 상당히 전개되는 중심 맥락이어야 내용의 차별성을 추구할 수 있다. 특히 '남다른 통찰력'을 보여주는 것을 목표로 쓰는 작문이라면 더욱 그렇다. 자신이 쓰려는 작문의 중심 맥락을 문장으로 만들어보고 그것이 '얼마나 깊이 있게 전개된 생각인가'를 기준으로 스스로 평가해볼 필요가 있다. 예를 들어 '거리 두기'라는 제시어로 에세이를 쓴다고 할 때 아래 두 개의 중심 맥락을 비교해보자.

① 공동체 구성원의 안전과 생명권이 중요하기 때문에 너나없이 방역 수칙으로서의 거리 두기를 지키는 것은 너무나 중요하다.

② 개인보다는 집단을 우선하는 우리 사회에서 진정한 개인주의는 아직 뿌리내리지 못하고 있는 형편인데, 코로나바이러스 재난 때문에 거리 두기가 일상화됨으로써 물리적으로나마 개인의 독자적 공간을 확보하게 하고 있다. 이런 변화는 진정한 개인주의의 내면화나 일상화의 계기가 될 수도 있다.

①번의 경우 너무 간단하고, 예상 가능하고, 교훈적인 중심 맥락이 된다. 피상적·상투적·일차원적 접근이어서 문제의식이 부족하고 결국 통찰의 차별성을 보여주기 어렵다는 평가를 받게 된다. ②번처럼 길게 전개된 생각으로 중심 맥락을 구성하는 게 좋다. 새로운 관점·시각·접근법·사고법을 통해 생각할 여지를 던져주는 내용이 많을수록 좋다.

연역적 구성보다 귀납적 구성으로

에세이 형식으로 쓸 때 또 하나 유의할 점은 연역적 구성보다는 귀납적 구성이 현실적이고 쓰기 쉽다는 것이다. 귀납적 구성은 사례를 통해서 맥락을 보여주는 구성인 데 비해 연역적 구성은 맥락을 먼저 정리하고 사례를 나중에 보여주는 식의 구성법이다. 연역적 구성을 자연스럽게 할 수 있으려면 내공이 쌓여야 한다. 즉 전문적인 에세이스트, 사상가, 철학자처럼 담론 수준의 내용을 자연스럽게 풀어낼 수 있어야 하는데, 준비생 수준에서 그렇게 하기는 어렵다. 따라서 귀납적 구성을 하는 게 좋다. ①번처럼 쓰기 시작하는 게 귀납적 구성이고, ②번처럼 시작하는 게 연역적 구성이다. 두 글 모두 제시어는 '길'이다.

① 미국에서 유학하던 시절, 기숙사 같은 층에 치사코라는 일본 여학생이 있었다. 그녀는 예쁘고 사근사근해서 기숙사 모든 남학생의 흠모 대상이었다. 20대 초반이던 나도 당연히 치사코에게 관심이 있었다. 어찌어찌해서 그녀와 첫 데이트를 하게 됐고, 나는 그녀와 처음 드라이브했던 길을 '치사코의 길'이라고 이름 붙였다.
나는 길에 이름을 붙이는 것을 좋아한다. 어느 가을 물안개가 낮게 떠 있던 호숫가의 길은 '안개로'가 되었고, 친구와 하버마스에 대해 이야기하며 걷던 길은 그의 개념을 따 와 '영역의 길'로 명명했다.

② 사람은 누구나 길을 떠난다고 했을 때 목표로 하는 도달점이 있기 마련이다. 여행을 떠날 때도 어디든 목적지를 정하고 출발한다. 다만 그

목적지까지 갈 때 어떤 이는 가는 도중의 분위기를 즐기며 목적지까지 가는 과정에서 즐거움을 찾고자 하며 어떤 이는 목적지에 도착하고 나서야 그곳에서 즐거움을 찾는다. 흔히들 인생을 여행에 비유하면서 이런 두 성향을 과정 지향형, 목적 지향형으로 나눠 사람들이 인생길을 살아가는 두 방식으로 분류하기도 한다.

①은 구체성을 확보하고 있어서 관심이 가는 데 비해 ②는 담론적·철학적 접근을 시도하고 있지만 버거워 보인다. 사색이 깊은 듯 포장하려 하는데 뜻대로 되지 않아 안타깝다는 느낌이 든다. 유치하고 지루하게 읽힌다.

그러면 어떻게 해야 논픽션 에세이 형식의 작문에 대비할 수 있을까? 일단 에세이 형식을 갖춘 좋은 글들을 많이 읽어보는 게 좋다. 이미 언론사에 입사한 이들이 쓴 작문 글을 체계적으로 읽어보면서 분석하는 게 기본이다. 추가로 글쓰기로 이름난 소설가들이 쓴 에세이집 같은 것도 도움이 된다. 미디어에 소개된 칼럼 중 에세이 형식으로 분류할 수 있는 글들을 모아서 읽어볼 수도 있다. 하나의 단어를 제시어로 해서 쓰는 형식이기 때문에 이를 묶어서 만든 책을 구해서 읽어보는 게 도움이 된다.

예를 들어 버트런드 러셀이 1931년에서 1935년 사이에 미국 여러 매체에 기고한 에세이들을 모아 번역한 《런던통신》과 같은 책에는 에세이 작문에 시사점을 주는 형식의 글들이 모여 있다. 남경태의 《개념어 사전》이나, 베르나르 베르베르의 《상상력 사전》과 같은 책들도 하나의 단어를 중심으로 이야기를 풀어가는 형식을 띠고 있으므로 시사점을 준다. 주변의 소소한 일상 소재로 출발해서 거대 담론이나 심각한 이슈, 보편적 문제로 자연스럽게 확장하는 데 어려움을 겪는 준비생이라면 저널리스트 김선주가 쓴 《이별에도 예의가 필요하다》를 읽어보면 해법을 찾을 수 있을 것이다. 웅숭깊은 내용과 표현의 차별성까지 동시에 확보한 에세이를 쓰고 싶은 준비생이라면 《그녀에게 말하다》 《진심의 탐닉》 등을 쓴 김혜리의 글 속에서 벤치마킹 사례들을 찾을 수 있다.

준비생이 쓴 에세이 중에서 인상적인 작문 사례를 하나 소개해본다. '전쟁'이라는 제시어인데, 역사적 사례 하나와 최근에 일어난 사회적 이슈들을 적절히 엮어 중심 맥락을 펼치고 있는데 읽는 이로 하여금 생각할 여지를 넉넉히 주는 좋은 글이다.

> 독일군과 소련군이 참혹하게 맞부딪치던 제2차 세계 대전 시기, 유럽 동부 전선에는 남성의 전유물이었던 전투기를 모는 여군 부대가 있었다. 제대로 된 레이더도 없던 시대에 4년 동안 2만 번의 야간 비행으로 3000톤의 폭탄을 투하한 261명의 여자들은 '밤의 마녀들die Nachthexen'이라고 불리며, 역사상 가장 많은 항공기를 격추시켰다는 나치 독일의 공군 '루프트바페'를 공포에 떨게 했다. 낙하산 하나 없이 수백 밤을 날아 소련의 승전에 일조한 그들은 승전보다 위대한 것을 이루어냈다. 간호, 출산, 육아로 한정되어 있던 여성의 '쓸모'를 당당하게 입증함으로써 러시아 여성들에게 실질적 평등의 단초

를 가져다준 것이다.

그보다 앞선 1차 대전기의 영국에도 '쓸모'를 입증하기 위해 투쟁하는 '쓸모없는' 사람들이 있었다. 노동자 남성들은 일터를 떠나 병사가 되어 포화 속으로 몸을 던졌다. 사환 소년이 떠난 자리에 등장한 배달 소녀, 선반을 조립하고 트럭을 정비하고 가죽을 무두질하는 700만 명의 여자들이 그 빈자리를 채웠다. 삶의 질곡마다 저마다의 전쟁을 치러온 노동자와 여성들은 승전의 보답으로 투표권을 얻었다.

가장 무용하고 약한 사람들이 수 번의 좌절, 수십 명의 죽음, 수백 년의 투쟁 끝에 '쓸모'를 내보이고 존엄을 쟁취한 역사의 면면이 있다. 내게는 그들이 꼭 영혼의 동지들 같다. 합리와 평등, 민주주의의 시대가 왔으나 전쟁은 아직 끝나지 않았기 때문이다. 이곳은 아득한 전장의 전경 위이다. 여성이고 청년이며 알바 노동자인 나, AI가 소설을 쓰고 그림을 그리는 4차 산업 혁명의 시대에 눈치 없이 대학원에까지 가서 철학을 전공한 '오버 스펙'의 나. 눈앞에는 '쓸모'를 입증하라는 무거운 책무가 여전히 버티고 서 있다.

여성 징병제를 부르짖는 인터넷 게시글, 위헌 판결 이후에도 청산되지 못한 '낙태죄'의 법조문, 소스 배합기에 끼여 미래를 잃은 노동자의 영정과 69시간 노동을 말하는 대통령의 미소는 어떤 선고와 같다. 폐과와 통폐합의 위기에 하나둘 스러져가는 수십 개 대학 철학과의 죽은 명패들은 나의 실패를 위해 준비된 비석처럼 서늘하다. 은행 앱에 접속할 때마다 존재감을 뽐내는 2400만 원의 대출에 기대어 놓인 침대의 안락함이 때때로 나를 죄스럽게 한다. 그 모든 것의 종합인 '나'의 쓸모를 재고 숨통을 죄는 냉엄한 시선 앞에서, 할 수 있는 일이라고는 죽어라 달리는 것뿐이다.
죽을 만큼 노력해서 꿈을 이루고 성공하는 게 청춘의 본령이라던가. 그러나 모든 자원을 투자하고 죽도록 싸워 승리를 선취해야 하는 건 전쟁의 방법론이다. 전장 위에는 쓸모없는 자를 위한 자리가 없다. 그러니 몸을 누일 침대와 글을 써 내릴 책상을 떳떳하게 가지기 위해서는 나의 유용함을 입증해야만 한다. 어떻게든 청춘기를 벗어나면 전쟁으로부터 자유로워지나. 민방위 소집령이 해제되듯이, 마흔 살이 지나면 마침내 싸우지 않아도 괜찮아지는 걸까? 쓸모없는 인생에도 당연하게 존엄이 전제되고, '죽을 때까지' 애쓰지 않아도 '삶'으로부터 행복을 찾을 수 있는 그런 평화를 상상해본다. 쓸모없고 무용하고 불필요한 것들이 저마다의 자리를 가지고 생생하게 살아 있는 허무맹랑한 가능성의 세계를.

픽션 스토리 완성에 필요한 요소들

픽션 스토리 형식의 작문은 스토리를 통해서 중심 맥락을 드러내는 글이다. 보통 에세이 형식보다 스토리 형식의 작문을 쓰는 게 더 어렵다. 에세이는 핵심 사례만을 가지고도 중심 맥락을 펼칠 수 있는 데 반해 픽션 스토리 글은 스토리 형식에 요구되는 여러 가지 요소들을 갖춰야 하기 때문이다.

픽션 스토리 작문을 소설 형식으로 생각하는 이들도 있지만, 문학 장르로서의 소설과는 많이 다르다. 1200~1500자(200자 원고지 6~7.5매) 정도의 분량이기 때문에 최소한 수십 장을 써야 하는 단편 소설과 비교하기도 어려울 정도다. 일종의 콩트, 또는 장(掌)편 소설(손바닥 소설) 정도로 부를 수 있다.

픽션 스토리를 필수로 써야 하는 직종이 있다. 예능 피디 준비생과 드라마 피디 준비생들이다. 예능 피디와 드라마 피디는 이야기라는 도구를 활용해 재미와 감동을 주는 일을 한다. 노동의 성격으로 볼 때 스토리텔링식 글쓰기, 내러티브를 강조하는 글쓰기에 대한 탐구와 연습이 필요하다는 뜻이다. 실제 이들 직종의 작문 문제가 픽션 스토리 형식을 요구하는 경우가 상당히 많다.

픽션 스토리 형식의 작문을 제대로 쓰려면 스토리를 짜는 데 필요한 요소들에 대한 탐구와 분석이 필요하다. 먼저 이야기를 이끌어가는 캐릭터가 있어야 한다. 사람이 될 경우가 가장 많지만, 동물이나 식물이 캐릭터가 될 수도 있다. 사물이나 개념을 캐릭터로 가져올 수도 있지만, 쓰기가 더 어렵다는 점을 고려해야 한다.

이야기를 전달하는 주체인 화자의 시점을 어떻게 정할지도 판단해야 한다. 나의 시점과 관점에서 직접 심리나 감정을 묘사하는 게 유리한 이야기라면 1인칭 화자 시점을 선택해야 하고, 상대적으로 객관적인 시점과 관점을 유지하는 게 유리한 이야기라면 3인칭 화자 시점이 좋다. 2인칭으로 쓰는 건 무척 어렵기 때문에 선택하기 쉽지 않다.

캐릭터와 화자의 시점을 정한 뒤에는 플롯을 짜야 한다. 시간적·

공간적 배경을 택하고, 이야기 도중에 벌어질 사건도 구상한다. 이야기의 절정에 해당하는 클라이맥스가 있어야 하고, 복선을 미리 짜둬야 하는 경우도 생긴다. 막판에 예상 못 한 일들이 펼쳐지게 하려면 반전의 요소를 구상해야 한다. 플롯을 짤 때 필요한 이런 요소들은 필수는 아니기 때문에 선택적으로 골라 쓰면 된다.

픽션 스토리가 성공하려면 '개연성'과 '핍진성'의 수준이 높아야 한다. 개연성(蓋然性)**probability**은 '작위성(作爲性)'과 반비례 관계에 있는데, '얼마나 그럴듯하게 또는 있을 법하게 읽히는가'를 보여주는 개념이다. 이는 가상의 이야기가 얼마나 그럴듯하게 느껴지도록 플롯을 짜느냐에 따라 결정된다. 픽션 스토리 작문에서 억지로 꾸며낸 이야기같이 느껴져서 어색하거나 글에 몰입이 안 되는 이유는 일차적으로 개연성이 부족하기 때문이다. 캐릭터도 어색하고, 스토리라인도 엉성하고, 사건도 억지스러울 때 이런 현상이 생긴다. 개연성을 높이려면 무엇보다 플롯 구성에서 인과 관계를 잘 설정해야 한다. 그래야 왜 이런 시간적·공간적 배경이 펼쳐지는지, 왜 이런 사건이 벌어질 수밖에 없었는지, 왜 캐릭터의 성격은 이렇게 형성됐는지 등이 설득력 있게 드러나기 때문이다.

영화 〈마이너리티 리포트〉나 〈마션〉 등은 미래 시점의 이야기이지만, 영화를 볼수록 현재 기술 발전 수준과 생활 양식, 문화적 지향점들이 변화를 거듭하면 그런 미래가 도래할 수 있겠다고 수긍하게 된다. 조지 오웰이 《1984년》을 탈고한 때는 1948년이었다. 그의 상상은 개연성을 갖췄기에 지금도 20세기 가장 중요한 영어권 소설 가운데 하나로 인정받고 있다. 소설의 주 무대인 오세아니아는 내부 당원, 외부 당원, 그리고 80%가량의 무산 계급 등 세 계급으로 나뉘는 나라다. 절대 권력을 쥔 당(The Party)은 전쟁을 관장하는 '평화부Ministry of Peace', 사상 범죄를 포함해 모든 범죄를 관리하는 '애정부Ministry of Love', 매일 배급량을 줄인다고 발표하는 '풍요부Ministry of Plenty', 모든 정보를 통제·조작하는 '진리부Ministry of truth'의 네 성(省)으로 나뉜다. 성들마다 붙어 있는 반어법적 이름은 미래 전체주의 사회의 암울함을 잘 드러낸다. 훨씬 섬뜩한 건 음향과 영상이 전달되는 '텔레스크린Telescreen'과 마이크로폰, 사상경찰, 헬리콥터, 유년대 등이 체제 전복의 위험이 될 수 있는 외부 당원들을 철저하게 감시하는 장면이다. 하루에 수십 번 CCTV에 노출되는 21세기 오늘의 상황을 보는 듯하다. 개연성 있는 허구의 이야기가 지니는 힘은 이런 데서 나온다.

반면, 가공의 스토리를 너무 작위적으로 만들면 어색해진다. 상황이나 조건을 극단적으로 만들면 오히려 부담스러울 때가 많다. 내가 직접 겪어보지 못한 일을 그 사람 입장에서 쓰기란 쉬운 일이 아니다. 남자가 여자의 얘기를 쓰기 힘들고, 비혼자가 기혼자의 느낌을 알기 어렵고, 비장애인이 장애인의 처지를 속속들이 헤아리기 힘든 법이다. 글이 아니라 드라마나 영화라면 얘기는 달라진다. 전문 배우들의 연기와 여러 연출 장치, 드라마틱한 화면 같은 요소들이 더해지면서 영상을 통해 공감과 감동을 느낄 수 있지만, 준비생들이 쓸 수 있는 도구는 문자뿐이다. 글로 사람 마음을 움직인다는 건 생각보다 훨씬 힘든 일이다. 치밀한 전략이 필요하다.

핍진성(逼眞性)은 단어 자체가 생소한 개념이다. 문학 비평 용어로 제라르 주네트라는 구조주의 이론가가 쓴 단어인 'verisimilitude'를 번역한 용어라고 한다. 실물감lifelikeness으로 번역되기도 한다. 가상의 이야기이지만, 진실 또는 실제 있었던 진짜 이야기처럼 느끼게 하는 다양한 디테일을 가리켜 핍진성이라고 부른다. 개연성이 주로 플롯상의 그럴듯함을 가리킨다면, 핍진성은 서사의 여러 측면에서 그 서사가 실제 현실과 비슷한 느낌을 주는 것을 뜻한다. 허구적 서사물에서 리얼리티를 기대하는 것은 일반적인 서사 습관이며, 픽션 스토리 작문에서도 이 법칙이 적용된다. 예능 포맷 중 리얼 버라이어티는 핍진성이 얼마나 높으냐에 따라 성공 여부가 결정된다.

픽션 스토리 형식을 연습하는 방법으로 소설을 읽어보라는 조언을 듣는 준비생들이 많다고 한다. 틀린 말은 아닌데 무작정 소설을 읽는다고 서사 구조를 이해하고 따라 할 수 있는 건 아니다. 보통 무엇을 배울 때 개별 사례를 무작정 닥치는 대로 흡수하는 것보다는 보편적 원리를 체계적으로 이해한 뒤에 개별 사례를 분석하는 순서로 하는 게 좋다. 이야기를 만드는 보편 원리를 배우기 위한 방법으로 흔히 생각할 수 있는 건 소설 작법서를 읽는 일이다. 캐릭터 만드는 법, 화자의 시점을 정하는 법, 플롯을 짜는 법, 대화체를 쓰는 법 등을 구체적이고 소상하게 정리해놓고 있기 때문이다. 장편 소설이나 중편 소설은 작품 전체를 종합적으로 하나의 작문에 고스란히 활용하기보다는 인상적인 한 장면, 임팩트 있는 한 사건 등을 분석해서 활용해볼 만하다.

형식 면에서는 단편 소설, 손바닥 소설, 콩트 같은 것이 직접적인 도움을 준다. 《인간의 마음을 사로잡는 20가지 플롯》(로널드 B. 토비아스) 같은 책은 인류 역사상 인기 있는 이야기들이 어떤 플롯상의 공통점을 가지고 있는가를 다루고 있다. 매혹적인 스토리텔링의 필수 조건을 다루는 책으로는 《이야기의 힘》(EBS 다큐프라임 팀)과 같은 책이 있다. 〈한겨레21〉에서 매년 주최하는 손바닥문학상 수상작들이나, 《설국》으로 유명한 일본 소설가 가와바타 야스나리의 《손바닥 소설》 같은 책은 짧은 픽션 스토리들의 사례들을 다양하게 보여주고 있다.

지상파 방송사에 예능 피디로 입사한 준비생이 필기 전형에서 쓴 작문 하나를 읽어보자. 개연성과 더불어서 핍진성까지 일정한 수준으로 갖춘 글로 평가할 수 있다. 지하철 노선도를 보고 떠오르는 것을 소제로 한 작문이었다.

> 서울 이곳저곳을 세차게 휘몰아쳐 가는 지하철 군단. 그 행렬을 둘러싸고 수많은 이야기가 피어난다. 그중, 터널의 어둠처럼 아무도 주목하지 않은 한 남자의 이야기가 있다.
>
> 내가 제대하던 해, 여름이었다. 입대 전에는 성남 근처 공장에서 선반 만드는 일을 했지만 돌아가고 싶은 마음이 안 생겼다. 며칠 퀴퀴한 여관방에서 빈둥거리며 지내다 공장에서 두어 달 같이 일하다 먼저 그만뒀던 형을 만났다. 그 형이 한번 해보라며 소개해준 일이 지하철 공사장 막일이었다.
>
> 처음 쭈뼛쭈뼛 공사장으로 나간 날, 막일하러 왔다 하니 사람들이 강 씨를 불렀다. 잠시 뒤에 덩치가 뚜벅뚜벅 걸어왔다. 내 눈을 응시

하고 손으로는 내 등을 턱턱 두드리며 말한다.

"아요, 이래 새파란 놈이 막일한다 왔나. 그래도 딴 데 비하면 여가 돈도 잘 쳐주고 일도 엥가이 시키니께네 할 만할끼다. 군대에 있었으모 마 하루 종일 힘써도 개안캤제? 성실히 해가 논 잘 모아라. 돈 마이 이따꼬 허투루 쓰믄 그날로 니는 모가지다, 알았나."

강씨 아저씨라 부르라 했다. 지하에서 주로 일해서인지 막일꾼 치고는 허연 피부가 듬직하고 서글서글한 인상과 제법 잘 어울렸다.

그는 막일꾼들 사이에서 실질적인 대장 노릇을 했다. 이 일을 본격적으로 한 게 올해로 20년째고 그전에 잔심부름한 것까지 치면 더 오래됐다는 말을 얼핏 들었다. 소장도 때로는 그에게 이것저것 물어봤다. 뭔가 조금이라도 문제가 생기거나 일손이 부족하면 다들 강씨를 불렀다.

지하철 막일판은 하루에 세 번 쉰다. 오전에 20분, 점심에 50분, 오후에 다시 20분. 강 씨는 쉬는 시간에도 일할 적이 많았다. 가끔 쉰답시고 자리를 틀면 입이 쉬지 않았다. 고아원 시절 얘기, 아내 얘기, 갓 태어난 딸 얘기까지. 고아로 자랐고, 늦게 결혼해서 힘들게 2세를 보느라 가족에 대한 애착이 큰 것 같았다.

에피소드도 단골로 등장했다. 1호선부터 8호선까지 안 건드린 노선이 없다 했다. 1호선 공사하던 시절에 장비가 없어 무식하게 일일이 삽으로 벽면 정리를 했던 얘기나 4호선 공사판에서는 어느 일가족이 몰래 살고 있던 걸 발견한 얘기, 5호선 뚫을 때는 단체로 지역 상인들이 몰려와서 싸웠다는 얘기 따위가 강 씨 입에서 끊임없이 쏟아져 나왔다.

하루는 강 씨가 딱히 다른 일이 없었는지 내가 철근 나르는데 와서 같이 옮겼다. 그러더니 도중에 멈춰서 나 일하는 걸 지긋이 쳐다보다 손사래를 치며 다가왔다. "아야, 니 이제껏 이래 했나. 정신 나가가. 아무도 안 갈챠주드나. 이라믄 허리 다친다." 철근 메는 법이라던가 적당한 작업 속도, 허리랑 다리 푸는 법을 처음부터 가르쳐줬다. 그러다 슬쩍 한마디 흘리기를 "공사 일 적당히 하다 관두고 공부해서 대학 가라." 지하철 일로 1년 돈 바짝 모으면 1년 정도 학원 다니면서 공부하고, 전문 대학 입학해서 첫 등록금 낼 돈까지는 충분히 나온다고도 덧붙인다. 그럼 아저씨는 왜 대학 안 가셨어요, 하니까 "임마가, 니 반항하나. 내는 젊을 때는 사고를 좀 치가 몬 했고 지금은 마누라랑 자식 새끼 배 채울라케도 간당간당한데 대학은 먼 놈의 대학이고." 너털웃음을 웃었다.

어느 날은 강씨 아저씨가 구석에 쭈그려 앉아 열중해서 뭔가를 쓰고 있었다. 평소에도 작업 체크하거나 짧게 메모하긴 하던데 그날따라 긴 글을 요리조리 적는 거 같아서 슬쩍 내려다봤다. '우리 딸 강지연이 감기 낫게 해주시오'라는 문장이 몇 개씩이나 계속 적혀 있었다. 아저씨 뭐 하세요. 소원 종이 적는 거란다. "니도 소원 있음 해라. 마음 따악 묵고 열 번씩 적음 된다. 내가 땀 흘리가 짓는 지하철인데 콘크리트 바를 때 같이 묻으모 잘 안 들어주나. 터널이며 역사며 오만데 소원 묻었는데 그기 다 이뤄져삣끄든. 일 하믄서 어디 크게 안 다치캤제, 결혼했제, 얼라도 생기캤제…" 아니 근데 겨우 딸 감기 낫게 해달라는 소원이라니. 아저씨, 차라리 1억 생기게 해달라고 적으라니까 내 머리를 쥐어박는다. “마, 욕심이 그래 많으모 안 되지. 적당히 해라 적당히.” 일하는 동안 돈 많이 벌게 해달라는 소원을 적어 아저씨에게 줬다. 아저씨는 철근에다가 우리의 소원 종이를 솜씨 좋게 맸다. 그리고 그 위에 유독 더 정성스레 콘크리트를 발랐다.

강씨 아저씨랑 제대로 얘기한 건 그게 마지막이었다. 곧 소장이 바뀌었는데 강 씨가 그 소장과 대판 싸웠다. 씩씩거리며 소장실을 나오는 강 씨를 두고 아저씨들은 새로 온 소장이 돈 아낀다고 지반 지지대를 부실하게 받쳐놔서 강 씨가 화가 났다 했다. 결국 포기했는지 강 씨는 임시로 지지대를 손보러 다니기 시작했다. 작업 시간에 하면 소장이 또 호통을 해대니까 쉬는 시간에 한다고 안 그래도 잘 안 쉬는 사람이 아예 엉덩이 붙일 생각을 안 했다. 몇몇 아저씨들도 강 씨를 조금씩 거들었다.

그리고 그날이었다. 쉬는 시간도 아닌데 소장이 새참으로 찰옥수수며 고구마, 감자 찐 거를 한 무더기 들고 왔다. 다들 새참 먹으러 모여드는데 강 씨만 눈길도 안 주고 침을 퉤 뱉더니 지지대 보수하러 갈꾸마 하고 혼자 터널로 들어가 버렸다. 간만의 새참에 다들 신이 나서 왁자지껄 떠들며 먹었다. 옥수수가 유난히 구수하고 쫀득쫀득한 것이 맛있었다. 하나 더 먹으려고 두 개째 집는데 이씨 아저씨가 와서 옥수수랑 고구마 하나씩을 쥐어주고는 목소리를 낮추며 강 씨 좀 갖다주란다. 그 새끼 그거 자존심 때문에 그렇지 출출할 거라며. 양손에 새참을 하나씩 들고 터널로 들어갔다. 강씨 아저씨 하고 부르는데 아무 대답이 없다. 그리고 나는 곧 강 씨를 발견했다. 철근 더미가 배를 관통해서 검붉은 피가 줄줄 흘러내리고 있었다.

조촐한 장례식이 치러졌다. 조문하러 온 소장에게 아저씨들이 핏줄 터진 눈을 치뜨고 죽일 듯이 달려들었다. 소장은 돈만 겨우 놓고 돌아갔다. 흥분한 아저씨들은 콧김을 내뿜으며 저 소장 새끼 시말서만 쓰고 다른 현장으로 옮겨간다고 니미럴 욕을 해댔다. 그 옆에서 감기가 다 나은 강씨 아저씨의 갓난 딸이 방싯방싯 웃고 있었다.

지하철 일이 도통 손에 잡히지 않았다. 자꾸 구역질이 올라왔다. 며칠 못 가 그만뒀다. 성남 공장으로 돌아왔다. 밤마다 시커멓게 구멍 뚫린 배에서 피를 흘리는 강 씨 꿈을 꾸었다. 그 배 구멍으로 지하철이 눈부신 헤드라이트를 켜고 요란하게 달려왔다 달려갔다.

더 이상 강 씨 꿈을 꾸지 않게 됐을 무렵 전문대에 입학했다. 내 방에서 학교를 가려면 지하철을 두 번 갈아타야 했다. 차가 달리는 어둠 어느 구석에 강 씨의 소원이 숨어 있으리라.

어느 날 일이 있어 우리가 일했던 지하철역을 처음으로 가게 됐다. 역 이름은 근처 명문대의 이름을 따와 붙여졌다. 깨끗하고 시원시원하게 뻗은 역사의 모습이 낯설었다. 우리가 소원 종이를 묻은 곳이 어디였더라. 기억나지 않았다. 식은땀이 흘렀다. 등교 시간인지 지하철이 도착할 때마다 대학생들이 한바탕 내려 우르르 지나갔다. 한 여학생이 인파에 몰려 내 몸에 어깨를 부딪치고 "죄송합니다!" 했다. 저 앞에서 누가 그 여학생에게 소리쳤다. 야, 강지연! 여기야! "어, 간다, 가!" 웃으며 대답하는 여학생의 서글서글한 인상에 강

씨의 얼굴이 겹쳐 보였다. 그 얼굴이 재잘거리며 계단을 올라 지상으로 사라졌다.

아래 작문 역시 픽션 스토리 형식으로 쓰인 인상적인 글이다. 에세이 형식으로 썼다면 인상적인 효과를 내기 어려운 소재와 중심 맥락인데 스토리 형식이 가진 장점을 최대한 활용해서 주목력과 감동력을 끌어올린 작문이라고 평가할 수 있다. '초능력이 생긴 뒤 나의 하루'라는 제시어로 쓴 글이다.

이렇게 환히 웃는 어머니의 모습이 얼마 만이더라. 먼지에 반사된 햇빛이 눈을 찌르는 나른한 오후, 교무실에 앉아 담임 선생님과 어머니의 대화를 흘려들으며 멍하니 생각했다. 최소 중학교 때까지는 없었고, 초등학교 때? 그때도 없었는데. 처음 걸음마를 할 때까지 거슬러 올라가야 하나. 얘, 듣고 있니? 어머니가 내 눈앞에서 손가락을 튕기는 모습이 느리게 보였다. 네, 좀 피곤해서요. 대충 웅얼거리는 내 목소리가 아주 멀리 있는 것처럼 들린다. 성의 없는 내 대답을 듣고도 벅차오른 어머니는 담임 선생님을 붙잡고 자랑을 늘어놓는다. 애가 요즘 밤새워 공부한답시고 늦게까지 깨어 있고 그랬더니 피곤한가 봐요. 세상에, 처음에 저는 애가 공부를 한다길래 귀신 들린 줄 알았다니깐요. 끊임없이 이어지는 어머니의 자랑과 위아래로 끄덕거리는 담임 선생님의 고개. 여전히 햇빛에 눈이 따갑다. 눈을 벅벅 비비는 소리가 유난히 크게 들린다.

어머니가 감동을 받으실 만도 하다. 그토록 바라던 자랑스러운 아들 아닌가. 부모님은 아주 오랫동안 아이를 가지지 못한 난임 부부였다. 시험관을 통해 아이를 가져도 여러 번 유산되길 반복하다 겨우 아이를 낳았다. 엄청난 마음과 비용을 들였으니 부모님의 기대를 충족하는 아이여야 할 텐데, 비극적이게도 나는 모든 면에서 실패작이었다. 또래보다 성장이 느렸으며 친구를 잘 사귀지도 못했고 공부도 못했다. 나를 보는 부모님의 얼굴에서는 미소 대신 원망과 미움이 담겼다. 아버지는 나에 대한 관심을 술자리로 돌렸고 외박이 잦아졌다. 어머니는 그런 아버지에게 매일같이 화를 냈다. 나 혼자 낳았어? 당신도 부모니까 같이 책임져야 할 거 아냐! 방문을 닫아도, 베개로 귀를 막아도 부모님의 고함 소리는 귀를 찔렀다. 찔린 건 귄데 마음에서 피가 흘렀다.

그날도 그런 날이었다. 다녀오겠습니다, 답이 없는 메아리를 뒤로하고 학원에 갔다. 그런데 음습한 골목에서 누군가가 나를 불렀다. 야, 너 일로 와봐. 나를 부르는 목소리에 무의식적으로 돌아보니 학교에서 무섭기로 소문난 애들이었다. 애들은 움찔 몸을 떨고 도망가려는 나를 순식간에 붙잡았다. 무서워서 덜덜 떠는 나를 붙잡고 애들이 억지로 뭔가를 입에 물렸다. 담배였다. 야, 우리가 뭐 잡아먹냐? 이것만 다 피면 얌전히 집에 보내줄게. 숨 쉬어, 코로 내뱉고. 억지로 숨을 몰아쉬었다. 영원히 길 것 같았던 담배가 짧아지고 놀랍게도 애들은 나를 순순히 보내줬다. 야, 우리가 뭐랬냐. 그냥 보내준댔지? 잘 가라. 근데 다시 필요하면 찾아오고. 킬킬거리는 웃음소리를 뒤로하고 무작정 달렸다. 공포 때문인지 담배 때문인지 세상이 어지럽고 핑핑 돌았다. 그런데 이상하지. 기분이 좋았다. 심장이 빨리 뛰는 게 달리기 때문이 아닌 것 같았다. 오는 길에 넘어졌는지 피가 철철 나는 무릎이 하나도 아프지 않았고, 아버지와 어머니의 무표정한 얼굴을 마주하는 게 하나도 무섭지 않았다. 책상 앞에 앉아 문제를 푸는데 틀리는 게, 그래서 혼나는 게 겁나지 않았다. 정말 이상하다. 내게 초능력이 생긴 걸까? 그 담배, 사실은 초능력을 주는 담배였나?

이제는 안다. 애들이 내게 물린 것은 담배가 아니라는 걸. 하지만 그게 뭐가 대순가. 중요한 건 난 그 전과 다른 사람이 됐다는 것이다. 늘 부족했던 자신감이 생기니 삶이 송두리째 바뀌었다. 틀리는 것에 대한 두려움이 사라지니 공부가 재밌었고, 덕분에 매번 반타작을 하면 다행이던 시험 성적도 좋아졌다. 내가 다른 사람이 되니 나를 대하는 부모님의 태도도 달라졌다. 처음엔 변한 내 모습을 보고 의아해하시더니 이제는 나를 예전처럼, 그러니까 내가 아기일 적처럼 사랑해주신다. 심지어는 부모님의 사이도 좋아졌다. 감옥같이 차갑던 집에는 은은하게 따뜻한 공기가 흘렀다. 당연히 그 애들을 자주 찾아가게 됐다. 다시 찾아오라던 얘기, 진짜지? 동네가 떠나가라 웃으며 애들은 돈을 요구했다. 괜찮았다. 나를 변신시킨 이 초능력을 가질 수 있다면 내 영혼도 팔 수 있었다. 다시는 지옥 같던 과거로 돌아가지 않기 위해서라면.

머리가 멍했다. 뜨거운 햇빛에 등줄기를 타고 흐르는 땀방울이 지나치게 생생하게 느껴졌다. 집에 가야지, 뭐 먹고 싶어? 내 팔에 손을 얹고 다정하게 묻는 어머니의 목소리. 아무거나 괜찮아요, 바로 학원 가봐야 돼서. 티 나지 않게 어머니의 손을 피하며 대답했다. 모든 감각이 지나치게 생생해 피부가 따끔거린다. 예전 같았으면 구름을 밟는 것처럼 행복했을 어머니의 칭찬도 아무 감흥이 없다. 이러면 안 된다. 과거로 돌아갈 순 없다. 애들을 찾아가야겠다. 점점 까매지는 내 시야에 두 쌍의 신발이 들어온다. 안녕하세요, 마약 수사대에서 나왔습니다. 박신우 씨 본인 되시나요? 아, 안 돼. 다시 실패작이 될 순 없어. 점멸하는 시야를 붙잡고 계속 되뇐다. 안 돼, 내 초능력을 빼앗지 마.

5

아이디어 발상 - 전개 - 구성과 설계도

작문 역시 논술과 마찬가지로 설계도를 10~15분 안에 계획한 뒤에 글을 쓰는 것이 좋다. 그래야 많이 고치지 않고 깔끔한 작문을 쓸 수 있다. 설계도는 논술 설계도와는 다른 구성과 방법으로 만들어야 한다.

먼저 제시어를 받으면 연상되는 단어, 어구, 문장, 시각물 등을 나열한다. 제시어와 관련한 자신의 직접 경험이나 간접 경험, 지식 등을 모두 포함한다. 아라비아 숫자를 매겨가면서 나열하는 게 좋다. 10개 이내는 곤란하고 그 이상으로 나열하는 게 좋다. 다다익선이다. 연상하는 게 첫 번째 단계다.

그다음 연상된 것들을 연결해 중심 맥락을 구성해보는 게 두 번째 단계다. 연상된 것들 하나하나는 파편적이고 부분적인 아이디어라고 할 수 있고, 이것들을 적절히 엮었을 때 작문을 구성할 수 있는 하나의 중심 맥락이 생기게 된다. 연상된 것들을 엮을 때 기억해야 할 원칙이 있다. 일단 많은 걸 엮을수록 입체적인 중심 맥락을 구성할 수 있다. 비슷한 내용끼리 엮었을 때보다 얼핏 봐서는 연결이 되지 않을 듯한 것들을 연결했을 때 입체적인 아이디어가 될 가능성이 높다. 창의적인 무언가를 만들어내야 할 때 흔히 쓰는 방법론이다.

이런 식으로 3~4개 정도의 중심 맥락을 만들어본 뒤 그 가운데 하나를 고른다. 너무 평범하고 예상 가능한 범주 안에 있는 맥락, 다른 사람들도 많이 선택해 아이디어가 겹쳐 보일 것 같은 상투적인 맥락 등을 먼저 배제하는 식으로 줄여나가면 된다. 희소성으로 인해 눈길이 가면서도 자신이 잘 쓸 수 있는 맥락을 고르는 게 유리하다.

그다음 단계에서는 정해진 중심 맥락에 걸맞은 글 형식과 장르를 결정한다. 에세이 형식을 선택했을 때는 핵심 사례를 떠올려야 한다. 픽션 스토리 형식을 선택했을 때는 이야기를 구상해야 한다. 캐릭터를 만들고, 화자의 시점을 정하고, 공간적·시간적 배경을 떠올리고. 사건·복선·클라이맥스 등 플롯을 짜야 한다.

'종결자'라는 제시어로 작문을 써야 한다고 가정해보자. 먼저 종결자라는 단어를 처음 듣고 연상되는 것을 모두 적어본다. 아라비아 숫자가 10 이상이 넘어갈 때까지 매겨가면서 적어본다.

1. 터미네이터(종결자를 영어로 하면 터미네이터니까)

2. 끝장 토론(끝까지 가는 것이니까)

3. 막장 드라마

4. 인생 막장에 몰려서 하는 직업에는 뭐가 있을까?

5. 종결자의 권위가 떨어지고 있는 세태의 반영인가?(거창한 일이 아니라 시시한 일에도 종결자라는 단어를 쓰기 때문에)

6. 끝을 보고야 말겠다는 사람들의 심리가 더 커진 것인가?

7. '지금까지만'이라는 기준을 가진 단어가 아닐까? 앞으로는 어떻게 될지 모른다. 같은 분야라도 다른 종결자가 내일 또 나올 수 있다. 막장 드라마는 끝을 본다는 것인데 왜 또 막장 드라마는 끊임없이 양산되는 거지?

8. 몸매 종결자, 화장 종결자, 동안 종결자, 허벅지 종결자 등 신체나 외모에 종결자를 붙이는 일이 왜 이렇게 일상적으로 일어나지?

9. 거창한 일에만 종결자가 있는 것이 아니고 사소해 보이는 종결자를 만들어주는 것은 장삼이사(張三李四)들을 위해서 혹시 좋은 면도 있는 게 아닐까? 작은 분야에서도 전문가가 될 수 있으니까. 오타쿠의 긍정성 같은 거?

10. 각종 달인들은 그 분야의 종결자들이다. '생활의 달인'은 그런 케이스 아닌가?

11. 대한민국은 종결자들의 공간인가? 끝을 보고야 마는 사람들이 많은 사회다. 일본에 비해 인구는 절반도 안 되면서 전체 소송 건수는 10배나 많다고 하니.

12. 극한 추구의 사회는 더 강한 극한을 불러오는가? '누가 진정한 종결자일까?' 하는 관심을 만들고 그것을 공론화하고 다시 경쟁을 부추

기고 하는 과정이 반복되는 양상 아닌가? 종결자들끼리의 투쟁을 더 재촉하는 사회가 되는 것인가?'종결자 권하는 사회' 아닐까?

13. 쉽게 끝장을 보려는 심리는 결과 지상주의와 연결되나? 과정을 중시하면 쉽게 끝장을 내지 못하지 않을까? 종결을 쉽게 하지 않으려는 것은 과정을 존중하고 스스로 겸손해지려는 노력으로 볼 수 없을까?

뒤로 갈수록 아이디어가 더 깊이가 있고, 멀리 뻗어나간다는 점을 알 수 있다. 이렇게 열거된 아이디어를 몇 개의 중심 맥락으로 나눠서 재배열할 수 있다. 6-7-11-12번을 연결하면 하나의 중심 맥락이 생긴다. '극한 추구를 반복하는 사회는 어떤 의미를 가지고 있는가'에 대한 중심 맥락으로 하나의 글을 쓸 수 있다. 그런 중심 맥락이 일단 구성되면 그 맥락을 구체적으로 보여주는 사례를 생각해낸다. 그다음에 문단을 어떻게 구성할지를 결정하면 된다.

9번과 10번을 연결하면 색다른 맥락의 글을 쓸 수 있다. 일상의 사소해 보이는 일에도 의미와 가치를 두는 사람들이 늘어나는 건 사회 전체로 보면 긍정적인 일이라는 맥락을 보여줄 수 있다는 점에서 비교 우위의 통찰력을 갖췄다고 평가받을 수 있는 글이 될 것이다. 8번 하나만을 가지고 아무리 생각을 확장해도 '외모 지상주의에 대한 비판' 같은, 진부한 중심 맥락으로 연결될 가능성이 높다. 다른 것과 연결해서 중심 맥락을 만들어보는 게 대안이 된다. 13번 같은 경우 다양하고 재미있는 사례를 찾으면 하나의 작문을 쓸 수 있는 아이디어가 될 수 있다.

제시어에 대한 연상이 잘되지 않을 때는 비교, 대조, 구성 요소 분석, 범주화 등의 방법을 쓸 필요가 있다. 제시어와 비교할 수 있는 대상을 찾는 게 비교이고, 정반대의 속성을 가진 사물을 찾는 게 대조다. 제시어를 이루는 부분 집합들을 찾아보는 게 구성 요소 분석이며, 종류를 따져보는 게 범주화다. 예를 들어서 '선물'이라는 제시어라고 한다면 아래와 같이 생각해보는 식이다.

- 물질로서의 선물(눈에 보이는 선물) / 마음의 선물(눈에 보이지 않는 선물)
- 선물과 뇌물의 경계를 가르는 기준은 무엇일까(받는 사람은 선물인데 주는 사람은 뇌물?)
- 똑같은 값어치로 되갚아야 하는 선물 / 아무리 받아도 돌려줄 생각을 하지 않아도 되는 선물
- 타이밍이 기가 막히게 좋은 선물 / 타이밍이 기가 막히게 나쁜 선물
- 아무것도 아닌데 감격스러운 선물 / 값비싼 데도 형식적인 선물
- 특정한 문화에서는 선물이지만, 다른 문화에서는 무례나 무시로 여겨지는 물건이나 행동이 있을까?
- 어떤 사람에게는 선물이지만, 다른 사람에게는 무례나 무시로 여겨지는 물건이나 행동이 있을까?
- 개인과 개인 사이의 선물 / 개인과 집단 사이의 선물 / 집단과 집단 사이의 선물
- 현재와 현재 사이의 선물 / 과거와 현재 사이의 선물 / 현재와 미래 사이의 선물
- 선물 잘하는 사람의 대표적인 특징 / 선물 못하는 사람의 대표적인 특징

- 선물의 구성 요소: 마음 상태(어떤 마음으로 하는 건가), 물건, 시점, 타이밍, 가격 또는 가치, 효과

비교, 대조, 구성 요소 분석, 범주화를 통해 다양하고 입체적인 아이디어를 짧은 시간에 뽑아낸다면 차별성 있는 작문을 쓸 준비가 된 셈이다. 완성된 글을 한 편 쓰는 것만이 작문 연습은 아니다. 이렇게 하나의 제시어를 정해서 연상하고, 중심 맥락을 만들어보고, 형식과 장르를 정해보는 단계까지 반복해보는 것도 중요한 작문 연습법이다.

6

풍덩 빠지는 문체

문장을 어떻게 써야 하는지를 고민하는 예비 언론인들이 많다. 일단 작문의 문장은 논술에 비해 함축적인 성격을 띠는 게 좋다. 함축적인 것은 군더더기를 덜어낸 수준, 즉 간소함에서 한 걸음 더 나아간 개념이다. 뜻을 포괄하되 다 표현하지 않고 절제하고 자제해야 한다는 면에서 수준이 한 단계 높다고 할 만하다.

잘 쓴 노래 가사 중에는 함축적인 문장이 많다. 머금되, 다 드러내지 않는다. 한국의 시인들이 '가장 아름다운 가사' 1순위로 꼽는 이소라의 〈바람이 분다〉에는 그런 문장들이 들어가 있다. "그대는 내가 아니다"라거나 "추억은 다르게 적힌다"와 같은 문장들은 이별 후에 쏟아지는 수만 가지의 감정을 한마디로 압축해서 말하는 것처럼 느껴진다. 되새김질해도 질리지 않는다. 똑같이 '머리 자르는 이야기'이지만, 소녀시대의 〈아이 갓 어 보이(I got a boy)〉의 가사는 "무슨 일이 있었길래 머릴 잘랐대?"나 "머리부터 발끝까지 스타일이 바뀌었어"와 같이 직설적이고 하고 싶은 얘기를 곧이곧대로 다 한다. 한 번 들을 때 공감이 되더라도 자꾸 들으면 식상할 가능성이 높다.

하고 싶은 얘기를 다 하는 게 글에서는 꼭 좋은 건 아니다. 함축적으로 쓰는 게 글의 맛을 더 잘 살릴 때가 많다. 디테일한 묘사와 세세한 설명과 서사가 필요할 때는 그렇게 해야 하지만, 그럴 필요가 없을 때도 장황하게 쓰는 건 언어의 절제미를 몰라서다. 절제하고 함축적으로 쓰면 신기하게도 여백이 생기고 곱씹어도 새록새록 맛이 난다. 동양화가 질리지 않는 건 여백 때문이라는 말이 있다. 여백은 읽는 이의 공간이어서 그들이 글에 개입할 틈을 준다. 사람들은 그곳으로 들어가서 공감하고 감정 이입한다. 글쓴이가 욕심을 부려 그런 공간에까지 침투해서 글을 쓰면 "하고 싶은 얘기를 편하게 너무 다 쏟아내 글맛이 떨어진다"는 평가를 들을 수 있다. 편하다는 핑계로 듣기 싫은 얘기까지 '미주알고주알' '시시콜콜' 다 털어놓는 바람에 부담스러워지는 친구나 동료 같다고 할까? 읽는 사람에게도 여운을 남겨야 잘 쓴 글이다.

오랫동안 심사숙고한 끝에 전달하는 신중한 말이 가슴에 남듯이, 수백 번을 고쳐 쓴 정제된 글은 읽는 이의 뇌에 오랫동안 새겨진다. 아흔 살에 시를 쓰기 시작해 베스트셀러 시인이 된 일본인 할머니 시바타 도요의 시가 그런 경우다. 〈바람과 햇살과 나〉 〈어머니〉와 같은 시를 읽어보면 셀 수 없는 경험과 또 그만큼의 맥락을 '머금고' 있는 느낌이

든다.

장황하게 설명하는 문장은 지루해질 수 있다. 다음은 'B급'이라는 제시어로 쓴 작문이다. 잘 쓴 작문인데, 글 전반부의 문장들이 다소 설명식이어서 글맛이 떨어진다. 잘 쓴 글인데도 조금 더 경쾌한 느낌을 주려면 문장을 손질해야 한다. 먼저 본래 글을 읽어보자.

> 싸이가 신곡 〈강남 스타일〉로 히트를 친 후 가진 한 언론사와의 인터뷰에서 자신을 "B급 문화"로 규정한 것을 보고 김규항이 오래전 낸 책 《B급 좌파》가 떠올랐다. 김규항이 스스로를 "B급" 좌파로 칭한 것은 '주류' 혹은 '정통' 좌파의 위치에서 비껴난 곳에 자신의 좌파적 정체성을 위치시킴으로써 안이해지기 쉬운 주류가 되는 것을 경계하고 좌파적 정체성을 지켜나가기 위함이었다.
>
> 단어 자체가 함의하듯 B급의 정체성을 가진 것들은 A급에 비해 형식에서 어딘지 투박하고 그 내용 역시 쉽게 받아들여지기보다 어딘지 불편함을 자극한다. 하지만 스스로 기꺼이 B급이 되고자 한 것들의 공통점은 모두가 알파가 되려고 앞다투어 질주하는 세상에 고분고분 순응하진 않는다는 것이다. 대신 그들은 특유의 삐딱함으로, 반항기 가득한 눈빛으로, 소극적으로 혹은 적극적으로 주류적인 것에 딴지를 건다.
>
> 싸이가 최근 보여준 모습은 사뭇 다른 느낌이다. 그의 신곡이 히트를 친 것의 배후엔 최근 계약한 거대 기획사의 조회 수 밀어주기를 비롯해 자본을 동원한 공세적 마케팅의 도움이 적지 않았다. 그 '공

로'로 이름도 거창한 '옥관문화훈장'을 받았을뿐더러, 노래가 풍자한다는 지역구의 홍보 대사가 되었다. 미국 팝 시장 진출 도중 자신이 예전에 썼던 반미 성향의 랩 가사가 걸림돌로 불거질 조짐을 보이자 구구절절한 변명서를 온라인에 게재한 것은 모순의 정점이었다. 히트곡을 제외한 나머지 수록곡들은 '지나치게 잡스러운' 나머지 방송도 잘 타지 못했던 시절의 싸이는 간데없다. 그가 입버릇처럼 표방했던 B급 정신은 이제 "B급 콘셉트"에 불과해진 것 같아 씁쓸한 입맛을 다시지 않을 수 없다.

굳이 싸이의 예가 아니더라도 B급의 변절은 드문 사례가 아니다. B급 정체성 변질은 그 뿌리의 얄팍함을 탓할 수도 있겠지만, 자본의 세례를 받으면서 가장 빈번히 일어난다. 자본은 모든 무형적인 가치를 일거에 돈의 가치로 환산시켜버린다. 자본은 B급의 투박함을 세련됨으로 업그레이드시킨다. B급의 은근한 불편함과 의도된 불쾌함을 A급의 독특한 개성으로 포장한다. 마치 외진 골목에서 조그맣게 시작한 칼국숫집이 인기를 얻다 투자가 들어오고 결국에 깊은 맛은 사라진 채 입소문만 무성한 프랜차이즈로 증식하듯, 그렇게 자본은 B급의 비주류적 정서마저 '팔리는' 상품으로 둔갑시키는 힘을 갖고 있다.

달콤한 시대를 마주한 모든 B급의 정체성들에게, 그래서 더 삐딱해지기를 요구한다. B급의 조롱 섞인 비웃음 없이는, 그 꼬인 심보를 통하지 않고는 주류는 그들의 권위를 끌어내려줄 반동자를 만나기 어렵다. 필요한 순간에 공개적으로 창피당하지 못한다. 특히 자본이

> 잠식해서는 안 될 영역에 홀로 깃발을 꽂은 채 고투하는 영화의, 음악의, 학문의, 맛의, 만화의, 그리고 모든 마이너한 가치를 대변하는 B급의 정신들은 더욱 외곬 길을 걸어야 한다. 그들의 꿋꿋함과 뻔뻔함을 동력으로 그 사회의 생각과 문화는 풍성해진다. 진정한 B급은 돈의 안락함이 주는 유혹에도 열 평 남짓한 가게를 확장하지 않으려는 은근한 뚝심이다. 팔리지 않는 예술이 가진 가치다. 섹시한 가사가 아니라 적나라한 외설로, 만인의 입에 회자되는 유행어가 아니라 더욱더 불편하고 노골적인 욕설로, 모든 B급들은 삐딱하고 나지막하게 계속 읊조려져야 한다.

후반부 두 문단은 자신이 하고 싶은 얘기의 핵심이어서 비교적 자세히 쓰는 것도 좋겠지만, 전반부 세 문단은 문장들이 설명식이어서 글맛을 떨어뜨린다. 작은따옴표와 큰따옴표를 남발한 것도 눈에 거슬린다. 전반부 세 문단을 잘 읽히는 문장으로 고쳐보면 어떨까?

> 〈강남 스타일〉 대히트 후 싸이가 스스로를 'B급 문화'로 칭하는 걸 보고 김규항의 《B급 좌파》가 떠올랐다. 김규항이 스스로를 'B급'이라 부른 건 주류의 위치에서 비껴간 곳에 자신의 정치적 정체성을 놓음으로써 쉽게 주류가 돼 안이해지는 걸 경계하기 위해서였다.
> B급은 형식의 투박함과 내용의 불편함으로 상징된다. 모두가 알파가 되려고 질주하는 세상에 고분고분 순응하지 않는다. 대신 특유의 삐딱함으로, 반항기 가득한 눈빛으로 주류에 딴죽을 건다. 은근하면서

도, 의도된 이 '투박함'과 '불편함'은 B급 문화의 핵심인지도 모른다. 싸이의 모습은 사뭇 다르다. 소속 기획사의 조회 수 밀어주기를 비롯한 공세적 마케팅이 신곡 히트의 배경이 됐다는 소리도 들린다. 국가가 주는 '옥관문화훈장'을 받았고, 강남구 홍보 대사가 됐다. 반미 성향에 대한 해명은 '싸이스럽지 않음'의 정점이었다. 비히트곡은 '지나치게 잡스러워' 비방송용으로 분류됐던 시절의 싸이는 온데간데없다. 입버릇처럼 표방했던 B급 정신은 이제 'B급 콘셉트'로 바뀐 건가?

묘사와 설명의 차이

묘사가 필요할 때는 묘사를 할 줄 알아야 한다. 언어를 통해 감각 경험을 재현하는 작업을 묘사라 한다. 묘사를 잘하면 문장에 대한 주목도가 높아진다. 시각 묘사를 잘하면 보는 것처럼 읽히고, 청각 묘사를 잘하면 듣는 것처럼 읽히며, 후각 묘사를 잘하면 냄새 맡는 것처럼 읽히기 때문이다.

심리 묘사가 필요할 때도 있다. 특히 1인칭 화자 시점으로 쓰는 스토리 작문에서 화자의 심리 상태를 고백적으로 써야 할 때 더욱 그렇다. 심리 묘사를 잘하면 갈등이나 딜레마 상황에 대한 개연성과 핍진성을 높일 수 있다.

감각 묘사나 심리 묘사를 잘하려면 연습이 필요하다. 일상의 공간과 상황에서 묘사해보는 방법이 좋다. 예를 들어 버스나 지하철 같은 대중교통을 이용할 때, 카페에 앉아 있을 때, 번잡한 거리를 혼자 걸을 때, 식당에서 혼자 밥을 먹을 때 등이 각각 묘사의 기회다. 심리 묘사는 일기를 쓸 때 시도해볼 만하다. 자신의 감정이 요동칠 때를 되돌아보고 그 당시의 마음 상태를 묘사해보는 식이다. 처음에는 한두 문장밖에 쓸 수 없을 테지만, 연습을 하면 할수록 문장의 수가 기하급수적으로 늘어날 것이다.

논리적 사유로 지식과 정보를 전달하는 것을 설명 또는 서술이라고 하는데, 설명이나 서술을 길게 하면 지루하게 읽힐 가능성이 높다. 설명문 읽기가 어려운 이유다. 그러나 설명도 간결하게 하면 경쾌한 맛을 낼 수 있다.

작문 문장을 업그레이드하는 궁극적인 방법은 결국 좋은 문장을 많이 읽고 흉내 내보는 것이다. 문학 평론가들이 한국어의 아름다움을 잘 살리는 문장을 쓴다고 평가하는 소설가와 시인들의 작품을 읽고, 분석하고, 따라 해봐야 한다. 소설가로는 오정희, 신경숙, 은희경, 이혜경, 천운영, 김승옥, 김훈, 황석영, 윤대녕, 김영하, 김연수, 박민규, 천명관 등이고, 시인으로는 김혜순, 김기택, 장석남, 문태준, 황병승, 김행숙 등이 그렇다. 시적 언어는 대부분 함축적이라서 시를 읽으면 작문에 필요한 함축적 문장 연습에 간접적으로 도움이 된다.

7

스테레오타입과 결별하라

'사과'라는 과일을 두고 어떤 사람들이 떠오르는지 잠시 생각해보자. 최우선으로 떠오르는 인물은 대체로 스티브 잡스다. 뉴턴, 백설 공주, 아담과 이브, 윌리엄 텔 정도가 뒤를 따른다. 10명이면 7~8명 정도가 그렇게 대답한다. 순서도 비슷하다. 왜 사람들은 비슷한 생각을 하는 걸까? 의식의 경로 의존성 때문이다. 사람들은 비슷한 생각의 레일을 가지고 있다. 비슷한 생각을 하는 건, 경로에 의존하는 건 그렇게 생각하는 게 자연스럽고, 편하기 때문이다. 고정 관념, 정형화된 생각, 상투적인 사고법, 즉 '스테레오타입 stereotype'은 본능에 가까운 반응이지만, 애석하게도 창의성과는 배치된다.

'청춘'이라는 제시어를 주고 작문을 쓰게 하면 예비 언론인들은 어떤 내용의 글을 쓸까? 10명이 쓴다면 7~8명 정도는 엇비슷한 내용의 글을 쓴다. 이런 글은 앞부분을 읽어보면 어떤 내용으로 전개될지가 빤히 보인다. 대충 이런 식이다.

- 청춘은 보통 아름답다고 하는데 한국의 청춘은 일자리 문제, 등록금 문제, 스펙 쌓는 문제 등 극단적 경쟁으로 내몰리는 삶을 살고 있어서 아름답지도, 행복하지도 않다.
- 청춘이니까 아픈 게 당연하다고 하는 기성세대나, 청춘이라서 당연히 아프다고 하는 건 청춘들을 기만하는 행위라고 비판하는 기성세대 모두 말로만 청춘을 위하는 것이지 진정 청춘의 문제를 고뇌하지는 않는다
- 여러 갈래로 터져 나오는 20대론, 청춘론과 상관없이 청춘은 오늘도 고통 속에 살고 있다.
- 오늘날 청춘이 이런 고통 속에 사는 것은 획일화된 교육 제도와 한 줄 세우기식 경쟁 체제로 요약되는 사회 구조 때문이다.
- 오늘날 청춘은 사회가 준 구조적 고통과 모순 때문에 사랑과 결혼마저도 유예하거나 포기한 채 청춘의 시절을 보내고 있다.

10명 가운데 7~8명이 이런 식의 천편일률(千篇一律), 대동소이(大同小異)의 글을 쓴다. 나머지 2~3명 가운데 1~2명은 아예 앞뒤가 안 맞는 글을 쓰고, 한 명 정도가 예측하지 못한 내용의 글을 쓴다. 7~8명이 쓴 이런 글은 '교훈적인 글'이다. 교훈적인 글은 뻔한 생각, 식상한 아이디어, 어디서 본 듯한 발상법에서 나온다. 교과서적인 접근이라고도 할

수 있다. 교과서만큼 재미없는 책은 없다.

왜 이런 현상이 벌어질까? 정해진 코스로 생각하도록 세뇌 교육을 받아서이다. 열린 결론으로 가는 토론을 해보지 못한 탓이다. 이분법적인 사고에서 벗어나 제3섹터, 제4섹터의 가능성을 고려하지 못한 결과다. 이 때문에 고정 관념으로 뇌가 찌들어 있다. 기성세대이든 젊은 세대이든 어린이들이든 마찬가지다.

다양한 생각을 못 하는 건 자꾸 다른 사람들 눈치를 보기 때문이기도 하다. '나는 이렇게 생각한다'고 얘기해도 듣는 사람들이 '응, 너는 그런 생각이구나' 하고 쿨하게 들어주는 분위기라면 좋겠는데 그런 문화가 전혀 아니다. 남의 생각이나 사생활에 대해 감 놔라 배 놔라 쓸데없이 관심을 보이고 쓸데없는 한마디씩을 하고, '너는 왜 그런 식의 이상한 생각을 하느냐'면서 하이에나처럼 물어뜯기를 해야 직성이 풀리는 심성을 지녔다.

이념적 지향도 보수 진보 두 진영에 확실히 속하는 생각은 환영받지만, 그렇지 않은 제3지대의 생각이라는 게 살아남기 힘들다. 마녀사냥으로 한 사람을 매장하는 일이 쉴 새 없이 반복되는 사회다. 우리 사회가 오랜 시간을 두고 반성해서 고쳐야 할 대목이다.

딱딱하게 굳은 뇌를 풀어줘야 한다. 생각의 양을 줄이거나 늘리는 게 아니라 생각의 방법과 방향성을 바꿔야 한다. 뇌 활동의 전환점은 무엇보다 호기심이다. 호기심 많은 사람이 보는 세상과 호기심 없이 그럭저럭 사는 사람의 뇌는 창의력 면에서 차이가 크다. 호기심 많은 사람은 일상에서의 학습력이 뛰어나다. 간단한 테스트로 자신의 호기심

지수를 알아보는 방법이 있다. 아래 제시된 내용 가운데 자신에게 해당하는 것이 얼마나 되는지 세어보자.

1. 우연히 발견해낸 통찰이나 의문점들을 기록한 노트가 있다.
2. 나는 항상 뭔가 새로운 것을 배우고 있는 중이다.
3. 중요한 결정을 해야 할 때 나는 이전에 해본 적이 없는 다른 식의 접근법을 쓰곤 한다.
4. 나는 맹렬한 독서광이다.
5. 나는 어린이들한테서도 배울 게 있다고 생각하는 편이다.
6. 나는 문제를 '규정'하고, '해결'하는 데 능숙하다.
7. 내 친구들은 나에 대해 개방적이고 호기심 많다고 말한다.
8. 매일 같은 길을 걸을 때 남들이 알아차리지 못하는 변화된 점을 먼저 발견하는 경우가 많다.
9. 신조어나 새로운 트렌드에 대해서 관심이 많고, 남들보다 빨리 습득하는 편이다.
10. 일상생활에서 명상, 성찰을 하기에 적당한 시간을 알고 있고 짬이 나면 실천한다.

10개 중에서 일곱 개 이상에 해당한다면 호기심 지수가 무척 높은 편에 속한다. 창의력이 높다는 평가를 받을 가능성이 높다. 세 개 이하의 경우에는 호기심이 많지 않은 편이다. 이런 경우에는 기존의 방식대로 생각하는 걸 선호하고, 새롭게 생각하는 걸 체질적으로 귀찮아할 가능성이 높다.

일상생활에서 호기심을 높이려면 유심히 관찰해야 한다. 호기심 가득한 눈으로 세상을 보는 것이다. 매일 보는 것도 시각을 달리하면 무척 달라 보인다. 잘 안될 때는 일부러라도 못 봤던 것을 봐야 한다. 그래야 자신의 선입견이나 편견이 더 많이 깨진다. '도대체 왜 그럴까?'라는 문장을 머리에 심어놓고 새로운 관찰을 할 때마다 항상 꺼내서 관찰의 내용에 대입해봐야 한다.

- 도대체 왜 매운 음식을 파는 음식점들이 자꾸 늘어나지?
- 도대체 왜 '푸드 포르노'라고 불리기도 하는, 단순한 먹방 유튜버 영상이 조회 수 수백만을 기록할까?
- 도대체 왜 쓸데없이 인터넷 서핑하는 시간은 늘어나는데 나한테 쌓이는 지식은 없는 거지?
- 도대체 왜 스마트폰을 쓰는 나는 스마트해지기는커녕 뭘 기억하는 능력이 퇴보하는 느낌일까?
- 도대체 왜 가난한 사람들은 가난한 사람들을 위한 정당보다 부자를 위한 정당에 투표하는 비율이 높은 거지?

생각해보면 세상은 궁금한 것투성이다. 우리가 그걸 호기심 어린 눈으로 보지 않았을 뿐이다. 궁금한 걸 못 견디고 탐구하려는 이들의 뇌가 생산적인 뇌이고, 창조적인 뇌이다.

창의적인 사고력은 태어날 때부터 지닐 수 있는 건 아니다. 후천적인 노력으로 기르는 것이다. 창의적 사고법 또는 창의적 아이디어 발상법을 다룬 책들을 읽고 연습해봐야 한다. 그런 공부가 작문을 쓰는 데 도움을 준다.

《생각의 탄생》[16]을 쓴 로버트 루트번스타인과 미셸 루트번스타인은 역사적으로 창조성을 빛낸 사람들이 사용해온 '열세 가지 생각 도구'를 소개한다. 관찰, 형상, 추상화, 패턴 인식, 패턴 형성, 유추, 몸으로 생각하기, 감정 이입, 차원적 사고, 모형 만들기, 놀이, 변형, 통합 등이 그것이다. 이 가운데 관찰, 형상, 몸으로 생각하기, 감정 이입, 놀이, 변형, 통합 등은 작문을 쓸 때 직접적으로 참고할 만한 방법론이다.

위르겐 볼프가 쓴 《생각 터지는 생각법》[17]에는 구체적인 아이데이션ideation 방법론이 소개돼 있다. 작문은 아이디어로 쓰는 글인데, 최초의 아이디어 실마리를 찾더라도 그것을 전개하고, 확장하고, 조직하는 과정이 없으면 완성된 글에 이르지 못한다. 최초의 실마리를 완성태로 바꾸는 과정에는 아이데이션이 필요하다. 동서고금의 인문학 지식에서 발견한 42가지 발상법을 다룬 《아이디어 대전》[18]과 같은 책도 작문을 쓸 때 어떻게 아이디어를 발상할 것인가에 대한 대답이 될 수 있다.

언급한 책들 이외에도 창의적 아이디어 발상 능력을 길러주는 책들은 작문을 쓸 때 직접적인 도움을 주기 때문에 준비생들이 적극적으로 찾아 읽을 필요가 있다. 이렇게 길러진 역량은 입사에 도움을 줄 뿐

16 로버트 루트번스타인·미셸 루트번스타인, 박종성 옮김, 에코의서재, 2007.

17 위르겐 볼프, 정윤미 옮김, 북돋움라이프, 2014.

18 책읽는원숭이(도쿠쇼자루), 지비원 옮김, 클, 2017.

만 아니라 입사 이후 현직 생활에서 직무 역량의 핵심을 이루게 된다.

글을 가지고 놀아라

창의적 발상을 통해 작문을 쓰고 싶을 때 유의해야 할 점들을 정리해본다.

먼저, 게임을 하듯이 글을 써볼 필요가 있다. 변화를 다양하게 줌으로써 예상하지 못한 효과를 얻는 것이다. 형식과 장르, 화자의 시점, 공간과 시간, 접근법 등에 변화를 주면 기존의 글과는 다른 효과를 낼 수 있다. 논픽션 에세이를 픽션 스토리로 바꾸거나 그 반대의 시도도 해본다. 화자인 나의 자기 고백적 화법이 효과를 발휘할 수 있는 1인칭 화자 시점과 한 발 떨어져서 거리 두기를 해야 하는 3인칭 화자 시점은 느낌과 결이 다르다. 누구의 시점이냐에 따라 사물이나 사건이 달리 보인다. 페미니즘이 채택한 전술 중 하나인 '미러링'이 대표적인 사례다.

내가 경험하지 못한 주체를 설정해 작문을 할 때 '당사자의 언어와 표현법, 감수성'을 보여줄 수 있느냐가 관건이다. 글을 읽는 독자, 즉 수용자는 내가 아니다. 글 쓰는 이는 자기 객관화를 할 줄 알아야 공감하는 글을 쓸 수 있게 된다. 수용자의 감정과 감수성에 걸맞은 내용과 표현으로 글을 써야 한다. 글 쓰는 이가 자기감정에 취해서 허덕이면 읽는 사람은 어색한 감정을 느낄 수 있다. 독자가 글쓴이의 감정에 이입하게 만드는 요소가 무엇인지에 대한 탐구가 필요하다. 개별성에 녹아 있는 보편성을 잘 끄집어내고 수용자의 입맛에 맞게 가공하는 능력을 길러야 한다.

미디어가 이미 소비한 이미지나 상징을 그대로 쓰면 상투적으로 흐를 가능성이 높다는 점도 기억해야 한다. 표현력이 뒷받침되지 않으면 작위적인 느낌을 줄 수 있다. 예를 들어 '위안부' 피해 할머니들을 소재로 다룬 이야기나 장애인 이야기, 성 소수자 이야기, 빈곤층 이야기 등이 대체로 그렇다. 소수자나 약자의 이야기를 소재로 쓸 때 소수자성에만 집중해서 그 소수자성이 그 또는 그녀의 정체성을 대표하는 것처럼 서술하거나 묘사하는 경우 대체로 스테레오타입의 함정에 빠지게 된다. 소수자들은 보통 자신들이 가진 소수자성을 자신의 가장 중요한 정체성으로 인식하지 않는다. 비소수자들이 지레짐작하는 것이다.

반려동물 천만 마리 시대에 접어들면서 반려동물이 주인공으로 등장하는 작문을 쓰게 되는 경우도 많아졌다. 고양이나 개를 의인화하는 것인데 이때는 시선이나 관점이 적절하고 자연스러워야 한다. 식물 화자는 동물 화자보다 난도가 높다. 생물이 아닌 무생물이나 개념 등을 화자로 쓰는 건 더 어려운 일이다. 풍자(諷刺)라면 강하게 찌르는 맛이 있어야 하니 형식을 아예 달리하는 방법, 예를 들어서 우화 형식 등을 고려해보는 것도 좋다. 그래야 풍자를 할 여지가 넓어진다.

눈길이 가는 소재를 쓴다고 성공이 보장되는 건 아니다. 소재주의로만 접근하면 선정주의(sensationalism)로 흐르기 쉽다. 사실 자극적인 소재일수록 쓰기가 어렵다. 독자의 기대를 충족해야 하기 때문이다. 예를 들어 사람이나 반려동물이 죽는 이야기라면 읽으면서 눈물이 나거나 가슴이 먹먹해야 하는데, 무덤덤하기만 하다면 실패나 마찬가지다.

결국 'What'이 아니라 'How'가 중요하다. '무엇'을 생각하는가보다는 '어떻게' 생각하는가가 관건이다. 같은 소재를 주더라도 쓰는 사람에 따라 활용도가 천차만별이기 때문이다. 엄청난 경험을 잡동사니로 쓰는 사람도 있고, 그냥 보면 별것 아닌 경험을 보물로 바꾸는 사람도 있다. 아는 만큼 보이고, 느낀 만큼 공감한다. 글도 마찬가지다.

8

내가 좋아하는 것으로 킬러 콘텐츠를 만들어라

작문 글감을 찾는 일은 논술 재료를 찾는 것에 비해 어렵다. 논술의 논제 정리에는 비교적 뚜렷한 주제들이 있다. 정리를 위해 봐야 할 기사나 책, 논문이 무엇인지도 분명한 편이다. 논제 정리는 결심한 뒤 제대로 하느냐, 마느냐의 문제인 데 비해 작문 글감을 찾는 일은 망망대해에서 난파한 배를 찾아 나서는 느낌이다. 도대체 뭘 가지고 쓰지, 어떻게 정리해야 하지, 정리라는 게 효과가 있기는 한 걸까? 의문이 꼬리에 꼬리를 물고 이어진다. 자연스러운 현상이다. 그러나 길이 없는 건 아니다.

논술의 글 재료를 선택할 때는 제한 조건이 많다. 예를 들어서 논증 과정에서 근거로 쓰이는 사실facts과 데이터data를 고를 때도 적합성을 따져봐야 한다. 정확해야 하고, 대표성이 있어야 하고, 믿을 수 있어야 한다. 이 조건을 충족하지 못하면 근거로 쓰기에 부적절하다는 평가를 받을 수 있다. 이에 견줘 작문에 쓰는 글 재료는 엄격한 조건을 갖추지 않아도 된다. 개인적 경험이나, 상상력의 범주에 속하는 내용들도 다룰 수 있다. 중요한 건 자기가 좋아하는 재료일 때 유리하다는 것이다. 접근하기 좋고, 깊이 있게 다룰 수 있기 때문이다. 자신이 좋아하는 주제, 분야, 아이템들은 모두 작문의 훌륭한 재료가 될 수 있다. 구체적인 방법론을 살펴보기로 하자.

첫째, '콘텐츠 확장성'이 높은 글감으로 콘텍스트를 정리하라

작문을 염두에 둔 독서라면 어떤 책을 읽어도 좋다. 다만, 책 내용을 단순 암기하는 건 도움이 안 된다. 책에 나오는 오리지널 콘텐츠에 자기 생각을 담아야 한다. 제3의 콘텐츠로 재구성하는 과정에서 생각의 근육을 기르는 게 독서의 목표다. 이때 인상적인 내용을 발췌·발제해서 노트에 정리하면 큰 도움이 된다. 자료에서 읽은 내용 그대로를 옮기는 것을 '텍스트를 정리한다'고 하자. 여기에는 반드시 그 텍스트에 대한 자기 생각을 적어두는 공간을 마련해두어야 한다. 그것을 '콘텍스트(문맥)'라고 부르기로 한다. '나는 그것을 이런 맥락에서 이해했다'는 뜻이다. 텍스트는 하나이지만, 콘텍스트는 적어도 다섯 개 이상 되어야 한다. 콘텍스트 수가 많아질수록 생각은 더 다양해지고, 깊어지고, 뻗어나간다. 사고의 다양성, 심층성, 확장성을 기르는 과정이다. 이런 연습을 꾸준히 하면 지식 창출적·통합적·통섭적 사고력이 길러진다. 생각의 근육을 키우는 최적의 방법이다.

글감을 모을 때 다른 방법을 쓰지 않고 이 방법 하나만 써도 상당한 효과를 볼 수 있다. 지루하고, 짜증 날 수도 있는 방법이어서 꾸준히 하는 이들이 많지 않은데 그런 고통을 이겨내고 인내한 이들은 그 결실이 얼마나 달콤한지 알게 된다. 입사한 제자들 가운데는 이 연습만 집중적으로 한 뒤에 작문을 본 궤도에 올려놓은 이들이 많다. 뇌의 연상 작용을 끊임없이 자극하고 콘텐츠를 연결하는 작업이기 때문에 일정한 시점이 되면 자기 생각이 스스로 놀랄 정도로 질적인 진화를 했다는 느낌을 받게 된다. 산술급수적으로 쌓이던 지식이 기하급수적으로 늘어나면서 생각의 방식이 바뀐다는 뜻이다.

예를 들어보자. 콘스탄틴 비르질 게오르규의 소설 《25시》를 읽다 보면 '잠수함의 토끼'에 대해 얘기하는 장면이 나온다. 과거의 잠수함은 토끼를 태우고 다녔다고 한다. 탁한 공기에 민감한 반응을 보이는 토끼는 밀폐 공간인 잠수함의 공기 교체 시기를 알려주는 구실을 한 것이다. 작가 게오르규는 잠수함의 토끼처럼 종말을 향해가는 답답한 세상을 먼저 감지했다. 이런 인상적인 대목이 나올 때 노트를 꺼내서 자신의 생각을 적어보는 것이다. 텍스트는 오리지널 콘텐츠이고, 콘텍스트는 텍스트에 대한 자신의 맥락적 이해다.

■ 텍스트: '잠수함의 토끼'(게오르규의 소설 《25시》에서)

■ **콘텍스트:**

① 위험을 먼저 감지하는 존재. 천재지변을 먼저 알아차리는 동물들. 지진을 먼저 알아차리고 피하는 뱀 등 파충류들.

② 같은 맥락으로 볼 수 있는 사례들. 예를 들어서 '광산에서 광부들이 갱도에 들어갈 때 카나리아를 들고 들어간다.'

③ '위험 감수성' '위험 예측 지수'라는 단어가 떠올랐음. 최초로 느끼는 사람들은 소수자일 수밖에 없다는 생각을 함. '인권 감수성'은 상대적임. 어떤 문제가 인권의 문제인지 아닌지를 판단할 때 인권 감수성을 지니고 있는지에 따라 달라짐.

④ 지구의 환경 문제가 앞으로 인류를 위협할 정도가 될 것이라고 최초로 경고한 레이철 카슨의《침묵의 봄》이 생각남.

⑤ 인간이 자신들을 위해 동물을 희생양으로 만든 사례. 이런 상황에 대해 큰 문제의식이 없는 인간들. 예를 들어 실험 동물들의 희생.

⑥ '불편한 진실'은 이럴 때 쓸 수 있는 말.

이런 식으로 가지가 뻗어나가듯이 생각을 진전시켜보는 연습이 필요하다. 텍스트보다는 콘텍스트가 풍부하게 나와야 이 연습을 하는 목적이 달성된다. 예비 언론인들이 한 사례를 조금 더 살펴보자.

■ 텍스트: 집이란 역사와 동떨어진 대피소가 아니다. 집이야말로 역사가 끝나는 곳이다(빌 브라이슨,《거의 모든 사생활의 역사》에서).

■ **콘텍스트 :**

① 진짜 역사는 사람들의 일상적인 일을 빼놓고 얘기하기 힘들다. 그런데 왜 우리는 역사를 중대한 사건 위주로만 배울까?

② 우리가 알고 있는 역사는 사람들이 살아온 얘기를 제대로 담고 있는 걸까?

③ 지금 시대를 역사로 남긴다면 어떤 내용들이 들어갈까? 중요한 사건들로만 구성되는 역사라면 아마도 사람들이 일상에서 겪는 많은 일들은 배제된 채로 쓰이지 않을까?

④ 집 말고 다른 일상적인 물건이나 사물을 가지고 인류의 역사를 살펴보는 일도 가능하지 않을까? 책《총, 균, 쇠》도 그런 사례로 볼 수 있고, 커피의 역사를 통해서 인류 문명사를 보는 경우도 있고, 마약의 역사를 통해서 인류 문명사를 보는 사례도 있음.

⑤ 근본적인 구성 요소를 빠트린 채로 거대 담론에 휩싸여서 관념적인 토론이나 논쟁만 하는 현상과 관련지어 얘기를 풀어나갈 수도 있을 듯.

⑥ 디테일의 힘. 역사를 보는 데 집을 빠트려서는 안 된다는, 미시사에 기반을 둔 역사관은 디테일의 힘을 보여주는 사례가 될 수 있음. 감독 봉준호는 영화 제작에서 디테일의 힘을 가장 잘 표현해내는 감독으로 알려져 있음.

⑦ 집을 통해 역사를 보는 것처럼 집이 그 사람을 보여주는 측면도 있지 않을까? 한국이 아파트 공화국이라고 분석한 프랑스 학자가 책을 낸 일도 있는데 이것은 한국 사람들이 아파트를 가장 유력한 재테크 수단으로 보기 때문에 가능했으므로, 사회적인 차원에서도 이렇게 분석

할 수 있다면 개인적인 차원에서도 어떤 집을 선택해서 살고 있느냐는 그의 가치관을 반영하고 있다고 말할 수 있음.

모든 글쓰기에 적용되는 것이지만, 작문 글감으로 쓰기 위해서는 정리가 필수다. 글감을 정리하면서 책을 읽어야 한다. 무작정 읽는다고 글감이 쌓이는 건 아니다. 정리하지 않으면서 읽으면 80% 이상은 기억 저편으로 증발해버린다. 곁에 두고 오랫동안 쓰려면 자기 내부로 끌어들여야 한다. 글감이 쌓이는 과정은 단순히 글의 재료가 쌓이는 과정이 아니라 자기 생각이 그만큼 깊어지고 풍부해지는 과정이다. 그렇게 되려면 글감 정리 과정이 치밀해야 한다.

책을 고를 때는 '콘텐츠의 확장성이 큰 것'부터 골라야 한다. 그래야 여러 분야나 주제에 적용 가능하다. 고전이라고 인정받는 책들은 수백 년에서 수천 년 이상 동안 검증받은 콘텐츠라는 점에서 믿을 만하다. 다만, 고전을 읽을 때는 고전이 동시대에 던져주는 의미에 집중해서 내용을 파악해야 한다. 얼핏 보기에 현재적 의미가 없어 보여도 그것을 찾아가는 과정 자체로 큰 도움이 될 수 있다.

두 분야 이상을 아우르는 통섭류의 책도 권할 만하다. 창의력은 이질적인 요소가 부딪칠 때 생겨나는 경우가 많다. 이질적인 요소를 한데 묶어 새로운 뭔가를 생산해내는 이들이야말로 창조적이다. 이런 책들을 읽을 때는 저자가 어떤 문제의식으로 두 가지 이상의 서로 다른 이질적 요소를 한데 묶어 생각하게 됐는지를 눈여겨보고 따라 배울 필요가 있다. 깨달은 바가 있다면 곧바로 메모한 뒤 자신이 쓰는 글에 응용할 줄 알아야 한다.

그것이 책이든 신문이든 잡지이든 아니면 다른 인쇄물이든지 간에 뭔가를 읽다가 필요를 느낄 때 바로 메모를 해놓자. 메모야말로 작문 글감을 모으는 데 가장 유용한 습관이다.

둘째, 낯익은 소재는 깊이 있게 낯선 소재는 친절하게 접근하라

너무 익숙하면 지루해서 식상하고, 너무 낯설면 어려워서 포기한다. 작문 글의 재료를 선택할 때 어떤 기준을 적용할지에 관한 얘기다.

너무 익숙하지도 너무 낯설지도 않은 콘텐츠를 찾는 게 좋다. 호기심이 생기기 때문이다. 조금만 신경 쓰면 알 수 있다는 느낌을 받을 때 뇌세포에는 반짝하고 불이 들어온다. 공부를 할 때도 조금 노력해서 알 수 있겠다고 하면 의욕이 솟지만, 낯설고 어려운 내용이 자꾸 나오면 책을 덮어버리지 않는가? 전문 영역의 논문은 못 읽어도 전문 영역을 대중적으로 재미있게 풀어 쓴 책에는 자꾸 손이 가는 현상을 기억해보라. 글을 읽는 사람이나 평가하는 사람들의 뇌도 똑같은 반응을 보인다고 생각하면 된다.

너무 자주 소비되는 소재를 선택할 때는 위험이 따른다. 진부하게 흘러갈 공산이 크기 때문이다. 한국 정치의 고질병, 일자리를 비롯한 청년 문제, 학벌주의와 무한 경쟁주의로 일관하는 교육 문제 같은 소재와 주제는 많이 다루어진 것이기에 평범하게 쓴다면 눈에 들기 어렵다.

매번 보던 내용을 반복한다고 생각하기 때문이다. 그리고 그런 소재들에 대해서 사람들은 자신도 어느 정도는 전문가라고 생각하는 경향이 있다. 한국 성인 남자들이 모두 축구 전문가인 것처럼 말이다. 국가 대항전이 있을 때면 '누구는 빼고 누구를 기용하라.' '누구는 왼발을 잘 쓰니 어느 포지션에 넣어야 한다'는 식으로 자신이 감독인 양 말하는 걸 보면 알 수 있다.

정치나 청년 문제, 교육 문제도 한국 사람들이 가장 관심이 큰 사안이기 때문에 누구나 어느 정도는 정보와 지식, 견해를 가지고 있게 마련이다. 작문 글을 평가하는 이들은 말할 것도 없을 테다. 대충 얘기했다가는 본전도 못 찾는 영역이다. 입 가진 사람이라면 다 한마디씩 하는 소재나 영역에 대해서 쓸 때는 '내가 쓰고 있는 게 너무 진부한 내용이 아닌가?' 하고 자꾸 되물어야 한다.

너무 낯선 소재를 낯설게 쓰면 읽는 사람의 호기심을 눌러버린다. '내가 올라가지 못할 나무야'라고 생각하면서 글을 그만 읽게 된다. 전문 영역에 관한 얘기를 전문가들이나 알아들을 수 있는 용어와 방식으로 풀어나간다면 보통 사람들의 읽을 의지를 꺾어버릴 수 있다. 또 극소수의 사람들만 알고 있는 내용을 쓰면서 제대로 설명해주지 않으면 마찬가지로 읽고 싶은 마음이 안 생긴다. 예를 들어 영화를 소재로 쓸 때 1000명이 채 안 되는 사람만이 관람한 저예산 독립 영화를 사례로 거론한다면 글에 대한 접근성이 떨어지게 된다. 아는 사람이 별로 없기 때문에 영화의 줄거리와 배경을 장황하게 설명해야 하는 번거로움이 따른다.

그러면 너무 익숙하거나 너무 낯선 소재를 쓸 때 어떻게 해야 할까? 방법은 있다. 너무 익숙할 때는 조금만 더 깊이 들어가면 새로운 길이 생긴다. 너무 낯설 때는 조금만 친절하게 풀어 써주면 역시 새로운 길이 생긴다.

익숙한 소재에서는 깊이가 중요하다. 한 꺼풀 벗기고 더 들어가면 된다. 알맹이를 보여줘야 한다는 욕심은 부리지 않아도 된다. 그 자체로 깊이가 있어 보인다. 디테일에 조금만 신경 써도 달라 보인다. 그러려면 소재와 글 재료에 대한 탐구 수준이 '탐닉'까지는 아니더라도 '탐색' 정도는 돼야 한다. 아래의 사례를 보자.

1단계 세종대왕은 공부하는 걸 좋아했다.

2단계 세종대왕은 밥을 먹을 때도 책 두 권을 밥상에 놓고 번갈아 보면서 밥을 먹을 정도로 책 읽는 것을 좋아했다고《조선왕조실록》은 전한다. 사신이 일본에 갈 때는 일본에 어떤 책이 있다고 들었으니 반드시 구해오라고 부탁할 정도였다.

1단계처럼 쓰면 읽는 사람은 식상하다고 생각한다. 역사 드라마를 좋아하는 이들도 그 정도는 쓸 수 있다. 따라서 읽는 이의 뇌는 무반응이다. "그걸 모르는 사람이 누가 있어?" 하면서 무시한다. 2단계 정도만 가도 "그랬단 말이야?" 하고 관심을 보인다. 3단계는 한술 더 떠주는 것이다. 다음 두 문장을 덧붙이는 식이다. "세종대왕은 책을 좋아하는 대신 운동을 멀리했고, 그래서 뚱뚱한 체형이었다. 아버지 태종은 아들의 비만 체형을 걱정한 나머지 세종을 억지로 사냥에 데리고 나가곤 했다." 3단계로 접어들면 읽는 사람은 은근히 부러워하는 눈길을 보낸다. 부러운 시선을 느끼고 싶으면 조금만 더 들어가면 된다. 아래에 나오는 이순신 사례도 마찬가지다.

1단계 이순신은 뛰어난 리더십으로 전투를 항상 승리로 이끌었다.

2단계 이순신이 전투에서 승리할 수 있었던 것은 무엇보다 그가 싸움의 조건을 스스로 정했기 때문이다. 주도적으로 준비한 싸움을 했다는 얘기다. 실제로 조선 수군의 승리를 분석해보면 이순신은 언제나 자신이 원하는 시간, 장소, 방식으로 전투를 했고, 조건이 맞지 않을 때는 기다렸다가 조건을 맞춘 다음 싸움에 나갔다. 이순신은 왕의 명령도 따르지 않을 정도로 자신의 원칙을 고수했다.

'뛰어난 리더십' 운운해서는 읽는 사람의 뇌에 반응을 일으킬 수 없다. 막연한 얘기로는 누구의 뇌도 깨울 수 없다. 관심과 호기심을 불러일으켜야 한다. '이 이야기를 읽는 사람은 어떤 반응을 보일까'를 매 순간 염두에 두고 글을 써야 한다. 대중적인 글을 써야 하는 사람들의 숙명 같은 것이다. 그걸 못 견디면 자기만족적 글쓰기 영역에 머물러 있으면 된다.

처음에는 신선한 재료였다가 시간이 지나면 흔한 재료가 되기도 한다. "말콤 글래드웰이 《아웃라이어(Outlier)》[19]에서 '1만 시간 법칙'을

19 말콤 글래드웰, 노정태 옮김, 김영사, 2009.

주창했다"고만 쓴다면, 그것은 이미 많은 사람이 아는 얘기를 반복하는 것밖에 안 된다. '특별한 기회'와 '역사 문화적 유산'이라는, 두 측면에서 상위 1%의 성공 비결을 분석한 그 책에서 저자는 타고난 천재는 없고, 10년 동안 하루에 3시간씩 1만 시간을 연습해야 비로소 전문가로 거듭날 수 있다는 점을 역설한다. 그러나 이는 이미 널리 알려져 있어 신선한 얘기가 되기 어렵다. 주목도 있는 콘텐츠가 되려면 1만 시간 법칙을 기본 재료로 하고, 거기에 자기 생각을 듬뿍 담아서 질적으로 다른 콘텐츠로 보이도록 해야 한다.

너무 낯선 소재를 선택했을 때는 눈높이를 낮춰야 한다. 읽는 사람이 한 번 읽어도 알아들을 수 있도록 쓸 방법에 집중해야 한다. 글쓰기를 할 때 이론적인 배경을 꼭 언급하고 싶어 하는 사람들, 잘 알려지지 않은 어려운 학술 용어를 포함해야 제대로 된 글이라는 강박 관념을 가진 사람들, 읽는 사람이 다소 이해하기 힘든 현학적인 부분이 일부라도 있어야 멋진 글이라고 생각하는 사람들은 독자를 배려하는 글쓰기 정신이 왜 필요한지 고민할 일이다.

셋째, 자기 경험은 선별해서 드러내라

작문을 하다 보면 자기 경험이 자연스럽게 나오게 되는 경우가 많다. 직접 경험을 쓰는 게 좋은 이유는 따로 내용을 암기할 필요가 없이 기억해내 쓰기 때문에 시도하기 쉽다는 데 있다. 그렇다고 무조건 장점만 있는 건 아니다. 다른 사람도 다 했을 법한 경험을 평범하게 정리한다면 차별성이 없어서 눈길을 끌기 어렵다. 과장하게 되면 억지스러운 내용으로 구성될 수도 있다.

요컨대 작문을 할 때 직접 경험을 포함하는 게 필수는 아니다. 경험을 쓰지 않고 다른 내용으로 승부를 볼 수 있다면, 쓰지 않아도 무방하다. 한마디로 터부의 대상도, 필수 요건도 아니라는 얘기다. 그렇다면 어떤 경험을 어떤 방식으로 써야 하는가의 문제가 남는다.

자기 경험을 작문에 녹여내고 싶다면, 먼저 자기 경험을 정리해봐야 한다. 글을 써가면서 정리하는 게 좋다. 글을 쓰다 보면 미처 기억하지 못했던 부분도 생각나고 그동안 막연하고 어렴풋하게 생각했던 내용이 분명해지면서 새롭게 깨닫는 부분도 생긴다.

우선 임팩트가 강한 경험을 정리해본다. 예를 들어서 히말라야를 정상 바로 아래 캠프까지 등정했다거나, 남북 아메리카를 3개월 동안 혼자서 자전거로 여행했다거나, 철인 3종 경기에 도전해서 성공했다거나 하는 경우다. 경험 자체로 눈길이 간다. 그렇지만 이런 식의 경험을 한 사람을 찾기는 어렵다. 경험이 강렬하다고 모두 좋은 글로 이어지는 것도 아니다. 너무 밋밋하게 표현하거나, 핵심적으로 강조할 부분을 찾지 못해 시간 순서대로만 나열하면 강렬한 경험은 좋은 글이 될 수 없다.

얼핏 보아 임팩트가 약한 경험이라도 그 속에서 남들이 얻지 못한 통찰을 하고 이를 글로 써낸다면 괜찮은 작문이 될 수도 있다. 철인 3종 경기보다 10킬로미터 단축마라톤의 경험이 더 강렬하게 다가올 수 있다는 뜻이다. 경험을 한 사람이 그 경험을 통해 얼마나 많은 걸 깨달았느냐가 중요하다.

독일 녹색당 출신 정치인으로 외무장관까지 역임했던 요슈카 피셔가 쓴 《나는 달린다》[20]라는 회고록을 보면, 그는 마라톤을 단순히 살 빼기 수단으로 보지 않는다. 마라톤의 다양한 측면, 즉 인체 생리학적 측면, 심리적 측면, 인류 문명사적 측면, 지리학적 측면, 환경적 측면 등을 다양하게 조명하면서 글을 쓰기 때문에 읽는 사람은 페이지를 넘길 때마다 '나도 달리고 싶다'는 욕망에 시달리게 된다.

3종 철인 경기를 해도 메모 한 장 남기지 못하는 사람이 있고, 10킬로미터 단축 마라톤을 뛰고도 책을 내는 사람이 있다. 자기 경험을 작문에 제대로 활용하면 여러 긍정적 효과를 기대할 수 있다. 일단 글쓴이도 쓰기 편하고, 읽는 사람도 쉽게 수용할 수 있다. 공감할 수 있는 내용이라면 특히 더 그렇다. 남의 인생을 몰래 들여다본다는 느낌이 주는 긴장감도 글의 주목도를 높인다. 경험을 소개하는 글이 성공하려면 필요한 게 있다. 개별자의 경험에 담긴 보편적인 진실을 자연스럽게 보여주는 과정이 있어야 한다는 점이다. 그래야 생각의 깊이나 다양성이 남다르다는 걸 드러낼 수 있다.

직접 경험에는 취미, 특기, 전공이 모두 포함된다. 여기에 직접 체험한 사건이나 인생의 소소한 일들까지 아우른다. 보통 자신의 대학 전공은 글쓰기에 쓸모가 없을 거로 생각하는 예비 언론인들이 많은데 꼭 그렇지는 않다. 어떤 전공이라도 작문에 써먹을 수 있는 부분이 있다.

20 요슈카 피셔, 선주성 옮김, 궁리, 2007.

모든 학문의 영역은 연관되어 있기에 소통할 여지가 있다. 다만, 쓰는 사람이 그것을 볼 수 있느냐 없느냐의 차이만 있을 뿐이다. 전공 공부를 할 때 읽었던 책에서 작문에 쓸 만한 내용은 따로 노트에 정리해볼 필요가 있다. 상식 수준으로 알려진 내용은 깊이를 더하고, 너무 어려운 이론은 풀어서 설명해줄 수 있도록 다시 정리하면 된다.

취미나 특기는 아마추어 수준에서 쓸 수 있는 내용이면 곤란하고 아마추어와 프로페셔널의 중간 수준인 '세미(semi) 프로'는 되어야 쓸모 있다. 그래야 눈길이 가는 재료가 된다. 취미 중에서 전쟁사를 유독 좋아하는 제자의 작문 일부다. 제시어는 '선'이었다. 자신이 알고 있는 사례들을 몇 개만 끌어모아도 두세 문단은 충분히 만들 수 있다.

> 숨 가쁜 발소리가 전각의 복도를 내달렸다. 구르듯이 침소에 들어선 남자는 곧 밀봉된 서찰을 발견했다. 웃음이 번졌다. 남자는 붓을 들어 '열네 번째 아들'을 뜻하는 '십사자(十四子)'의 열십자에 한 획을 더했다. 십(十)자는 졸지에 임금을 뜻하는 어조사 우(于)가 되어버렸다. 이것으로 넷째가 황위를 물려받게 된 것이다.
>
> 강희제의 넷째 아들은 선수(先手)의 중요성을 아는 사람이었다. 그는 일찍부터 부왕의 주변 환관들을 매수해놓았기에, 아비의 부음을 누구보다 먼저 전해 들을 수 있었다. 그가 침전에 반 발짝이라도 늦었다면 역사는 분명 다른 방향으로 흘렀으리라. 손무자가 강조했던 '선(先)'을 몸에 체득했던 넷째. 그가 바로 청의 옹정 황제다.
>
> 반면에 여기 프로이센과 오스트리아 연합군을 보시라. 그들의 장비

> 는 나폴레옹이 이끄는 프랑스 정규군보다 훨씬 우수했다. 사기도 높은 데다 기강이 꽤 엄정한 정예병들이었다. 아주 사소한 문제가 있었다면, 나폴레옹이 하루 먼저 도착해 진을 치고 있었다는 점이었다. 날이 밝아서야 도착한 연합군은 얼음 공디의 반대쪽에 진을 친 프랑스군과 대치했다. 연합군은 돌진하기 시작했다. 그들이 얼음 벌판 위로 거의 올라왔을 무렵, 기다리던 나폴레옹 군의 대포가 불을 뿜었다. 대지라고 철석같이 믿었던 곳은 사실 호수였고, 얼음은 포탄에 산산이 박살 났다. 물에 빠진 연합군 2만여 명이 학살당했다. 지리를 샅샅이 조사한 프랑스군에 비해 연합군은 아무것도 모르는 것이나 다름없었다. 하루 늦은 탓에 지형을 숙지할 시간을 벌지 못한 탓이었다. 단지 24시간의 차이가 전체 유럽의 판세를 결정한 셈이다.

경험을 토대로 한 내밀한 자기 고백을 포함한 작문은 특히 흡입력과 주목도가 높다. 그러나 고백적인 글이 '솔직하기만 한 고백' '넋두리로 그치는 고백'이라면 좋은 작문이 되기 어렵다. 글을 읽는 사람들과 공감하는 요소를 최대한 늘려야 좋은 평가를 받을 수 있다. '솔직'보다 '공감'이 중요한 요소라는 점을 기억해야 한다. 개인의 이야기를 쓸 때 글쓴이라는 개별적 존재의 경험 속에 녹아 있는 보편성에서 또 다른 개별자인 독자가 공감할 수 있는 요소를 잘 찾아내야만 한다. 예를 들어 누구나 경험한 바에서 특별한 의미를 예리하게 발견해내면 공감이 백배 늘어난다. 그렇게 할 때 자기 고백은 울림과 공명을 얻을 수 있다.

'내 인생의 문장'이라는 제시어로 쓴 아랫글은 자기 경험을 솔직하게 쓴 것까지는 좋지만, 교훈적인 얘기로 점철돼 있어 인상적인 작문이 되지 못했다.

> '너의 생활에 대해 일절 간섭하지 않는 대신 스스로의 행동에 책임을 진다.'
>
> 중학교 3학년, 가을 무렵. 연합고사를 앞에 둔 어느 날이었다. 아버지께서 컴퓨터 게임에 몰두하던 나를 불러내 당신의 앞에 앉히시고 종이를 한 장 내미셨다. 앞으로 간섭하지 않을 테니, 스스로의 행동에 책임을 지라는 내용이었다. 처음에는 이게 뭔가 싶었다. 예상하지 못했던 아버지의 돌발 행동에 당황한 것이다. 하지만 당시 나는 질풍노도의 시기. 찍지 않으면 지는 것 같다는 괜한 반항심에 그 종이에 지장을 꾹 눌러 찍었다. 아버지께서는 묵묵히 그 종이를 접으시더니 안방으로 들어가셨다. 나는 다시 컴퓨터 앞에 앉았지만, 마음이 복잡했다. 컴퓨터 게임에 집중할 수 없었다. 곧 컴퓨터를 끄고 방에 들어가 침대에 누웠다. 천장을 바라보며, 책임이라는 두 글자를 떠올리며 뒤척였다.
>
> 종이 한 장에 쓰인 책임이라는 두 글자는 어린 나에게 꽤 무섭게 다가왔다. 그때까지 책임에 대해 진지하게 생각해본 적이 없었기 때문일 것이다. 그리고 진지한 고민 끝에 책임의 무게는 생각보다 훨씬 무겁다는 걸 깨달았다. 내 인생에 대한 책임은 '나 자신만의 문제'가 아닌 주변의 많은 사람과 연결돼 있다는 점을 알게 된 것이다. 낳아

주고 길러주신 부모님에 대한 '효'의 책임감, 앞으로 결혼해 꾸릴 가정에 대한 책임감 등 나에게 얹힌 책임감은 나 하나만의 것이 아니었다. 책임감의 무게를 깨닫고 나니 내 행동은 바뀌었다. 컴퓨터 앞보다, 친구들 앞보다 책상 앞에 앉는 시간이 늘어난 것이다. 아버지의 신의 한 수가 적중한 결과다. 인생의 방향이 바뀐 것이다.

당시 선명하게 각인됐던 '책임'의 무게는 지금도 내 어깨를 누르고 있다. 그렇지만 살아가면서 우리 사회는 책임이 부재한 사회란 생각이 든다. 반쪽짜리 책임이 만연한 사회라는 것이다. 책임은 맡아서 해야 할 의무인 '과정의 책임'과 결과에 대해 지는 의무인 '결과의 책임'으로 나뉜다. 둘은 필요충분조건이다. 결과의 책임을 절실히 깨닫는다면 과정에 있어서도 책임감을 갖고 임할 것이며, 반대도 마찬가지다. 그렇지만 주변을 둘러보면 과정의 책임보다는 결과의 책임으로 자신의 과오를 덮어버리려 하는 일이 많다. 조별 과제를 할 때면, 꼭 누군가는 자기는 학점이 상관없다며 다른 조원들에게 해를 끼친다. 정치인들은 뇌물, 특혜 의혹 등 물의를 일으킨 후, 책임을 지고 불출마를 선언하면 끝이다. 기업의 사회적 책임은 말로만 이뤄질 뿐 실현하지 않는다.

반쪽짜리 책임감은 사회를 병들게 한다. 과오에 대해서는 '내'가 책임지면 그만이라는 자세는 그 과정으로 인해 나타난 타인의 고통은 배려하지 않는 이기적 처사다. 타인에 대한 배려가 부족하기에 그냥 나 하나 책임지면 그만이라는 인식을 가지게 되는 것이다. 이기주의에서 비롯된 반쪽짜리 책임감은 곧 상대방에 대한 불신을 낳는다.

> 이러한 불신은 다시 반쪽짜리 책임감을 낳는 악순환이 계속된다. 그 고리를 끊어야 할 이유다.

아래의 작문 역시 같은 제시어로 쓴 다른 글이다. 예비 언론인들의 글 속에는 자신의 현재 처지, 즉 수험 생활을 직접적으로 언급하는 내용이 가끔 섞인다. 생활이 생각을 규정하고, 생각이 글로 나오기 때문에 사실 어쩔 수 없는 일이기는 하다. 그렇지만 너무 솔직하게 자신의 처지를 한탄하는 글은 자제하는 게 좋다. 아랫글도 그런 식인데 안타깝게도 상당히 교훈적인 내용 위주라 좋은 평가를 받기 어렵다.

> "귀하는 뛰어난 인재이나 우리 회사의 인재상과는 맞지 않아 부득이하게 탈락하셨음을 알려드립니다."
> 취업 준비생이 자주 대하는 문장이다. 처음 몇 번은 저 문장이 나오면 심장이 덜컥 떨어지는 느낌이었다. 그러나 이마저도 면역이 되는지, 하도 떨어지니 이젠 '탈락' 두 글자를 봐도 아무렇지도 않다. 문득 우리나라에 있는 이 수많은 기업 중 일할 곳 하나 없나 싶어 숨이 턱턱 막힐 때도 있다. 그러다 이내 왜 떨어졌는가에 대한 원인 분석에 들어간다. 내 스펙 혹은 영어 점수가 문제인 건가? 그것도 아니라면 돈 주고 자기소개서 컨설팅이라도 받아봐야 하나. 왜 탈락했는지 알려나 줬으면 좋겠다는 생각이 든다. 뛰어난 인재라면서 왜 뽑지는 않는 건지 묻고 싶다. 탈락의 순간은 늘 자책으로 이어진다.
> 탈락은 늘 괴롭기만 하다. '탈락'이라는 단어를 좋아하는 사람은 아

마 없을 것이다. 이 괴로운 단어를 요즘 들어 TV에서 자주 듣게 된다. 수도 없이 생겨난 오디션 프로그램 때문이다. 몇만 대 일의 경쟁률을 뚫고 올라온 오디션 참가자들이 탈락자 발표 순간에 눈을 꼭 감고 긴장한다. 베테랑 가수들도 마찬가지다. 〈나는 가수다〉에서 수많은 관중 앞에 호기롭게 노래를 부르는 가수도 탈락자 발표 순간에는 눈을 꼭 감고 긴장한다. 그러다 자신의 이름이 탈락자로 호명되는 순간, 가수나 일반인 참가자 할 것 없이 눈물을 보인다. 탈락의 순간은 늘 아쉽고 괴롭다.

하지만 특이한 탈락의 순간도 있었다. A가 그러하다. 그는 탈락 발표 후 장난스럽게 '안녕히 계세요'라는 인사말을 남겼다. 그의 모습은 오히려 홀가분해 보였다. 탈락의 순간, 자신을 맹비난한 심사위원한테서 최고점을 받았기 때문이다. 자기 스스로 인정할 수 있을 정도로, 그리고 자신을 비난했던 사람에게서 인정받을 정도로 그는 최선을 다했다. 최선을 다했기에 후회 없는 것이다. 이런 것을 보면 탈락도 자기가 받아들이는 자세에 따라 다른 것이다. 비록 A는 탈락했지만, 탈락의 그 순간만큼은 승자였다.

오디션 프로그램 도전자 중 우승자는 한 명이다. 합격하는 사람이 있으면 또 떨어지는 사람도 있듯 다른 사람들 모두 탈락한다. 하지만 이들은 어느 순간 TV에서 노래를 부르는 '가수'의 모습으로 우리 앞에 나타난다. 자신의 도전에 탈락으로 끝을 내는 것이 아니라 포기하지 않고 꿈을 이뤄낸 것이다. 모두 탈락하는 순간을 맞이하고 싶지 않겠지만 도전하는 한 탈락의 순간은 생기게 마련이다. 도전하

> 는 한 '탈락'은 계속 쫓아다닐 것이기 때문이다. 탈락의 순간을 자기 스스로의 내공을 다지는 시간으로 만드는 것도 결국 '탈락'을 받아들이는 마음 자세에 달려 있다. 자신의 일에 최선을 다했고 후회하지 않는 도전을 했다면, 탈락의 그 순간은 자신의 인생에 커다란 밑거름이 될 것이 분명하다.

반면에 아랫글은 자기 경험을 솔직히 털어놓고 있지만, 개별적인 자기 경험에서 보편적인 세상의 문제를 찾아 들어가는 것이 자연스럽다. 섹스를 소재로 하고 있지만, 센세이셔널리즘에 기대고 있다는 느낌을 주지 않아 거부감이 없다. 청년 문제는 하도 자주 나온 주제라서 진부할 수 있지만, 이런 식의 접근법으로 풀어보니 진부한 느낌이 들지 않고 새롭게 보인다. 글을 다 읽고 나면 살짝 슬퍼진다. 제시어는 '돈'이다.

> "그러면 한국 애들은 대체 어디서 섹스를 하는 거야?" '한국의 20대는 대부분 부모와 함께 산다.' '한국의 부모 세대는 자신의 미혼 자녀들이 섹스를 안 할 것이라고 믿는다'는 나의 두 가지 발언에 연타로 충격을 먹고 난 뒤 나온 교환 학생 애슐리의 반문이었다. "여행을 가거나, 도시에도 숙박 시설이 있다"는 어정쩡한 나의 말에 그녀는 "한 시간 재미있자고 돈을 내야 하는군. 마치 놀이공원 같네"라며 빈정거렸다. 사실이었다. 한국의 젊은이들은 성매매가 아닌, 자신이 사랑하는 애인과 섹스를 할 때도, 할 때마다 돈이 필요하다.
>
> 독일의 한 소설가는 이런 말을 했다. "100마르크는 100마르크어치

의 자유를 뜻한다." 신자유주의적 가치를 찬양하는 중에 나왔던 맥락은 차치하고서라도 이 말은 자본주의 사회가 무엇을 만들어내었는지를 적나라하게 보여준다. 돈만 내면 모든 게 준비되어 있는 세상에선 돈이 많을수록 자유롭다. 새삼스러운 일도 아니다. 그러나 세대 내 빈부의 격차는 가시적으로 드러나 불만이라도 내뱉을 수 있지만, 한 세대 전체가 가난하다는 사실은 너무나 일상적으로 자리잡아 때론 당연하게 여겨지기도 한다. 오늘날의 20대, 88만 원 세대가 누릴 수 있는 자유는 딱 88만 원어치이다. 부족한 자유는 풍요로운 부모 세대로부터 대출받지만, '가족의 사랑'이라는 부담스러운 딱지가 붙은 자유는 온전히 나의 것이 되지 못한다. 빌린 자유는 효(孝)라는 이자를 생성한다. 내가 해야 하는 것과 스스로 해낼 수 없는 것 사이의 간극에 돈을 채워주는 사람은 고마우신 부모님. 젊은이들이 가질 수 있는 선택지는 오직 하나 '미안한 감정'이요, 졸업도 취직도 더 큰 자유로서 갚기 위해 현재의 자유를 유예한다. 몸도 크고, 머리도 크고, 욕망도 커져만 가는데, 이것들을 놀릴 자유가 없는 신세는 옆집 초등학생과 별반 다를 바 없어 보인다.

얼마 전 유럽으로 돌아간 친구가 이메일을 보냈다. 그녀는 한 호텔 식당에서 일하고 있다고 했다. 일이라고 해보았자 식당 서빙이었다. 그러나 그녀에겐 그것이 정규직인지, 비정규직 파트타임인지는 그다지 (동시대의 서울을 살아가고 있는 내게 다가오는 것만큼은) 중요하지 않아 보였다. 그녀는 시급 2만 원의 서빙 일을 하면서 번 돈으로, 10만 원가량의 등록금을 내고, 도심의 그럭저럭 살 만한 아파트에서 남자 친구와 오순도순 살 수 있었다. 첨부된 사진 파일을 클릭하자 그녀와 애인의 다정한 사진이 뜬다. "우린 잘 지내고 있어!" 그녀는 정말 '잘' 지내고 있는 듯했다. 20대, 대학생, 비정규직, 경제 위기. 그녀도 나와 똑같은 상황에 놓인 약한 존재였지만 그녀는 최소한, 자유로워 보였다. 노동의 가치를 존중해주는 아르바이트가 있었고, 돈이 없어도 학문할 수 있는 기회가 있었다. 온전히 자신만의 독립적인 공간이 있었고, 그곳에서 사랑하는 사람과 언제든지 자유롭게 섹스할 수 있었다.

활짝 웃는 그녀와 그녀의 남자 친구 사진을 보고 나자 나의 애인이 떠올랐다. 모텔비를 아끼려 대학 동기인 친구와 같이 사는 월 30만 원짜리 하숙방에서 불안하게 서로를 안던 중, 수업이 일찍 끝났다는 친구의 문자에 허겁지겁 옷을 입혀 도망치듯이 내보낸 그의 뒷모습을. 아마도 우리에게 '언젠가는 비워줘야 하는' 방이 아닌, 우리만의 공간이 있었으면 천천히 오래도록 아득하게 나를 안은 뒤, 아마도 사랑한다는 말을 내었을 그의 모습을. 성인이 된 우리의 몸은 이제 자유로워졌지만, 이 자유로운 청춘 남녀의 두 몸뚱이를 뉠 공간을 가질 만큼은 자유롭지 못했다.

서울의 밤하늘, 반짝이는 수많은 모텔의 간판들… 그곳은 유예된 자유 속에서 88만 원의 상당 부분을 쪼개어 마련했을 청춘의 대합실이다. 언제 올지 모를, 자유를 위한 열차를 기다리며 오늘도 그들은 서글프도록 반짝이는 사랑을 나누고 있다.

어릴 때 할머니 할아버지 집에 갔던 기억을 되살려도 인상적인 작문을 쓸 수 있다. 아래 작문은 우연히 발견한 자연 속의 한 단면을 섬세하게 묘사했는데, 여러모로 잘 쓴 글이다.

> 자동차가 자갈 깔린 마당에 들어서며 사각사각 소리를 냈다. 뒷좌석에 누워 있던 나는 목적지에 도착했음을 알리는 그 소리에 눈을 질끈 감았다가, 부모님이 차에서 내릴 때까지 자리에서 뭉개고 있었다. 어서 나와, 할머니 할아버지께 인사해야지. 차창 너머로 엄마의 엄한 목소리가 들려왔다. 초등학교 3학년의 여름 방학, 공교롭게 부모님의 장기 출장이 겹치자 두 분은 나를 경상도에 있는 할머니 댁에 잠시 맡기기로 했다. 나 이제 혼자서도 라면 끓일 수 있는데, 소소하게 집에 남아 있고 싶다는 의견을 피력해보았지만 어른들의 결정에 10살짜리가 토를 달 수 있는 부분은 없었다. 꾸무럭거리며 차에서 내리자 왜소한 할머니 옆의 할아버지와 눈이 마주쳤다. 붉은빛 나무를 서툴게 깎은 듯 울퉁불퉁한 이목구비 가운데에 깊게 파인 미간. 움직이는 장승을 마주한 것처럼 오소소한 기분이 든 나는 할아버지를 피해 고개를 홱 돌렸다. 어색한 저녁 식사를 마치고 부모님이 서울로 올라갈 때가 되자, 혼자 남아 막막해진 마음에 엄마의 치마를 붙들고 엉엉 울었다. 사내 자슥이 와 이리 울어쌓노. 꼴 보기 싫단 듯 툭 던지고 돌아선 할아버지의 한마디에 나는 서러워져 더욱 크게 울었다.
>
> 시골의 여름은, 생명보다는 죽음에 가까운 모습을 하고 있었다. 공

기는 땅바닥에 떨어진 과일이 삭는 냄새로 물들어 있었고, 등불에 타버린 벌레의 잔해는 먼지와도 같이 익숙해졌다. 간혹 논두렁에 배를 까뒤집고 죽어 있는 뱀이나 개구리를 보고 놀라 멈춰 서면, 할아버지는 나를 보고 혀를 쯧 차고는 발걸음의 속도를 줄이지 않았다. 눅눅하게 무거운 공기와 그보다 더 무거운 할아버지의 시선. 그것들은 꾸준하게 이 시골 생활을 싫어지게 만들고 있었다.

그날도 그랬다. 방학 숙제로 줄넘기 개수를 채우기 위해 거동이 불편한 할머니 대신 할아버지와 공터로 나선 저녁. 화살표처럼 바닥에 눌어붙은 물잠자리를 피해 가장 안전한 자리를 찾으려 애쓰는 나를 보고 할아버지는 빨리 끝내고 가자며 언성을 높였다. 탁, 탁. 줄넘기 구슬이 바닥을 때리는 소리만이 공터를 울렸다. 그때, 무언가 이질적인 소리가 섞이기 시작했다. 날카롭고 불규칙적인, 생물의 소리. 나는 줄넘기를 놓고 소리가 나는 곳을 찾아 공터의 덤불을 뒤지다가 다급하게 외쳤다. 할아버지!

작은 새였다. 짐승에게 물린 듯 뒷다리에서 왈칵왈칵 붉은 피를 흘리고 있었다. 도움을 청하는 듯한 새의 눈빛에 나는 울상을 지으며 할아버지를 쳐다보았다. 호통을 치셔도 좋으니까, 이 불쌍한 새를 살려주셨으면 하는 마음으로. 길어지는 침묵에 기가 죽어 고개를 점점 숙이고 있자니, 투박한 손이 내 어깨를 툭 덮었다.

"상호 니 잘 들으래이."

지금까지 들어보지 못했던, 진지하고 낮은 목소리였다. 할아버지는 허리를 숙여 나와 눈을 마주쳤다.

"점마들은 지금 전쟁을 하고 있는 기다. 저 짐승도, 날벌레도, 풀때기도 다 지들만의 전쟁이 있는 기라."
평생을 농부로 살아온 할아버지의 눈이 올곧은 빛으로 번득였다.
"그건 숭고한 거래이. 사람은 거 끼이들 자격이 없는 기다."
순간 할아버지와 나 사이로 큰 바람이 불었다. 무언가 명백한 느낌을 주는 시원한 바람, 그리고 할아버지의 눈빛. 할아버지의 말을 온전히 이해할 수는 없었지만 나는 그 굳은 신념에 홀린 듯 고개를 끄덕였고, 집으로 돌아올 때까지 공터를 향해 시선을 돌리지 않았다.
그날 밤에는 새가 되는 꿈을 꾸었다. 덤불 사이에 늘어져 있던 몸에서 벗어나 시야가 서서히 위로 떠올랐고, 날개를 한 번 퍼덕일 때마다 더 높은 곳으로 향했다. 어느새 태양을 가릴 만큼 거대해진 날개가 하늘을 품었다. 나는 빠르게 날았다. 바람과 같은 속도로 날았다. 어느 순간 새의 형체는 사라져 있었다. 나는 숲이 되어 날았고, 바다가 되어 날았다. 비가 되어 마른 땅을 적시고, 흙이 되어 피고 지는 꽃들을 품었다. 순간, 빠르게 스쳐 지나가는 잔상들이 멈추었다. 그 끝에서 나는 그날 저녁에 죽어가던 새와 다시 마주하게 되었다. 애처로워 보였던 눈빛은 사라지고 없었다. 다만 그 눈 속에, 생의 전쟁을 치르는 이의 각오가 담담하게 어른거리고 있을 뿐이었다.

요컨대 자기가 좋아하는 내용으로 글을 쓸 때 글 쓰는 사람은 신이 난다. 작문을 준비할 때도 자신이 가장 좋아하고, 잘 알고, 재미있게 여기는 주제, 분야, 아이템, 소재 등을 활용해서 써보는 게 좋다.

부록 1

역대 한터 온라인 백일장 논술 부문 당선작 사례

1 | 논제: 정부가 추진 중인 '가짜 뉴스 근절 대책'이 미디어 환경과 저널리즘에 미칠 영향을 논하되, 그 영향이 긍정적이라면 그 이유를, 부정적이라면 그 이유와 함께 대안을 논의에 포함하시오.

어떠한 보도를 두고 진실 공방이 벌어질 때, 보도가 진짜인지 가짜인지를 사회적으로 확정할 권한은 오직 사법부에 있다. 사법부는 시민들이 합의한 절차를 따르기 때문이다. 판사는 여러 이해 당사자의 주장을 모두 듣고 확인한다. 2심, 3심 제도를 통해 앞서 내린 판결을 다시 검증한다. 이러한 기나긴 과정을 거치면 보도의 진위가 가려질 수 있다고 시민들은 믿는다. 반대로 말하면 사법부의 선고가 있기 전까지는 그 누구도 진실을 확정할 수 없다. 사법적 영역의 바깥에서 보도의 진실에 관한 판단은 오로지 시민 개개인의 몫이다. 그 누구도 이 판단을 대신하겠다고 나서서는 안 된다.

정부가 내놓은 '가짜 뉴스 근절 대책'은 시민을 대신해 행정 당국이 진실과 거짓을 판단하겠다는 선언이다. 방송통신심의위원회(이하 방심위)가 언론사의 허위·조작 뉴스를 "긴급 심의"해 포털의 협조로 "가짜 뉴스를 삭제"하겠다고 한다. 행정부가 판단하기에 진실한 뉴스만을 미디어 세상에 남기겠다는 것이다. 문제는 방심위가 생각하는 진실이 정말로 진실이 맞냐는 것이다. 방심위의 심의에는 '시간의 한계'가 존재한다. 진실을 가려내는 과정에는 일정 수준의 시간이 요구된다. 사법적 판결이 그토록 오래 걸리는 이유다. 방심위의 "긴급"하고 "신속"한 심의 과정에는 사법부만큼의 철저한 조사와 검증이 생략될 수밖에 없다. 결국, 방심위 당국자들의 주관에 따라 진실이 거짓이 될 수도, 거짓이 진실이 될 수도 있다. UN이 〈디지털 시대 언론의 자유와 언론의 안전 강화〉 보고서에서 "국가는 디지털 회사가 사법적 적법 절차 없이 저널리즘 콘텐츠를 제한하거나 삭제하도록 강요하는 것을 삼가야 한다"고 명시한 것은 바로 이 때문이다.

언론의 허위·조작 뉴스로 인한 피해를 줄이려는 비사법적 노력이 필요한 것은 사실이다. 그러나 이는 어디까지나 시민들의 '판단할 자유'를 보장하는 방식이어야 한다. '언론에 의한 언론 감시'가 시민의 자유를 보장하면서도 허위 보도 피해를 줄이는 해법이 될 수 있다. 거짓이라고 의심되는 보도가 있을 때 여러 타 언론사가 해당 보도에 대한 반박 보도를 해, 시민들이 진실에 더 가까운 판단을 내리도록 돕는 것이다. 지난 5월 한 언론사가 건설 노조 간부의 분신 방조 의혹을 제기하자 타 언론사들이 여러 반박 기사를 낸 것처럼 말이다. 국가가 할 수 있는 비사법적 노력에는 '미디어 리터러시 교육'이 있다. 시민들이 가짜 뉴스의 해악성을 명확히 알도록 해 허위·조작 보도를 하는 언론사에 대한 소비를 줄일 수 있게 하는 것이다. 소비자가 불량품을 파는 기업을 멀리하는 것과 같은 이치다. 허위·조작 보도가 해당 언론사에 대한 소비 감소로 이어진다면 언론사들은 불량품을 만들지 않으려 더 노력하게 될 것이다.

위에서 제시한 대안들의 핵심은 모두 '시민의 힘'을 빌린다는 것이다. 다양한 언론 보도를 촉진하고 미디어 리터러시 교육을 시행해 가짜 뉴스를 몰아낼 시민의 힘을 키워야 한다. 현 정부의 가짜 뉴스 근절 대책은 거꾸로 가고 있다. 언론을 통제하고 시민의 판단할 자유를 빼앗는다. 가짜 뉴스를 진정 뿌리 뽑으려면 정부의 가짜 뉴스 근절 대책은 전면 수정되어야 한다.

---

2 | 논제: 후쿠시마 오염수 방류 문제처럼 전체 사회가 '괴담이냐, 진실이냐'를 두고 공방을 벌일 때 언론은 어떤 역할을 해야 하는가?

'갈등을 서둘러 봉합하려는 의지'는 때로 갈등을 심화시키기도 한다. 최근 후쿠시마 오염수 방류를 두고 발생한 공방이 대표적이다. 정부는 다가오는 오염수 방류 일정 앞에서 빨리 결론을 도출하고 싶어 했다. 그런데 이처럼 갈등을 최대한 빨리 종결시키고자 할 때, 건강한 토론과 합의가 들어설 자리는 사라진다. 실제로 정부는 위험성을 말하는 측의 주장을 '괴담'으로 규정하며 대화의 가능성 자체를 차단해버렸다. 반대 측을 '비합리적/비이성적 존재'로 규정한 후 '과학적 사실'을 공표

하여 논의를 종결짓고자 했다. 물론, 토론과 대화를 막는 방식으로 갈등을 '진압'하려고 했던 시도는 실패로 돌아갔다. 대화 가능성 자체가 차단될 때 남는 건 서로에게 가닿지 않는 고함뿐이기 때문이다.

최근의 오염수 공방에서 갈등 진압의 방식으로 선택된 건 '과학의 정치화'였다. 끊임없는 토론과 논쟁 속에 합의를 도출해야 하는 정치를 대신해, 완고하고 객관적인 진실을 표방하는 과학이 들어섰다는 것이다. 이에 따라 과학적 사실을 입증하면 정치적 논쟁은 모두 종식될 것처럼 여겨졌다. 여당 측도 야당 측도 각자의 입장을 대변해줄 전문가들을 섭외했고, 언론은 엇갈리는 전문가 발언 속에서 '과학적으로 위험한가, 아닌가'에 대한 팩트 체킹에 몰두했다. 그런데 과학적 사실은 언제나 무수한 변수 속에서 확률의 형태로 존재한다. 오염수 방류가 수십 년 후 자연과 인간에게 어떤 영향을 미칠지 100% 확답할 수 있는 과학자는 없다. 변수가 만들어내는 불확실성 앞에서 서로 다른 해석을 내놓는 전문가들의 이야기가, 이들의 이야기를 받아쓰는 언론 보도가, 끊임없이 공회전할 수밖에 없었던 이유다.

후쿠시마 오염수 방류와 같은 갈등 앞에서 언론은 '총체적이고 다층적인 시선'을 보여주는 역할을 해야 한다. 과학으로 모든 토론을 종결시키려는 시도에 대항해 오염수 방류의 윤리적 문제, 외교적 문제 등에 관한 논의를 촉발시키는 역할을 해야 했다는 것이다. 예컨대 언론은 오염수 방류라는 행위 자체의 비윤리성과, 방류 허용이 일본과의 외교 관계 개선에 미칠 긍정적 영향 등에 관해 이야기할 수 있었다. 방류 시점이 다가오는 와중에 국민의 안전을 지키기 위해 어떤 대응이 필요한

지, 생계에 타격을 입은 어민에 대한 지원책은 있는지 등을 물을 수도 있었다. '안전하다/위험하다'로 축약되는 갈등의 전모를 보여주고, 갈등을 생산적 논의로 전환시켜야 했다는 것이다.

흔히들 언론의 역할은 '갈등 해소와 사회 통합'이라고들 말한다. 갈등 해소와 사회 통합을 이루는 방식엔 두 가지가 있다. 하나는 흑과 백으로 세상을 나눈 뒤 한쪽이 승리하는 방식으로 얻어지는 사회 통합이고, 다른 하나는 회색 지대에서 만나 합의를 이루어내는 방식으로 얻어지는 사회 통합이다. 최근의 '괴담이냐, 진실이냐' 공방은 전자에 가까운 논의였다. 이러한 논의는 대화의 장을 전쟁터로 바꾸어놓기에 무의미한 갈등을 심화시킨다. 결국 언론의 역할은 갈등이 충분하고 심도 깊게 표출되도록 갈등의 다층성을 보도해, 후자의 합의를 이끌어내는 데에 있다. 저널리스트 에즈라 클라인은 "혼란의 한가운데 있기는 쉽지만, 틈새에 있는 건 어렵다"고 말했다. 늘 그렇듯 정답은 어려운 길 위에 있다.

---

3 | 논제: 윤석열 대통령의 '도어스테핑(doorstepping)'을 둘러싼 찬반 논란에 대해 자신의 견해를 논하라.

도어스테핑을 둘러싼 찬반 논란이 뜨겁다. 흥미롭게도 이러한 논란은 격렬하지만 충돌하지는 않는다. 서로가 다른 것에 대해 이야기하고 있기 때문이다. 도어스테핑 찬성 측은 '그래도 신선한 소통 방식을 시도했다'는 점을 고평가한다. 반면 반대 측은 정제되지 않은 윤 대통령의 말에 국정 철학이 부재함을 지적한다. 찬성 측이 '형식'에 초점을 맞춘다면 반대 측은 '내용'에 초점을 맞추는 것이다. 그래서 사실, 이번 논란은 '소통의 형식은 좋으나 내용은 다듬어야 한다'라는 식의 결론으로 수렴되기 쉽다. 그러나 이 정도의 결론으로 충분한가? 현재 도어스테핑을 둘러싼 논란은 핵심 개념에 대한 성찰이 빠져 있기에 충분히 날카롭지 못하다.

도어스테핑 논평에서 가장 핵심적인 개념은 '소통'이다. 따라서 도어스테핑의 적절성을 판단하는 담론에 앞서, '대통령의 바람직한 소통'에 대한 논의가 진행됐어야 했다. 2000년대 이후 보스 정치의 청산은 '상명 하달식 말하기'로만 구성된 소통 개념을 변화시켰다. 특히 민주화 이후 등장한 참여적 시민은 수동적 시민을 향한 일방적 설득으로서 소통 개념을 전복시켰다. 즉 현재 한국에서 바람직한 소통은 능동적 시민을 향한 상호적·민주적 의사소통이라는 것이다. 민주적 소통을 위해 대통령은 말하는 만큼 충분히 '들어야' 한다. 그런데 담론은 여전히 '말하기로서의 소통'으로 도어스테핑을 평가하는 경향이 있다. 기자들 앞에서 대통령이 '발언'하는 도어스테핑의 형식만을 이유로 소통 의지를 칭찬하는 상황은 이를 잘 보여준다.

말하기와 듣기로 구성된 민주적 소통을 고려할 때, 현행의 도어스테핑은 그 형식부터 문제적이다. 도어스테핑은 기본적으로 국민을 향해 대통령이 말하기 위한 제도이기 때문이다. 도어스테핑은 그 자체로 듣기에 취약하다. 이러한 형식을 검사 출신 제왕적 대통령이 활용하면서, 소통의 일방향성이 더욱 강화된 것으로 봐야 한다. 더 나아가 도어스테핑은 언론 전반을 '윤 대통령이 어떤 말을 했다'라는 보도로 가득 차게 만든다. 이는 소통을 향한 선한 의지에도 불구하고, 마치 트럼프 시기 미국처럼 대통령의 언론 과점으로 이어질 수 있다. 전체 보도에는 총량이 있으므로 대통령의 말에 대한 기사가 증가할수록 시민의 목소리와 삶이 보도되는 비중은 줄어들 수밖에 없다. 도어스테핑은 듣기를 놓친 반쪽짜리 소통이다.

도어스테핑을 시행 중인 미국에서 오바마 전 대통령은 연평균 20회 기자 회견을 열었다. 연평균 70회 이상 기자 회견을 진행한 루스벨트나 두어 달 만에 20회 이상 도어스테핑을 진행한 윤석열 대통령에 비해 현저히 적은 횟수다. 그럼에도 오바마 대통령은 소통적 리더로 평가받는다. 그는 매일 잠자리에 들기 전 보좌관이 추린 국민들의 편지 10통을 읽었다고 한다. 편지에는 로비스트에게 휘둘리는 정부를 비판하는 내용과 실업의 고통을 호소하는 내용 등이 담겨 있었다. 이미 사석에서도 말이 많은 사람으로 통한다는 윤 대통령의 소통 성패는 '듣기'에 달려 있다. 도어스테핑의 내용을 정돈하는 걸 넘어 다른 소통 형식을 개발해야 한다.

---

4 | 논제: 아래 제시하는 〈르몽드〉의 칼럼과 오프라 윈프리 연설 동영상을 보고 칼럼과 동영상의 주장에 대한 자신의 견해를 논하시오.

'개인의 사유 재산권을 침해할 수 없다'. 노예제 폐지 논란 당시 반대 측 주장이었다. 당시 노예의 개념은 가축이나 물건과 마찬가지로 교환의 매개였다. 개인이 노력해 시장에서 사들여 가지게 된 법적 사유 재산이었던 셈이다. 그러나 결국 노예는 해방됐다. 인간의 평등권이 사유 재산권 이전에 추구돼야 할 권리이기 때문이다. '인간 존엄성 실현'이라는 대명제 차원에서 말이다. 미투 캠페인 역시 이와 같은 차원에서 바라봐야 한다.

미투 캠페인은 성범죄 범주 차원의 논의에 국한되지 않는다. 캠페인의 방점은 궁극적으로 '평등권 실현'에 찍힌다. 미투 캠페인은 성범죄 그 자체를 고발하기 위함이 아닌, 성적 치욕을 느끼고도 침묵할 수밖에 없는 불평등한 사회에 대한 고발이며 저항이다. 오프라 윈프리가 가사 노동자와 농민 등 평범한 이들의 삶을 언급하고, 미투 캠페인이 문화, 지리, 인종 또는 직장을 초월한 논의라고 말한 이유다. 많은 경우, 성범죄 문제를 단발적인 사건으로 인식하고, 성평등 논의까지 나아가지 않는다. 성평등 논의의 불씨가 공식적인 자리에서 몇 차례 점화될 뿐, 우리 주변의 평범한 이들의 삶까지 스며들지 못하는 이유다. 드뇌브 역시 미투 캠페인의 본질을 평등권 실현이 아닌 성범죄 고발 차원으로 봤다. "성폭력은 범죄지만 여성을 유혹하는 건 범죄가 아니다"라는 드뇌브의 핵심 주장은 여기에 기원한다. '성범죄'와 '유혹'의 구분이라는 한 단계 낮은 층위의 논의로 치환한 것이다. 드뇌브의 논리는 이 지점에서 한계를 드러낸다.

유혹할 자유라는 성적 표현의 자유가 원활하게 보장받기 위해서는 성평등이 먼저 실현돼야 한다. 그래야 비로소 표현의 자유에 대한 권리가 건강하게 작동한다. 평등하지 않은 관계에서 주장하는 권리의 자유는 일부 계층의 특권이 될 수밖에 없다. 〈뉴욕 타임스〉 작가 콜린이 "만약 드뇌브가 미모가 뛰어나지 않거나 부유한 여성이 아니라면, 성희롱에 대해 다른 의견을 냈을 것"이라 평한 것 역시 이와 무관치 않다. 대다수 일반인의 사정은 이와 다르다. 개인의 피해에 비교적 민감하게 반응하는 미국에서조차 성희롱 피해자 여성 10명 중 여섯 명이 성희롱을 신고하지 않는다는 조사 결과가 나왔다. 해고 등 신고를 함으로써 입게 될 피해를 우려해서다. 호감 표시로 둔갑한 성범죄에 불쾌해도 침묵할 수밖에 없다. 성평등 실현이 진정한 권리 간의 균형을 갖추기 위한 토대인 이유다.

성 불평등 문제에 대한 공감대가 형성돼야 비로소 성평등 실현의 발판이 마련된다. 법 제도의 변화만으로는 사회 변혁을 이룩할 수 없다. 미투 캠페인은 우리 주변 사회까지 성평등 문화가 스며들도록 하는 촉매제로 기능한다. 공간적 제약 없이 누구든 온라인으로 캠페인에 동참할 수 있는 시대다. 성평등 문제를 공유하지 못했던 이들이 캠페인으로 용기를 얻는다. 미국 언론의 여론 조사에 따르면 조사에 응한 여성의 80%가 미투 캠페인으로 "앞으로 젠더 문제가 불공정하게 취급된다면 더 목소리를 낼 것 같다"고 말했다. 검열 장벽이 있는 중국에서조차 일반인들 중심으로 중국판 미투 운동이 태동했다. 유명인뿐만 아니라, 일반인 사이에서도 성평등을 실현하기 위한 노력이 확산되고 있는 것이다.

성평등의 실현으로 진정한 민주주의의 가치에 다가설 수 있다. 성별에 따른 부당한 압력 없이 동등하게 시민의 기본권을 누리는 것이 민주주의의 정의기 때문이다. 성 그 자체에 매몰되기보다 평등이라는 가치 구현에 힘써야 한다. 이를 통해 페미니즘과 안티페미니즘의 격돌이 아닌, 인간 존엄성 실현이라는 보다 깊이 있는 논의가 가능해진다. 피부색의 차이, 장애인과 비장애인의 신체적 차이와 같이 남성과 여성의 생물학적 차이를 인정하고 인간 그 자체로서의 평등을 실현할 때 진정한 민주주의가 실현된다. 노예 해방 역시 사유 재산권 이전에 존중돼야 할 평등권을 수면 위로 끌어올려 민주주의의 발판을 마련했다. 이를 기고문의 주장에 적용해 반문해보자. 민주 사회라는 현대, 여성과 남성이 평등하게 성적 표현의 자유를 행사하고 있는가? 해답은 우리 주변에서 쉽게 찾을 수 있다.

---

5 | 다음 네 개의 단어를 활용해 논술을 작성하시오.

사실, 진실, 팩트 폭력, 탈진실(post-truth)

19세기 랑케의 실증주의 사학은 역사를 개별적인 사실들의 기록으로 보고 철저히 고증한 사료만 집성하면 객관적인 역사가 도출된다고 주장했다. 여기서 나아가 E. H. 카는 사실은 역사가의 주관적 채택에 의해서 역사 서술에 등장하며 이때 역사가의 진정한 관심은 일련의 사실들에서 교훈, 즉 역사적 진실을 이끌어내는 일반화에 있다고 강조했다. 이렇듯 역사학의 이론은 학문적 진보를 이룩했으나 오늘날 역사학계 현실에선 역사 왜곡과 허위 사실의 유포가 일부 국가들에 의해 자국의 패권을 확보하기 위한 목적에서 자행되고 있다. 이 문제에는 철저한 사료 검증을 통해 왜곡을 바로잡으려는 학계의 자정 노력과 대중의 역사에 대한 비판적인 수용 의식이 요구되고 있다. 그리고 수많은 사건 중에서 기록으로 보존될 사건을 선별해내 현대 역사의 초고를 기록하는 저널리즘은 역사 분야와 유사성을 지닌다. 따라서 역사학계의 문제에 대한 접근 방식은 최근 저널리즘에 닥친 위기를 해결하는 데에 실마리를 제공해줄 수 있다.

지금 저널리즘은 사건이 실제로 일어났는가의 여부보다 개인적인 호불호가 뉴스를 보고 믿는 기준이 된 '탈진실'의 위기를 맞이했는데, 그 이유는 정치·경제적 이익을 위해 일부 세력들이 진실성보다 감정에 호소하는 거짓 정보를 유포하고 또한 많은 대중이 이를 무비판적으로 수용하고 있기 때문이다. 게시물의 높은 조회 수를 유도해 금전적인 이익을 취하거나 정치적 선동의 목적에서 허위의 사실 관계를 기사 형식을 차용해 작성하는 가짜 뉴스가 대표적이다. '프란치스코 교황이 트럼프 지지를 선언했다'는 게시물은 미국 대선 기간 중 사람들이 페이스북에서 가장 많이 공유한 소식이었는데, 이것이 광고 수익을 얻기 위해 마케도니아 청소년들이 만들어낸 가짜 뉴스였다는 사실은 탈진실의 범람을 잘 보여준다. 이처럼 가짜 뉴스는 언론의 외양을 모방할 뿐 가짜 뉴스 생산자들의 사적 이익을 추구하는 데 이용되므로 가짜 뉴스 속에서 언급된 사건 자체와 그 사건에 대한 태도는 불편부당하지 못하고 공정성이 결여돼 있는데, 이것이 저널리즘의 영역을 훼손한다는 점이 가장 큰 문제다.

탈진실 시대에 공정성이 결여된 가짜 뉴스의 범람은 저널리즘이 공정성의 효과적 구현을 위해 '사실' 보도에서 '진실' 보도로 진화해온 과정을 무력화시키는 것이다. 저널리즘의 공정성이란 사건과 관련하여 어느 한쪽을 편들지 않고 형평성을 유지하는 보도다. 이를 실현하기 위해 전통적인 저널리즘은 개별적인 사건에 대해 실제 일어난 일인지 확인하고 그것과 관련해 다양한 관점을 균형 있게 취급하여 사건을 객관적으로 전달하는 보도의 사실성을 강조했다. 이후 보도는 단편적인 사실과 기계적 균형성에만 연연하기보다는 사건에 대한 전체적 맥락, 즉 사건을 둘러싼 진실을 수용자들이 이해할 수 있도록 해주는 저널리스트의 해석인 진실성도 강조하기 시작했다. 저널리즘의 목표는 수용자들로 하여금 확인된 사실에 대하여 부분이 아니라 전체 맥락을 파악할 수 있도록 해주는 것이므로 보도의 추세가 사건 이면의 진실을 드러내는 방향으로 발전해온 것이다. 이처럼 저널리즘에서 사실과 사실에 맥락을 더한 진실이 공정성을 담보해왔지만 최근 편향된 가짜 뉴스가 난무하면서 이것들은 이전처럼 중요성을 인정받지 못하고 있다.

그렇기 때문에 지금 저널리즘에서는 공정성을 수호하기 위해 사실과 진실의 영역을 되찾고 탈진실의 확산을 막아내야 한다. 이를 위해선 뉴스 생산자와 이용자 모두의 노력이 필요하다. 우선 기성 언론의 뉴스 생산자들은 다시금 정밀한 사실 검증을 통해 뉴스를 생산하고 여기에 진실한 맥락을 덧붙여 공정하고 믿을 만한 뉴스를 대중에게 제공할 필요가 있다. 또한 뉴스 이용자들은 가짜 뉴스를 골라낼 수 있는 비판적 안목과 이를 통해 디지털 콘텐츠를 정확히 이해하고 쓸 줄 아는 능력인 미디어 리터러시를 향상시켜야 한다. '팩트 폭력'이라는 말에서 드러나듯 사실과 진실은 상황을 정확히 짚어내 상대의 정곡을 찌르는 힘을 갖고 있다. 이 신조어의 유행은 거짓된 정보가 무차별적으로 유통되고 있는 지금 정확한 사실과 올바른 진실에 대한 미디어 이용자들의 욕구가 더욱 강화되고 있음을 보여준다. 탈진실의 시대에 팩트 폭력의 의미는 그 어느 때보다 유효해지고 있다.

---

6 | 논제: 한국 보수에게 없는 네 가지

'물러날 때와 나아갈 때를 알아야 군자다.' 논어의 구절이다. 한국 보수에 군자가 몇이나 될지는 모르겠지만, 혹여 군자가 아닐지라도 이 성인의 말은 새길 필요가 있다. 한국 보수에겐 자(自), 유(由), 한국(韓國), 당(黨)이 없고, 그 말은 곧 '보수'로선 이제 나아갈 곳이 없다는 뜻이어서다. 한국의 가짜 보수는 진짜 보수에게 자리를 내주고 물러나야 한다.

한국 보수에겐 자(自), 즉 자아가 없다. 정체성의 혼돈 상태다. 그동안 자신을 수구 반동, 급진·전체주의 세력으로 규정지을 만한 행위나 발언을 일삼아 왔으면서도, 보수를 자임하고 설파하며 유권자를 홀려왔다. 에드먼드 버크에 따르면 보수란 개인 이성의 한계를 자각하고 역사, 전통, 제도의 힘을 신뢰하는 집단이다. 법치주의·자유 시장의 보존이 핵심 가치이며, 반국가·민족적, 그리고 권위주의적 가치완 무관하다. 그래서 한국 보수는 보수가 아니다. 이들이 목숨 걸고 지키는 가치는 청산되지 못한 반민족 유산이나 군부 독재 정권의 부유물, 즉 극우 파시즘의 그것이다. 자신을 모르면 백전불태다. 대다수 국민이 알게 된 본인의 정체성을 혼동했던 결과가 6·13 선거 대패다. 유럽 극우 정당처럼 정체성을 급진 우파로 설정하지 않을 바에야, 이제 한국 보수엔 물러날 길밖에 없다.

한국 보수에겐 유(由), 즉 '말미암을 것'도 없다. 그동안 이들이 자유민주주의 제도 정치에 자리 잡을 수 있었던 정당성의 뿌리들이 이젠 모두 거세당했다. 국정 농단과 탄핵 과정에서다. 박정희-박근혜로 이어지는 강력한 국가, 경제 발전의 신화는 교도소에 수감됐다. 강한 지지의 원동력이 돼왔던 반공 이데올로기 등 '안보' 의제마저 한반도 평화 분위기에 휩쓸려 나갔다. 지방 선거 패배 이후 부랴부랴 '안보 상황에 제대로 대처하겠다'는 발언을 내놓고 있지만, 배는 떠났다. 독재의 성지 구미엔 여당 후보가 당선됐고, 정당 지지율은 10%에 머문다. 물러남에 대해 곰곰이 성찰해볼 때란 소리다.

심지어 한국 보수엔 한국(韓國)도 없다. 러셀 커크는 보수주의의 특징으로 공동체와 가족주의를 든다. 공동체 가치로 경제·사회적 부조리를 극복하고, 노블레스 오블리주 정신으로 '애국'을 구현할 수 있단 것이다. 한국 보수는 이런 특성과 거리가 멀다. 보수 정권 동안 대한민국 사회 공동체는 와해됐다. 헬조선 같은 체념적 어휘가 유행하고, 이민자 수가 급등하기도 했다. 한국 보수가 공동체보단 기득권 세력을 옹호해왔기 때문이다. 친기업주의 정책으로 노동을 배제하고, 4대강 같은 친자본 프로젝트에 세금을 쏟았으며, 그 사이 재벌 계열사 수는 60% 이상 늘었다. 양극화 심화가 공동체를 위기에 빠뜨리고 있다. 세월호 대처 문제까지 굳이 꺼내지 않더라도, 한국 보수가 지키려는 게 기득권이지, '한국'이 아니란 사실을 쉽게 알 수 있다.

가장 치명적이면서도 다행인 건, 한국 보수엔 당(黨)도 없단 것이다. 한국 보수의 몰락 원인은 당 차원의 전략에서 여당에 패했기 때문이다. 여당은 최근 몇 년간 포괄 정당catch-all party화했다. 좌우에 상관없이 국민, 즉 유권자의 뜻을 받아들여 정책화하려는 노력을 해왔다. 국민 참여 경선이나 공론화 위원회 등이 그렇다. 의제를 선점당한 한국 보수는 이제 차별화 전략이 없다. 최근엔 이를 인지하고 아예 포기한 듯하다. '원내 정당화' 한다는 얘기가 그렇다. 중앙당 차원의 비전이 없으니, 해체하고 각자도생하잔 소리다. 의원 개개인의 역량에 맡겨 살 사람만 살잔 것이다. 굳이 원내 정당화가 그들이 주장했던 '이원 집정제 개헌'과 조응하지 않는다는 모순을 언급하지 않더라도, 한국 보수의 미래엔 체념뿐이란 사실을 깨닫게 된다.

이 모든 사실들, 즉 한국 보수에 '없는 것'들을 고려한다면, 한국 보수로 자칭하는 세력들은 이제 한국 사회를 위해 물러나야 한다. 사회와 공동체, 민주화의 역사, 항일 투쟁의 거룩한 전통을 사랑하고 아끼는 진짜 보수는 이미 원내에 존재한다. 그들에게 보수의 이름을 물려주고 사라지는 게 이제 한국 보수에 남은 유일한 임무다. 그렇게 공간을 내줘야 진보의 원내 진입이 용이해지고, 보수-진보 간 발전적 공존이 가능해질 수 있다.

---

7 | 논제: 고위 공직자가 갖춰야 할 도덕성의 기준에 '국민의 눈높이'라는 요소를 포함해야 하는가?

청와대 정체성은 비서동 간판에 드러난다. 노무현은 비서동 이름을 '여민관'이라 지었다. 맹자의 여민동락, 국민과 더불어 정치를 하겠다는 의지였다. 후임 이명박은 비서동 명칭을 '위민관'으로 바꿨다. 성리학의 위민 정신, 국민을 위한 정치를 펼치겠다는 뜻이었다. 한 글자에 담긴 의미는 적지 않다. 여민은 민중을 정치의 동반자로 본다. 반면 위민은 민중을 정치의 수혜자로 본다. 주권자는 파트너인가, 고객인가? 이 질문이 보혁의 정체성을 가른다. 인사에 반영하는 민심 또한 이 질문이 결정한다.

한국 보수는 위민을 말한다. 이는 민주주의를 설명하는 정치학 이론 중 '신탁자론'에 가깝다. 핵심은 엘리트 정치다. 보수주의의 시각에서, 시민은 생계유지로 바쁘다. 통치에 필요한 자질을 기를 여유도, 좋은 정책을 판단할 능력도 없다. 엘리트가 정치에 나서야 하는 이유다. 그들이 시민보다 성숙한 판단력과 책임감을 발휘할 수 있기 때문이다. 신탁자론에서 정치는 일종의 '주권 신탁'이다. 공동체 발전이라는 목표를 이루기 위해, 정치인이 책임을 지고, 주권을 대신 운용한다. 때문에 정치가는 시민의 의견에 반하는 결정도 내려야 한다. 에드먼드 버크는

"대표자가 유권자의 의견 때문에 자신의 판단을 단념한다면, 봉사하는 게 아니라 배신하는 것"이라고 말했다. 위민을 강조하는 보수의 정체성에선, 국민 정서에 반하는 판단도 때로는 필요하다. 국민의 눈높이에 맞지 않는 인사도 문제가 아닌 셈이다.

진보는 다르다. 진보 정부는 여민을 얘기한다. 이는 '대표 위임론'과 유사하다. 대표 위임론은 신탁자론의 왜곡을 경계한다. 토머스 페인은 정치가의 주도적 판단을 비판했다. 대표자의 판단이 민심에 앞서면, 사익 추구에 정치를 악용할 수 있기 때문이다. 대통령의 권력으로 자기 소유 기업의 이익을 추구한 이명박은, 우려가 현실로 바뀐 사례다. 대표 위임론에서 정치는 '주권 대리'다. 정치인의 역할은 주권자의 의지 대행에 그친다. 그러므로 시민의 견해가 명확히 정치에 반영돼야 한다. 대표 위임론이 시민 발안권과 소환권을 주장하는 까닭이다. 지난해 문재인 정부는 개헌안을 내놨다. 촛불 혁명으로 시민이 민주주의 역량을 입증했으므로, 국민 발안제와 국민 소환제를 도입해 직접 민주제를 확대하겠다고 했다. 대표 위임론의 교과서에 실어도 될 말이다. 이런 정부가 유권자의 견해에 반하는 인사를 임명했다. 정체성 파괴다. 헌법에 직접 민주주의를 담자고 했지만, 인사 기준엔 국민 눈높이가 없다. 전후 모순이다.

정부 정체성에 부합하는 인사 기준을 마련할 때다. 촛불 정부가 국민 눈높이를 외면해선 안 된다. 국민 정서가 대표 위임 정치의 핵심이기 때문이다. 국민 눈높이는 '국민의 이익'과 다르지 않다. 토머스 페인은 《상식》에서 "선출된 자들이 유권자와 분리된 이익을 형성해선 결코 안 된다"고 말했다. 대표자의 이익과 주권자의 이익이 멀어지면, 주권자에 반하는 정치가 이뤄지는 건 시간문제다. 박근혜-최순실 국정 농단은 단적인 사례다. 대통령이 임명하는 고위 공직자도 다르지 않다. 국민 절반이 무주택자다. 3주택자 국토부 장관이 국민 이익을 대표할 수는 없다. 한 법관은 특정 기업 주식 수십억을 보유한 채 판결을 내려왔다. 그런 법관이 국민 권익 보호 최후의 보루인 헌법 재판관이라면, 신뢰할 국민은 많지 않다. 국민의 이익이 인사 기준에 포함돼야 한다. 국민 눈높이가 공직 도덕성 평가의 잣대가 되어야 한다. 시민 사회를 포함한 외부 인사의 공직 인사 검증 참여는 고려할 만한 대안이다.

촛불 정부라는 수사만으로 국민을 만족시킬 수는 없다. 주권자는 자신을 대표할 자격이 있는 공직자를 원한다. 여민의 정체성 없이, 외제 차 가격표만 읊어서는 국민의 눈높이를 맞출 수 없다. 초심을 돌아볼 때다. 문재인은 당선 직후 청와대 집무실을 위민관으로 옮기며, 그 이름을 바꿨다. 바뀐 이름은 여민관이다.

---

8 | 논제: '적폐 청산 대 정치 보복'과 같이 정치권이나 사회 세력들이 프레임 전쟁을 벌일 때 언론은 어떻게 대응해야 하는가? 현재 언론의 대응이 적절한지를 글 내용에 포함하라.

존 스튜어트 밀은 《자유론》에서 소수 의견이 보호받아야 할 이유를 세분화해 논증했다. 우선, 다수 의견이 틀리고 소수 의견이 진실에 가까웠던 사례는 역사적으로 비일비재하다. 우주의 중심을 둘러싼 갈등부터 인간의 진화에 관한 논쟁까지, 때론 낭설로 치부되던 의견이 다수가 받아들이는 견해로 변모하곤 했다. 소수 의견이 틀리고 다수 의견이 맞은 경우에도 소수 의견엔 효용이 있다. 소수 의견은 부분적으로 통찰이 담겨 있어 이를 수용한 다수 의견은 군데군데 뚫린 결함을 보완한다. 이렇듯 밀은 다양한 의견의 공명을 사회가 발전하는 척도로 보았다. 언론을 설명할 때 흔히 따라붙는 프레임은 세상을 바라보는 관점이란 측면에서 의견과 다르지 않다. 그렇기에 민주 사회의 건강함은 다양한 프레임이 경쟁하며 살아남는 토대에 달려있다.

한국 언론은 이 지점에서 한계를 드러낸다. 다원성이 실종된 프레임 환경 탓이다. 한국의 언론은 정치권이 거대 담론을 제시하면 그것의 옳고 그름을 따지는 방향으로만 논쟁이 매몰된다. 무상 복지 논란이 대표적이다. 보수 언론은 재원을 이유로 도입을 반대하고, 진보 언론은 보편적 권리란 제도의 취지에 더 집중했다. 하지만 하나의 프레임 안에서 가부만을 다투니 갈등 비용만큼의 진전을 이뤄내지 못했다. 최근 화두로 떠오른 '적폐 청산 대 정치 보복'이란 프레임도 다르지 않다. 보복이냐 아니냐의 문제가 쟁점화돼 모든 논의를 덮어버리는 양상이다. 서울대 최인호 교수는 저서 《프레임》에서 개인은 자신이 가진 프레임의 크기만큼 세상을 조망한다고 말했다. 즉 프레임은 언어를 규정하고 생각으로 머물게 하는 힘인 것이다. 국민의 말과 생각이 한곳에만 머물러 있을수록 더 나은 담론을 위한 논쟁이 자취를 감추는 이유다.

프레임을 깨는 프레임을 제시해야 언론의 의제 설정 기능이 빛을 발할 수 있다. 사건을 사회가 고민해야 할 의제로 만드는 것이 언론이 가진 힘이기에 언론의 프레임이 다양해질수록 의제의 다원성은 높아진다. 가령 청산이란 프레임은 인물과 체제를 가리지 않고 일거에 소거한다는 의미가 강해 보복과 연관된다. 또한 그것에 따른 효과가 드러나지 않는다는 단점도 있다. 그렇기에 '국민 주권 회복을 위한 개혁' '자치의 정상화'란 새로운 프레임을 생각해볼 수 있다. 지난 정권 교체의 시발점이 권력의 사유화에 있음을 기억할 때 구조 개혁과 부역자 처벌은 국민의 주권을 정상화하는 길이다. 대의 민주주의 정상화, 국민 자치의 실현과 같은 사회에 끼칠 효용을 중심으로 프레임을 짜면 개혁은 보복이 아닌 회복이 된다. 이렇듯 프레임의 질과 양에 비례해 시민은 사실의 조각을 짜 맞추며 보다 나은 현실의 청사진을 그릴 수 있다.

고착화된 프레임에서 시선을 돌려 언론은 무엇이 국민을 위하는 길인지 자문해야 한다. 이는 언론의 고민이 필요한 지점이자 프레임이 다양해지기 위한 시작점이다. 과거 부시 행정부는 감세를 대신해 세금 구제(tax relief)란 프레임을 들고나왔다. 부자든, 가난한 사람이든 세금이 고통스럽기는 마찬가지이니 감세로 구제해주겠다고 한 것이다. 보수 언론뿐 아니라 진보 언론까지 세금 구제란 표현을 가감 없이 썼고, 민주당은 중산층을 위한 세금 구제안을 마련하며 프레임에 종속됐다. 세금 구제가 재정 적자로 돌아온 건 그 뒤의 일이다. 세금 구제란 프레임에 맞서 '재정 파탄 감세' 등과 같이 다양한 프레임으로 경쟁했다면 상황은 달라졌을지 모른다. 이렇듯 지배적인 프레임을 두고 그것을 깨는 언론의 시도가 잦아져야 시민은 현실의 다양한 결을 포착해낼 수 있다. 프레임 안이 아닌 프레임 밖의 보다 다양한 논의를 위한 언론의 노력이 필요하다.

---

9 | 논제: 선출된 권력 vs 선출되지 않은 권력

'인간은 공동선을 추구하기 위해 협력하지 않고 서로를 억압하려는 경향이 있다.' 제임스 매디슨을 비롯한 '미국 건국의 아버지들'을 골치 아프게 했던 고민은 여기서 시작됐다. 그들은 파벌 문제가 심각하다고 봤다. 공공선보다는 자신의 이익만 탐하는 개인이나 집단 얘기다. 권력을 가진 강한 파벌은 사회를 좀먹었다. 이들의 폐해를 막아야 했다. 오늘날이라고 다를 건 없다.

'기소율 2%'라는 수치에서 드러나듯 내부인에 대해선 봐주기 수사를 일삼으며 사법 정의를 훼손하는 검찰이 있다. 노동 구조 이원화 속 절규에도 아랑곳하지 않고 더 많은 이익만을 탐하는 경제 권력도 있다. 파벌의 횡포는 우리도 마주하는 현실이다. '선출 권력론'은 여기서 탄생했다.

선출 권력론은 엇나가는 권력 집단에 대한 대응이다. 검찰이나 경제, 언론 등 '선출되지 않은 권력'이 '선출된 권력'의 손아귀에 놓여야 한다는 주장이다. 검찰 따위의 파벌이 국민의 뜻을 이행하는 정부의 개혁안에 반발한다는 사실은 문제가 된다. 이는 선출 권력이 더 나을 것이란 믿음에서 출발한다. 비선출 권력은 스스로의 노력이나 집안과 같은 조건이 권력을 부여한다. 선출 권력은 국민의 지지로 힘을 얻는다. 권력의 원천이 다르니 충성의 대상도 다르다. 국민에게 충성하며 주기적으로 평가받는 이들이 공공선을 추구할 것이라는, 그래서 더 우월하다는 분석이다.

안타깝지만 파벌은 선출 여부를 가리지 않는다. '미국 건국의 아버지들'이 마주한 현실이 그랬다. 이들에게 파벌의 대표적 예시는 영국의 의회였다. 국민의 손으로 뽑은 의회는 국민을 위해 일하지 않았다. 사실 흔한 일이다. 인권 말살의 대명사 히틀러조차 국민의 지지로 힘을 얻었다.

최근 계엄령 논란에 휩싸인 자유한국당 모 의원들도 있다. 권력 유지를 위해 시민들을 억압하려 했다는 의혹을 받는 이들은 선출된 권력이다. '선출된 파벌'은 국민을 위하지 않는다. 시민들은 선거가 끝나면 다시금 노예로 돌아간다는 루소의 말은 일견 현실적이다.

필요한 것은 선출 권력론이 아니다. 국민을 위하지 않는 선출 권력이 여타 권력을 올바르게 계도한다는 전망은 힘들다. 오히려 자신의 입맛에 맞게 다른 권력들을 주무를 수 있다. '올바른 권력'의 가늠자가 되지 못하는 선출 권력론은 벗어던져야 한다. 그렇다고 파벌 자체를 없애버리자는 것도 우습다. 자유로운 의견 개진과 결사를 막는 셈이다. 제임스 매디슨의 말처럼 '불이 문제라고 공기를 없애버리는 꼴'이나 다름없다.

매디슨은 견제와 균형이라는 해법을 제시했다. 파벌은 자유로운 사회에선 필수 불가결한 존재다. 그러니 존재를 부정하기보다는 상호 견제를 통해 문제를 해결하고자 한다. 서로 함부로 할 수 없게, 엇나갈 수 없게 하는 관계를 만들자는 얘기다. 현재의 파벌 문제에도 적용될 수 있는 교훈이다. 검찰에겐 공수처가, 경제 단체나 언론에겐 시민 단체와 국가 기관 등이 그 역할을 할 수 있다.

한쪽을 우위에 두고자 하는 것. 선출된 권력과 선출되지 않은 권력 사이에 'vs' 딱지를 붙이는 데는 저런 마음이 숨어 있다. 둘 중에 나은 것이 진짜 있을지도 모른다. 하지만 핵심은 그게 아니다. 나은 쪽이라도 변질될 수 있다. 상호 견제가 아닌 한쪽의 통제는 파벌의 폐해를 막을 수 없다. 힘센 쪽은 새로운 파벌이 될지도 모른다. 영국의 정치가 액튼 경의 말마따나 권력은 부패하는 경향이 있고, 절대 권력은 절대 부패할 테니 말이다.

---

10 | 연인에게 이별을 통보할 때 카카오톡 문자로 해도 된다는 주장에 대해 찬반 의견을 밝히고 그 이유를 논하라.

철학자 오구라 기조는 저서『한국은 하나의 철학이다』에서 "한국인의 일거수일투족이 주자학"이라고 말했다. 우리나라는 도덕과 무관한 영역에서조차 '올바르다·제대로·바람직하다'와 같은 질서를 지향하는 말들이 난무한다는 지적이다. 연인에게 이별을 통보하는 방식에 관한 통념에서도 일본의 한 학자가 던진 일갈은 유효하다. 사회적 분위기상 헤어짐을 말할 때는 연인과 대면한 상태여야 하며 카카오톡 문자로 통보한다면 부도덕하다는 지탄을 면하지 못하는 것이 현실이다. 철학자

밀은 『자유론』에서 도덕적 비난은 다른 사람에게 해를 가하는 대상에게만 쏟아져야 한다고 했다. 과잉된 도덕주의가 개인의 자유를 지나치게 위협하는 것을 우려했기 때문이다. 카카오톡 문자로 이별하는 선택은 상대에게 해를 가하는 행동이 아니다. '비대면 이별'을 선택할 권리를 보장하여 내심의 판단을 향한 지나친 도덕적 개입을 막아야 한다.

대면한 상태에서 이별을 고하는 행동이 나름의 가치가 있다는 이유로 '지켜야 하는' 도덕적 기준이 돼선 안 된다. 물론 연인과 대면한 상태에서 그동안의 만남을 정리하는 것은 상대를 위한 결정이란 측면이 있다. 마지막 순간까지도 약속을 잡는 수고를 들이는 것 자체가 상대에게 최소한의 위로를 건네겠다는 의도가 있기 때문이다. 문제는 '대면 이별'을 도덕적으로 올바른 행위로 상정한 나머지 카카오톡 문자로 통보하는 '비대면 이별'을 결정한 연인을 비난하는 사회적 압력이 생겨났다는 점이다. 만남을 시작하는 경로가 다양하듯 헤어지기까지의 사연은 각양각색이다. 다양한 사연의 결과로서 내린 개별적 판단이 "이별은 만나서 해야 한다"라는 도덕에 의해 제약받고 있는 상황이다.

카카오톡 문자로 이별을 통보하는 행위는 상대에게 해를 가하는 행동이 아니다. 상대에게 슬픔을 주는 것은 '카카오톡 문자'라는 수단이 아닌 일방적 이별이란 특성에 기인한 것일 가능성이 크다. 특정 통보 방식에 의해 상대가 해를 입었다는 것이 구체적으로 입증되지 않는 한 개인이 어떤 수단을 활용해 헤어짐을 고하는가는 내심의 판단으로서 존중돼야 한다. 누군가는 만나서 마음을 전달하는 대신 글로써 생각을 적었을 때 더욱 잘 표현할 수 있겠다는 이유로 '카카오톡 이별'을 선택할 수 있다. 또한 '데이트 폭력'과 관련된 뉴스를 접하며 '안전 이별'을 위해 직접 만나지 않은 상태에서 통보하고 싶어 하는 누군가를 두고 부도덕하다고 나무랄 수는 없는 노릇이다.

도덕적 기준은 다른 사람에게 해를 가하는 행동으로부터 공동체를 보호하는 역할을 한다. 이별을 통보하는 수단을 둘러싸고 도덕적 기준을 세우는 것은 의도와 달리 내심에 대한 지나친 개입을 초래한다. 카카오톡 문자로 이별할 권리를 인정하여 옳고 그름으로 환원될 수 없는 내심의 판단을 보호해야 한다.

부록 2

역대 한터 온라인 백일장 작문 부문 당선작 사례

1 | 제시어: MBTI

콩 한 쪽도 나눠 먹는 것이 한국 사회 전통이라면 나눠 먹기 전에 상대의 혈액형부터 물어보는 것은 필수였다. '같은 혈액형이 아니면 같은 물병에 입을 댈 수 없다.' 초등학교 시절 대원칙이었다. 다른 혈액형과 침이 섞이면 몸에 나쁘다는, 말도 안 되는 이유에서다. 하지만 진짜 이유는 따로 있다. 타인의 침은 더럽고, 피하고 싶은 것이 인간의 본능이다. 콩 한 쪽도 나눠 먹어야 하는 사회에서 쩨쩨하게 굴 순 없다. 그래서 말도 안 되는 혈액형 원칙을 들어 물병 공유를 최소화하는 동시에 정 없는 우리의 선택을 '정당화'한 것이다. MBTI는 혈액형의 연장선에 있다. 성격 유형은 후천적인 반면 혈액형은 타고난 것이기에 전혀 달라 보이지만, 사람을 집단으로 분류하고 집단별 특성을 발견한다는 점에서 공통된다. 그러나 이 둘은 공유하고 있는 또 하나의 지점이 있다. MBTI 역시 타인에게 나를 '정당화'하는 수단으로 쓰인다는 점이다.

정당화는 정당하지 않은 것을 마치 정당한 것처럼 꾸며내는 행위다. 사회적 관계 맺음에서 정당성이 결여된 행동은 상대에게 불쾌감을 유발하거나 직접적 피해를 주는 정도로 볼 수 있다. MBTI는 상대에게 나를 정당화하기 위해 내가 어떤 태도를 가지는 사람인지부터 규정한다. MBTI는 자신을 특정 유형으로 한정 짓기에 더할 나위 없이 좋은 검사이다. 가령 '나는 감정보다 이성에 따르는 사람인지'를 묻는 문항이 있다. 감정과 이성은 추상적 개념이기에 개인마다 단어를 어떻게 이해하는지에 따라 다르기 마련이다. 지하철역에서 쓰러진 사람이 눈앞에 있을 때 시험에 늦더라도 도와주는 결정을 감정적이라고 판단하는 사람이 있을 수 있는 반면, 감정과 이성을 떠나 당연한 인간의 도리라고 생각하는 사람이 있을 수 있다. 이외에도 구체적 맥락이 제시되지 않은 채 추상적 표현을 담은 문항이 대부분이다.

이렇듯 MBTI 검사는 개인의 특성을 충분히 반영하지 못하지만 정확한 결괏값을 제시하여 내가 정말 그렇다는 강한 믿음을 준다. 그 믿음 아래 행위의 정당화가 시작된다. 사회적 관계는 본능에 따른 행동에서만 형성 또는 유지되지 않는다. 내 생각이 상대와 완전히 배치되거나 상대를 불쾌하게 만든다는 판단이 서면 이를 내비치지 않는 노력도 필요하다. 하지만 MBTI는 이러한 노력을 굳이 들일 필요가 없도록 만든다. 감성보다 이성에 가까운 알파벳 'T'의 경우 애써 타인의 슬픔에 공감하기보다 "나는 감정에 연연하지 않는 유형이라서 그러한 너에게 공감하지 못하겠다"는 한마디면 된다. 인터넷에 'ENTJ' 'ESTP' 등 '독설가' 유형으로 꼽히는 몇 개의 MBTI가 있다. 누군가에게 독처럼 나쁜 말을 하는 것은 엄연히 무례한 행동이지만 그마저 하나의 유형으로 존중받는 것이다.

나는 원래 그런 사람이라는 생각은 사회 구성원으로서 편리할지 몰라도 결국 개인을 옭아맨다. 무언가를 선택해야 하는 상황에 놓일 때 '고정된 나'가 뚜렷하면 이전보다 더 나은 결정을 감히 시도하기 어렵다. 만약 내가 생각한 나에 걸맞지 않은 행동을 한다면 정체성에 혼란이 올 수 있으며, 정해진 범주를 벗어나는 것이므로 잘못된 선택을 했다고 느낄 수 있다. 불교에서 제법무아(諸法無我)라는 말이 있다. 마땅히 '나'라고 여길 고정된 본체는 없으며 오직 '변하는 나'만 있다는 의미다. 삶을 살아가면서 무수한 배움과 성장, 때로는 좌절도 겪으며 나라는 존재는 끊임없이 변하기 마련이다. MBTI 대유행 시대에 일시적, 단편적인 내가 아닌 변화무쌍한 입체적 나를 인정하는 자세가 더욱 필요하다.

2 | 제시어: 킬러

두둥. 비장한 소리와 함께 빨간색 로고가 등장한다. 이제는 모 타이어 회사의 비상 대피로 광고보다 익숙해진 오프닝이다. 전도연이 킬러로 나오는 영화라니, 공개일에 바로 봐줘야 트렌드에 뒤처지지 않을 수 있다. '연진아'로 시작하는 온갖 밈meme 사이에서 허우적대다 뒤늦게 〈더 글로리〉를 1.5배속으로 정주행한 경험에서 배웠다. 노트북 앞에서 보낸 두 시간이 지나가고, 〈길복순〉이 인기 콘텐츠 상위권에 올라 있는 걸 보니 역시 빨리 보길 잘했다는 생각이 든다. 며칠 지나니 K-콘텐츠의 저력을 보여줬다는 기사가 줄줄이 올라온다. K-킬러, K-칼춤, K-왕언니까지 나오니… Korean으로서 조금 민망해진다.

내가 민망했던 이유는 'K'가 붙는 다른 말들이 머릿속을 스쳐 지나가서였다. K-POP과 K-콘텐츠 앞에 붙는 'K'에는 한국 문화에 대한 자부심이 담겨 있지만, K-직장인이나 K-장녀는 어떤가? 살인적인 노동 강도, 남아 선호 사상 등 한숨만 나오는 사회 병폐에 대한 자조가 담겨 있다. 분명 어디 가서 자랑할 만한 문화는 아니다. 〈길복순〉에도 K-현실을 보여주는 장면이 두 번 나온다. 첫째는 복순의 딸이 같은 학교 학생에게 아웃팅(성 정체성이 타인에 의해 강제로 밝혀지는 일) 협박을 당하는 장면이고, 둘째는 국회의원이 아들의 입시 비리를 덮으려 하는 장면이다. 성 소수자가 억압당하고, 학벌 만능주의가 판치는 한국 사회의 단면이 고스란히 드러난다. 그러나 〈길복순〉이 현실을 고발하는 작품은 아니므로, 이는 주인공의 내적 갈등을 유발하는 서사적 장치일 뿐이다.

K의 기쁨에서 조금만 눈을 돌리면 K의 슬픔이 보인다. 더 많이, 더 빨리 만들수록 업계 노동자들은 고강도 노동에 시달린다. 웹툰, K-POP, 드라마를 만들다 사람이 죽고 있다. 그러나 멈추지 않는 K-콘텐츠의 질주는 우리의 주의를 현실로부터 멀리 떨어트린다. 개인이 각자의 모니터와 시간을 보내는 만큼 공동체의 시간은 줄어든다. 우리는 수면, 독서, 대화의 시간을 OTT와 유튜브에 내어준다. 이해와 관용은 없고 둘 중 하나가 죽어야 끝나는 세계관에 너무 쉽게 빠져든다. 복잡한 현실 정치 대신 '사이다' 서사에 매료되어 선과 악을 손쉽게 구분하려 한다. 갈등을 중재하고, 의견을 모아 문제를 해결하는 것이야말로

비현실적인 판타지가 됐다.

이제는 K의 성공보다 실패에 대해 더 많은 이야기를 해야 한다. 모두가 문동은의 복수를 통쾌해한다고 해서 학교 폭력 문제가 나아지는 것은 아니다. 길복순이 성 소수자 딸과 잘 살아간다고 해서 한국의 성 소수자들이 억압받지 않는 것도 아니다. 그보다는 〈길복순〉의 공개 이후 누군가는 감독이 '일베'라고 비판하고, 누군가는 '페미'라며 비판하는 게 우리의 현실에 가깝다. 그러니 미디어가 그려내는 서사에서 한 걸음 물러나 대화와 토론의 가치를 되찾아야 한다. 대화 없는 사회에는 갈등만 남을 뿐이다. '킬러'에서 K를 떼면 점점 병들어가는(iller) 한국 사회가 보인다.

---

3 | 다음 단어들을 한 번 이상씩 포함하는 작문을 작성하세요.

'갓생''삼귀다''오히려 좋아''식집사'

"그 사랑이 가짜였다면, 이 돈을 받아!"

영화 〈물랭 루주〉에는 남주인공이 사랑을 나누다 한순간 돌변한 여주인공에게 돈을 던지는 장면이 나온다. 전에 보았던 그녀의 사랑스러운 눈빛, 몸짓, 행동들이 진심이 아니었다는 것을 인정할 수 없었기 때문이다. 사랑에 돈을 지불하면 일종의 서비스가 되지만, 서로가 진심이었다면 돈을 지불할 필요가 없다. 이처럼 진심은 계산과 거리가 멀다. 우리는 진심을 표현할 때 대가를 바라지 않고 마음에서 우러나오는 대로 행동한다. 진심을 내보임으로써 손해를 볼 수도 있고, 상처를 입을 수도 있다는 것을 안다. 하지만 진심은 그런 위험까지 무릅쓰도록 용기를 준다.

확실한 성과를 추구하는 '갓생(God+인생, 부지런한 삶)' 문화는 진심의 영역으로까지 침투하고 있다. 갓생러들은 돈이나 시간을 불필요하게 낭비하지 않고, 모든 일의 효율을 극도로 끌어올린다. 이 기준에서 진심은 보잘것없는 가치다. 진심을 드러내는 것은 감정이라는 자원을 소모시키면서도, 가시적인 성과가 보장되지 않는다. 투자 종목으로 따지면 '하이 리스크, 로 리턴'인 셈이다. 갓생 문화에 익숙한 사람들은 진심을 표현하는 데 인색해진다. 연애 리얼리티 프로그램이 전에 없던 호황을 누리고 있지만, 실제 청년들의 연애 비율은 점점 낮아지고 있는 것으로 나타났다. 자신의 진심은 아끼고, 타인이 진심을 나누는 것을 보며 대리 만족하는 것이다.

'삼귀(사귀기 전 단계)'는 관계의 유행도 진심을 절제하는 행태를 보여준다. 삼귀는 사이에서 진심을 보여주는 것은 '부담'이다. 이 단계에서도 넘는 감정 표현을 해서는 안 되고, 다른 이성을 만나는 것도 가능하다. 또 삼귀는 사이에서부터 쉽고 빠르게 결과물을 얻으려는 현상도 생기고 있다. '자연스러운 만남 추구'를 뜻하던 '자만추'는 '자고 만남 추구'로 의미가 변화했다. 새로운 자만추 문화에서는 정식으로 사귀기 전인 삼귀는 단계에서부터 육체적인 관계를 맺는 것을 선호한다. 자고 만남 추구는 더 이상 첫 단추를 잘못 끼운 시작이 아니라, '오히려 좋다'라는 선택으로 받아들여진다. 정서적인 친밀감을 쌓기 전부터 물리적인 교감으로 눈에 보이는 확실한 결과를 원하는 것이다.

진심이 귀한 사회다. 극도의 효율성을 좇는 사회에서 진심은 비효율로 치부되기 십상이다. 물질과 비물질의 영역이 허물어지는 것은 좋지 못한 신호다. 진심에 대한 무례는 진심을 숨기도록 하는 악순환을 만들어낸다. 작은 손해라도 보면 바로 손절을 하고, 상대보다 더 나은 조건을 가진 사람을 찾아 환승을 하고, 이별하는 시간조차 아까워 잠수를 타는 것. 일상 속 관계에서 흔히 찾아볼 수 있는 무례다. 물론 진심이 사라지는 것은 아니다. 다만 사람이 아닌 곳을 향하고 있다. 키우는 고양이와 식물에 진심을 다하는 고양이 집사, 식집사가 그 예다. 사람 사이에서도 진심은 다시 피어날 수 있다. 진심의 회복은 진심에 대한 존중에서 시작된다.

4 | 제시어: 이순신은 ~다

뒤통수의 미학에 대해 아시는지. 누군가가 나에게 사람 신체 중 가장 좋아하는 부분을 묻는다면 나는 주저 없이 뒤통수를 꼽을 것이다. 뒤통수에는 구멍이 없기 때문이다. 얼굴에는 눈과 코, 입이라는 구멍들이 있지만, 뒤통수는 고요하고 단정하기만 하다. 그래서 뒤통수는 감정적이거나 수사적이지 않다. 나는 종종 누군가의 동그란 뒤통수를 긴 시간을 들여 쓸어내리고 싶다고 생각한다. 이상해 보이는 이 뒤통수 사랑은 아주 어린 시절부터 시작된 것 같다. 뒷산 풀숲을 오빠 뒤통수만 보며 졸졸 쫓아다니던 시절부터.

이런 뒤통수 사랑은 생각보다 유별난 것이 아닐지도 모른다. 뒤통수는 하나의 리더십과, 하나의 태도에 대한 은유가 될 수 있기 때문이다. 이를테면 뒤통수는 이순신 리더십의 상징이다. 이순신 장군이 이끈 전투의 특징 중 하나는 지휘관과 부관의 손실률이 병사의 손실에 비해 굉장히 높았다는 점이라고 한다. 이는 병사의 손실에 비해 지휘관의 손실률이 낮았던 일본군에 대비되는 모습이다. 앞선 기록은 이순신 장군이 병사보다 지휘관을 선두에 세우는 사람이었음을 보여준다. 세상에 "돌격 앞으로"를 외치는 리더와 "나를 따르라"를 외치는 리더가 있다고 할 때, 이순신은 후자의 사람이었던 것이다. 선두에 선 장군의 병사들이 보는 건 장군의 뒤통수다. 고작 13척의 배에 탄 병사들이 두려워하면서도 싸울 수 있었던 건 사지(死地)에 앞장서는 선봉장이 있었기 때문일 것이다.

더 나아가 앞장서는 지도자의 면모는 그가 가진 냉철한 현실 인식과도 연결된다. "죽고자 하면 살 것이고, 살고자 하면 죽을 것이다"라는 유명한 말은 단순한 구호가 아니었다. 그것은 그가 본 전투의 실체였다. 실체를 실체로서 마주하는 태도, 감정을 최대한 배제한 채 현실을 인식하는 태도는 '회피'를 불가능하게 만든다. 김훈은 이러한 이순신의 태도가 그의 삶에서 가장 큰 힘이자 비극이 된 탈정치성을 만들었다고 말한다. 그는 부패한 지방 관리의 죄상을 고발하는 일에 주저하지 않았고, 피난민과 포로의 참상, 최하층 천민의 이름과 전사 상황을 임금에게 낱낱이 적어 보냈다. 이순신은 정권의 눈 밖에 날지라도 사실을 말했고 사실을 기반으로 군을 이끌었다. 감정에 휘둘리지 않는 덤덤한 태도에서 나는 뒤통수를 떠올린다.

흔히 이 시대를 '탈진실의 시대'로 규정하곤 한다. 사람들이 객관적 진실보다는 감정에 휘둘리는 시대라는 것이다. 이런 시대일수록 정치인들은 선두에 서서 모범을 보여야 하지만, 요즘 한국에서는 그런 모습을 찾아보기 힘들다. 정치인들은 여론의 후방에서 더 격렬하게 갈등을 조장하고 혐오를 부추긴다. 서로의 감정을 자극하면서 사실을 오도한다. 그러면서 동시에, '이순신 리더십'이 필요한 시기라고 엄중히 선포한다. 그러나 이순신은 요란한 선동가가 아닌 덤덤하게 선두에 서는 뒤통수 같은 사람이었다. 그런 의미에서 이 시대는 정말로 '이순신 리더십'이 절실한 시대이기도 하다.

---

5 | 국어사전에 없는 단어를 만들고 그것을 제시어로 한 작문을 작성하시오.

주말은 여자의 집에 가는 날이다. 마트에 들러 철 이른 수박 한 통과 참외를 샀다. 서두르면 교외로 드라이브 갈 수 있을지도 몰랐다. 라디오에선 진행자의 달뜬 목소리가 흘러나왔다. 칸 영화제에서 우리나라 영화가 최초로 황금 종려상을 수상했단다. 제목은 '기생충'. 몇 마디 설명이 이어졌지만 제대로 듣진 못했다. 이태 전 생경한 느낌이 배 속을 훑고 지나간 탓이다. 장이 꼬였다.

문이 열리는 소리에도 여자는 미동이 없었다. 다가가자 돋보기를 걸친 콧잔등이 보였다. 손가락 마디를 유심히 들여다보고 있었다. 여기 어디에 머리카락이 꼽힌 것 같은데… 도무지 찾을 수가 없다고 했다.

—

엄마는 꽤 오랫동안 동네에서 미장원을 했다. 내가 막 뒤집기를 시작할 때부터 내 딸이 뒤집기를 할 때까지. 그래서 우리 가족의 옷이며 속옷, 양말엔 늘 머리카락이 꽂혀 있었다. 누구의 것인지 모를 짧은 털들은 씨실과 날실 사이에 숨어 있다가 브래지어 끈이나 허리께처럼 손이 닿지 않는 곳에서 예사롭게 발견됐다. 집에서 가장 눈이 밝고 손가락이 가는 나는 자주 엄마의 살갗을 파고든 머리카락을 떼어줬다. 그러다 고등학생 때부터 기숙사 생활을 했으니 집을 나온 지 17년이 지난 셈이다. 그동안 엄마는 어떻게 머리카락을 뺐을까? 그게, 17년 만에 궁금해졌다.

여느 촌 동네 어른이 그렇듯 엄마는 내가 공무원이 되길 바랐다. 그리고 난 여느 자식처럼 부모 말을 듣지 않았다. 큰소릴 치고 취업 전선에 뛰어들었으나 번번이 고배를 마셨다. 계약직을 전전하다 적지 않은 나이로 겨우 고향 근처 주류 회사에 들어갔다. 연봉과 처우가 아쉬웠지만, 나중에 보니 그게 내가 그 자리를 꿰찬 이유 같았다.

겨우 일이 손에 익었을 때 덜컥 임신이 됐다. 꿈에서 매일 다른 이유로 해고를 당했다. 더는 남은 해고 사유를 상상하기 어렵게 됐을 때 아이가 나왔다. 몸이 풀리기 전이었지만 서둘러 복직했다. 정말로 경단녀가 돼선 안 됐다. 젖먹이를 엄마에게 맡기고 출근하던 날, 세상은 귀순한 북한 병사 얘기로 시끄러웠다. 뉴스 앵커는 그의 배에서 27센티미터에 달하는 기생충이 나왔다고 했다. 불현듯 모자이크 너머 그 희고 긴 것이 아이가 빠져나간 자리에서 꿈틀대는 것 같았다.

엄마가 내 딸의 엄마가 되어준 덕에 사표를 면했다. 승진에서 밀려나고 허드렛일이 맡겨졌지만, 아무렴, 월급이 나오는 게 중요했다. 회사에서 엄마와 딸의 시간을 자주 상상했다. 딸아이는 포대기에 싸여 미장원 소파에서 칭얼댔겠지. 그럼 바쁜 엄마를 대신해 손님들이 능숙하게 달랬을 테다. 그러나 엄마는 내가 아기였을 때보다 늙고 약했다. 그래서 스스로 경력을 끊었다. 30여 년 역사를 뒤로하고 헤어매직은 문을 닫았다.

—

더 이상 헤어매직 원장이 아닌 여자의 손을 건네받았다. 염색약에 절여져 나무껍질 같은 손. 거기에 꽂혔을 무수한 머리카락을 생각하자 자꾸만 눈에 힘이 들어갔다. 그중 가장 깊숙이 파고들어 자그마치 34년 동안 꽂혀 있는 머리카락은, 나일지 몰랐다.

경단모. 딸의 경력 단절을 막으려고 부엌에 들어가는 여자를 그렇게 부른다.

---

6 | 제시어: 난민

콜럼버스라니. 마치 행성 사이를 오가는 우주여행 버스 같지 않은가? 빽빽하게 겹쳐 있던 위인전들 중에 하필 콜럼버스를 뽑아 든 이유는 이름이 특이해서였다. 우연으로 시작된 것치곤 콜럼버스의 신대륙 탐험기는 빠르게 어린아이를 사랑에 빠뜨렸다. 모르는 아저씨들이 가구마다 빨간색 딱지를 붙이고 왜 가족이 집에서 쫓겨나야 하는지 몰랐던 어린 날에도, 콜럼버스 책만 조용히 손에 꼭 쥐고 있었던 것은 콜럼버스에 대한 나의 막연한 믿음 때문이었다. 집을 뺏기더라도 콜럼버스처럼 새로운 땅을 발견해 내 집으로 삼으면 그만이라는 마음에서였다. 친척 집을 전전하며 눈칫밥으로 키가 커버린 나의 우울한 시절 동안, 콜럼버스는 내게 기꺼이 성서가 되어주었다. 지금 내가 있는 곳이 곧 나의 터전이라 여기며 마음을 달래곤 했다.

콜럼버스에게 배와 선원이 있었다면 나에겐 카메라가 있었다. 그러니까 사진작가라는 업은 콜럼버스가 점지해준 것이나 다름없었다. 셔터는 새로운 땅에 대한 나만의 점령 방식이었다. 선명하게 인화된 사진들이 내가 그 땅의 소유자라는 인증서를 대신해줬다. 네모난 틀에 박제된 공간들은 과거에 살았던, 현재를 살아가는, 그리고 미래에 살아갈 나의 터전들로 보였다. 하지만 세상은 여전했다. 사람들은 이 세상 어느 곳에도 자기가 기댈 곳은 없다는 불신 아래 치열하게 땅을 쟁취하고 그것을 확인받고자 했다. 터전을 잃어버린 사람들을 본격적으로 찍고 다녔던 건 그런 생각들로 마음이 복잡해졌을 즈음이었다. 몸을 누일 만한 삶의 터전을 잃어버린 노숙자부터, 학생과 학생 아님이라는 신분 사이에 애매하게 끼어 사회의 터전을 잃어버린 대학원생까지. 각자 개성적인 방식으로 터전을 잃어버린 사람들이 느낀 헛헛한 마음을 달래주고 싶었다.

'콜럼버스 사진관.' 도심 외곽의 허름한 골목에 위치한 공간을 싼값에 빌려 카페 겸 전시 공간으로 꾸몄다. 부제는 터전을 잃은 사람들에 대하여. 입소문을 타더니 꽤 많은 관람객이 찾았다. 유명 예술지에 인터뷰가 실리고 나서는 좁은 공간 때문에 밖에 줄을 서서 기다려야 할 정도로 붐볐다. 터전을 잃어버릴 수도 있다는 불안감을 참고 살아가는 사람들이 이렇게도 많았구나, 라는 감상적인 생각에 빠져 있을 틈이 없을 정도로 바빴다. 허름한 골목은 꽉 찼고 죽어버린 상권은 활기를 띠기 시작했다. SNS는 '요즘 핫한 M 골목'으로 소개하며 불붙은 골목 심폐 소생술에 기름을 부었다. 임대료가 폭등한 시기도 그때였다. 지금 내가 있는 곳이 곧 터전이라 생각하며 살았기에, 사실 '콜럼버스 사진관'이 나의 터전이라고 여기지는 않았다. 하지만 내가 오기 전부터 그곳에 살았던 M 골목 원주민들은 아니었다. 그들에겐 그곳이 터전이었다.

나의 콜럼버스 신화에 금을 낸 건 뜻밖의 젠트리피케이션이었다. 신대륙 탐험은 콜럼버스에게는 새로운 터전의 발견이었겠으나, 아메리카 원주민들은 그로 인해 터전을 잃어버리고 말았다. 누군가가 뺏으면 누군가는 뺏기는 게 당연한 이치였다. 내가 터전을 잃어버린 사람들을 위로하려 했던 일이 도리어 사람들로 하여금 터전을 잃어버리게 만든 셈이었다. 이제 M 골목 원주민들은 떠돌아다닐 수밖에 없는 건지 어디로 정착해야 하는 건지, 나는 막막해졌다.

카메라를 들고 무작정 걸었다. 옷깃을 스쳐 지나치는 모든 사람이 난민으로 보였다. 이미 한국은 난민으로 가득한 곳이 아닐까 생각했다. 터전을 잃어버린 사람들을 찍고 다녔을 때부터 알아챘어야 했다.

노숙자부터 대학원생까지. 그들은 터전을 잃어버린 것뿐만 아니라 어디에도 속하지 못한 채 정처 없이 떠돌아다니는 난민이기도 했다. 멀리서 제주 예멘 난민을 반대하는 집회가 열리고 있었다. 다가가서 본 그들의 표정이 사뭇 다르게 보였다. 찰칵-. 셔터를 누르고 찍은 사진을 봤다. 새로운 난민에게 자신의 터전을 빼앗길까 두려워하는 또 다른 난민들의 처절한 몸부림이 찍혀 있었다.

---

7 | 제시어: 내가 가장 좋아하는 동사

"아, 정말이지 우리는 환상의 팀이었다." 자만에 가까운 넋두리긴 해도, 항상 이 말이 멋져 보이지 않을 수 없는 것은 이것이 그날의 '임무'를 성취한 사람들의 건배사이기 때문이다. 그렇지만 내가 그들을 따라 맥주 500시시 잔을 높이 들어 올렸다가 한 모금 뿌듯하게 삼킬 수 없는 것도 그 때문이다. 건배사 말마따나 '우리'가 환상의 팀인지, 아니면 나를 뺀 '그들'이 환상의 팀인지 도무지 알 수가 없다.

작년 오늘, 그러니까 1년 중 날씨가 가장 춥다는 '대한'에 나는 바라던 극단에 들어왔다. 나는 여주인공이었다. 그러나 1년째 무대에 오르고 싶은 여주인공이었다. 대타였기 때문이다. 그렇기 때문에 나의 대사는 언제나 "갑니다!"였다. 그것도 무대 밖에서만 허용되는 말이었다. 모든 심부름은 나의 몫이었다. 이쯤 되면 '여주인공 대타'라는 것도 심부름꾼을 멋지게 부르는 이름인 것 같았다. 게다가 "갑니다!"라니. 어쩜 이 말은 대타가 되어줄 말도 없다. "간다고요" "가요"는 자칫하면 건방지게 들리고, "가겠습니다!"는 반응하는 말로써는 너무 길다. 때문에 "갑니다"는 누가 내 이름을 부르면서 무언가를 요구하면 으레 튀어나오는 것이다.

자주 공연하는 것도 아닌 작은 극단에서, 훌륭한 여주인공이 갑자기 공연에 불참할 경우의 수는 몇 가지나 될까? 연습실에서 '대타'인 내가 하는 일은, 여주인공 역할을 맡은 배우가 자신의 심기를 건드리는 대사를 조금씩 고치거나 상대 배우와의 동선을 조정할 때마다 그것을 다시 익히는 일뿐이다. 그녀의 말에는 명사부터 동사, 관형사, 감탄사 모든 게 있다. 그중에서도 "사랑!"이라는 대사는 심금을 울린다. 그런 의미에서 그녀는 '명사'다. 나는 동사밖에 말 못 하는 인생이라 어떤 멋진 걸 고를 수도 없다. 그냥 동사다. 그림자처럼 여주인공을 따라야 하는 대타의 인생은, 명사인 주어가 정해지면 저절로 선택지가 줄어드는 '동사'와도 같다. '말한다'라는 동사를 쓰고 싶어도 주어가 '해바라기'이면 그만이다. 동사는 그냥 '피어 있다.' 하루종일 "갑니다!"만 말하는 나는 빼도 박도 못하고 '동사' 인생을 사는 셈이다.

물론 세상에는 '관형사'인 인생도, '조사'인 인생도, '감탄사'인 인생도 있다. 그래도 다들 동사보다는 낫다. 관형사 인생은 주연은 아니더라도 명사를 꾸미는 감초가 되어 무대에 오를 것이다. 조사가 없이는 품사들을 연결할 수 없으니, 그들은 무대를 만들고 지지하는 기술자들이다. 감탄사는 자주 등장하지 않아도 존재만으로 그 문장을 최고로 주목받게 만들어준다. 마치 무대에 오르지는 않지만 극을 지휘하고 빛내는 연출가 같다. 그렇다면, 나는 무엇인가? "갑니다!" 언제까지, 어디로 달려야 하는 것인가?

부끄러운 얘기지만, 시간이 얼마 지나지 않아 나는 동사가 빠진 문장이 성립할 수 없음을 깨달았다. 공연을 앞두고 교통 체증에 갇혀버린 비운의 여주인공이 극단에 SOS 신호를 보냈기 때문이다. "갑니다!" 이번엔 조금 다른 달리기였다. 수백 번 연습했던 "사랑!" 그 대사를 되뇌었다. 그러나 내 달리기는 비운의 여주인공보다 빠르지 못했다. '명사'는 오늘도 '명사'의 인생을 살았다. 그런데 오늘은 내가 확실히 다르게 달리긴 했는지, 나에게 '명사' '관형사' '조사' '감탄사'의 격려가 쏟아졌다. 그들은 '명사'가 극단에 도착하지 못하는 그 짧은 순간이, 그들에게 억겁의 시간으로 느껴지는 동안 나의 존재가 정말이지 한 줄기 빛이었다고 말했다. 나는 그날, 연극의 막이 내릴 때, '명사' '관형사' '조사' '감탄사'의 손을 잡고 무대에 오를 수 있었다. "갑니다!"가 "사랑!"보다 멋져 보이는 순간이었다.

항상 잘난 품사들 사이에서 가장 가장자리에 서야 한다고 해도, 나의 "갑니다!"는 앞으로도 극단의 하루를 마무리할 것이다. 나는 극단의 과거였고, 현재이며 또 미래가 될 수도 있다. 언젠가는 나를 꾸며줄 '부사'를 만나게 될지도 모른다. 누가 어떻게 생각하든 일단 나는 나를 그렇게 생각해주기로 했다. 작은 별에서 화산 하나, 꽃 한 송이 가지고 살아가면서도 자신을 '부자'면서 '왕자'라고 부르는 《어린 왕자》 속 주인공처럼 말이다. 아, 정말이지 우리는 환상의 팀이다.

8 | 제시어: 소확행

그것은 79크로나짜리 소확행이었다. 돈에 쪼들리는 나와 같은 유학생에게 스웨덴이 허용한 유일한 소확행. 수많은 옷 가게가 스톡홀름 시내에 즐비했지만 그중 나에게 허락된 곳은 이곳 'H&M'뿐이었다. 한국에서 가져온 철 지난 겨울옷, 또는 중고 매장에 널려 있는 힘껏 구겨진 헌 옷 따위 가운데 H&M은 최선의 선택지였다. 가장 적게 돈을 들여, 확실한 새 물품을 받으니 이보다 더 나은 소확행이 있을까? 더군다나 스웨덴에서 내가 구매할 수 있는 몇 안 되는 '현지산' 제품이니 마다할 이유가 없었다. 싸구려 옷이어도 본고장에서 상품을 구매했다는 알 수 없는 자신감까지 주니 말이다.

그런 나의 소확행을 실은 스웨덴이 준 게 아니었단 걸 귀국해서야 알았다. 분명 H&M은 이케아와 더불어 대표적인 스웨덴 기업이다. 그런데 소비자인 내가 손수 구매한 79크로나, 139크로나 따위의 티셔츠는 그렇지 않았다. 내가 사랑했던 한화로 만 원, 2만 원 이하 옷들은 스웨덴으로부터 지구 반 바퀴 떨어져 있는 방글라데시에서 태어났다. 그것도 추운 스웨덴과 달리 찜통인 수도 다카의 한 8층짜리 건물에서. 라나플라자는 나와 같은 '소비자의 확실한 행복'을 위해 이미 본래 몸집 두 배로 증축된 상태였다. 자라, 망고, 그리고 내가 아꼈던 H&M 공장까지 마구 들어선 채로 말이다. 그리고 2013년 4월 24일 라나플라자는 자기 자신과 수많은 옷더미의 무게를 견디지 못한 채 무너졌다. 나와 나이가 비슷하거나, 어쩌면 더 어릴지도 모를 1143명의 여공과 함께.

이렇게 나의 소확행은 단일 붕괴 사고 사상 최다 희생자라는 비용을 치렀다.

그래도 스웨덴은 뒤늦게나마 비극의 대가를 나누려고 했다. 나와 같은 '소비자의 확실한 행복'이 결국 외국 노동자들의 인건비와 안전 비용을 희생한 결과였음을 알았기 때문이다. 사고 이후 H&M을 포함한 글로벌 의류 업체들은 방글라데시 현지 노조와 '화재 및 건물 안전 협약'을 출범시켰다. 그러면서 한국으로 돌아온 내게서도 H&M은 서서히 잊혀졌다. 대신 수많은 '인쇼(인터넷 쇼핑몰)'가 그 자리를 채웠다. 더 이상 시내까지 나가는 수고로움을 들일 필요도 없었다. 스마트폰 클릭 몇 번으로 2만 9000원짜리 최신 유행 옷을 무형의 '장바구니'에 담고, 세계에서 가장 빠른 배송 서비스를 무료로 누릴 수 있음에 새삼 감탄했다. 한국은 그 어느 곳보다도 소비자의 확실한 행복을 담보해줬다.

지난날의 죄의식은 지난해 여름, 한 20대 대학생이 물류 센터 컨베이어 벨트에서 감전돼 사망하면서 되살아났다. 어쩌면 사고 순간 그는 내가 전날 주문한 티셔츠가 담긴 택배 상자를 옮기던 중일지도 모르기에. 그가 뜨거운 태양을 뒤로한 채 쓰러진 때가 마침 내가 설레는 마음으로 주문한 옷의 '실시간 배송 위치'를 휴대폰으로 확인한 직후일지도 모른다. 그리고 3개월 뒤엔 같은 장소에서 다른 이가 트레일러에 치여 목숨을 잃고, 한 달 뒤에는 '산업 재해'라는 비슷한 이유로 한 청년이 화력 발전소에서 죽는다. 세상은 비로소 떠들썩해졌지만 여전히 그 누구도 '소비자의 확실한 행복'의 대가를 치르고 싶어 하지 않는다. 지구 반대편 방글라데시 정부도 앞으로의 비용 부담을 이유로 안전 협약을 해산하겠다는 입장이다. 소비자의 확실한 행복에 대한 대가는 떠밀리고, 던져져 또다시 저임금, 비정규 노동자들이 쥐고 있는 폭탄이 된다.

---

9 | 아래 문장을 각각 한 번 이상씩 포함하는 작문을 작성하시오.

- 호의가 계속되면 그게 권리인 줄 알아요.
- 해왔던 것들을 하면서, 안 했던 것들을 할 겁니다.
- 사랑에 빠진 게 죄는 아니잖아.
- 밥은 먹고 다니냐?

"밥은 먹고 다니냐?" 뒤돌아봤다. 누가 내게 말을 건 것 같았는데, 아니었나 보다. 지하철 안 사람들의 대화 소리에 내가 착각한 듯하다. "아니, 그래서 어떻게 할 거냐고." 다시 뒤돌아봤다. 뒷사람이 말을 마친 후 답을 기다리는 표정으로 우두커니 서 있었다. 나한테 말하는 건가? 잠시 고민하며 그를 쳐다봤다. 그의 눈은 허공에 머물러 있었다. 혹시 몰라서 물어보려고 입을 떼려는 찰나에 그가 다시 말을 이었다. "그럼 그때 봐." 물음이 아니라 답이다. 내가 아닌 다른 사람과 말하고 있던 것이다. 찬찬히 그의 주변을 살펴보니 그의 귀에 걸린 두 개의 하얀 이어폰이 눈에 들어온다.

최근에 이런 난감한 경험이 많아졌다. 예전엔 통화하려면 주변과 격리된 전화 부스에 들어가야 했다. 지금은 휴대 전화를 귀에 댈 필요도 없다. 블루투스 이어폰이 나오면서 거추장스러운 마이크를 입에 대지 않아도 되게 됐다. 과학의 발전은 '통화인'의 경계를 허물었다. 물리적인 장벽이 사라지자 소리는 거침없이 주변으로 퍼져나갔다. '사랑에 빠진 게 죄는 아니잖아'라며 친구에게 하는 하소연, 여자 친구와 사랑을 속삭이는 말, 시시덕거리는 소리, 심지어 뒷이야기까지, 나와 상관없는 남의 사생활이 내 귀에 들어온다. 듣기 싫어도 어쩔 수 없다. 내 맘대로 귀를 여닫을 수는 없는 노릇이다.

우리는 이제 많은 것을 공유한다. 통화 내용뿐만이 아니다. 인터넷은 시공간의 장벽을 허물었다. '여섯 다리만 건너면 지구 위에 사는 사람들은 모두 아는 사이'라는 오래된 통념은 통신 기술의 발달로 현실이 된 지 오래다. 소셜 미디어가 등장하면서 관계의 범위는 끝없이 확장됐다. 난 이제 나와 일면식도 없는 누군가가 어느 호텔에서 어떻게 생일파티를 했는지까지 알게 됐다. 처음엔 관음증이 물 만난 물고기처럼 내 머릿속을 헤집고 다녔다. 남몰래 보고 들은 남의 사생활이 책 한 권을 꽉 채울 정도다. 하지만 어느 순간부터 내 몸을 옥죄는 알 수 없는 피로감이 나를 지치게 했다. 남의 사생활을 접하면서 나와 그의 감정이 마치 블루투스가 연결되듯이 '동기화'된 결과다. 계속된 '감정의 동기화'는 나를 부담스럽게 했다.

한 연예인이 고통 속에 극단적인 선택을 했다는 뉴스를 보고 한동안 우울감에 무기력했던 적이 있다. '호의가 계속되면 그게 권리인 줄 알아요.' 동료의 죽음에 분노한 사람을 보며 나도 같이 화가 나기도 했다. 감정은 쉽게 전이된다. 힘들어하는 그의 감정은 상대방에게도 나눠진다. 상대방은 의도치 않게 자신과 무관한 고통을 넘겨받게 된다.

'베르테르 효과'로 불리던 현상은 더는 유명인의 사례에 국한되지 않는다. 기술을 촉매로 모두를 위협하는 바이러스가 됐다. SNS를 통해 수많은 사람의 사생활이 광범위하게 공유되고 있는 지금, 내 감정은 이제 나만의 것이 아니다. 내게 전이되는 감정의 뿌리가 어딘지 찾기도 어렵다.

해왔던 것들을 하면서, 안 했던 것들을 하려고 한다. 통화를 할 때는 이어폰을 빼고 휴대폰을 귀에 댄다. 지인들에게 정기적으로 연락하는 대신에 SNS를 삭제했다. 남의 이야기로 가득 찬 기사도 읽지 않으려고 한다. 그런데 내 옆자리에 앉아 이어폰 너머 누군가와 계속 말을 이어가는 이 사람은 대체 어떻게 해야 하나. '나는 당신의 사생활을 듣고 싶지 않아요.' 마음속 외침이 밖으로 나갈 것만 같다.

---

10 | 이 그림을 보고 떠오르는 것으로 작문하시오(그림은 화투의 비광 그림).

비광은 광(光) 중에서도 계륵이다. 고스톱에서 광이 나도 비광이 껴 있으면 석 점 먹을 걸 일 점이 깎인다. 그렇다고 버리자니 서운하다. 광박 면하기에 비광만 한 것이 없다. 쌍피와 비광이 나란히 누워 있으면 남들은 2점짜리 쌍피 먼저 잡기 때문이다. 이리 치이고, 저리 치이는 것이 고스톱판에서 비광의 삶이다.

조영남은 최근 대작(代作) 논란에 휩싸였다. 조사 결과가 어떻게 나오든 여론 조사를 할 정도로 파장은 컸다. 대중의 70% 이상이 조영남이 잘못했다며 대작 사건을 비판했다. 전문가 의견은 사뭇 다르다. 하드웨어와 소프트웨어는 엄연히 분리해서 생각해야 한다는 것이다. 그리는 기술이 아닌 1%의 아이디어와 영감이 작품을 만든다는 이야기다. 어떤 전문가는 대중의 무지에 깊은 한탄을 쏟아냈다.

무지가 문제일까? 단지 대중은 조영남보다 대작한 조수의 상황에 감정 이입한 것이다. 애플의 부품을 만지지만, 애플에서 나온 아이폰은 못 쓰는 사람들. 스타벅스에서 커피를 뽑지만, 한 시간 일해도 마실 수 없는 커피. 매일 자개장을 짜느라 손톱이 다 부서졌지만, 자신은 막상 자개장을 가져본 적 없다는 자개장 공장 인부의 인터뷰처럼. 예술을 하면서도 예술의 격은 누릴 수 없는 대작 작가의 인생을 목격한 것이다. 실제로 조영남의 대작 작가는 인터뷰로 예술 노동이 미술계에서 얼마나 저평가되고 있는지 알렸다.

대중의 분노는 창작의 고통을 모르기 때문이 아니다. 노동의 고통을 그보다 더 잘 알기 때문이다. 평소에는 인생이라는 판에 내팽개쳐져 있다가 필요할 때만 국민이며, 노동자며, 청년이며 불리는 '비광의 삶'에 신물이 난 것이다.

비광을 더 잘 들여다보면 화투패에서 숱한 꽃, 나무, 동물 등 자연물 속에서 유일하게 '사람'이 나오는 패다. 전해오는 이야기로는 일본의 서예가 오노도후가 비광의 모델이라고 한다. 오노도후의 '미생' 시절, 붓글씨가 나아지지 않아 좌절하고 방황하다가 비 오는 날 버드나무에서 개구리를 만났다. 개구리는 빗물에 불어난 물살에도 살기 위해서 계속 버드나무에 뛰어올랐다. 수십 번, 수백 번의 시도 끝에 개구리는 버드나무에 올랐다. 오노도후는 개구리의 모습에 깨달음을 얻은 후 포기하지 않고 노력해 일본 최고의 서예가가 될 수 있었다.

21세기 비광. 중절모를 쓴 조영남이 코트 주머니에 손을 넣고 비광 속 오노도후의 자리에 들어가 있다. 그는 가수만 아니라 예술인으로서도 성공을 거뒀다. 그가 더 나은 예술가가 되려면 비광 속에는 개구리도 있었다는 사실을 기억해야 한다. 비광이 있을 때 비로소 오광(五光)이 될 수 있는 것처럼 비와 물살을 이겨내며 기필코 버드나무에 오르려는 개구리들이 그의 예술을 지켜보고 있다.

무엇을 어떻게 쓸 것인가

초판 1쇄 인쇄 2024년 9월 6일
초판 1쇄 발행 2024년 9월 13일

지은이 김창석
펴낸이 이상훈
편집2팀 원아연 최진우
마케팅 김한성 조재성 박신영 김효진 김애린 오민정

펴낸곳 ㈜한겨레엔 www.hanibook.co.kr
등록 2006년 1월 4일 제313-2006-00003호
주소 서울시 마포구 창전로 70(신수동) 화수목빌딩 5층
전화 02-6383-1602~3 팩스 02-6383-1610
대표메일 book@hanien.co.kr
ISBN 979-11-7213-125-8 03800